KB038710

하얀 늑대들

White Wolves

XI

윤현승 장편소설

제우미디어

윤현승

1978년생. '다크문'으로 1999년부터 작품 활동을 시작해 이후 '하얀 늑대들',
'라크리모사', '뫼신사냥꾼' 등을 출간했으며, 2020년 현재 온라인에서
'이스트 로드 퀘스트'를 연재하는 등 활발한 활동을 이어가고 있다.

하얀 늑대들 · XI

초판 1쇄 2020년 02월 27일
초판 6쇄 2024년 08월 21일

지은이 윤현승
펴낸이 서인석 | **펴낸곳** 제우미디어 | **출판등록** 제 3-429호
등록일자 1992년 8월 17일 | **주소** 서울시 마포구 독막로 76-1 한주빌딩 5층
전화 02-3142-6845 | **팩스** 02-3142-0075 | **홈페이지** www.jeumedia.com

제우미디어 트위터 twitter.com/Jeumedia
제우미디어 페이스북 facebook.com/jeumedia
제우미디어 네이버 포스트 post.naver.com/jeumediablog

ISBN 978-89-5952-621-5
978-89-5952-610-9 (set)
• 파본은 구입하신 서점에서 교환해드립니다.

만든 사람들
출판사업부 총괄 손대현 | **편집장** 전태준 | **책임 편집** 성건우
기획 홍지영, 박건우, 장윤선, 안재욱, 조병준
디자인 총괄 디자인그룹 헌드레드 | **영업** 김금남, 권혁진

외전

전쟁의 주시자

차례

◈ Episode 6 ◈

남자의 마음

으리으리한 벽 장식과 고급스러운 촛대, 고급 식기와 크리스털 잔, 그리고 잘 차려입은 시종들이 게랄드를 주눅 들게 했다. 앉아 있는 식탁은 어찌나 긴지 앞사람에게 소금이라도 건네주려면 열 걸음 정도는 걸어가야 했다.

식탁의 끝에 앉은 칸 백작이 게랄드에게 말했다.

"내 긴히 부탁 하나 함세."

게랄드는 용병의 본능으로 위험을 감지했다.

'이건 분명히 싫은 부탁이다!'

게랄드는 포크와 나이프를 내려놓고 백작의 다음 말을 기다렸다.

"별로 어려운 일은 아닐세."

게랄드는 그의 말이 떨어지자마자 거절했다.

"싫습니다."

“응?”

“싫다고요.”

“난 아직 임무에 대해 말 안 했네만.”

칸 백작이 당황하며 말했다.

게랄드는 와인잔을 들고 백작을 실눈으로 노려보며 물었다.

“경호 업무죠?”

“응? 그걸 어찌 알았나?”

“백작께는 따로 전직 왕실 기사단 출신의 호위 기사가 있으니 본인이 아니라, ‘백작께서 알고 계시는 다른 사람’ 경호죠?”

“자네, 원래 이렇게 영특했나?”

“안 합니다.”

“이렇게 부탁하는데도?”

“부탁하는 자세도 아니구만요, 뭘. 그리고 전 할 일이 있는 몸입니다.”

게랄드가 와인을 비우자 옆에 기다리던 시종이 능숙한 솜씨로 한 잔을 도로 채워 주었다.

“할 일? 요새 신변 정리한다는 소문이 있던데, 어디 가나?”

“예. 이로피스를 떠날 겁니다. 그리고 아란티아로 갈 거예요.”

“자네가 거긴 뭐 하러 가?”

“요새 울프 기사단 시험을 본다는 공고가 나돌더군요. 한번 가서 시험이나 받아 볼 생각입니다.”

칸 백작은 실망스러운 눈빛으로 말했다.

“시험? 뭐하러 그런 고생을 사서 하나? 게랄드쯤 되는 실력자라면 세상 모든 기사단이 원할 텐데, 오히려 그쪽에서 초청을 해서 모셔 가야지!"

"그도 그렇지요. 하지만 대륙 각지에서 엄청난 녀석들만 몰려올 테니, 또 모르지 않겠습니까? 저 같은 녀석도 그다지 높은 수준이 아닐지."

"그런 식으로 생각하게 만들어서 좋은 인재를 끌어들이려는 수작인 게야. 오만한 놈들 같으니라고! 자기들이 뭔데 다른 나라 기사들까지 끌어들여서 시험을 해?"

칸 백작은 엄지손가락으로 반지를 만지작거리며 말을 이었다.

"난 솔직히 이해를 못 하겠군. 설마 익셀런 기사단을 울프 기사단이 깨부쉈다는 헛소문을 믿고 가는 건 아니겠지?"

"헛소문입니까, 그게?"

'대륙을 휩쓴 익셀런 기사단을 고작 오십 기의 울프 기사단이 무너뜨렸다!' 하는 소문은 용병들 사이에서도 수없이 회자되었다. 그러니 게랄드도 그 전설 속의 기사들을 만나고 싶었다. 그중에서도 특히 캡틴 울프, 퀘이언을!

그것이 그가 아란티아에 가고 싶은 이유 중 '세 번째'였다.

"그럼! 헛소문이고말고!"

칸 백작은 드물게도 흥분했다.

"익셀런 기사단을 최종적으로 무너뜨린 건 우리 이로피스 군대야. 가넬로크와 이로피스의 연합군이 주축이 되어 그 악마의 군대를 쓸어버리자는 작전 회의를 할 때 아란티아 측이 뭐랬는 줄 아나? 응? 응?"

칸 백작은 질문을 강요했다.

게랄드는 하는 수 없이 그가 원하는 질문을 해주었다.

"뭐라고 했는데요?"

"그냥 내버려 두면 상대가 항복할 테니 군이 최종 공격을 할 필요가 없다지 뭔가?"

"뭐, 좋은 작전이네요. 안 싸우고 이기는 게 최고잖아요."

"좋긴 뭐가 좋아? 놈들을 죽여 억울하게 희생된 병사들의 넋을 위로해야지! 심지어 네나드로스 평원 전투가 시작될 때 그 마녀 같은 아란티아의 여왕이 뭐라고 했는지 아나? 응? 알아?"

"뭐라고 했는데요?"

"자기 아이들에게 '영웅'의 피를 묻히고 싶지 않대! 그래서 마지막 전투를 앞두고 울프 기사단을 철수시켜 버렸지."

"거 희한하군요. 그런데 거기서 말하는 영웅이 누굽니까?"

"난들 아나? 설마하니 악마의 힘을 빌려 사악한 힘을 발휘한 캡틴 웰치를 말하는 건 아닐 테고……."

칸 백작은 고개를 설레설레 저으며 말을 이었다.

"내 생각인데 울프 기사단은 아마도 다른 연합군 앞에서 과장된 소문의 실체를 드러내 보이는 게 무서워서 달아난 거야."

게랄드는 고개를 끄덕이면서 속으로는 다른 생각을 했다.

'덕분에 전쟁 보상금은 이로피스와 가넬로크가 모조리 뜯어냈죠. 아란티아는 돈 한 푼 안 받고 전쟁을 종결지었고요.'

게랄드도 나름대로 이쪽에 인맥이 있어 가넬로크에서 벌어진 전후처리 협상 회의에 대해 잘 알고 있었다.

그 당시 엄청난 전력을 제공한 칸 백작도 상당히 많은 보상금을 받았다는 것도 잘 알았다. 반면 아란티아의 여왕이 제시한 전후 보상은 매우 독특한 내용이었다.

'익셀런 기사단보다 이로피스의 군대가 아란티아에 입힌 피해가 더 크다. 그 보상금을 먼저 받아야겠다!'

당시 아란티아의 마을에서 처녀 둘을 겁탈한 이로피스의 군사령관은 그 자리에서 체포되었다. 근처에 이로피스 병사 천 명이 있었지만, 체포해가는 울프 기사 세 명을 막지 못했다는 믿지 못할 소문도 끼어 있었다. 게다가 그중 한 명은 '여자 기사'였다고 한다.

게랄드는 그때 잡혔던 사령관에 대한 소문도 알고 있었다.

그 사령관은 보상금을 지급하고도, 한 달 후에야 풀려났다. 하지만 그는 밤마다 공포에 질려 이불보를 붙잡고 비명을 질러댔고, 아직도 아란티아의 여왕을 마녀라고 부르며 두려워했다. 그래서 이로피스의 대다수 정치가들이나 귀족들도 마녀라는 단어를 사용하는 것이었다.

이로피스에서 가장 말싸움 잘하기로 소문난 정치가 멜로브가, 이른바 아란티아의 '마녀 여왕'을 상대한 얘기도 유명했다.

'어떤 사악한 고문을 가했기에 그 용감한 사령관이 그런 정신적인 상처를 입었는가?'

그러자 여왕이 해 준 대답이 근사했다.

'나는 그 남자가 겁탈한 여자 두 명분의 경험을 그대로 전달했다. 그 이상도 그 이하도 아니다. 왜, 그자의 입에서 두 명분을 즐겼다는 말은 안 나오던가?'

멜로브는 찍 소리도 못하고 물러났다. 당시 대륙에서 모인 모든 정치가들은 그런 식으로 아란티아의 여왕에게 도전했다가 좌절했다.

게랄드는 그 여왕을 만나보고 싶었다. 그것이 게랄드가 아란티아에 가고 싶은 '두 번째 이유'였다.

그런 사정을 다 알고 있는 게랄드였으나, 칸 백작 앞에서는 모른 척했다.

일일이 이런 부분을 걸고넘어지기 시작하면 귀족과는 거래를 할 수 없었다. 그리고 칸 백작은 그런 부분만 빼면 훌륭한 영주이기도 했다.

게랄드는 변명하듯 말했다.

"꼭 울프 기사단에 들려고 아란티아에 가는 건 아닙니다."

"그럼?"

"거기 캡틴인 퀘이언이라는 사람이 세상에서 가장 강한 검사라 하니 한번 도전해 볼 생각입니다. 그리고……."

아란티아에 가고 싶은 세 번째 이유에 이어 두 번째 이유까지 말할까 하다가 얼른 고쳤다.

"그리고 제가 퀘이언이라는 기사를 꺾어 버리면 그때는 드래곤 기사단을 찾아가 보든가 해야지요."

"아아, 그런 계획이었군! 그럼 얘기가 다르지. 역시 게랄드야. 다른 사람들은 퀘이언이라는 이름만 들어도 오금이 저린다는데!"

칸 백작은 그제야 좋아하며 박수를 쳤다. 게랄드는 안도의 한숨을 내쉬었다. 두 번째 이유를 말했다가는 그의 심기를 건드렸을 것이다.

"자네 같은 재원을 아란티아에 빼앗길 수는 없는 노릇이지. 솔직히 이미 자네는 퀘이언이란 자를 능가했을걸세."

"말씀만으로도 고맙습니다."

백작은 허허 웃으며 말했다.

"자, 그럼 이제 농담은 됐고! 툭 까놓고 자네가 원하는 액수를 말해 보게. 크리스토프!"

칸 백작이 손가락을 튕겨 소리를 냈다. 군인처럼 각 잡힌 집사가 그의 앞에 착 나타났다. 이로피스 최고 부자 귀족의 집사답게 장부를 펼치고 펜을 든 자세가 예사롭지 않았다.

적당히 말을 돌려 제안을 무마시켜 보려 했던 게랄드는 당황하기 시작했다.

'이거 짐을 더 짊어지는 꼴이 되어 가고 있잖아!'

돈 되는 일이라면 닥치는 대로 하는 게 용병이라지만, 수입이 어디서 들어오느냐에 따라 급이 나뉘었다.

대개 용병들 사이에서 가장 성공했다고 할 만한 임무는 '귀족의 경호원'이었다.

사람 죽여 돈 버는 용병이 귀족의 신뢰를 얻기란 거의 불가능했다. 그러니 오랜 경력과 실력으로 신뢰를 얻은 용병들만이 '귀족 호위'라는 고급스러운 임무를 맡을 수 있었다. 위험한 일도 별로 없으면서 돈은 많이 받을 수 있고, 별일 안 일어나면 몸값이 더욱 올라가는 임무! 그래서 용병들 사이에서는 귀족 호위를 맡으면, '저 인간 은퇴 준비하네.' 같은 질투와 부러움의 시선을 받았다.

거의 모든 용병들이 바라는 이상적인 은퇴였다. 이를테면 더 이상 위험한 짓은 하지 않아도 먹고살 걱정 안 해도 된다는 용병들의 졸업장 같은 것이었다.

게랄드는 바로 그 점이 싫었다.

아직 스물다섯도 안 되었는데 벌써부터 안정적인 직장을 얻으려고 발악하는 것으로 보이기도 싫었지만, 혹시라도 진짜 안정적인 생활을 하다가 거기에 안주해 버릴 것이 두렵기도 했다.

게랄드에게는 하고 싶은 일이 있었다. 만에 하나라도 안정적인 생활을 준비한다면 그것은 그 일을 끝낸 후에 생각해 볼 일이었다. 지금은 아니었다. 그런데 지금 그 일이 벌어지려고 하고 있었다.

이로피스에서 둘째가라면 서러워할 재력가인 칸 백작이, 용병들 사이에서 살아 있는 전설처럼 추앙받는 게랄드를 고용한다? 어찌 보면 당연한 일이었다.

칸 백작은 손가락을 까닥거리며 집사에게 말했다.

"크리스토프, 현재 내 사설 경호대를 꾸밀 예산안을 말해 보게."

"백오십여 명으로 구성할 백작님 휘하의 기사단 설립 예산이 금 이천에 매년 오백씩 추가적으로 들어갈 예정입니다."

"그 기사단 캡틴이 받을 봉급은 어느 정도지?"

"매년 팔백입니다."

"약간 적군. 엘란오튼 백작의 캡틴이 구백인데 거기에도 뒤진단 말인가? 천으로 하게!"

"예."

집사는 얼른 받아 적었다.

"그리고 어디 보자."

백작은 게랄드를 가리키며 물었다.

"자네 저번 전투 때 용병대에서 벌어들인 수익이 얼마지?"

숫자에 약한 게랄드는 한참이나 기억을 더듬어야 했다.

"이백 정도입니다."

“자네 혼자?”

“용병대 다 합쳐서죠.”

“흐음, 그럼 그 두 배 반으로 해서……, 매번 전투가 벌어질 때마다 인센티브로 오백. 어떤가, 게랄드?”

“뭘요?”

“이 조건이면 내가 설립할 개인 기사단의 캡틴을 맡아 볼 의향이 있는가?”

“없습니다.”

칸 백작은 게랄드의 대답에 피식 미소를 띄웠다.

“이거 내가 한 방 먹었군. 하긴 불의 용병 게랄드를 개인 경비대에 고용하는데 이 정도 액수면 모자라지.”

“모자라다는 뜻이 아니었습니다.”

“매년 천이백 어떤가?”

“아니라고요.”

“천오백!”

“아니라니까요.”

“에이, 모르겠다. 이천!”

옆에서 집사가 수군거렸다.

“저, 캡틴 한 명한테 그 돈을 주면 왕실에서 정한 사설 경비대 설립 규정을 어기게 되는데요?”

“괜찮아. 기사단의 숫자 자체를 줄이면 돼.”

칸 백작은 웃으며 다시 게랄드에게 말했다.

“그렇지 않나? 자네 하나면 적어도 기사 오십 명 몫은 하니까 말이야.”

게랄드는 백작이 열을 좀 식히길 기다리며 와인을 마신 다음에 대꾸했다.

"이천을 주시든 이만을 주시든 전 그 일을 맡지 않겠습니다. 좀 제 말부터 들어 보십쇼, 백작님."

"말하게. 어떤 조건이 필요한지."

"조건에 따라 하겠다는 게 아니래도요."

백작은 이해하지 못했다.

"자네야 좀 특이한 케이스이긴 하지만, 용병이란 게 기본적으로 칼질하고 밥 먹는 직업이 아니던가? 그런데 이런 조건이 싫다니? 아란티아의 울프 기사단은 돈을 더 준다든가?"

"모집 공고에 보수 얘기는 한 줄도 안 쓰여 있습니다."

게랄드는 한숨을 쉬며 말을 이었다.

"마지막으로 말씀드리지만 기사단 일은 맡지 않겠습니다."

"좋아, 하는 수 없지."

백작은 크게 실망했다. 그리고 스쳐가는 말로 얘기했다.

"그런데 자네가 먹은 그 와인이 백 골드짜리인 건 아나?"

하마터면 게랄드는 마시던 와인을 뿜어낼 뻔했다. 하지만 액수를 듣고 나서 아까워서 뿜지 않았다.

"예? 얼마요?"

"대단한 건 아니야. 그저…… 먹은 만큼의 대가를 꼭 치르는 사람이 게랄드가 아니던가?"

게랄드는 잔을 쥔 손을 부들부들 떨며 칸 백작을 노려보았다.

백작은 다른 곳을 쳐다보는 척했다.

착해 보이는 외모 때문에 가끔 잊어버리지만 칸 백작은 외모와는 달리 돈과 거래에 관한 한은 달인이었다. 정치가 멜로브를 한 방에 날려버린 새나디엘 여왕도 돈 거래로 싸움이 붙으면 칸 백작을 이기지 못하리라.

'이유 없이 식사 초대를 할 때부터 알아봤어야 했는데…….'

게랄드는 후회했지만 이미 늦었다.

백작은 인간성 좋아 보이는 미소를 짓고서 말했다.

"아란티아로 가는 거라면 어차피 '데올린'까지는 가는 길목이 아닌가? 내 조카애를 거기까지 데려다 주기만 하면 아란티아까지 가는 여비도 벌고, 일석이조지 뭔가?"

게랄드는 홧김에 와인을 가득 따라 한 번에 다 마셨다. 백 골드짜리 맛인지는 알 수가 없었다.

"정확히 누굴 데려가는 일인지 설명해 주십시오."

백작은 씨익 웃었다.

"이름은 패트리샤일세."

패트리샤는 열일곱 살 나이에, 귀족의 기준에서 모든 것을 완벽하게 갖춘 숙녀였다.

얼굴은 햇빛 한 줄기 받아 본 적 없는 것처럼 뽀얗고, 팔다리는 가늘고, 갈색 머리카락은 비단결처럼 찰랑거리고 반짝였다. 입고 있는 하얀 드레스는 언뜻 수수해 보였지만 비싼 게 분명했다. 반지와 목걸이,

귀걸이도 하나씩 하고 있었는데, 드레스의 수수함을 해치지 않을 정도로만 적당히 화려했다.

그 순백의 미와 무표정한 얼굴은 마치 게랄드에게 이렇게 선언하는 것 같았다.

'나랑 동급의 귀족 남자가 아니라면 내 몸에 손끝 하나 댈 수 없음!'

게랄드는 그녀가 내뱉은 가상의 말에, 가상으로 대꾸했다.

'아우, 재수 없어.'

삼십 분 전, 게랄드는 차라리 와인값 백 골드를 물고 이 일을 맡지 않는 게 좋았을 텐데 벽을 치며 후회했다.

그러다 벽에 금이 갔다.

그래서 다른 곳에 걸려 있는 초상화를 몰래 걸어 놓았다.

그걸 집사에게 들켰다.

집사는 벽 수리비를 청구했다.

백작이 괜찮다며 용서했다.

이제 게랄드는 이 호위 임무에서 빼도 박도 못하는 꼴이 되어 버렸다.

"내 조카일세. 인사하게나."

칸 백작이 소개했다.

"게랄드 하란이오."

게랄드는 할 수 있는 한 가장 퉁명스러운 말투로 인사했다.

패트리샤라는 소녀는 먼저 무표정한 얼굴에 미소를 띄웠다. 그리고 우아하게 손을 들어 긴 치마를 살포시 잡았다. 손가락의 움직임 하나하나에 집중하는 모습이었다.

그런 다음에야 살짝 무릎을 굽혀 인사하더니 한 단어 한 단어 공을 들여 말했다.

"안녕하세요. 아우구스트 프란츠 룬버크 칸 백작님의 조카인 패트리샤라고 합니다."

그녀의 인사하는 과정이 너무 거추장스러워 게랄드는 닭살이 돋을 지경이었다. 하지만 와인값과 벽 수리비를 지불할 재력이 안 되는 게랄드는 꾹 참기로 했다.

'기사단 캡틴을 맡으면 얼마를 준다고 했더라? 차라리 그 일을 맡아서 봉급으로 갚는 게 낫겠다!'

칸 백작은 자기 딸을 자랑하는 아빠 같은 미소로 말했다.

"일단 내 소속 경비대 다섯 명과 시중을 들어줄 아이 하나를 딸려 보내 주겠네. 위험한 일이 있을 리야 없지만 만약의 사태가 벌어진다면 자네 혼자 귀찮지 않겠나?"

칸 백작은 껄껄대고 웃었다. 게랄드는 바닥만 쳐다보고 있는 패트리샤를 잠깐 살피다가 칸 백작을 구석으로 끌고 갔다.

"이봐요, 백작님. 저런 애한테 호위 붙여 어디 보내려면 보통 그 집에서 가장 신용 있는 기사를 붙이는 겁니다. 용병이 아니라요."

"자네만큼 믿을 수 있는 용병이 어디 있다고?"

게랄드는 최대한 무서운 얼굴을 하고, 최대한 비열한 미소를 지었다.

"후훗, 그렇군요. 감사합니다. 절 믿어주시다니. 이제 저 은초롱꽃 같은 소녀의 순결을 빼앗고 더럽힌다 해도 할 말 없는 겁니다?"

"자넨 정말 날 안심시켜주는데 천부적인 재능을 가지고 있군."

“제 욕정이 얼마나 더럽고 충동적인지 모르시는군요.”

“자네 나이라는 게 늘 그렇지. 하지만 위대한 사내는 충동조차 억제할 수 있지.”

“그러니까 전 못 한다고요. 벌써부터 불끈불끈 하는데 어쩌시려고요?”

“그건 아까 와인을 마셔서 그래.”

“지금 우리가 같은 언어를 쓰고 있는지 잘 모르겠군요.”

“불쌍한 아이일세.”

최후의 저항을 해 보려는 게랄드에게 칸 백작이 회심의 일격을 날렸다.

“어릴 때 부모를 잃고 이제껏 내 누님 손에 크다가 이제야 결혼시켜 한시름 놓게 된 거야. 자네에게 이 정도 일은 정말 별것도 아닌 일 아닌가? 잠깐만 맡아 주게나.”

‘이런 비겁한!’

게랄드는 이미 전세가 회복될 수 없을 만큼 기울었다는 사실을 받아들이고 싶지 않았다.

“거절하려고 그러는 게 아니고요, 으음…….”

뭔가 마음에 걸리는 게 있었다. 하지만 그 불안감의 실체를 알 수 없었다.

백작의 말대로 별거 아닌 일이었다. 열 명만 데리고 백 명을 급습하라는 명령도 아니고, 천 명이 지키고 있는 성을 백 명으로 점령하라는 명령도 아니었다.

게랄드의 기준으로 이 정도 호위 임무는 그야말로 눈 딱 감고 있으면 끝날 일에 불과했다.

하지만 불안했다. 골치 아픈 일이 벌어질 것 같은 예감이 드는 일은 결국 골치 아픈 일이 일어나는 법.

"예, 알겠습니다. 염려 놓으십시오. 불의 용병 게랄드에게 확 그냥 모든 것을 맡겨 버리십시오."

게랄드는 입맛을 다시며 기운 빠진 목소리로 말했고 칸 백작은 크게 웃음을 터트렸다.

"그래야 자네답지."

칸 백작은 조용히 패트리샤의 옆으로 돌아가 작별 인사를 했다.

"그럼 패트리샤, 잘 살아야 한다. 무슨 일이 있거든 언제나 내가 뒤를 지키고 있다는 점을 잊지 말고, 혹시라도 가다가 마음이 바뀌면 돌아와도 좋다. 언제든!"

"그럴 일 없을 테니 마음 놓으셔요, 백부님."

패트리샤는 예의 바르게 인사하고 돌아섰다.

'이상한 작별 인사네?'

조카를 결혼시키는 행복한 분위기는 아니었다.

패트리샤는 시녀의 부축을 받으며 마차에 올랐다.

게랄드는 팔짱 끼고 그녀의 굼뜬 움직임을 기다렸다.

'중간에 무슨 일 생겨서 아란티아에 못 가는 일은 없겠지? 아니, 그 반댄가? 중간에 무슨 일 생기면 아란티아에 가버리면 그만인 건가?'

그사이 이번 호위 임무를 따라갈 경호병들이 게랄드에게 다가왔다.

보통 이런 거대 영지의 영주 밑에서 일하는 병사들은 하나같이 본인이 귀족이라도 된 듯 권위를 내세우기 마련이었다. 그래서 그 사람의 출신이 용병이면 아무리 유명해도 무시하는 경향이 있었다.

게랄드는 오히려 그들이 그런 부류이길 바랐다. 그럼 경호야 지들끼리 알아서 열심히 할 것이고 게랄드는 뒤만 졸졸 따라다니면 됐다. 그리고 일 끝나면 바이 바이! 떠나면 그만이었다. 그런데 그런 바람마저 이루어지지 않았다.

"게랄드 님이시지요?"

병사 중 한 명이 물었다.

게랄드는 뒤통수를 긁적였다.

"게랄드는 맞는데, 뭐? '님'?"

"아, 역시 맞군요!"

불행히도 이번 경호병들은 예의가 바를 뿐 아니라, 게랄드를 존경하기까지 했다.

"명성은 많이 들었습니다. 지금까지 맡은 임무를 실패해 본 적이 없다면서요?"

"불의 용병이라니, 도끼에서 불을 뿜는다는 소문이 있던데 마법사신가요?"

"오오, 역시 멋진 몸매. 이런 무거운 도끼를 깃털처럼 휘두르려면 근육이 이 정도는 돼야 하는군요. 전 선천적으로 가는 몸뚱이라 여태껏 무거운 칼은 써 본 적이 없습니다. 부럽네요."

동경을 담은 시선으로 말을 걸어오는 병사들의 모습을 보고 게랄드는 생각했다.

'큰일 났다! 귀찮은 일이 늘어나기 시작했어.'

게랄드는 대충 고맙다는 인사로 그들을 뿌리치고 마차로 다가갔다. 그는 불만 가득한 얼굴로 툴툴대며 마차의 창문을 툭툭 두들겼다.

"출발해도 되겠수?"

안에서 귀족 아가씨의 들릴락 말락 한 목소리가 들렸다.

"예, 게랄드 하란 씨."

게랄드는 마부에게 출발 신호를 내리며 입맛을 다셨다.

'님에 이어 씨? 이거 참 미묘한 호칭일세.'

아무리 생각해도 이번 임무는 수상했다. 누가 봐도 '너 따위 용병, 감히 똑바로 얼굴도 쳐들지 말라!' 하고 콧대 세울 것 같은 귀족 여자까지 게랄드를 조심스럽게 대하고 있었다.

'수상해, 수상해.'

게랄드도 말에 올라 마차 옆에 따라붙었다.

한번 수상하다고 생각하니 별의별 것이 다 이상했다.

이 경호병들, 그저 혼자 가면 따분할 테니 동행이나 삼아라, 하고 내준 잡병들이 아니었다. 아무렇게나 마차 옆에 붙어 있는 듯싶지만 어디서든 기습이 펼쳐지면 바로 막아 낼, 제대로 된 진영을 갖추고 있었다.

세 시간 후 잠시 마차를 세우고 식사 시간을 가졌는데, 자기들끼리 검술 연습을 하는 모습을 보이기도 했다. 부잣집에서 쉬운 일만 하며 살을 찌운 녀석들이 아니었다.

게랄드는 직접 몸으로 부딪쳐 확인해보기로 했다.

"나도 연습 좀 끼워 줄 수 있나?"

게랄드의 부탁에 그들은 크게 환영했다.

"얼마든지! 이리 오십시오, 게랄드 님!"

"꼭 한 번 대결하고 싶었습니다."

"저부터 해도 되겠습니까, 게랄드 님?"

그들은 서로 먼저 하겠다고 나섰다.

게랄드는 괜히 또 나섰나 후회하며 말했다.

"아니, 아니. 그냥 소화나 시키자고 하는 거니까 한 명만 하지. 그리고!"

게랄드는 덧붙여 말했다.

"님이라는 호칭 붙이면 안 할 거야."

병사들은 웃음을 터트렸다.

"그러시오. 그럼 우리도 편히 대하도록 하겠소, 게랄드."

게랄드는 칼을 하나 빌려 한 명과 마주 섰다. 옆에서 보는 것 이상으로 강한 녀석이었다.

게랄드는 몇 번 그의 공격을 받아 주고 끝내려고 했지만 몰아붙이는 힘이 보통이 아니라 하는 수 없이 그의 옆구리를 치고 말았다.

"역시 명성은 거짓이 아니었군요. 대단한 실력이오."

얻어맞은 녀석이 낑낑대면서도 칭찬했다.

게랄드는 뒷덜미를 긁적이며 말했다.

"너도. 어느 정도 수준이 아니면 반격도 안 했을 거야. 그런데 이름이 뭐냐?"

"겔모리츠라고 하오."

"어디에서 들어본 이름인데 혹시 용병 출신?"

게랄드가 물었다.

겔모리츠는 기뻐하며 말했다.

"맞소. 삼 년 전에 '올드닷지'라는 팀에서 뛰었소. 그러다 칸 백작의 눈에 띄어 이 일을 하고 있소. 알다시피 하는 일에 비해 벌이가 좋아서……."

"올드닷지라면 알지. 거기에 유명한 창잡이, 이름은 모르지만 아마 별명이 하늘송곳이지? 하늘을 찔러 비라도 퍼붓게 할 실력자라고 해서."

"부끄러운 별명이오."

"그럼 창을 쓰면 방금보다 훨씬 낫겠군."

"뭐, 지금처럼 어이없이 당하진 않을 거요."

겔모리츠는 빙그레 웃었다.

게랄드는 괜히 울컥해서 한마디 했다.

"나도 도끼 안 썼다?"

"그건 그렇소."

겔모리츠는 껄껄 웃으며 다른 사람의 소개도 해 주었다.

칸 백작의 소속이긴 해도 그들이 함께 뭉쳐 다니는 일은 별로 없었던 모양이었다. 겔모리츠가 마지막 한 명의 이름을 기억 못 하니 다른 녀석이 소개해 주기도 했다.

게랄드는 같이 일하는 용병들의 이름을 기억해 두지 않는 편이었다. 괜히 기억했다가 그 사람 죽었다는 소식이 들리면 마음만 싱숭생숭하니, 그냥 모르고 지내는 편이 속 편했다. 그런 게랄드가 기억할 정도로 여기 있는 경호병들은 과거 유명한 용병이었다.

"우리가 한 팀으로 뭉치기 위해서는 한 명의 리더가 필요했는데 당신으로 정해졌다는 말을 듣고 다들 동의했소. 불의 용병 게랄드라면 누구라도 거부하지 않지."

베이커프만이라는 기사가 말했다. 아군이 전멸한 가운데 혼자서 도적 집단을 쓸어버렸다는 전설의 칼잡이였다.

게랄드는 그들의 신상 명세를 파악하고 결론을 내렸다.

'여자애 하나 호위하기에는 너무 좋은 멤버인걸. 이 정도면 지하 동굴의 마신을 죽이러 간다고 해도 믿겠네!'

느낌뿐이던 의심이 점점 구체화되어 갔다.

'이거 단순한 호위 업무가 아니야.'

날이 어두워져, 길가에 마차를 세우고 식사를 준비했다.

패트리샤가 시녀도 동행하지 않고 모닥불을 피우는 게랄드의 옆으로 다가왔다. 게랄드는 속으로 그녀가 말을 걸지 않길 바랐지만, 역시나 말을 걸었다.

"오늘은 여기에서 노숙하는 건가요?"

딱히 누굴 탓하는 말투도 아니었지만, 게랄드는 방어적으로 대꾸했다.

"거리 계산을 잘못했소. 저녁 식사는 식탁에서 먹게 해 드리려고 했는데 실패했군. 조금만 참으시오."

가급적 의뢰인의 조카, 게다가 첫인상이 좋지 않은 여자와 길게 말을 나누고 싶지 않았다. 물론 그 안 좋은 첫인상이란 건 게랄드 혼자만의 상상이었지만.

"상관없어요. 이렇게 바깥에서 식사를 하는 것도 나쁘지 않군요. 노숙도 좋은 경험이 될 수 있으니 무리하지 않으셔도 돼요."

"그런 불편한 드레스 입고 노숙하면 확실히 좋은 경험은 되겠네."

게랄드는 안 들리게 꿍얼거렸다.

"예? 뭐라고 하셨죠?"

"아니오, 아무것도."

"명성은 익히 들어 알고 있었으나 직접 만나 뵈니 감회가 새롭군요."

"날 아시오?"

"알죠. 물론 이름뿐이지만요."

패트리샤는 멀리서 식사를 준비하는 병사들을 손가락으로 가리키며 말을 이었다.

"아까 낮에 경호병들 중 한 명과 대결하시는 걸 봤어요. 저야 검술에 대해선 잘 모르지만 대단하시던걸요? 저 사람들, 제가 아는 한 백부님의 경호병들 중에서 제일 유능한 사람들이에요."

"그런 듯합디다."

게랄드가 계속 불을 쑤셔대며 쳐다보지도 않고 말하자 패트리샤가 떠보는 투로 말했다.

"처음 만날 때부터 느꼈는데, 제가 싫으신가요?"

"싫은 게 아니라 여자에 익숙하지 않은 거요. 특히 당신 같은 여자는."

"저 같은 여자라는 건 어떤 여자죠?"

"그런 게 있소."

패트리샤는 게랄드가 모닥불을 건드리고 있는 걸 보다가 툭 내뱉었다.

"하란 씨는 여자랑 사귀어 본 적 없죠? 아니면 사귀지도 못하고 수없이 차였거나."

게랄드는 눈을 부라리며 패트리샤를 노려보았다. 약간 졸린 눈을 하고 있는 그녀는 어깨를 으쓱하며 말했다.

"이제야 제 얼굴을 봐 주시는군요."

"무슨 말을 하고 싶은 거요? 같이 말장난하고 놀자는 거면 사양하고 싶수다."

"하란 씨를……."

"아, 거 참! 그냥 게랄드라고 하쇼!"

게랄드가 버럭 소리쳤다. 이쯤 되면 울먹이면서 물러날 차례인데, 패트리샤는 아무렇지도 않게 말을 이었다.

"게랄드를 고용한 건 저예요."

게랄드는 눈을 몇 번 깜빡였다. 때마침 모닥불의 연기 때문에 눈물까지 나던 참이었다.

"그건 또 뭔 소리요?"

"백부님께 말씀드렸죠. 절 호위하는 사람은 불의 용병이라는 명성 정도는 되어야 하며 의뢰인의 요구를 확실하게 들어줄 수 있는 신뢰와 실력을 가져야 한다고! 예를 든 것뿐인데 설마 그 당사자를 고용해 버릴 줄은 몰랐군요."

"당신이 원흉이었군."

게랄드는 중얼거렸다.

"원흉?"

"아니요. 내 말버릇이요. 날 그리 높게 봐 주셔서 고맙다는 뜻이었소."

"이상한 말버릇도 다 있네요. 옆에 앉아도 될까요?"

"내가 앉으랄 때까지 서 있을 셈이었소? 맘대로 하슈."

패트리샤는 게랄드의 옆을 살폈다. 바닥이 흙탕이라 드레스를 입고 앉을 곳을 못 찾고 있었다. 게랄드는 뭐라도 깔아 줄까 하다가 그녀를 쫓아낼 좋은 기회다 싶어 말했다.

"앉을 곳도 없고, 할 얘기도 다 한 것 같은데 그냥 가슈."

패트리샤는 잠시 게랄드의 뒤통수를 바라보았고 게랄드는 그 시선을 모른 척했다.

'네 이놈! 건방지게 감히 누굴 상대로 그런 말버릇이냐! 하는 호통이 나올 차례인데?'

곧 패트리샤가 말했다.

"무리하시는군요."

"뭐요?"

"당신은 여자에게 꽤 친절한 사람이에요. 굳이 저한테 불친절하게 보이려고 애쓰고 계시는군요. 다 티 나니까 하지 말아요. 어색해 죽을 것 같아요."

게랄드는 황당한 나머지 입을 딱 벌리고 그녀를 올려다보았다.

패트리샤는 드레스가 더러워지는 것은 개의치 않고 그냥 흙바닥에 철퍼덕 앉았다.

"당신을 고용하려면 돈이 꽤 많이 들겠죠?"

"별로……."

"백부님이 얼마를 지불하셨죠?"

"금화 백짜리 와인."

……더하기 부서진 벽 수리비. 도착하면 푼돈도 조금 쥐여주겠지만, 그건 상관없었다.

아란티아까지 가는 여비 정도는 이미 가지고 있었다. 그리고 원래 게랄드는 돈 한 푼 없이 돌아다니는 일에 익숙했다.

어쩌다 큰 건을 맡아 크게 한 방 터트린 후에는 그날 돈을 다 써 버리고 또 다음 일 맡을 때까지 무일푼으로 지내곤 했다. 그러니 패트리샤를 데려다준 자리에서 금으로 일이백 받는다고 해서 다음 여행에 영향을 미칠 일은 없었다.

패트리샤가 말했다.

"의외로 싸군요."

"와인이, 내가?"

"당신이."

의도한 건지 무심결인지 패트리샤는 게랄드의 자존심을 슬쩍 뭉갰다.

"그래서 불만이면 다른 사람 고용하지 그러슈? 저기 있는 저치들로도 충분하지 않소, 이런 경호 임무는?"

게랄드는 또 퉁명스럽게 대꾸했다. 그리고 속으로 적절한 농담을 준비했다.

보통 그가 농담 한마디 해 주면 꽤 많은 여자들이 달아났다. 지금이 그 기술을 활용할 때였다!

'뱀과 개구리? 아니야. 약해. 옆차기 할머니 얘기를 해 줄까? 무덤 앞 해골 얘기는 어떨까? 해골이 무덤 앞에 서더니 이렇게 말했지. 어? 잘못 찾아왔네! 그러자 무덤 안에 있던 해골이 대답하지. 아니야, 사실은 너랑 나랑 머리통이 바뀌었어.'

게랄드는 입담 실력을 발휘해 보려고 슬슬 힘을 끌어올리기 시작했다. 간다, 게랄드식 농담!

"당신이 맡은 일이 뭔지는 아시죠?"

패트리샤가 당연한 걸 물었다.

"알다마다."

게랄드는 농담을 생각하느라 건성으로 대꾸했다.

"확인도 할 겸, 말해 봐요."

패트리샤가 요구했다.

게랄드는 어깨를 으쓱하며 대답했다.

"마차로 나흘 거리에 있는 데올린까지 레이디 패트리샤를 호위해 '크래스터'라고 하는 그 지방 영주의 아들에게 넘겨준다. 그다음에 호위가 끝났다는 증서와 보수를 받으면 끝. 됐소?"

복잡할 게 하나도 없어서 재미없는 임무였다.

패트리샤가 고개를 끄덕이더니 물었다.

"제가 얼마를 드리면 그 일을 취소하시겠어요?"

게랄드는 속으로 소리쳤다.

'이럴 줄 알았어. 이거 분명히 수상한 임무 맞다니까!'

게랄드는 헛기침을 한 번 한 다음 말했다.

"무슨 뜻인지 잘 모르겠소."

"설명하자면 길어요. 그냥 이 임무를 실패해 주면 돼요."

"그러니까 당신이 임무 성공률 백 퍼센트의 용병을 고용한 건, 임무를 실패해 주는 일을 백 퍼센트 성공시켜 주길 원해서였소?"

"이를테면 그런 거죠. 보기보다 머리 좋으시네요?"

"칭찬이요, 비꼬는 거요?"

"비꼬는 걸로 들렸어요?"

"그렇게 들렸소."

"칭찬이었어요."

이 여자가!

게랄드는 또 한 번 위험한 기분을 맛보았다.

패트리샤가 마음에 들기 시작한 것이다.

게랄드는 멀리서 다가오는 말발굽 소리에 자리에서 일어났다. 어둑어둑한 밤하늘을 배경으로 이쪽으로 접근하는 기마대가 보였다. 그들은 어둠 속에서 말을 달리는 데 횃불도 밝히지 않았다.

다른 경호병들도 각자의 위치에 들어갔다. 딱히 명령할 필요도 없을 정도로 잘 훈련된 친구들이었다. 하지만 상대 측 기마병들의 숫자는 이쪽보다 두 배가 더 많았다.

게랄드는 옆에 내려놓은 도끼를 집어 들고 패트리샤에게 말했다.

"불 옆에 가만히 계시오."

패트리샤는 순종적으로 고개를 끄덕였다.

게랄드는 길옆으로 가 그들이 다가오길 기다렸다.

마차나 다른 말도 모두 길옆으로 치워 둔 상태니 딱히 길목을 막은 것도 아닌데, 그들은 딱 그 자리에서 멈췄다. 선두의 남자는 멋진 깃털 모자를 쓰고 고급 벨벳 천으로 된 망토를 두르고 있었다. 서른 살쯤 된 오동통한 체형의 남자였다.

그는 게랄드와 다른 경호병들을 쭉 훑어보더니, 누구에게랄 것 없는 시선으로 물었다.

"칸 백작의 경호대냐?"

"그렇소."

게랄드가 나섰다. 그 남자는 게랄드의 큰 키와 덩치를 보더니 흠칫 놀라는 모습을 보였다.

"누구시오?"

게랄드가 물었다.

남자는 헛기침을 한 번 하더니 물었다.

"레이디 패트리샤를 경호하고 있느냐?"

"그렇소."

"레이디께선 어디 계시는가?"

"보는 바와 같소."

게랄드는 손가락으로 모닥불 옆을 가리켰다.

패트리샤는 불 옆에 다소곳이 손을 모아 쥐고 앉아 있었다. 그 남자는 금방 눈물이 떨어질 만큼 그렁그렁한 눈으로 그녀를 바라보더니 말을 그쪽으로 몰았다.

게랄드는 패트리샤의 표정을 슬쩍 확인했다. 누군지 아는 눈치였다. 그리고 싫어하는 눈치이기도 했다. 게랄드는 도끼를 내밀어 말이 나아가는 길목을 막았다.

"잠깐 정지."

오동통한 귀족은 놀란 나머지 말고삐를 세게 잡아당겼다. 말이 거기에 놀라 몸을 좌우로 흔들었다. 그는 하마터면 말에서 떨어질 뻔했다가 간신히 균형을 잡았다.

"무, 무엄하다. 나는 켄트 가문의 차남이자 장차 그라쉬라운드의 영주가 될 스타우크 켄트 자작이다. 내게 무기를 겨누는 건 켄트 가문에 대한…….”

“그렇게 길게 말하면 내가 못 알아듣잖냐! 네 이름이 ‘차남켄트’라는 거야, ‘장차그라쉬어쩌고의영주가될지도모르는 자작’이라는 거야, 스타우트라는 거야?”

“스타우크다!”

“그래, 스타우트.”

“스타우크라니까!”

“알아. 아까부터 스타우크라고 했잖아.”

“아, 아니, 이놈이?”

“어쨌든 스타우크 자작님. 달달 암기해 둔 대사는 그만 읊고, 일단 말에서 내려 보……세요.”

“이놈이 보자보자 하니까…….”

켄트 자작이 한마디 말도 더 못 붙이고 어물거리자 그의 옆으로 두 명의 기사가 섰다.

아직 무기는 꺼내지 않았지만, 순식간에 험한 분위기가 연출됐다. 그러자 이쪽 경호병들도 게랄드 옆으로 다가와 붙었다. 길 건너편에서 대기 중인 겔모리츠가 경호병들을 대표해 게랄드에게 수신호를 보냈다. 용병들 사이에서 공통적으로 쓰이는 수신호였다.

‘명령을 기다리고 있음.’

게랄드는 머리가 혼란스러웠다.

고작 지방 영주에게 약혼녀 한 명 넘겨주는 일에 엄청 유능한 경호병들이 딸려 왔다. 그런데 그 약혼녀는 임무 실패를 요구했다. 그 와중에 나타난 이 자작은 또 뭐야?

머리는 그런 생각을 하고 있지만, 몸은 저절로 싸움을 준비했다.

'어디 보자, 저쪽은 말에 타고 열둘, 우리는 땅에서 여섯. 약간 위험한 수치이긴 한데……. 내가 패트리샤를 보호하고 싸운다고 가정하면 저 친구들이 얼마나 버텨 주냐의 문제인데, 별로 걱정 안 해 줘도 되나?'

게랄드는 다시 켄트 자작을 올려다보며 말했다.

"오해 마시오. 말을 타고 레이디 곁으로 가는 게 예의가 아니지 않소? 내려서 만나 주십사 부탁하는 거외다."

옆에 있는 기사가 소리쳤다.

"네 이놈! 그 혓바닥을 잘리기 싫으면 고분고분 말하지 못할까?"

게랄드는 조용히 수습할 말을 떠올렸다.

'진정하시오. 나 게랄드 하란은 칸 백작의 이름을 위임받은 경호 대장이오. 그러니 그쪽도 예의를 지켜 주시오.'

그 정도가 무난한 해결 방안이었다. 하지만 게랄드는 감정을 억누르지 못하고 내뱉어 버렸다.

"잘라 봐, 자식아."

"뭣이?"

기사가 눈을 동그랗게 떴다.

게랄드는 피식 웃으며 말했다.

"왜, 기사님께서 말 위에 계시니 밑에 있는 것들은 다 아랫것으로 보이나?"

"오냐, 이놈. 자꾸 그런 식으로 나온다면 그 목을 쳐서 더 아랫것으로 낮춰 주지!"

"아, 글쎄 말만 하지 말고 잘라 보든 쳐 보든 하라니까 그러네."

게랄드는 뒤이어 그가 타고 있는 말에게 말했다.

"미안하다, 말아. 이 각도에서 네 주인의 목을 치려면 네 목도 같이 쳐야 해. 그러니 네 주인을 원망하렴."

"이놈이!"

그가 마침내 칼을 뽑았다.

그때 패트리샤가 큰 소리로 외쳤다.

"그만!"

패트리샤는 장작 옆에 있다가 천천히 다가왔다. 얌전한 줄로만 알았더니 목청이 제법 컸다. 그녀는 정중하게 게랄드에게 부탁했다.

"제가 아는 분이에요. 얘기 좀 할게요."

"레이디께서 말씀하신다면야."

별로 싸우고 싶은 마음도 들지 않았던 터라 게랄드는 물러났다.

"제 경호 대장 말이 틀린 건 아니지요. 저와의 대화를 말 위에서 하실 건가요?"

스타우크 켄트는 서둘러 말에서 내렸다.

"사, 사과드리겠소. 내 너무 서두르느라 경황이 없어서."

그는 뒤늦게 인사를 하더니 말을 이었다.

"패트리샤. 지금이라도 생각을 고쳐먹으면 안 되겠소?"

"안 됩니다."

패트리샤는 단호했다.

켄트는 기도라도 하듯 두 손을 모아 쥐고 말했다.

"오오, 제발. 크래스터라는 자에 대해 모르시오? 그자는 온갖 여자들과 잠자리를 번갈아 갖는 그런…….”

“제 남편 되실 분을 함부로 모함하지 마십시오. 물러나세요. 전 이미 마음을 굳혔습니다.”

켄트는 몇 번이나 ‘제발!’이라는 말을 붙이며 옆에서 듣기 짜증 나는 말만 되풀이했다.

마음을 돌려요, 그 남자는 못됐어요, 적어도 다른 귀족과 결혼하셔야 해요…….

하지만 긴 얘기 동안 패트리샤의 화만 더욱 돋우더니 결국 쫓겨나듯 물러나야 했다.

켄트는 미련을 가지고 말했다.

“혹시 모르니 내 경비대도 여기 두고 가겠소. 믿을 만한 기사들이니…….”

“필요 없습니다. 제 경호원들은 이로피스의 어떤 기사단이 와도 무섭지 않을 사람들입니다.”

게랄드는 엿듣고 있다가 턱을 긁적였다. 지금까지의 정황을 미루어 짐작해 보면 저건 단순한 비유 같지 않았다.

‘조만간 이로피스의 어떤 기사단과 싸울 일이 있나?’

거절당한 켄트는 쓸쓸히 자기 기사들을 데리고 왔던 길로 사라졌다.

“웃기는 남자네. 기껏 여기까지 쫓아오더니 가랜다고 가?”

게랄드는 킥킥 대고 웃었다.

패트리샤는 눈을 부라리며 말했다.

“레이디의 말을 존중하는 남자죠. 그게 그렇게 웃긴가요?”

“웃기지 그럼? 내막은 잘 모르지만 내가 보기에 저 남자가 패트리샤를 짝사랑하는 것 같은데, 그런 것치고는 너무 우유부단하지 않소?"

패트리샤는 한 번 더 쏘아붙일 태세로 손가락을 세웠다. 하지만 무슨 생각이 들었는지 갑자기 팔짱을 끼고 고개를 옆으로 꺾었다. 게랄드도 같이 팔짱을 끼고 고개를 꺾었다.

패트리샤가 물었다.

"그럼 당신이 저 남자 입장이라면 어떻게 하겠어요?"

"테스트 같은 거요?"

"테스트든 뭐든 당신 생각을 말해 봐요."

"애초에 여자가 떠나지 않게 처음부터 붙들었어야지. 아니면 깨끗이 포기하든가, 것도 아니면 말없이 당신의 행복과 불행을 바라보든가. 이것도 저것도 아닌 채로 옆에서 서성대면, 귀찮을 따름이지."

게랄드는 다른 경호병들이 이 말을 듣고 있는 걸 보고 헛기침하며 모닥불 옆에 앉았다. 그러자 모두들 원래 자기 위치로 돌아갔다.

패트리샤는 게랄드의 옆에 서 있다가 말했다.

"앉지 말고, 좀 걷죠."

"응? 어딜?"

"그냥 여기 아닌 곳을……."

패트리샤는 앉아 있는 경비들을 눈짓으로 가리켰다.

"좋소. 덮치려는 건 아니지?"

게랄드는 이 여자의 기를 죽여 놓을 속셈으로 시답잖은 농담을 했다.

"덮치면 당해 줄래요?"

이 여자가!

게랄드는 그녀의 원대로 자리에서 일어났다.

적당히 마차를 세워 둔 곳에서 거리가 좀 떨어진 후에야 패트리샤가 말했다.

"아까 제가 했던 의뢰, 받아들이시겠어요?"

"못하오."

게랄드는 단호하게 대답했다.

"왜요?"

"당신이 날 지목했다고는 하나, 공식적으로 내 의뢰인은 칸 백작이오. 나를 믿고 임무를 맡긴 사람을 배신할 수는 없소."

"얼마를 주던?"

"얼마를 주던!"

"금으로 오백."

"안 되오."

"칠백."

"안 된다니까!"

"……천!"

"허어 참. 누가 칸 백작 조카 아니랄까 봐……."

게랄드는 머리를 세게 헝클었다.

"이보시오, 패트리샤. 당신의 의뢰가 뭔지 솔직히 아직도 잘 모르겠지만……."

"간단해요. 임무 포기예요."

"……안 들은 걸로 하겠소."

"한 여자의 행복이 달려 있어요."

게랄드는 약간 마음이 흔들렸다.

"어느 여자?"

"저요."

패트리샤는 머뭇거리며 말을 이었다.

"제가 행복하게 되길 바라는 건 아니에요. 제가 불행해지는 걸 막고 싶어서예요."

게랄드는 속으로 외쳤다.

'묻지 마. 사정 같은 거 묻지 마. 모른 척해. 돌아가. 메롱, 못 들었지롱 하고 확 돌아서 버려. 네가 무슨 정의의 사자냐? 백마 탄 기사냐? 어쭈, 안 돌아서? 도끼로 네 머리를 후려쳐서 기절시켜!'

게랄드는 크게 심호흡을 한 번 한 다음 물었다.

"무슨 사정이 있는지 물어도 되겠소?"

병신! 죽어 버려.

게랄드는 상상 속에서 자신의 목을 뎅겅 잘랐다.

"크래스터라는 남자는 알아주는 호색한이에요."

패트리샤는 걸으면서 말했다.

"서른다섯 살이 될 동안 백 명쯤 되는 여자를 건드렸다더군요. 그중 절반은 파티장에서 일회용으로, 나머지 절반의 절반은 강제로, 나머지는 사랑을 속삭이며……."

게랄드는 어깨를 으쓱했다.

"알 만하군."

"그 정도가 너무 심해 왕실에서 제재를 가하려고 했지만 그의 아버지가 왕실에서도 대단한 입김을 발휘하는 귀족이라, 못 건드린다나 봐요. 물론 진위 여부는 모르지만요."

"근데 보통 젊은 남자 귀족들은 다들 그러지 않소? 별로 새삼스럽지도 않군."

게랄드는 냉소적으로 말했다.

패트리샤도 덩달아 냉소적으로 대꾸했다.

"맞아요. 새삼스러울 것도 없죠. 저도 신경 안 써요."

"신경 안 쓴다고?"

게랄드가 걸음을 멈추고 물었다.

"원래 그런 거 아니겠어요? 젊은 귀족 남자들은 젊은 시절 열심히 여자들 만나러 다니고 귀족 여인은 열심히 그런 남자들을 위해 처녀성을 지켜 가죠. 그리고 남편이 슬슬 힘을 잃을 즈음에 귀부인들은 시작하죠."

"시작? 무슨 시작?"

"남편이 젊은 시절에 했던 거요. 파티장에서 젊은 남자를 끌어들여 남편이 시들해진 잠자리의 욕망을 채워 나가는 거죠."

"아는 얘긴데, 막상 당사자의 입에서 그런 얘길 들으니, 흐음, 거 참, 뭐랄까……."

"하고 싶은 말 있으면 하세요. 망설이지 말고."

"그럼 해도 되겠소? 만약 불쾌하면 뺨이라도 한 대 맞아 드리리다."

"네. 해요."

"에이, 더러워!"

패트리샤가 게랄드의 뺨을 한 대 후려쳤다. 정말 때릴 줄 몰랐던 그는 알고도 막지 못했다.

게랄드는 뺨을 어루만지며 말했다.

"축하하오. 링케란 놈 이후로 근 오 년간 내 얼굴에 손을 댄 유일한 사람이오."

패트리샤는 아무렇지도 않게 말했다.

"때려 달라는 뜻 아니었나요?"

"후련하오?"

게랄드는 불만스럽게 물었다.

패트리샤는 고개를 끄덕였다.

"손이 좀 아프긴 하지만 굉장히 속이 시원해지는군요. 사람 때려 본 거 처음이에요. 한 대 더 쳐도 돼요?"

"치쇼."

짝!

게랄드는 얼얼해진 양쪽 뺨을 두 손으로 감싸 쥐며 후회했다.

패트리샤는 자기 손을 내려다보더니 말했다.

"내 손이 더 아플 것 같으니 더 때려 달라고 하진 말아요. 하지만 사람 때리는 거 의외로 재미있군요."

"다음에 또 때리고 싶거들랑 당신한테 알짱거리다가 한마디 말도 못 하는 켄트 자작이나 치시오. 아니면 그 크래스터랑 결혼해서 그 남자가 바람 한 번 피울 때마다 치든가."

"노력해 보죠. 어쨌든 제 얘길 계속해도 될까요?"

"하쇼."

게랄드는 뺨을 문지르며 대꾸했다.

"다 그런 건 아니지만, 많은 귀족들이 이러고 살아요. 알면서 서로가 암묵적으로 받아들이죠. 솔직히 말해 저한테 배다른 형제가 어디 다른 곳에 있을지 누가 알겠어요?"

"그런 거 보면 칸 백작은 의외로 건실한 양반이었네?"

"드문 케이스죠."

"잠깐! 그런데 여기까지 듣고 보니 이상하네? 왜 칸 백작은 크래스터에게 당신을 팔아먹으려는 거요?"

"팔아먹는 게 아니에요. 제가 원해서 가는 거예요."

게랄드는 뭐라 말할 수 없는 기분에 빠져들었다.

패트리샤는 계속 말했다.

"백부님은 말렸어요."

"나라도 말렸을 거요."

"하지만 제가 그 남자를 성실하게 만들 수 있다면서 승낙을 받아냈죠."

"이거 웃기는 여잘세. 진짜 그럴 수 있다고 생각하고 그렇게 말한 게요?"

"때려도 돼요?"

"안 돼!"

게랄드는 얼른 한 걸음 뒤로 물러났다.

"알았어요."

패트리샤는 굳은 표정을 한 번도 변화시키지 않고 말을 이었다.

"제가 하려는 일은 간단해요. 달아나는 거예요. 백부님께는 죄송스럽지만 이게 제가 할 수 있는 최선이었어요. 그대로 있으면 백부님께 너무 폐를 끼치는 꼴이 되고……."

"왜 폐를 끼치는 꼴이 되지? 칸 백작은 당신을 옆에 두는 걸 수고라고 생각하지 않을 텐데? 당신 같은 귀여운 조카가 싫다는 삼촌이 어디 있겠소?"

"절 귀엽다고 생각하시나 보네요?"

"내가 만약 쉰 살인데 당신이 조카라면 충분히 귀여워 보일 것 같다는 뜻이오."

"……어쨌든 절 데리고 있으면 돈이 들어요."

게랄드는 눈을 가늘게 떴다.

"당신 혹시 엄청난 낭비벽?"

"그런 뜻이 아니에요. 제 아버지가 크래스터 가문에게 엄청난 빚을 졌어요. 제가 그에게 시집가면 그 빚을 변제해 주기로 했어요."

"그 빚이 얼마요?"

"솔직히 저도 잘 몰라요. 하지만 그 빚에 대한 이자를 백부님께서 갚고 계신데, 작년에 금으로 천 정도 냈다는 건 알아요. 듣자니 3년 후에는 이천이 된다더군요."

"원금이 얼마일지 생각도 하기 싫은 이자군."

게랄드는 고개를 끄덕이며 물었다.

"그래서 도망치기로 했다?"

"공식적으로 전 이미 크래스터 가문으로 출발한 거잖아요. 그러니 백부님은 더 이상 저에 대한 책임이 없어요. 그리고 전 사라지는 거죠. 크래스터 가문이 못 찾을 곳으로."

"일리 있긴 한데……."

게랄드는 턱을 쓰다듬었다.

"혹시 칸 백작께서 원금을 한꺼번에 갚는 건 어떻소?"

"그래선 안 돼요! 아무리 백부님이 부자라도 어마어마한 액수인걸요. 그것도 제 부모님이 진 빚을, 왜 아무 죄도 없는 백부님이 갚아야 하죠? 그리고 무엇보다……."

"무엇보다?"

"크래스터 가문 쪽에서 안 받아 주고 있어요."

"빚을 갚겠다는데도 돈을 안 받는다고?"

"그래요."

"이해가 안 되는데? 그런 법도 있소?"

"있나 봐요. 설명해 드려요? 왕실에서 정한 귀족끼리의 돈거래에 관한 법규를 몇 개 얘기해야 하는데……."

"관두쇼. 머리 아프니까."

"어쨌든 크래스터 가문은 그 돈을 모두 포기해서라도, 절 가지고 싶어 해요. 권력이 있다고는 해도 졸부인 터라 아직 정식 귀족 가문은 아니거든요. 그런데 절 끌어들이면 그게 가능해지죠. 거기다 결정적인 문제가 하나 더 있어요."

"이미 충분히 복잡하니 추가하지 마시오."

"이 부분이 더 큰 이유인데도요?"

"그럼 더 말하지 마쇼."

게랄드는 이마를 짚고 손을 흔들었다. 인간관계 쪽, 특히 귀족들의 머리싸움은 정말 싫었다.

패트리샤는 자기도 인정한다는 듯 고개를 끄덕였다.

"어때요? 제 의뢰, 들어주시겠어요?"

"그러니까 이대로 내가 당신을 어디론가 납치해서 겁탈하고 살해하고 시체 유기 장소는 모른다 정도의 상황을 연출해 달라, 이거 아니오?"

"거기까지는 생각 못 했지만 그렇게 하면 완벽하겠군요."

"싫소."

"얼마든 내겠어요. 크래스터 가문으로 실어 나르는 혼수품만도 꽤 돼요."

"호오, 달아난 다음에 그걸 밑천으로 제2의 인생을 살 생각이었군?"

"그래요. 하지만 원한다면 그걸 다 드릴 수도 있어요."

"흐음."

게랄드는 생각하는 척했지만 이미 결론은 내렸다.

패트리샤가 초조하게 물었다.

"물론 이로피스에서 쌓은 당신의 명성에 흠집을 내게 될 건 알아요. 그 부분은 제가 어떻게든……."

게랄드는 손을 내저었다.

"난 어차피 아란티아로 떠나는 길이었으니 이로피스에서 날렸던 내 명성이 어찌되든 상관없소. 하지만 칸 백작과의 관계를 생각하면 절대 당신을 그런 꼴로 만들고 싶지 않소."

게랄드는 강조하며 말을 이었다.

"당신을 위해서가 아니오. 당신을 잃고 괴로워할 백작에게 미안해서 못 하겠소."

"뭘 원해요? 뭐든 말해요."

"'뭐든'이라는 말을 그렇게 쉽게 하지 마시오! 내가 당신 몸을 갖겠다고 하면 어쩌려고?"

"어차피 크래스터 가문에 들어가지 않을 거라면 처녀성도 필요 없어요. 드리죠."

갑자기 패트리샤는 옷깃을 풀기 시작했다.

"가지세요. 스무 개의 가문 후계자가 얼마를 내고서라도 가지고 싶어 하는 몸이에요."

게랄드는 옷을 벗으려는 패트리샤의 손목을 잡았다.

"아, 진짜! 그만 좀 하쇼!"

게랄드는 그녀의 뺨이라도 한 대 쳐서 진정시키려 했다. 하지만 패트리샤는 이미 울고 있었다. 그 무표정한 얼굴에 흐르는 한 줄기 눈물이 엄청난 설득력으로 게랄드의 마음을 흔들었다.

'이런 비겁한!'

게랄드는 절대 막을 수 없는 공격에 치를 떨었다. 역시 칸 백작의 조카답게 사람 다루는 법을 잘 알았다.

패트리샤는 울면서도 강한 어조로 말했다.

"적어도 제 의지가 가짜가 아님을 보여 드리고 싶었어요. 제가 가진 걸 다 가져요. 대신 저에게 자유를 주세요!"

게랄드는 돈에 관심 없었다.

패트리샤의 육체에도 관심 없었다. 아니, 완전히 관심이 없는 건 아니었지만…….

아니, 솔직히 그녀의 유혹 아닌 유혹을 거절하기가 힘든 건 사실이었다. 그러나 더 거절하기 힘든 건 그녀의 자유를 향한 갈망과 눈물이었다. 결국 게랄드는 거절하지도 승낙하지도 못하고, 보류를 택했다.

데올린에 도착하기 전에 결정을 내려야 하니 이틀짜리 보류였다.

게랄드는 인생에서 아무리 중요한 결정이라도 하품 한 번 할 동안 해치워 버렸지만 남의 인생에서 중요한 결정을 내리기에 이틀은 너무 짧았다. 그래서 다음 날도 그다음 날도 패트리샤를 피해 다녔다.

게랄드는 패트리샤가 단둘이 되는 순간을 기다리고 있다는 걸 알았다. 그래서 게랄드는 늘 경호병들이 와글거리는 자리에 있었다. 임무를 포기해 달라는 얘기를 칸 백작의 심복들 옆에서 할 수는 없을 테니!

게랄드는 들르는 마을에서 일부러 술집이 붙어 있는 여관을 잡았다. 그리고 패트리샤가 잠들 때까지 경호병들과 같이 떠들며 술을 퍼마셨다.

첫날은 그렇게 지나갔다. 그래서 데올린에 도착하기 직전 마을에서도 그렇게 했다. 그러다 궁금증을 참지 못하고 경호병들에게 물었다.

"듣자니 레이디 패트리샤의 부모에게 달린 빚이 엄청나다며?"

그들은 일제히 입을 다물고 서로 눈치를 보았다.

게랄드는 괜한 얘기를 꺼냈나 싶어 고개를 저었다.

"가문의 비밀이라면 얘기하지 않아도 돼."

"아니, 꼭 그런 건 아니오. 다만……."

베이커프만은 맥주잔을 입에 댄 채로 말을 이었다.

"그게 사실은 빚의 개념이 아니라서 그러오."

"빚의 개념이 아닌 건 또 뭐야?"

“이를테면 엄청난 빚이 있는 것도 사실이고 그 빚 때문에 팔려가다시피 약혼을 한 것도 사실이지만 뭐랄까…….”

베이커프만은 몇 번 말하길 주저하다가 결국 말했다.

“담보도 없이 그런 큰돈을 누가 빌려 주겠소?”

“담보?”

게랄드는 이틀 전에 했던 그녀와의 대화를 되짚어 본 다음 물었다.

“혹시 패트리샤가 담보야?”

“비슷하오.”

“맞으면 맞는 거고, 아니면 아닌 거지, 비슷한 건 뭐냐?”

베이커프만은 여전히 딱 떨어지게 말하지 못했다.

“비슷하다고 말씀드려야겠소. ‘그게’ 있어서 그런 엄청난 빚을 질 정도로 돈을 갖다 쓸 수 있었던 거니까.”

“거 참, 내가 이해력 딸리는 건 인정하는데, 적어도 단어 선택은 명확히 하자! ‘그거’라는 게 뭐고, 패트리샤가 무슨 상관이야?”

게랄드가 짜증을 내자 옆에 있던 젤모리츠가 나섰다.

“먼저 이 얘기를 해 드려야겠소. 익셀런 기사단과 울프 기사단에는 그 캡틴을 상징하는 보검이 있지 않소?”

“그렇다고 들었지.”

“드래곤 기사단에는 드래곤이 있고.”

“죽었지만, 그렇지.”

젤모리츠는 고개를 끄덕이며 물었다.

“그럼 이로피스 왕실 기사단에는 뭐가 있을 것 같소?”

게랄드는 용병 생활을 하면서 들은 수많은 얘기 중에, 왕실 기사단의 상징에 관련된 얘기가 하나도 없었다는 사실을 떠올렸다.

"글쎄? 뭐 적당히 예쁜 보검 하나 있지 않을까?"

"이번 전쟁에서 부서졌소."

"부서져? 부러진 게 아니라?"

겔모리츠가 두 손을 활짝 펼치며 칼 부서지는 모양새를 표현했다.

"아예 파삭하고 조각조각! 창피한 일이라 외부에는 거의 알려져 있지 않았소."

베이커프만이 설명을 거들었다.

"그래서 왕실 기사단의 상징이라고 할 만한 물건이 단 하나밖에 남지 않게 되었소. 애초에 이쪽이 더 중요했는데, 보검이 부서지는 바람에 그 물건의 가치가 엄청나게 오르고 만 거요."

게랄드는 고개를 크게 끄덕이며 말했다.

"오호, 이야기 전개상 패트리샤의 부모가 그 물건을 가지고 있었다는 거군? 그걸 크래스터 가문에게 담보로 내세워……"

"……돈을 빌려 썼다는 거죠."

뒤에서 갑자기 패트리샤의 목소리가 들렸다. 다른 기사들은 일제히 입을 다물었고 게랄드는 당황하며 뒤를 돌아보았다.

패트리샤는 차가운 시선으로 게랄드를 내려다보며 어깨에 손을 얹었다.

"계속 도망치면서 이런 곳에서 제 뒷얘기나 캐고 계시는군요, '게랄드 하란 씨'. 미안하지만 더는 도망 못 가요."

게랄드는 허허 웃으며 어색한 상황을 더욱 어색하게 만들었다.

"내가 언제 도망갔다고 그러시오?"

패트리샤는 고개를 문 쪽으로 까닥이며 말했다.

"나가서 얘기할까요?"

"그럽시다."

게랄드는 한동안 마을을 가로지르며 패트리샤의 눈치를 보았다. 그녀가 먼저 말해주길 기다렸지만 끝내 침묵했다. 하는 수 없이 게랄드가 먼저 입을 열었다.

"어어, 그러고 보니 시중들 여자애는 안 데리고 나왔소?"

"피곤해 하길래, 먼저 자라고 했어요. 그 애가 왜 필요한데요?"

패트리샤가 무관심한 어조로 물었다.

"그냥 뭐, 귀족 아가씨들은 그런 애를 옆에 끼고 다니는 걸 많이 봐서……."

게랄드는 금방 할 얘기가 떨어지는 바람에 본론으로 넘어갈 수밖에 없었다.

"솔직히 말해, 레이디의 의뢰는 내가 할 수 있는 일이 아니오."

패트리샤가 따져 물었다.

"어째서죠?"

"이유는 말씀드렸던 대로요."

"제가 사람을 잘못 봤군요."

"맞소. 잘못 봤소. 난 그런 요청까지 시원스럽게 받아 줄 정도로 그릇이 큰 사내가 못 되오."

"아니에요. 이건 당신의 됨됨이나 실력과는 상관없는 일이었어요.

제가 처음부터 너무 무리한 부탁을 했었던 거죠."

게랄드는 어딘지 찜찜한 마음이 들었다.

"저, 그런데 아까 얘기로는 당신이 무슨 이로피스의 상징 어쩌고를 가지고 있다고……."

"안 하실 거잖아요? 그럼 들을 필요 없지 않아요?"

패트리샤는 무뚝뚝한 얼굴로 되물었다.

게랄드는 대꾸할 말이 없어 쳐다보기만 했다. 그녀는 고개를 돌리며 말했다.

"이제 강요하지는 않을 테니 절 피해 다닐 필요 없어요. 먼저 들어가세요. 전 좀 더 산책하다가 들어가죠."

게랄드는 전장의 규칙을 떠올렸다.

'너무 쉽게 항복하는 적은 의심하라.'

게랄드가 제안했다.

"밤이라 위험한데, 같이 들어갑시다."

"제 부탁도 안 들어주는 사람과 같이 있고 싶지 않아요."

패트리샤는 도도한 귀족 여인이 천민을 무시하는 눈빛으로 그를 노려보았다. 지금까지 그녀의 행실과 말투를 보자면, 이건 일부러 하는 짓이었다.

'갑자기 어린애처럼 투정 부리네?'

게랄드가 물었다.

"진심이오?"

패트리샤는 대꾸조차 하지 않고 싸늘하게 노려보았다.

"알았소. 레이디께서 싫다는 데야!"

게랄드는 손을 내저으며 왔던 길을 되짚어 걸어왔다.

'뭔가 이상한데?'

게랄드는 싸움이 벌어지면 상대의 작은 검술 버릇은 물론이고, 주변의 사물까지 다 기억해 냈다. 하지만 이런 조용한 대화 중간에 봤던 것은 잘 기억이 나지 않았다. 어둡기도 했다.

대신 소리가 기억났다. 평소 그녀가 걸을 때와 소리가 달랐다. 그건 천과 천이 스칠 때 나는 소리였다.

'저 여자, 치마 속에 바지 입고 있었어!'

게랄드는 좀 전의 기억을 계속 돌이켜 보았다.

'……그리고 손에는 뭔가를 쥐고 있었고. 가방이었나? 그냥 손수건 한 장이었던가?'

게랄드는 앞만 보고 걸어가다가 여관에 들어가기 직전에 뒤를 돌아보았다.

백여 미터 떨어진 자리에 패트리샤가 서 있었다.

그녀는 '장난감도 안 사 주는 엄마 따위 안 따라갈 거야!' 하고 고집부리는 일곱 살짜리 꼬마 애처럼, 있던 자리에서 한 발자국도 떼지 않고 있었다.

멀어서 손에 뭘 들고 있는지는 보이지 않았다.

게랄드는 여관 안으로 들어갔다. 술 마시는 경호병들은 아직도 그 자리에 앉아 있었다. 그들은 게랄드를 발견하고 저마다 한마디씩 했다.

"방금 게랄드의 얘기를 하던 차요. 1년 전에 있던 대평원 전투의 일이 사실이오?"

"벌써 내기까지 걸렸소. 아무리 게랄드라도 혼자서 서른 명을 상대로 살아남지 못했을 거라고!"

"서른 명 맞소? 난 세 명이라는 쪽에 걸었는데."

"난 서른 명이 맞는데, 상대가 무기가 없었다는 쪽에 내기를 걸었소. 사실은 어떻소, 게랄드?"

정확히는 서른일곱 명이었고, 무기가 없는 건 게랄드 쪽이었다. 그리고 게랄드가 그들에게서 벗어나 살아남은 게 아니라, 게랄드가 상대를 모두 죽인 싸움이었다. 그들도 필사적이고 게랄드도 전력을 다할 수밖에 없던 상황이라 결국 다 죽일 수밖에 없었다. 딱 지금 꺼내면 끝내주게 모두를 집중시킬 얘기였지만, 지금은 때가 아니었다.

게랄드는 그들을 향해 검지를 입술에 올렸다. 다들 의아해 하며 말을 멈췄다. 게랄드는 속으로 셋을 센 다음 도로 문을 열고 밖으로 나갔다.

패트리샤가 마을 입구 쪽으로 달아나고 있었다.

"이런 제기랄!"

게랄드는 다른 경호병들에게는 말도 못 하고 뛰쳐나갔다.

패트리샤는 의외로 걸음이 빨랐다. 치맛자락을 잡지도 않고 달리는 폼이 어찌나 능숙한지 평소 저렇게 입고 뛰는 연습이라도 따로 하나 싶을 정도였다.

이제 보니 치마 옆을 뜯어 놓기까지 했다.

'아주 작정하고 있었군. 아무리 내가 관찰력이 없어도 저걸 못 보다니!'

패트리샤는 잘 달리긴 했지만, 그렇다고 게랄드를 따돌릴 수 있을 정도는 아니었다.

"어딜 그리 급하게 가십니까요?"

게랄드는 가볍게 그녀의 옆으로 따라붙어 말했다.

패트리샤는 놀라 미끄러졌다. 발목을 접질렸는지 넘어지는 모양새가 과격했다.

게랄드는 달리길 멈추고 그녀에게 급히 되돌아갔다. 패트리샤는 얼굴을 바닥에 댄 채로 꼼짝도 않고 있었다. 울고 있는 건지, 그녀는 어깨만 가늘게 떨었다.

게랄드는 한쪽 무릎을 바닥에 대고 앉아 손가락으로 그녀의 등을 쿡쿡 찔렀다.

"괘, 괜찮으슈?"

"안 괜찮아요. 부축해요."

패트리샤는 겨우 고개를 들며 말했다. 코피가 주르륵 쏟아졌고 얼굴의 살갗이 벗겨져 피가 번져 나왔다.

장미 가시 한번 박혀 본 적 없을 것 같은 얼굴에 큰 상처가 나니 게랄드는 가슴이 아팠다.

"미안해요."

패트리샤가 먼저 사과했다.

"아니, 내가 더 미안하……."

게랄드가 사과하려는데, 패트리샤가 그의 가슴을 확 떠밀었다. 게랄드의 바로 뒤는 언덕길이었다.

의도는 좋았다. 하지만 게랄드는 거의 반사적으로 그 힘을 가슴으로 튕겨 버렸다. 그의 근육 앞에 오히려 패트리샤가 밀려 나가 언덕 밑으로 떨어졌다.

"꺄악!"

황급히 패트리샤를 붙잡으려다 게랄드도 균형을 잃었다. 겨우 붙잡긴 했지만 패트리샤는 이미 언덕 밑으로 추락하는 중이었고 게랄드도 거기에 딸려가 밑으로 굴렀다.

"나 이거야……."

게랄드는 패트리샤를 껴안고 최대한 충격을 자기 쪽으로 오게 몇 바퀴를 굴렀다. 그 순간 돌출된 흙더미에 등을 부딪쳐 두 사람의 몸이 허공으로 떠올랐다.

게랄드는 공중에서 몸을 뒤틀었다. 그리고 패트리샤를 안은 채로 두 다리로 착지했다.

혼자 구른 거라면 그 상태로 가볍게 몸을 일으켰을 테지만, 안고 있는 패트리샤를 보호하기 위해 일부러 드러누웠다.

두 사람은 한참이나 뒤로 미끄러졌지만, 대부분의 충격은 게랄드의 등으로만 전달됐다.

'아이고, 나 죽네!'

가까스로 멈춘 다음, 게랄드는 밤하늘을 올려다보며 신음을 토했다.

방금 구른 언덕을 바라보니 어디 안 부러진 게 다행일 정도로 경사가 높았다.

"날 죽이려고 작정한 거요, 혼자 죽으려고 작정한 거요?"

게랄드는 품에 안고 있는 패트리샤를 향해 버럭 소리를 질렀다.

그녀는 작았다. 원래 작은 줄은 알고 있었지만, 품 안에 안고 보니 생각보다 더 작았다. 게다가 그의 가슴에 얼굴을 파묻은 채로 어깨를 떨며 울고 있으니, 아기를 안고 있는 기분마저 들었다.

'그래. 원래 여자란 이렇게 작지. 깨질 것처럼 약하고, 쉽게 상처 입고.'

그의 인생에서 깨질 걱정 없는 여자는 한 명뿐이었다.

"저기, 그러니까, 괜찮으슈?"

게랄드가 물었다.

패트리샤가 버럭 소리 질렀다.

"당신이 내 부탁을 안 들어주니까 이러는 거잖아!"

그녀는 게랄드의 가슴을 주먹으로 세게 쳤다. 그래 봤자 자기 손이 더 아파 또 아야 하고 비명을 질렀다.

"당신 때문이야. 당신 때문이라고!"

그녀는 게랄드의 가슴에 엎드린 채로 눈물을 떨어뜨렸다.

'이거 아무래도…….'

게랄드는 비교적 계산적이었다. 돈에 국한된 것이 아니었다.

어떤 일이 벌어지면, 그 일이 현재와 미래의 자신에게 얼마나 이익인지를 놓고 저울질하길 좋아했다.

이 경우 이 여자를 버리고 모른 척하면, 편하다. 현재의 이익이다. 대신 일이 년쯤 후 자다가 패트리샤가 우는 모습이 떠올라 이불을 걷어차고 일어날 것이다. 분명 가슴이 아프겠지. 그럼 손해다.

현 시점에서는 귀찮은 일, 먼 미래에는 가슴 아픈 일.

게랄드의 계산법에서는 귀찮은 쪽을 미리 처리해 두는 게 더 이익이었다.

'……아무래도 지금 처리해야 할 것 같아.'

문제는 패트리샤가 귀족 여자라는 것이다. 말발을 당해 내기도 힘들었다. 대신 귀족이라는 요소와 여자라는 요소를 떼놓고 보면, 둘 다 게랄드에게 익숙했다.

'귀족은 얼마든지 상대할 수 있어. 난 상대가 귀족이라 해도 쫄지 않으니까. 그리고 여자란 존재도 용병대의 부하로 둘 경우, 남자랑 별 차이 없었어. 그럼 간단하군. 패트리샤를 내 여자 부하처럼 여기면 돼.'

게랄드는 스스로를 세뇌시켰다.

'지금부터 이 여자는 내 부하다. 부하에게 힘든 일이 있다면 대장으로서 도와주는 게 당연하지. 그러니까 앤 내 부하다. 내 부하다. 내 부하다…….'

게랄드는 크게 심호흡을 하더니 말했다.

"좋아, 좋아. 우리 탁 까놓고 얘기를 해 보자."

게랄드는 품에 안고 있는 여자를 확 떠밀어 앞에 앉혀 놓았다. 그리고 그녀의 눈을 뚫어지게 노려보았다. 귀족 여인을 쳐다보는 건 어려운 일이었지만 부하를 쳐다보는 건 쉬운 일이었다.

"차분하게 얘기를 해보잔 말이야! 고용된 용병과 귀족 아가씨가 아니라, 인간 대 인간으로! 좋아?"

패트리샤는 아직도 훌쩍였다.

"울지도 말고!"

"알았어요."

패트리샤는 눈물을 닦으며 겨우 대답했다.

"울면 안 돼!"

"알았다니까요."

"정말 안 거야?"

"알았다고!"

패트리샤도 버럭 소리 질렀다. 게랄드는 조금 마음이 편해졌다.

"음, 좋아."

게랄드는 그녀의 몸에 묻은 풀을 털었다. 언덕 아래는 어둡고, 다행히 지나가는 사람도 없었다.

'누가 봐도 오해할 만한 상황은 일단 해결되었군.'

게랄드는 툴툴대다가 말했다.

"우선 하나 묻자. 이제 와서 이렇게 도망갈 거였으면 왜 아직까지 안 도망가고 있었냐? 칸 백작의 저택에 있을 때면 더 쉽게 도망쳤을 거 아니야?"

"못 도망가니까."

"왜? 외출 금지라도 당했냐?"

패트리샤는 팔짱을 끼고 고개를 돌린 채 말을 하지 않았다.

"말하기 싫음 말고."

"외출 금지였어……."

"지금도 외출 금지였어!"

"저택에서는 감시역이 있었어!"

"저택의 감시역은 무서워서 못 도망가고, 감히 불의 용병 게랄드한테서는 도망갈 생각을 했단 말이야, 이 멍청아!"

"뭐가 어째? 때린다?"

패트리샤가 손을 치켜들었다.

"웃기고 있네. 내가 또 맞아줄 거 같냐?"

게랄드는 얼굴을 슬쩍 뒤로 피해 두었다.

패트리샤는 손을 내리고 말했다.

“사실은 저들도 감시역이야, 어느 정도는.”

“무슨 감시? 내가 임무 제대로 하나 하는 감시?”

“아니. 내가 도망치나 안 치나 감시. 당신이 있으니까 안심하고 저렇게 술 마시고 있는 거지, 아니었으면 난 쇠고랑이라도 차고 다녔을 거야. 딸려 보낸 시녀도 마찬가지고…….”

“잠깐, 잠깐. 내가 이해력이 좀 딸리나? 어째서 앞뒤가 안 맞는 기분이 드는 거지? 넌 칸 백작의 소중한 조카가 아니었나?”

“맞아. 하지만…….”

패트리샤는 목걸이를 만지작거렸다. 처음 만났을 때부터 차고 있던 목걸이였다. 그녀는 게랄드를 만나 얘기할 때면 버릇처럼 거기에 손을 올려놓곤 했다.

“나에게는 아주 비싼 게 두 개 있어.”

“하나는 너 자신이겠지?”

“정확히는 내 처녀성이지. 당신 눈에는 내가 어떻게 보이는지 모르겠지만 난 파티장의 스타야. 이로피스의 모든 남성들이 군침 흘리는 육체를 가지고 있지.”

게랄드는 새삼스럽게 앉아 있는 패트리샤의 몸을 위아래로 훑었다. 찢어진 치마 너머로 드러난 다리는 바지를 입고 있었음에도 늘씬하고 매력적이었다. 잘록한 허리와 적당히 풍만한 가슴, 무엇보다 예쁜 얼굴.

언덕을 굴러 흙이 묻고 피가 묻었어도 그녀의 아름다움에는 흠집을 내지 못했다.

‘내 마음대로 이 여자의 인상을 정하고 있었군. 재수 없는 귀족 아가

씨에서, 돈으로 날 사려고 한 부잣집 딸내미, 안았더니 한 줌도 안 되는 꼬마에서 굉장한 미인으로…….'

게랄드가 계속 몸을 훑어보자, 패트리샤가 손을 치켜들었다.

"그만 쳐다봐!"

그녀가 뺨을 치려고 손을 휘둘렀다. 게랄드는 가볍게 뒤로 피했다. 그녀는 꼴사납게 비틀거렸다가 겨우 균형을 잡았다.

패트리샤는 손가락질을 하며 화를 냈다.

"좀 맞아 주면 안 돼? 별로 아프지도 않으면서."

"네 손이 아플까 봐."

"배려하는 척하지 마!"

"배려하는 척한 게 아니라 배려한 거야."

"어떤 점이 배려라는 거야?"

"적어도 난 여자의 육체에 가격을 매기지는 않아."

패트리샤는 또 우울한 얼굴을 했다.

'음, 괜한 말을 했군.'

게랄드는 뭐라 말을 수정하려 했으나, 보통 이런 경우 말을 더 하면 오해가 커지기 마련이었다.

다행히 패트리샤가 먼저 입을 열었다. 하지만 그녀의 말투는 다시 귀족 여인의 말투로 돌아가 있었다.

"이상한 세계죠. 백부님이 아니었다면 전 순수하게 돈 받고 팔려갈 정도였으니까."

"알았어. 그 얘기는 그만하자. 나머지 비싼 거 하나는 뭐야? 내 생각에는 그게 정말 중요한 것 같은데."

"그 얘기를 듣기 전에 하나만 약속해 줘요."

"약속할 만한 약속이면."

"제 목걸이를 받아요."

패트리샤는 보석 달린 목걸이를 풀어 내밀었다. 그녀의 하얀 목선에 잘 어울렸고, 척 봐도 비싸 보이는 물건이었지만 그녀는 아무렇지도 않게 게랄드의 손에 내려놓았다.

"이건 엄마의 유일한 유산이에요. 빚쟁이들도 이건 빼앗아 가지 못했죠. 이건 내게 속해 있어야만 값이 나가는 물건이니까요."

"그건 왜?"

"어쨌든 이건 약속의 증표예요. 제가 게랄드에게 줄 보상이기도 하고요."

"난 아직 약속한다는 말은 안 했어."

"들어줘야 해요."

"일단 말해 봐."

"제 육체에는 정말 관심 없다고 했죠?"

게랄드는 그녀의 시선을 피하며 대답했다.

"없어."

"그럼 간단하게 됐네요. 데올린에 도착해서 거짓말 좀 해 줘요."

게랄드는 또 한 차례 불길한 예감이 들었다.

그는 패트리샤를 실눈으로 노려보며 물었다.

"설마……?"

"나랑 오늘 같이 잤다고 해 줘요."

패트리샤는 거침없이 말했다.

게랄드는 혹시나 하며 물었다.

"좀 야한 의미로 해석해도 되는 그거야?"

"그거예요."

패트리샤는 굳은 의지로 고개를 끄덕였다. 게랄드는 그녀가 또 뺨을 치기라도 한 것처럼 고개를 뒤로 물렸다. 그녀가 확인조로 물었다.

"약속한 거예요?"

"안 했어!"

게랄드는 희미한 비명을 들었다. 그보다 먼저 금속의 파열음이 들렸으나 패트리샤의 충격적인 얘기에 그만 놓쳤다.

게랄드는 벌떡 일어났다.

"잠시만. 마을에서 무슨 일이 벌어졌어."

게랄드는 급한 마음에 마을 쪽으로 달렸다가 도로 되돌아와 패트리샤의 손을 잡았다.

"그 거짓말을 왜 해야 하는지에 대한 얘기는 나중에 하자."

"안 좋은 일이에요?"

"가 봐야 알지."

"아직 할 말이 남아 있어요."

"나중에!"

게랄드는 패트리샤를 잡아끌었다.

패트리샤의 목소리도 커졌다.

"안 돼요. 지금 해야 해요!"

"급하다니까 그러네."

"알아둬야 할 일이에요. 이건 가문 하나의 공격이 아니에요!"

게랄드는 계속 패트리샤를 잡아끌려던 손에 힘을 뺐다.

"너 지금 무슨 일이 벌어지는지 알고 있는 거구나?"

"그래요! 그래서 당신을 고용했던 것이고, 유능한 경호병들을 두려고 애썼고, 계속 당신이 빠른 결정을 내려주길 바랐죠. 오늘 밤까지 결정을 내려 주지 않으면 난 달아나야 했어요. 하지만 그마저도 당신이 막았죠."

패트리샤의 말이 빨라졌다.

"그런데 이제 늦었어요. 당신이 아무리 대단한 용병이라도 혼자서 기사단 전체를 상대할 수는 없잖아요."

게랄드는 마을 쪽을 돌아보았다. 싸움이 벌어진 게 분명했다.

패트리샤가 계속 말했다.

"선택의 여지가 없어요. 이제 게랄드는 절 저들에게 넘기든가, 아니면 절 데리고 도망치셔야 해요. 경호원이라는 이유만으로 저들은 당신을 먼저 죽일 테니까."

게랄드는 어이가 없었다. 아무래도 이해가 안 가는 부분이 있었다.

무엇보다 아까 술 마시며 했던 다른 경호병들 얘기와 패트리샤의 얘기에는 일치되지 않는 부분이 있었다.

"왜, 당신이랑 자고 싶어 환장한 남자가 데올린에 또 있나?"

"그 목걸이에요."

"뭐가?"

“제가 가진 또 하나의 비싼 것.”

패트리샤는 울먹이며 말을 이었다.

“대지의 눈물. 값으로 따질 수 없는 보석이에요.”

“어느 정도 값인데?”

“그 목걸이 하나로 열 개의 가문이 서로 전쟁을 벌이려 한다면 아시겠어요?”

게랄드는 손에 쥐고 있는 목걸이를 바라보더니 입맛을 다셨다. 그리고 음흉한 미소를 지었다.

“하! 좋아. 왜 그만한 가치가 있는지 모르지만 일단 내가 잘 간직하지.”

게랄드는 목걸이를 주머니에 넣더니 길 끝을 바라보았다.

“달아난다 치고, 네 짐은?”

“필요 없어요.”

“혼수품값이 장난 아니라며?”

“이 목걸이에 비하면 푼돈이에요. 우리 두 사람 목숨에 대면 무의미한 물건이고.”

“내 도끼도 저기 있는데.”

“이로피스에서 제일 좋은 도끼를 사 드리죠. 제 팔찌에 박힌 보석 한 조각이면 충분할 거예요.”

패트리샤는 스무 개쯤 보석이 박힌 팔찌를 흔들어 보였다. 전에 차고 있던 게 아닌 걸 보니, 달아나면 팔아서 쓰려고 일부러 차고 온 모양이었다.

‘상황이 내 의지와 상관없이 흘러가고 있다는 게 마음에 들지 않아.’

게랄드는 망설였다. 적이 누군지 모르지만 마을을 공격하고 있었다. 그런데 그게 패트리샤 때문이라면 괜한 희생자가 나오고 있는 셈이었다. 그걸 두고 도망칠 수도, 그렇다고 무작정 싸움에 낄 수도 없는 노릇이었다.

게랄드의 고민은 오래가지 않았다. 이미 두 사람이 서 있는 길의 양쪽에서 말을 탄 기사가 한 명씩 달려오고 있었다. 마치 포위망을 좁히는 것처럼.

"으음, 뭔가가 늦었다면 이미 오래전에 늦은 건가 보군."

게랄드는 반사적으로 무기를 찾아 허리에 손을 얹었다. 하지만 그는 단검 하나 차고 있지 않았다.

말을 타고 달려온 자는 얼굴을 삼각 두건으로 가리고 있었다. 다짜고짜 공격해 올 줄 알았더니, 그는 열 걸음 정도 앞에서 멈췄다. 뒤에서 달려오던 말 한 마리도 비슷한 거리에서 멈춰 섰다.

앞쪽에 있는 남자가 정중한 말씨로 말했다.

"레이디 패트리샤. 당신을 모시러 왔소."

게랄드는 패트리샤의 앞에 서서 대신 말했다.

"레이디께서는 내 보호 아래 있소만?"

삼각 두건 쓴 남자는 천천히 말을 몰아 게랄드 앞에 섰다.

그는 높낮이 없는 어조로 물었다.

"경호원인가?"

"보다시피."

두건 쓴 남자는 게랄드에게 좀 더 가까이 다가왔다. 그리고 칼을 꺼내 게랄드의 목을 향해 휘둘렀다. 그야말로 무의미하게 길가의 꽃 한 송이 쳐내는 눈빛이었다.

게랄드도 같이 손을 휘둘러 놈의 손목을 잡아챘다. 두건 쓴 남자는 말 위에서 떨어졌고 그의 칼은 게랄드가 쥐고 있었다.

떨어진 남자는 목이 이상한 각도로 꺾인 채로 꿈틀거리며 일어나지 못했다. 곧 그의 숨이 끊어졌다.

"아이, 깜짝이야! 뭔 예고도 없이 공격하냐?"

게랄드는 시체를 향해 소리쳤다. 그런 다음 열 걸음 뒤에 있는 또 다른 삼각 두건의 기사에게 말했다.

"너도 봤지? 얘가 먼저 시작한 거다?"

그 기사는 별로 당황하지도 않고 칼을 꺼냈다.

"오오, 충동적인 기습은 아니었다 이거지?"

게랄드도 칼을 들었다. 그때 그 남자의 뒤, 그러니까 마을 쪽에서 이쪽으로 횃불을 든 사람들이 몰려오고 있었다. 몇 명인지는 잘 보이지 않았다.

게랄드는 패트리샤에게 소리쳤다.

"언덕 밑으로 뛰어!"

게랄드는 곧장 말을 탄 기사에게 달려들었다. 그 기사도 머뭇거리지 않고 달려와 칼을 마주 휘둘렀다.

두 사람의 칼이 동시에 서로를 향해 지나쳐 갔다. 그 기사의 잘린 손목이 바닥에 떨어졌다. 그는 비명을 지르며 말에서 고꾸라졌다.

생각보다 횃불의 접근은 빨랐다. 그중 가장 선두의 기사 둘은 벌써 게랄드를 발견하고 칼과 창을 치켜들고 있었다.

게랄드는 엉금엉금 경사 급한 언덕길을 내려가는 패트리샤의 위치를 확인했다.

'아직 시간이 더 필요하겠군.'

게랄드는 패트리샤를 따라가려다 생각을 고쳐, 그냥 길 위에서 접근해 오는 두 기사를 상대하기 위해 칼을 치켜들었다.

두 마리 말이 시간차를 두고 차례대로 게랄드에게 달려왔다.

'내 정체를 확인하지도 않고 공격해? 그럼 패트리샤 말고는 전부 다 죽이라는 명령이 있었던 거군.'

게랄드는 칼을 크게 휘둘러 첫 번째 기사의 팔을 베어내고, 뒤따라오는 창을 든 기사까지 공격했다. 그러나 거리감을 잘못 잡은 탓에 게랄드는 그만 칼을 놓치고 말았다. 그자의 창이 게랄드의 어깨를 스쳤다.

게랄드는 뒤로 한 바퀴 굴러 발딱 일어났다.

"젠장."

게랄드는 어깨를 깊숙이 찢고 지나간 상처에 손을 대 보며 투덜거렸다.

게랄드의 칼에 베인 첫 번째 녀석이 뒤늦게 말에서 떨어졌다. 창을 든 기사는 놀라며 동료의 죽음을 확인했다.

그는 게랄드를 무섭게 노려보더니 말 머리를 돌려 물러났다. 하지만 달아나는 건 아니었다.

게랄드는 피 흐르는 팔뚝을 움켜쥐고 바닥에 떨어진 칼을 쥐었다. 그사이 또 마을 쪽에서 한 기의 말이 달려오고 있었다.

게랄드를 상처 입힌 기사는 같은 편이 달려오는 속도를 확인하더니 타이밍을 맞춰 말을 몰았다.

'앞뒤로 동시에 둘이라……. 이건 좀 힘들겠군.'

게랄드는 등 뒤로 달려오는 쪽은 무시하고 창을 든 녀석만 노려 칼을 휘둘렀다. 앞에서 날아오는 창이 뺨을 찢으며 스쳐갔고 뒤에서 날아오는 칼이 목덜미를 스치고 지나갔다.

게랄드는 침착하게 앞에서 오는 남자의 창과 옆구리를 베었다.

게랄드를 중심에 두고 두 마리 말이 스쳐 지나갔다.

게랄드는 그 자리에서 비틀거리며 한 바퀴 돌다가 주저앉았다. 그에게 옆구리를 베인 기사는 말 위에 풀썩 엎어졌다. 말은 아무 생각 없이 마을 쪽으로 하염없이 달려갔다.

살아남은 기사가 말을 다시 게랄드에게 돌리며 말했다.

"놀라운 실력이군."

그는 자신의 칼에 묻은 게랄드의 피를 확인하더니 말을 이었다.

"마을의 그놈들도 상당하더니 역시 칸 백작이 고용한 병사들답군."

삼각 두건으로 얼굴을 가리고 있었으나 눈매는 어둠 속에서도 빛이 났다. 그러고 보니 이 녀석만 두건이 하얀색이었다.

'자기는 특별하다고 과시하는 놈이군. 그럼 이 녀석이 대장이다.'

게랄드는 얼굴에 흐르는 피를 닦으며 물었다.

"어느 가문에서 왔나?"

"알 거 없다."

"제기랄, 대답 안 해줄 줄 아는데도 왜 꼭 물어보게 되는 걸까?"

게랄드는 클클 대고 웃으며 마을 쪽에서 달려오는 기사들을 확인했다. 앞에 있는 한 놈도 상대하기 까다로운데 합류하는 녀석들의 숫자가 아주 많았다.

'한 가문의 기사단 전체라고 했지? 그럼 여기서 무리할 필요는 없

어…….'

게랄드는 자존심 따지지 않고 언덕 밑으로 뛰어 내려갔다.

뒤따라 온 기사들이 게랄드를 발견하고 말에서 내리려 하자, 하얀 두건을 쓴 기사가 저지했다.

"내버려 둬라. 밑에 이미 대기시켜 뒀다. 패트리샤만 잡으면 저 녀석은 어찌 되든 상관없어. 마을의 흔적은 없앴나?"

"모두 불을 질렀습니다."

부하가 대답했다.

"그럼 전원 패트리샤를 추적하라. 반드시 사로잡아야 한다."

게랄드는 서둘러 패트리샤가 달려간 방향으로 달려갔다. 하지만 언덕 밑에는 그녀의 흔적이 보이지 않았다.

'왜 이렇게 밝지?'

주변이 달빛이 아닌 불빛으로 밝았다. 언덕에 가려 마을은 보이지 않았으나, 그쪽 방향에서 붉은빛이 피어오르고 있었다.

'불까지 질렀군. 그럼 마을 사람들도 가리지 않고 죽였단 소리야.'

다른 경호병들이 살아 있길 기대할 수는 없었다. 만약 패트리샤를 따라 마을 밖에 나와 있지 않았다면, 게랄드도 살아남지 못했을 것이다.

게랄드는 우선 패트리샤부터 찾았다. 하지만 그녀의 흔적을 찾기도 전에 또 두 마리 말이 그의 앞으로 다가왔다. 역시나 말을 몰고 있는 기사는 삼각 두건을 쓰고 있었다.

그들은 게랄드를 보자마자 창부터 들었다.

"어쩐지 날 추적하지 않는다 했지. 이미 이쪽에 대기하고 있었나?"

그들은 대꾸하지 않고 천천히 말을 몰며 다가왔다.

게랄드는 칼을 어깨에 올리고 물었다.

"레이디 패트리샤는 벌써 잡아갔나?"

한 명이 대답했다.

"잡아가? 가야 할 곳으로 모셨을 뿐이다."

"호오, 멋지기도 해라. 그래서 어디로 모셔갔는데?"

"네가 알 건 없다."

"그거 죽여도 된다는 의미로 받아들여도 돼?"

"우리가 널 죽이겠다는 의미다."

두 기사는 동시에 게랄드를 향해 말을 몰았다. 둘은 정확히 같은 타이밍으로 말 아래 있는 사람이 가장 반격하기 힘든 각도로 창을 찔러 넣었다.

두 기사는 빠르게 게랄드를 지나쳐 갔다. 하지만 그들의 창은 허공만 스쳤다.

그 자리에서 반격도, 방어도 하지 않고 그저 피하기만 한 게랄드는 심각한 얼굴로 중얼거렸다.

"한동안 실전을 안 했더니, 나도 모르게 감각이 무뎌졌던 모양이야. 몇 번 얻어맞은 다음에야 피할 수 있게 된 걸 보면! 나도 아직 멀었지……."

둘은 말을 되돌리며 서로의 얼굴을 바라보았다.

"야, 둘 중 하나만 살려 줄 테니 가서 패트리샤 데려간 개자식한테

이 말 꼭 전해.”

게랄드는 어깨에 얹은 칼을 까닥거리며 말을 이었다.

“살고 싶으면 신발 벗고, 무릎 꿇고, 나 올 때까지 두 손 들고 벌서고 있으라고.”

“까불지 마라! 너 하나쯤 없애는 건…….”

게랄드는 그 말을 한 녀석에게 칼을 던졌다. 정확히 목을 뚫고 칼날이 두 뼘 정도 뒤통수로 빠져나왔다. 그는 옆으로 천천히 미끄러져 말에서 떨어졌다.

다른 한 녀석은 그 모습을 보고 일순 놀랐으나, 이내 창을 치켜들었다.

게랄드가 물었다.

“설마 나한테 칼이 없으니까 창을 가진 네가 유리하다고 생각하는 건 아니겠지?”

“닥쳐라.”

“한 명은 살려준다고 했는데, 싫어?”

그 기사는 말을 달려와 게랄드에게 창을 힘껏 찔러 넣었다.

게랄드는 그 자리에서 한 걸음도 움직이지 않고 창을 움켜잡았다. 기사는 마치 벽에다 창을 찌른 듯 팔이 꺾이며 창을 놓쳤다. 그는 창을 빼앗긴 채로 게랄드를 스쳐 지나갔다.

게랄드는 빼앗은 창을 한 바퀴 돌려 고쳐 쥐었다. 그리고 그 기사의 뒤통수를 향해 창을 집어 던졌다.

창은 놈의 뒷목을 꿰뚫었다. 그는 목에 창이 꽂힌 상태로 말에서 떨어졌다.

게랄드는 창을 던진 손을 내려다보았다. 창을 잡는 순간의 마찰로 살갗이 벗겨지고 찢어져 있었다.

"왠지……."

게랄드는 이를 부득 갈면서 말했다.

"화가 난다."

게랄드는 주인 잃은 말에 올라타 마을로 달려갔다. 도착할 무렵에는 이미 일행이 묵었던 술집은 불타 무너진 후였다.

아직 타고 있는 집도 더러 있었으나 불을 끄러 허둥대는 사람은 보이지 않았다. 그들은 패트리샤를 납치하기 위해 평생 이 마을을 지키며 살아가던 평범한 마을 사람들을 전부 쓸어버린 것이었다.

한 병사만 살아남아 술집 옆에 앉아 있었다. 게랄드는 말에서 내려 그에게 다가갔다.

"겔모리츠."

그는 이미 죽어 가고 있었다. 입에서 흐르는 피가 목덜미는 물론이고, 그가 앉아 있는 바닥까지 피로 축축하게 적셨다.

"게랄드. 살아 있었군요. 당신이 와 주길 기대하면서 악착같이 버텨 봤는데……. 다행이오."

그는 게랄드의 도끼를 내밀며 힘없이 미소 지었다.

"받으시오. 챙겨 뒀소."

게랄드는 도끼를 쥐고 물었다.

"그 자식들, 누구지?"

"모르오. 하지만 짐작으로는……."

"크래스터?"

겔모리츠는 고개를 끄덕였다.

"다, 다른 자들은 얼굴을 가리고 이, 있어 모르지만, 그중 한 명의 검술은 부, 분명 내가 기억하는……."

겔모리츠는 힘겹게 말을 이었다.

"캄프."

"캄프?"

"이, 이로피스의 왕실 기사단 내에서도 그를 꺾은 이가 없다고 할…… 정도요. 그자의 검에 죽게 되었으니 차라리 다행인 건가……. 아니지. 이, 임무가, 이 임무를 무사히 수행했어야 다행인 것을……."

겔모리츠는 두서없이 말하다가 입을 다물었다.

게랄드는 그에게 물주머니를 내주었다. 그는 힘겹게 물을 한 모금 마시고 말했다.

"패트리샤 아가씨는……, 불쌍한 분이오. 파, 파티장에서 아가씨에게 접근하는 남자들은 어, 언제나 먼저 그분의 모, 목걸이부터 살폈소."

그는 울먹이며 말을 이었다.

"그게 부, 불안해서 나를 비롯한 경호원들이 돌아가며 붙어 있었을 정도였소……. 나 역시 벌을……, 바, 받는 거겠지. 이대로, 크, 크래스터 가문에 가버리면, 내, 내 일은…… 내, 부담은 어, 없어진다고 새, 생각……. 난 그런 비열한 생각으로……."

겔모리츠의 몸이 옆으로 수그러졌다.

게랄드는 강제로 그의 어깨를 붙잡았다.

"그래. 비열했다. 그러니 그 죄를 용서받으려면 아직 네가 해줄 말이 있다, 겔모리츠. 패트리샤가 가진 목걸이가 대체 뭐지?"

"이, 이, 이로피스…… 와, 왕실, 기, 기사단의…… 후, 후원자……."

"기사단의 후원자? 그게 뭐 하는 건데?"

"패트리샤와…… 겨, 결혼하는 사람이…… 기사단의…… 캡틴, 지, 지명권을…… 갖는다."

젤모리츠는 어깨를 쥔 게랄드의 손에 자신의 손을 얹었다.

"게랄드……, 부디 패트리샤 아가씨를 지, 지켜……."

"내가 누구냐, 젤모리츠? 난 게랄드 하란이다. 내 평생, 맡은 임무에 실패해 본 적이 없다. 걱정 말고 쉬어라."

젤모리츠는 고개를 끄덕이더니 손을 늘어뜨렸다. 희미하게 내뱉던 그의 숨도 곧 멈췄다.

게랄드는 젤모리츠의 눈을 감겨 주고 자리에서 일어났다.

"돈으로 환산 못 할 가치가 고작 그거였어?"

게랄드는 젤모리츠의 피가 묻은 손을 꽉 움켜쥐었다.

"그럼 생명으로는 환산할 수 있나?"

어깨의 출혈은 아직도 심했다. 피곤하기도 해서 정신이 몽롱했다.

"누구에게도 지지 않는다……."

게랄드는 그 말을 중얼거리며 잠시 눈을 감았다.

'패배는 그때 한 번으로 족해. 또 질 수는 없어.'

현상범 '위슬런'을 쓰러뜨린 날 밤에 모닥불 앞에서 겨뤘던 녀석이 떠올랐다.

얼굴도 기억나지 않았고, 목소리도 기억나지 않았으나 그와 싸울 때의 분위기만큼은 정확히 기억났다.

놈이 보여준 믿을 수 없는 검술과 투지!

그를 떠올리면 자연스럽게 링케가 떠올랐다.

'게랄드, 왜 그만두려는 거냐?'

동료인 링케와 함께 몸담았던 용병대를 떠나려는 날이었다.

링케는 악을 쓰듯 소리를 질렀다.

'우리가 하찮아 보이나? 그래, 그렇겠지! 넌 항상 용병 짓을 하면서도 겉돌고 있었으니까. 마치 혼자서 출신이 다른 놈인 듯, 혼자서 다른 세상에 살고 있는 듯!'

게랄드는 고개를 저으며 대꾸했다.

'그런 적 없어. 그냥 네가 만들려고 하는 그 용병대 이름이 너무 유치해서 그래. 우드라 나이트가 뭐냐?'

'닥쳐라, 게랄드 하란.'

마지막 싸움에서 쓰러뜨린 링케는 울고 있는 것처럼 보였다.

그는 게랄드만 없었다면 용병 세계의 일인자가 될 실력자였다. 하도 성격이 못돼 먹어서 별로 미안하지 않지만 그의 말이 틀린 건 아니었다. 게랄드는 혼자 다른 세계에서 꿈을 꾸듯 살고 있었다.

어린 시절 단 한 번, 모닥불을 사이에 둔 결투로 모든 인생관이 뒤바뀌어 버렸다.

'그런 놈을 다시 만나도 지지 않을 힘이란 게 뭘까?'

게랄드에게는 스승이 없었다. 그래서 누구에게도 물어보지 못했고, 여전히 해답을 얻지 못한 질문이었다. 계속 실전을 거듭하다 보면 얻을 해답이라 여겼다.

'더 강해져야 해. 지금보다 훨씬 훨씬 훨씬 더! 상대가 그 누구라도 내가 지키고 싶은 사람을 지킬 수 있도록!'

게랄드는 쥐고 있는 도끼를 내려다보며 중얼거렸다.

"그래, 그 정도 힘은 가져야 널 다시 만나도 창피하지 않겠지?"

"캐, 캡틴 캄프."

묶어 놓은 패트리샤의 몸을 뒤지던 녀석이 당황해서 말했다.

처음에는 여자의 몸을, 그것도 소문난 미녀의 몸을 마음껏 더듬을 수 있다는 것에 침까지 흘리던 녀석이었다. 그러나 지금 그의 얼굴이 하얗게 질려 있었다.

"어, 없습니다."

"없다고?"

캄프가 물었다.

"네. 반지나 귀걸이, 팔찌는 있지만 목걸이는 어디에도 없습니다."

"잘 찾아봤느냐?"

"찾아봤습니다. 사, 삼킨 걸까요?"

"삼킬 수 있는 크기가 아니다."

캄프는 얼굴을 덮고 있는 하얀 두건을 벗었다. 그리고 패트리샤의 입을 단단히 조이고 있는 재갈을 풀었다.

"자, 레이디. '대지의 눈물'은 어디 있소?"

패트리샤는 거친 숨을 몰아쉬다가 캄프를 노려보며 말했다.

"없다."

"지금 없는 건 잘 알겠소. 당신의 짐도 모두 뒤져 보았소. 당신 말대로요. 없더군. 그럼 어디 있지?"

전혀 협박조가 아니었다. 굳이 비유하자면 오히려 파티장에서 춤을 권하는 목소리 같았다.

패트리샤는 주위를 살폈다. 여기까지 끌려오는 동안 눈을 가리고 있어 어디로 왔는지 감을 잡을 수가 없었다. 건초가 쌓여 있고 말 오줌 냄새가 진한 걸 보니 마을에서 멀리 떨어진 마구간이나 헛간 정도인 모양이었다. 어쨌든 아무리 소리 질러도 누구 하나 도와주지 않을 곳인 건 분명했다.

패트리샤는 힘없이 대꾸했다.

"줘 버렸다."

"누구한테?"

"지나가는 부랑자한테."

주먹이 날아와 그녀의 얼굴을 쳤다.

당장 정신이 아득해졌고 숨이 잠깐 멎었다. 겨우 숨을 쉬려고 하니 코가 막혀 입으로 쉬어야 했다. 코에서 흐르는 피가 입안으로 흘러 들어왔다. 흐르다 떨어진 붉은 피가 치마의 하얀 옷감에 스며들었다.

"한 번은 주먹이오. 두 번은 칼이오. 세 번은……, 뭐 상상에 맡기겠소."

캄프의 말투는 절도가 있었고 사악한 감정이라고는 보이지 않았다. 그는 상대에게 고통을 주는 것에 완전히 무감각한 사람이었다.

"두 번째, 묻겠소. 대지의 눈물은 어디 있소?"

"그래. 부랑자는 아니야. 하지만 누굴 줘 버린 건 사실이야."

"좀 더 솔직해지셨군. 자, 좀 더 솔직해지면 아무 문제 없을 거요."

캄프는 약간 뜸을 들인 다음 물었다.

"그 누구란 게, 누구요?"

"몰라. 정말 몰라. 왜냐면 정말 지나가는 사람을 줘 버렸으니까."

"두 번째 질문이었으니, 칼을 써야겠군."

캄프는 칼을 들어 패트리샤의 얼굴에 댔다. 그녀는 눈을 질끈 감았다.

문이 벌컥 열렸다.

"그만두어라, 캄프!"

헛간 안으로 '한스 크래스터'가 들어왔다.

이로피스 왕실 기사단의 후원자가 되려고 발악하는 남자.

드래곤 기사단과 함께, 대륙에서 가장 유서 깊은 이로피스의 기사단이 구조적으로 비리에 취약한 데는 이유가 있었다. 기사단을 소유하는 사람이 왕실이 아니라 귀족 가문이라는 점이었다.

엄연히 '왕실'이라는 이름이 붙어 있으니 당연히 왕이 소유해야 했다. 그리고 역사적으로도 원래는 그러했다.

그러나 백여 년 전의 귀족들이 힘을 합쳐, 왕실의 군대에서 왕실 기사단을 분리시켰다. 왕권이 약해졌던 시기에 벌어진 귀족들의 반란이었다. 거기에는 몇 가지 조건이 붙었다.

왕실 기사단을 운영하는 비용을 당대에 가장 돈 많은 귀족이 떠안는다. 대신 그 귀족은 기사단의 캡틴을 정할 수 있는 권한을 부여받는다. 그런데 가장 돈이 많은 귀족을 정하는 기준이 없었다. 서로 금의 무게를 잴 수도 없는 노릇이니까.

결국 눈에 보이는 실체가 필요했다. 그게 바로 세상에서 단 하나뿐인 보석, '대지의 눈물'이었다.

패트리샤의 어머니는 시집을 오면서 그 보석을 유일한 혼수품으로 들고 왔다. 그녀의 아버지는 왕실의 기사단을 소유했다는 착각에 빠져 권력을 과시하고 사치를 부렸다.

그는 세상 무서운 줄 모르고 닥치는 대로 돈을 끌어 썼다. 그러다 대지의 눈물을 담보로 맡기기에 이르렀고, 빚을 감당 못 해 허우적대다가 죽었다.

왕실의 법률상 대지의 눈물은 돈으로 거래할 수 없는 물건이었다. 거기에 패트리샤가 중간 매개체로서 강제로 끼어든 것이었다. 이로피스의 귀족이라면 누구든 최고의 미녀에다 대지의 눈물을 가진 패트리샤를 탐할 수밖에 없었다.

패트리샤와 혼인할 수 있는 우선순위에 크래스터 가문이 있었다. 칸 백작은 수없이 크래스터 가문과 그 부분을 협상했으나 어떤 조건도 받아 주지 않았다.

매사에 긍정적이고 웃음 가득한 칸 백작의 얼굴 뒤에는 그런 고민이 있었다. 칸 백작을 누구보다 사랑하는 패트리샤로서는 한스 크래스터와 결혼하지 않고도 큰아버지의 고민을 해결할 수 있는 방법을 두 가지밖에 생각할 수 없었다.

달아나거나, 보석을 없애버리거나.

달아나 봐야 잡힌다. 평생 도망치면서 살고 싶지는 않다. 그래서 찾은 사람이 게랄드.

그 사람이라면 이런 보석을 가지고도 충분히 달아나면서 살 수 있다는 믿음이 있었다. 그 후에는…….

'아니, 이제 그 후는 생각할 수 없게 됐네.'

패트리샤는 크래스터 가문의 장남을 올려다보며 모든 것을 포기했다.

그가 창고 문을 열고 나타난 순간 그녀의 인생은 결정되어 버린 것이었다.

'이제 내가 크래스터 가문에 들어가 할 일은 그의 아이를 낳고, 그 아이가 행복의 전부인 양 키웠다가 결국 그 아이도 크래스터와 똑같이 자라는 모습을 보는 거겠지.'

"패트리샤, 상황이 이렇게 된 점 사과드리오. 내 아이들이 과격하게 대한 점도, 피치 못할 사정으로 당신의 경비병이 죽게 된 것도."

한스 크래스터가 다가오며 말을 이었다.

"하지만 분명히 해두자면, 이는 내가 원한 바가 아니오. 상황이 복잡해지고 말았거든. 이렇게 당신을 데리러 마중 나올 수밖에 없는 이유가 있었소."

크래스터는 피 묻은 패트리샤의 얼굴을 손등으로 살짝 문질렀다. 그녀는 고개를 돌리지도 않고 피멍이 든 눈으로 그를 올려다보았다.

"대지의 눈물은…… 내 손에 없어요."

"없어도 되오. 당신이 나의 아내라는 점이 더 중요한 것 아니겠소?"

그는 마치 자신의 사랑을 전부 쏟아붓겠다는 얼굴로 내려다보았다. 하지만 몽롱한 정신 속에서도 패트리샤는 그의 얼굴 뒤에 보이는 속셈을 모두 읽을 수 있었다.

'그래. 대지의 눈물이 없어졌다면 그 보석의 소유주였던 나와 혼인했다는 게 더 큰 권리가 될 거야. 충분히 기사단의 캡틴 지명권을 가질 수 있어…….'

만약 나중에 누군가 보석을 가지고 나타난다면 크래스터 가문은 그 보석의 소유권마저 주장할 수 있을 것이다. 모든 법적, 경제적 힘을 총동원하여 그 보석을 탈취할 수 있고 어둠의 경로도 얼마든지 활용할 수 있었다.

그런 가문이었다, 크래스터는…….

한스 크래스터는 패트리샤의 얼굴에서 손을 떼고 소리쳤다.

"서둘러라. 다른 쪽에서도 이미 이 근처를 수색 중일 것이다."

"마을을 불태웠으니 당분간 그 근처만 수색할 겁니다, 도련님."

캄프가 대답했다.

크래스터는 창밖을 내다보더니 고개를 저었다.

"아니, '저쪽'에 둔한 놈만 있는 건 아니야. 계략으로 치자면 나보다 위인 놈도 있어. 어쨌든 서두르지. 짐 챙기고 레이디 패트리샤를 정중히 모셔라."

크래스터는 다시 한 번 그녀를 돌아보며 웃었다.

"좀 험한 여행이 될 거요, 레이디."

패트리샤는 캄프가 끌고 가는 대로 힘없이 끌려갔다.

크래스터가 옆을 따라오며 물었다.

"그보다 차기 왕실 기사단의 캡틴으로 누굴 꼽는 게 좋겠나, 캄프?"

"저는 싫습니다."

"그런 껍데기뿐인 자리에 자네가 앉을 리 없겠지. 듣자니 캡틴으로 쓸 만한 젊은 인재들은 다 빠져나갔다더군. 바스테르, 쉐이든, 카펜타크 같은 기사는 내가 전부터 눈여겨봤었는데……."

크래스터가 불만스럽게 말을 이었다.

"……설마 내가 후원자가 된다는 소문 때문에 그만둔 건 아니겠지?"

"설마요! 아란티아에서 울프 기사단을 뽑는다는 이상한 공고 때문에 그렇습니다."

"아, 그 웃기는 소문 말이지? 자기들이 무슨 대륙 전체를 대표하는 기사단인 줄 아나 보지?"

한스 크래스터는 말을 타는 순간까지 그 이야기를 했다. 벌써 자신이 기사단을 소유한 사람 같았다!

패트리샤는 힘없이 말에 올랐다.

'이상해. 왜 이렇게 서두르는 거지? 그것도 마을 하나를 전멸시키면서까지? 공식적으로 난 한스에게 가고 있던 거였는데……? 맞아. 내가 걱정했던 그 일이 벌어지고 만 거야.'

얼마 안 가 그녀의 예상이 적중했다.

한 무리의 말을 탄 병사들이 길목을 막고 있었다. 제일 앞의 말을 탄 남자가 소리쳤다.

"피렌톤 가문의 장남 올리버 피렌톤이다. 크래스터 이놈! 네 몹쓸 짓은 분명 네 아버지에게 배운 버릇이렷다?"

피렌톤의 기마대도 서른 명쯤 되었다. 크래스터가 이끄는 기마대와 비슷한 규모였다.

캄프는 잠시 상대 숫자를 헤아려 보더니 크래스터에게 작은 목소리로 말했다.

"지금 쳐 버리면 금방 끝낼 수 있습니다."

"아니, 싸우면 안 돼. 우리가 지치길 기다리는 놈이 또 있는 것 같아……."

크래스터는 피렌톤이라는 자가 있는 곳이 아닌 다른 쪽을 향해 소리 질렀다.

"거기 있는 놈들도 나와라. 비겁하게 숨어 있지 말고 나서서 어디 소유권을 주장해 보시지."

잠시 후 길옆에 숨어 있던 보병들이 와르르 몰려나와 크래스터와 피렌톤의 오른쪽에 섰다. 거의 쉰 명에 육박했다.

이번에는 뒤에서 또 기마대가 몰려왔다. 역시나 다른 가문이었다.

크래스터는 어깨를 으쓱하며 피렌톤에게 말했다.

"이 멍청한 피렌톤의 꼴통아. 네가 자랑스럽게 횃불을 밝히는 바람에 둘이서 해결 봤으면 될 일을 넷이서 해결 봐야 하지 않느냐?"

"어림없는 소리."

네 번째 나타난 기마대의 선두에 있던 기사가 말했다. 그 기사는 투구의 덮개를 열어 패트리샤의 안부를 확인하더니 이를 부득부득 갈았다.

"천벌을 받을 놈. 이로피스의 상징이라 불려도 손색이 없는 소중한 분의 얼굴에 상처를 내다니 널 지옥에 떨어뜨리지 않으면 내 다호크라는 이름을 버리겠노라."

크래스터는 귀찮은 듯 뒤도 돌아보지 않고 손만 내저었다.

"그럼 버려."

그는 또 오른쪽에 나타난 가문을 향해서도 소리쳤다.

"이봐, 그쪽은 자기 가문을 밝히지 않을 셈인가? 병사들만 내보내고 뒤에 숨어 있으면 얻어 갈 것도 못 얻어 가지."

수풀 속에서 머뭇거리며 나타난 남자는 오동통한 체구의 스타우크켄트였다.

“겁쟁이 스타우크가 여긴 어쩐 일인가? 길을 잃었다면 나중에 천천히 안내해 줄 테니 지금은 좀 물러나 있지?”

크래스터는 한껏 비꼬는 어조로 말했다.

스타우크는 입을 뗐다 다물었다 망설이다가 말했다.

“나, 나는 어디까지나 레이디 패트리샤를 지키러 온 거다.”

“웃기고 있군. 어디 그 말 패트리샤의 눈을 똑바로 쳐다보고 해 보시지. 설마 이 자리에서 사랑 운운할 녀석이 있나?”

크래스터는 패트리샤가 타고 있는 말 옆에 다가오더니, 그녀가 흠칫 놀랄 정도로 커다란 목소리로 외쳤다.

“너희들이 원하는 게 대지의 눈물임을 안다. 공교롭게도 그건 우리 손에도 없다. 하지만 난 원래 패트리샤의 약혼자였으니 얌전히 패트리샤만 데리고 가겠다.”

“흥, 거짓말이 수준급이구나. 네 속셈을 내가 모를 줄 아는가?”

올리버가 목에 핏대를 세우며 말을 이었다.

“대지의 눈물이라는 보석은 그 자체로는 가치가 없다. 넌 분명 그걸 얻어내자마자 없애 버렸을 거야. 그러나 그 보석이 상징하는 기사단이 사라지는 건 아니지. 결국 대륙 최강의 왕실 기사단을 소유할 수 있는 권한은 패트리샤의 남편이라는 이름 하나만으로 충분한 거 아닌가?”

크래스터는 진심으로 놀라워하는 얼굴로 박수를 쳤다.

“대단해, 올리버. 그사이 공부 좀 했군. 아니면 그렇게 말하라고 피렌톤 백작께서 시키시던가?”

그러자 뒤에 있던 다호크가 끼어들었다.

“난 처음부터 레이디 패트리샤를 구하기 위해 나섰다. 기사단의 소유권 따위 관심 없다. 적어도 너 같은 난봉꾼에게 저 소중한 분을 맡길 수는 없다.”

크래스터는 슬쩍 등 뒤를 돌아보며 귀밑까지 찢어지는 미소를 보였다.

“네가 숫총각인 걸 그렇게 자랑스러워할 필요는 없지 않은가? 아니, 잠깐. 혹시 남자를 좋아하는 쪽이시던가?”

“무, 뭐라고? 이, 이놈이…….”

다호크는 얼굴이 새빨개져 말도 제대로 잇지 못했다.

크래스터는 깔깔대고 웃더니 놀리는 어조를 이어갔다.

“그거 좋지. 명목상 최고의 미녀를 마누라로 놓고 그 마누라를 처녀로 썩힌 채로 너는 다른 아름다운 청년들과 뒹굴면 그보다 좋을 수 없지. 아차차, 이런 건 패트리샤에게 물어야 하나? 어떻소, 패트리샤? 다호크가 데리고 있는 남자들 구경하러 가시겠소?”

크래스터는 내친김에 아무 말 못 하고 쩔쩔매는 스타우크에게도 말했다.

“저쪽에 말없이 계신 스타우크 자작께서도 우리 얘기에 끼어들고 싶어서 안달이 나 있지만 결국은 기사단 소유권을 가지고 싶어 하실 테니 괜히 추잡한 말싸움에 끼지 마시게나.”

“뭐가 어째? 나, 나는……. 나는 진심으로…….”

“진심으로 패트리샤를 사랑하는 척하지 말고, 가만히 있는 게 좋다는 소리야! 그래야 네 엄마가 얼른 가서 패트리샤를 데려오라고 시켜서 허둥지둥 따라온 걸 안 들키지. 안 그래?”

스타우크의 입술이 추운 날 알몸으로 뛰어나온 사람처럼 부들부들 떨렸다.

화가 머리끝까지 오른 다호크가 마침내 칼을 뽑았다.

"네가 기어이 피를 보게 만들 셈이구나."

"이봐, 다호크. 그럼 설마 이 지경까지 와서 피도 안 보고 끝낼 셈이었나?"

크래스터는 큭큭 웃더니 손을 내저었다.

"하지만 난 아직 너와 거래할 여지가 조금 남아 있다. 네 아버지께서 기사단 소유권을 넘기는 대신 자기 빚을 탕감해 줄 가문을 찾고 있다는 소문을 들었다. 서두른 감도 있지만 지금 물러나면 그 빚을 반으로 줄여 줄 수는 있다."

크래스터의 느릿느릿한 말투에 다호크는 입을 다물었다. 그는 다시 올리버 피렌톤과 스타우크 켄트를 바라보며 말했다.

"자자, 모두들 용감하게 자기가 최강이라 믿는 기사들을 데리고들 온 모양인데……. 시간 낭비할 거 뭐 있나? 한꺼번에 와도 좋다!"

크래스터의 기사들이 일제히 칼을 뽑았다. 캄프는 과시라도 하듯 칼을 뽑지 않았고, 크래스터는 그를 자랑스러워하며 말을 이었다.

"물론 왕실 기사단과도 맞붙을 수 있다고 하는 크래스터 가문의 정예 경비대와 싸울 자신이 있다면 말이다!"

그가 말을 끝마칠 때 극적으로 평원에 찬바람이 불었다.

세 가문의 장남들은 서로 눈치만 보고 있었다.

"아무도 없나?"

오히려 크래스터는 싱겁다는 듯 말했다.

"그럼 없던 일로 하고 떠날까 하는데 길 좀 비켜 주실까?"

크래스터가 먼저 말을 몰았고 그 옆을 캄프가 따랐다. 그리고 혼자서 무장한 기사 다섯을 상대할 수 있다고 알려진 캄프의 정예 병사들이 말을 타고 뒤따랐다.

피렌톤 가문의 병사들은 그 엄청난 위압감에 밀려 옆으로 밀려났다.

막판까지 버티던 올리버도 크래스터의 눈과 마주치자 옆으로 고개를 돌려 버렸다. 하지만 피렌톤 가문의 마지막 한 명은 길을 비켜주지 않았다.

"뭐냐, 넌?"

크래스터가 물었다.

"옷차림을 보니……. 너, 피렌톤 가문의 병사가 아니구나?"

캄프가 말을 몰아 크래스터의 앞으로 나섰다.

"물러서십시오, 도련님."

길을 막고 있는 말을 탄 남자는 하얀 이를 살짝 드러내며 도끼를 쳐들었다.

"난 배운 게 없어서 잘 몰라서 그러는데……. 하나만 물어보자."

그 남자는 웃음기 머금은 목소리로 말을 이었다.

"어째서 기사단의 소유권을 갖는 사람이 패트리샤 당사자가 아니라, 그 남편이 되는 거지?"

패트리샤는 그의 목소리를 듣고 놀라는 것보다 먼저 눈물이 나와 버렸다. 상처 난 뺨에 눈물이 닿으니 쓰라렸다.

게랄드였다.

크래스터는 자신의 앞을 막아선 게랄드에게 짜증을 내는 투로 물었다.

"누구냐, 넌?"

"우와, 그런 질문 안 해줄 줄 알았는데 고맙기도 해라. 네 쫄따구들이 계속 나한테 했던 말을 그대로 돌려줄 수 있겠는걸."

게랄드는 웃으며 말을 이었다.

"알 거 없다!"

"보아하니 용병 나부랭이 같군."

"용병은 맞는데, 나부랭이는 아니야."

"요놈 봐라?"

크래스터는 혀를 끌끌 찼다. 크래스터의 옆에 선 캄프는 언제라도 게랄드를 칠 준비를 하고 있었다. 하지만 크래스터는 명령을 내리지 않았다.

"여긴 이로피스의 장래를 이끌 네 개 가문의 후계자가 모인 자리다. 너 같은 녀석이 나설 자리가 아닌 건 아느냐?"

"아, 못 나설 자리였어?"

게랄드가 주변을 쭉 훑어보더니 말을 이었다.

"에이, 그럼 먼저 말을 해 주지 그랬어? 그럼 안 나섰을 텐데. 내가 이런 귀족들의 예법이나 상식 같은 걸 잘 모르거든."

"호오, 간만에 나한테 대드는 녀석을 만났군."

크래스터는 도리어 재미있어 했다.

"시간 없습니다, 도련님. 그냥 해치우고 떠나시죠. 아까도 우리 일을 방해했던 놈입니다."

캄프가 말했다.

그 목소리를 듣고 게랄드가 도끼를 내밀었다.

"아하, 너 그 하얀 두건이구나."

캄프가 차갑게 게랄드를 노려보았다. 대답하지 않는 것으로, 게랄드는 그가 맞다는 걸 확신했다.

"아까는 재미있었다. 이거 그 재미 돌려주고 싶어서 벌써 근질근질한걸."

게랄드는 갑자기 크래스터를 향해 도끼로 가리켰다.

"방금 너, '이 자식 무지 짜증 나네' 하고 생각했지?"

크래스터는 어깨를 으쓱했다.

"아니, 지루하다고 생각했다."

"어어? 틀렸네? 그럼 안 되는데?"

"안 되긴 뭐가 안 돼?"

"내가 네 속마음을 딱 맞히면 그다음에 재미있는 문제를 내려고 했거든."

크래스터는 어처구니가 없어 물었다.

"대체 너 뭐 하러 온 거냐?"

"어어, 그래, 그래! 그걸로 시작하면 되겠다. 자, 첫 번째 문제. 내가 뭘 하러 여기 나타났을까요?"

"패트리샤를 구하려고?"

"정답! 보기보다 똑똑하네."

"칭찬 고맙군. 그럼 이제 자넬 죽이고 지나가도 되겠지?"

크래스터가 손가락을 까닥 했다. 거의 동시에 캄프를 비롯한 전 기사들이 칼과 창을 앞세우고 다가왔다.

게랄드는 이미 그럴 줄 알았다는 듯 주머니에서 목걸이를 들었다.

기사들은 일제히 말을 멈췄다. 캄프 역시 칼을 쳐들었다가 멈췄다. 크래스터도 눈을 뜨고 뒤늦게 명령을 내렸다.

"멈춰라!"

뒤에서 이 엉뚱한 상황을 보고 있던 세 가문의 장남들도 눈을 크게 뜨고 다가왔다. 크래스터의 기사들 때문에 앞장서지 않았을 뿐, 언제라도 돌격할 태세였다.

게랄드의 손에는 대지의 눈물이 새벽의 여명을 받아 밝게 빛을 내고 있었다.

게랄드가 씨익 웃으며 물었다.

"자, 두 번째 질문. 이게 뭘까아요?"

다들 눈만 크게 뜨고 아무 말 하지 못했다.

게랄드는 안타까워하며 말했다.

"어이쿠, 문제가 너무 어렵나? 그럼 객관식. 1번, 대지의 콧물. 2번, 대지의 오줌. 3번, 대지의……."

"닥쳐라!"

크래스터가 소리를 질렀다.

게랄드는 여전히 웃으며 말했다.

"왜, 이제 좀 관심이 동하셨……."

게랄드는 말하다 말고 입을 다물었다. 슬슬 사위가 밝아지는 중에 패트리샤의 얼굴을 발견했기 때문이었다.

그는 눈살을 찌푸리며 물었다.

“나의 레이디 얼굴을 저렇게 만든 개자식, 누구야?”

“네 이름부터 말하라.”

크래스터는 지금까지와 다른, 진지한 얼굴로 말했다.

“게랄드다.”

“그걸 뻔히 보이게 들고 나온 건 뭔가를 얻어내고 싶어서겠지? 어디 요구 조건을 말해 봐라.”

크래스터가 머뭇거리며 말했다. 그러자 기다렸다는 듯이, 세 가문의 아들들도 게랄드에게 말했다.

“크래스터 가문이 그 어떤 조건을 말하든 그 두 배를 주겠다.”

“그 어떤 조건보다 더 높이 쳐 주겠다. 원한다면 너에게 귀족이라는 자리를 안겨 주겠다.”

“저런 말 믿지 마라. 어떤 조건인지보다 그 조건을 진짜로 들어줄 수 있는 가문을 믿으라.”

동시에 말해서 제대로 알아들을 수도 없었다.

게랄드는 뒤통수를 긁적이다가 목걸이를 오른쪽 손목에 걸었다.

“조용조용. 잠깐만 좀 조용히 해 봐. 누가 뭔 말하는지 하나도 모르겠잖아!”

게랄드는 두 손을 휘저으며 소리쳤다. 그러자 모두 입을 다물었다.

게랄드는 자기 인생 역사상 이렇게 많은 사람들을 조용히 시킨 적이 있나 생각해 보았다.

물론 없었다.

“자, 딱 두 가지만 말할 거니까 잘 들어. 두 번 말 안 해. 난 이런 설명 같은 거 잘 못하거든? 그러니까 두 번 말하게 하면 확 그냥 이 보석

깨 버리고 귀에다 꽃 꽂고 미친놈 행세할 거야."

게랄드는 자기 손목을 보여 주며 말을 이었다.

"첫째, 이 대지의 눈물을 가지고 싶은 사람은 내 손목을 잘라서 가져가라."

다들 무슨 엉뚱한 소리인가 싶어 말을 못 할 때 패트리샤가 소리쳤다.

"그만둬요, 게랄드. 무슨 뜻으로 그런 짓을 하려는 건지 알겠어요. 내가 했던 부탁을 들어주려는 거죠? 하지만 이제 됐어요. 이제 더 이상 당신의 힘으로 어떻게 할 수 있는 영역이 아니에요."

모두의 시선이 그녀를 향했다. 하지만 패트리샤는 오직 게랄드만 바라보며 말을 이었다.

"그냥 그 보석은 던져 버리고 도망가요. 그걸 노리는 사람은 이 네 가문만 있는 게 아니에요. 어느 쪽이든 나와 그 보석을 가진 사람은 평생 다른 가문의 견제를 받고 살게 돼요. 백부님조차 그걸 두려워했어요."

웃으며 말하려고 애쓰던 패트리샤는 끝내 눈물을 쏟았다. 그래도 그녀는 게랄드를 설득하기 위해 계속 말했다.

"아시겠어요, 게랄드? 이건 너무 커다란 힘이에요. 한 개인이 어찌할 수 있는 힘이 아니라고요……."

패트리샤는 고개를 숙이고 눈물을 떨어뜨렸다.

게랄드는 그녀가 우는 모습을 바라보다가 손을 흔들었다.

"패트리샤, 여기, 나 봐봐."

패트리샤는 흐느끼다가 고개를 들었다.

"옳지. 그대로 잘 보고 있어!"

게랄드는 뒤이어 다른 남자들에게 말했다.

"봤냐, 이 꼬맹이들아? 쟤가 날 위해 저렇게 울기까지 하는 거. 그리고 난 저 여자를 경호하면서 이틀 밤이나 같이했어."

"맙소사. 게, 게랄드 말하지 말아요. 지, 지금은 안 돼요!"

패트리샤가 당황하며 저지하려 했다. 그 모습이 더욱 큰 효과를 발휘했다.

게랄드는 음흉한 미소를 지으며 말했다.

"자, 이게 내가 두 번째 할 말이다. 너무 쉽게 말해주면 재미없으니까 좀 전에 하던 대로 문제로 내볼까? 쟤랑 나랑 간밤에 무슨 일이 있었게?"

패트리샤는 절망하며 눈을 질끈 감았고, 크래스터는 분노로 입을 떨었다. 다른 가문의 남자들도 황당해 하며 눈만 크게 떴다.

게랄드는 키득대고 웃으며 말을 이었다.

"후후, 이거 재밌네. 보석도 내가 가지고 있고 저 여자도 내 걸로 만들었는데 내가 이대로 왕실 기사단 가서 소유권 주장하면 어떻게 되는 거지? 게다가 난 검술 실력도 끝내주지. 용병 세계에서는 꽤 이름도 있겠다……. 이대로 이로피스 왕실 기사단의 캡틴 자리 차지해도 되지 않나?"

올리버가 손가락을 치켜들며 소리쳤다.

"이 정신 나간 놈! 기사단의 후원 가문은 아무나 할 수 있는 게 아니다! 넌 귀족도 아니지 않은가!"

"이거 내가 너무 멍청해서 이해를 못 하는 건가?"

게랄드는 뒤통수를 긁적이며 물었다.

"그냥 패트리샤가 왕실 기사단의 후원자가 되면 되잖아. 후원금이야 우리 돈 많은 칸 백작이 대주실 것이고, 그 조카인 패트리샤가 후원자가 되면……. 뭐가 문제지?"

"말도 안 되는 소리 하지 마라. 어찌 왕실 기사단의 후원자가 여자일 수가 있는가!"

다호크가 소리쳤다.

게랄드가 어깨를 으쓱하며 물었다.

"그런 규칙도 있어?"

"여자의 후원을 받는다고 하면 어느 기사가 캡틴을 맡겠다고 나서겠는가? 네가 생각하는 것처럼 간단한 문제가 아니다!"

"그럼 패트리샤가 남편인 날 캡틴으로 지목하면 되겠네. 그치, 마누라?"

게랄드가 패트리샤에게 물었다.

세 가문의 장남들은 어찌할 바를 모르며 허둥댔다. 패트리샤는 고개를 저었다.

"제발, 게랄드. 당신이 맘대로 결정할 수 있는 일이 아니에요."

패트리샤는 크래스터의 옆으로 말을 몰아 다가가며 애원했다.

"한스. 저 사람, 그냥 보내 줘요. 예? 부탁이에요. 당신이 원하는 걸 모두 가졌잖아요. 용병 따위가 저 보석을 가진들, 당신의 권리를 빼앗을 수는 없어요. 아시죠?"

패트리샤는 애써 미소 지으며 크래스터의 소매를 붙잡았다.

"그러니 그냥 가요, 한스. 부탁이에요."

"시끄러워."

크래스터는 사정없이 그녀의 얼굴을 후려쳤다. 멍든 얼굴에서 피가 터지며 그녀는 비명을 질렀다.

게랄드는 그녀가 얼굴을 감싸 쥐는 모습을 무표정하게 지켜보았다. 한스 크래스터와 게랄드의 눈빛이 서로 부딪쳤다.

"실수한 거다, 게랄드."

"맞아. 실수했어. 네가!"

게랄드는 으르렁거리며 말을 이었다.

"넌 이제 죽을 줄 알아, 한스 크래스터!"

"캄프! 저놈 목을 날려라."

캄프는 크래스터의 명령이 떨어지자마자, 말을 몰아 게랄드 옆으로 다가갔다.

"나이가 아직 어려 보이는데 좀 아깝다는 생각이 드는군."

캄프는 게랄드의 옆으로 다가와 거의 반동도 없이 칼을 휘둘렀다. 그러나 캄프의 칼은 게랄드의 손 위에서 멈췄다.

그 자리에 있는 누구도 게랄드가 이미 도끼를 휘두른 후였음을 알지 못했다. 그들의 눈에는 잘려 나간 캄프의 머리가 피를 뿜어내며 말 아래로 떨어지는 광경만 보였다.

모든 이들이 침묵했다. 크래스터는 눈을 몇 번 깜빡이다가 황급히 명령을 내렸다.

"저, 전원 공격! 저 녀석을 죽여라."

게랄드는 캄프의 피가 묻은 도끼를 머리 위로 올리며 패트리샤를 바라보았다.

그리고 크래스터의 병사들이 달려오고 있는 와중에 입 모양으로만 그녀에게 말했다.

'잘 보고 있어, 패트리샤.'

패트리샤는 피투성이가 된 얼굴로 바닥에 주저앉아 있었다. 그녀의 피는 아니었다.

사방에 시체와 부서진 살점이 널려 있었다. 모두 크래스터 병사들의 피와 그들이 타고 있던 말의 피였다.

주변에 남아 있는 사람들은 없었다. 모두 죽거나 이미 달아난 후였다.

패트리샤는 초점 잃은 눈동자로, 다가오는 게랄드를 올려다보았다.

"다친 데 없어? 왜 네가 말에서 떨어지고 그러냐?"

패트리샤는 멍하니 있다가 천천히 두 손을 내밀었다. 그녀는 울먹였지만 울지 못했고, 입을 열었지만 말하지 못했다.

게랄드는 한숨 쉬듯 웃으며 그녀를 끌어안아 일으켰다. 그녀는 일어나자마자 그의 품에 안겼다. 그리고 떨어질 줄 몰랐다.

게랄드는 순간 놀랐지만, 곧 웃으며 그녀의 등을 도닥거려 주었다.

"미안해. 못 볼 꼴을 보여 줬네. 하지만 이제 괜찮아."

"모, 모두 죽인 거, 건가요?"

"못 봤어? 절반 이상은 달아났어. 원래 이런 싸움이 그래. 다른 세 가문의 병사들은 아예 싸우지도 않고 달아났고."

"한스 크래스터는요?"

"아마 내가 네 번째로 죽인 게 그놈일 거야. 확인해 볼래?"

"싫어요!"

"알았어."

"다친 데는 없어요?"

"여기저기 많아. 하지만 치명상은 없으니 걱정 마."

그제야 패트리샤는 포옹을 풀고 게랄드의 얼굴을 올려다보았다.

한참이나 쳐다보던 패트리샤는 거의 점프하듯이 매달려 게랄드의 입술에 키스를 퍼부었다.

"고마워요. 고마워요. 고마워요. 고마워요."

"말하는 숫자만큼 키스할 거면 네 번만 해!"

게랄드는 강제로 그녀를 떨쳐 내며 말했다.

그녀는 훌쩍이며 말했다.

"미안해요. 하지만 이렇게 하지 않고서는 견딜 수가 없었어요."

게랄드는 피식 웃었다.

"우선 여기서 벗어나자. 그 얼굴도 좀 씻고."

개울가에서 피를 닦으며 게랄드는 그녀를 어떻게 위로할까 고민했다. 하지만 그녀는 말없이 아까의 충격을 혼자 수습하고 있었다.

게랄드가 물었다.

"어디로 갈 거야? 약혼자가 어느 못된 용병의 도끼에 죽었는데 데올린에 갈 필요는 없을 거고, 도로 칸 백작에게 돌아갈 건가?"

"글쎄요, 게랄드 당신은요?"

"울프 기사단 시험을 보러 갈 거야."

"당신처럼 강한 사람이 굳이 그런 곳에서 시험을 볼 필요가 있나요?"

"세 가지 이유가 있지."

"말해 봐요."

"세 번째 것부터 말하지, 익셀런 기사단의 웰치를 쓰러뜨렸다는 그 퀘이언이라는 사람을 만나보고 싶다. 그래서 기회가 닿으면 도전해 볼 거야. 거기서 그자를 쓰러뜨리면 거기 있을 필요 없겠지."

"두 번째는요?"

"아란티아의 여왕이라는 여자가 마녀인지 천사인지 확인하러 가는 거야."

"세 번째가 더 멋있는 이유군요. 어디 가면 세 번째 이유만 말해요. 그럼 첫 번째는요?"

"거기에 먼저 가 있겠다고 한 사람이 있어. 그 사람을 만나러 가는 거야."

"여자죠?"

"어떻게 알았어?"

"그냥 알았어요. 당신이 날 대하는 모든 순간에 그 여자의 그림자가 보이는 것 같았어요. 사랑하는 여자죠?"

"글쎄. 그걸 확인하고 싶은 거라고 해두지."

"질투 나네요. 만나보지도 못한 여자를 상대로."

게랄드는 웃음을 터트렸다.

패트리샤도 짧게 웃더니 물었다.

"싸우기 직전……, 그러니까 캄프를 죽인 다음 날더러 보고 있으라고 말했죠? 그게 무슨 의미죠?"

"네가 그랬잖아. 한 개인이 어찌할 수 있는 일이 아니라고. 거기에 대한 대답이야. 어찌할 수 없는 일 따윈 없어."

패트리샤는 빙그레 미소 지으며 말했다.

"그런 줄 알았어요."

"알았으면 왜 물어봐?"

"게랄드. 자, 의뢰인의 마지막 부탁을 들어주세요."

"명령하십쇼."

"퀼담까지 데려다 줘요."

"아란티아 가는 길목이니 얼마든지."

게랄드가 문득 떠올라 물었다.

"그게 다야? 내가 죽여 버린 저 사람들의 뒷수습은 어쩌고?"

패트리샤는 희미하게 웃으며 대답했다.

"잘 보고 있어, 게랄드!"

게랄드는 피식 웃으며 그녀의 머리를 헝클었다.

"고새 배운 거야?"

"아, 참! 하나 더."

패트리샤는 두 손을 내밀며 요구했다.

"마지막으로 한 번만 더 안아 줘요."

게랄드는 거절하지 않았다.

"그래. 이리 와."

패트리샤는 게랄드를 세게 끌어안으며 말했다.

"당신의 그녀가 당신이 원하는 모습으로 있었으면 좋겠어요."

이로피스에서 게랄드가 패트리샤와 헤어지고 6년 후.

게랄드는 하늘 산맥에 있었고, 마침내 드래곤들의 마스터 '사-크나딜'을 만났다.

크나딜이 게랄드에게 말했다.

"너에게서 죽음의 기더가 엿보이는구나, 우그의 전사여. 이름을 말하라."

"그냥 울프 기사단의 한 명입니다."

게랄드는 생전 처음 보는 드래곤을 신기해하며 올려다보았다. 하지만 호기심은 금방 꺼졌다.

"자기소개나 할 시간이 없어요. 이 애가 할 일을 하게 해 주시고……."

게랄드는 지금까지 업고 온 레미프 여인, '세르메이'를 내려놓으며 말을 이었다.

"거, 왜, 드래곤을 죽일 무기 같은 거 있으면, 하나 빌려주십쇼!"

"드래곤을 죽일 무기?"

크나딜은 눈을 가늘게 뜨고 게랄드를 내려다보았다.

"그래요. 카구아인지, 구아닐인지 뭔지 죽여야 할 것 같아서요."

"지금 그런 무기를 들고 간다 한들, 네가 감당할 수 있는 적이 아닐 것이다. 내가 가려고 하는 '타치셀'에는 드래곤만 있는 게 아니라, 세상을 양분할 만한 거대한 힘이 집결되어 있다. 그 힘을 상대로 너 혼자서 무얼 하려고 하느냐?"

"으음? 방금 그거 어디서 들어본 말인데……? 혼자서는 못한다 어쩌고저쩌고."

게랄드는 머리를 몇 번 긁적이다가 손을 내밀었다.

"아, 뭐 아무튼 칼 있어요, 없어요? 없음 말고!"

"목숨을 내놓아야 할지도 모르는데, 싸우러 가려고?"

"목숨을 내놓는 정도의 노력을 들이지 않으면 안 될 여자가 잡혀 있어서 그래요."

"여기서 네 목숨을 부지하면 넌 세상을 구할 영웅이 될 수도 있다. 또한……."

크나딜이 설명하려는데 게랄드가 손을 내저으며 말을 끊었다.

"세상을 구할 영웅이야 나 말고도 얼마든지 있지만, 걘 내가 안 구하면 죽는다고요! 아니면, 뭐, 당신이 대신 구해줄 거요? 엉?"

게랄드는 하늘 산맥을 지배하는 드래곤들의 마스터에게 삿대질을 해 가며 따졌다.

크나딜은 뭔가 생각하다가 고개를 쳐들어 불을 뿜어내듯 뭔가를 토해 냈다.

게랄드는 처음에 그가 화가 나서 자신을 불태우려고 공격하는 줄 알았다. 하지만 불덩어리는 게랄드의 발치에 박혔다.

자세히 보니 칼이 한 자루 땅에 꽂혀 있었다. 하지만 칼 주변으로 불길이 소용돌이치고 있어 접근할 수가 없었다.

크나딜이 굵은 목소리로 말했다.

"너의 기더가 가지는 의지의 힘이 어느 정도인지 시험해 보겠노라."

크나딜의 목소리가 커지며 불길의 소용돌이도 치솟아 올라갔다. 처음에는 게랄드의 키만큼 올라가던 불기둥이 이제 까마득한 동굴의 천장까지 닿을 정도로 타올랐다.

"베나라 이름 붙일 수는 없겠지만, 드래곤 한 마리는 능히 살해할 수 있는 검이다. 하지만 그 검의 의지를 네가 감당할 수 있겠느냐?"

게랄드는 불길 속에서 뜨겁게 달아오른 칼을 똑바로 바라보지 못하고 고개를 돌렸다. 다섯 걸음이나 떨어져 있는데도 머리카락을 태울 지경이었다.

르고가 달궈 놓은 도가니의 불길에는 비교할 수가 없을 정도로 뜨거웠다.

세르메이는 아예 비명을 지르며 뒷걸음질 치고 있었다.

크나딜의 무시무시한 목소리가 동굴을 쩌렁쩌렁 울렸다.

"그 칼을 쥘 자신이 있느냐, 울프의 기사여!"

게랄드는 잠시 자신의 두 손을 번갈아서 내려다보더니 고민했다. 그리고 성큼성큼 다가가 불길에 휩싸인 칼을 왼손으로 잡았다.

그 순간 불이 꺼져 버렸다. 엄청난 고통을 예상하고 눈을 질끈 감았던 게랄드는 곧 눈을 뜨고 손에 잡힌 칼을 바라보았다. 칼 손잡이는 뜨겁기는커녕, 조금 차가울 정도였다.

"뭐야? 안 탔네? 사기 친 거유?"

"환상이었다."

크나딜이 천천히 말을 이었다.

"알고 있었느냐?"

"당연히 몰랐습니다. 전 드래곤의 마법을 꿰뚫어볼 정도로 대단한 놈, 아니거든요. 대충 칼을 쥐는 대가로 팔 하나는 잃겠구나 했죠, 뭐."

"한 팔을 잃은 다음에는 어쩌려고?"

"다른 팔로 싸우려고요. 그래서 왼손으로 잡았죠."

크나딜의 한 쪽 눈이 커지고, 다른 쪽 눈은 작아졌다.

게랄드는 흐흐 하고 웃으며 칼을 휘휘 저었다.

“그럼 이거 내 거 맞죠? 진짜 가져갑니다?”

“가져가라.”

“고맙습니다!”

게랄드는 즉시 뛰어가려다가 멈추고 돌아섰다.

“세르메이!”

게랄드는 드래곤의 옆에 선 검은 피부의 레미프 여인을 바라보았다. 그녀는 인간의 언어를 알아듣지 못했다. 하지만 게랄드는 자신의 뜻이 통하길 바라며 주먹을 꽉 쥐어 보였다.

“여기서 기다리고 있어! 내가 다 구해올게! 네 남자도, 내 여자도!”

그리고 게랄드는 왔던 길을 되짚어 달려갔다.

세르메이는 게랄드가 한 말을 알아듣지 못했다. 하지만 그가 뭘 하려고 하는지는 이미 알고 있었다.

그녀는 멀어져 가는 게랄드의 뒷모습을 향해 손을 흔들어 보였다. 크나딜이 내준 칼은 그녀의 키만큼 컸지만, 그의 넓은 등에 걸쳐 있으니 그다지 커 보이지 않았다.

세르메이는 울먹이며 크나딜에게 말했다.

“보이십니까, 래플홉트시여? 그가 스스로의 의지로 죽음의 기더를 끌어당기고 있습니다. 저로서는 감당도 못할 운명의 기둥을 자기 의지로 옮겨놓고 있어요.”

“나 역시 보인다. 허나 저건 혼자의 힘이 아니다. 그의 의지를 받아주는 상대가 있어야만 성립될 수 있다.”

크나딜은 뜨거운 숨을 길게 내쉬며 말을 이었다.

"그 두 아이의 기더가 합쳐지는 순간 '죽음을 자신의 생명으로 여기는 존재'가 죽음을 맞이할 것이다."

게랄드는 나무가 우거진 숲을 전력으로 달렸다. 그는 놀라운 집중력으로 왔던 길에 봤던 나무 하나 바위 하나를 모두 기억하고 그 길을 되짚어가고 있었다.

하늘 산맥 안에서 인간은 방향 감각을 잡을 수가 없었다. 그래서 나무가 움직이고 지형이 뒤바뀐다고 느껴질 정도였다. 하지만 크나딜의 검을 받는 순간 그런 현상은 벌어지지 않았다.

'기억났다. 패트리샤가 했던 말이었군? 벌써 6년 전인가?'

거대한 힘 앞에서 한 개인은 무력하다…….

패트리샤가 그 말을 했을 때 게랄드는 충동적으로 반발했다. 구체적으로 뭐라고 반박하고 싶은지는 모르겠지만, 그건 아니라고 말하고 싶었다.

지금 생각해 보면, 6년 전 게랄드의 실력으로는 캄프 하나 해치우기도 쉽지 않았다.

캄프는 울프 기사단에 들어왔다면 첫 번째 테스트를 무난히 통과할 만한 실력자였다. 하지만 패트리샤의 얼굴이 망가진 모습을 보는 순간 게랄드는 캄프조차 대단치 않아 보였다. 왜 그런 현상이 벌어졌는지는 알 수 없었다.

패트리샤를 퀼담까지 데려다준 후 아란티아로 향하며, 게랄드는 예상대로 암살자들의 공격을 받았다. 가문의 장남을 잃은 크래스터 백작이 게랄드에게 현상금을 건 것이었다.

어지간한 사냥꾼들은 돈을 아무리 준다고 해도 불의 용병을 상대로 암살을 시도하지는 않았다. 하지만 몇몇 암살자들은 검술이 아닌 다른 방법으로 게랄드를 죽이려 했다. 자고 있는 동안 칼이 날아오거나 먹는 음식에 독이 들어 있거나.

그런데 놀라운 일이 벌어졌다. 언제나 그런 상황에 처하면 어디선가 괴상한 노파의 목소리가 들리는 것이었다.

'일어나라, 우그의 전사여. 넌 그곳에서 죽을 자가 아니다.'

그때는 그게 무슨 목소리인지 몰랐다. 환청인가? 마녀인가? 덕분에 목숨을 건졌으나 그 뒤로도 누가 그때 자신을 구해 줬는지 항상 의문이었다.

하늘 산맥에 오고 상황이 걷잡을 수 없이 흘러간 뒤에야 게랄드는 그 목소리의 주인을 알았다.

그것은 드래곤의 목소리였다.

카-드로크.

'좀 웃기지 않나? 한낱 용병에 불과했던 날 왜 하늘 산맥의 드래곤이 구해 준 거지?'

그렇게 드로크의 보호 아래 목숨을 구하고 도착한 아란티아의 나디움에서, 게랄드는 마침내 그녀를 만났다.

그녀는 '그때 그 모습' 그대로였다.

하고 싶은 대로 하래니까 진짜로 하고 싶은 대로 해 버렸던 그 당당한 여자.

아즈윈!

게랄드는 아즈윈과 함께 울프의 성을 가졌고, 그녀와 함께 하얀 늑대들이 되었다. 그녀와 카모르트의 전투를 이겨내고 하늘 산맥을 모험했다. 그리고 마침내 그녀는 게랄드의 마음을 알아주었다.

평생을 통틀어 가장 힘든 이 순간, 게랄드는 가장 행복했다.

"와라, 게랄드. 날 구해라!"

피투성이가 된 게랄드를 향해, 아즈윈이 소리쳤다. 그녀 역시 밧줄에 묶여 있고 상처투성이에, 꼴도 엉망이었지만 조금도 기가 죽지 않았다.

'봤냐, 패트리샤? 저게 바로 내가 사랑하는 여자야. 절대 날 약하게 봐주지 않거든. 절대 내가 도망갈 거라고 생각하지 않거든.'

게랄드는 괴물들도 쓸어버리고, 카구아도 죽이고, 마지막 남은 검은 갑옷의 기사 앞에 섰다.

"나는 익셀런 제1기사단의 네이슨이다."

네이슨은 척 봐도 지금까지의 적들과는 비교가 되지 않을 정도로 막강한 상대였다. 그러나 게랄드는 물러서지 않았다.

"하얀 늑대의 이빨을 보고 살아남을 수 있는 건 하얀 늑대뿐이다."

게랄드에게 있어 마지막 패배는 모닥불 앞에서 그를 날려 버린 정체불명의 청년이었다.

그 뒤 게랄드는 로일에게 몇 번 패했지만, 그건 그냥 시합이라고 우겼다. 그리고 지금은 시합에서라도 지지 않을 자신이 있었다.

특히나 지금이라면!

'로일도, 쉐이든도, 던멜도 지금의 날 이길 수 없다! 베나 실크를 쥔

마스터인들 '지금의 나'를 이긴다고 자신할 수는 없을걸?'

게랄드는 네이슨을 향해 도끼를 뻗었다.

"잘 보고 있어, 아즈윈."

네이슨의 칼이 자신의 배를 뚫는 그 순간에도 게랄드는 포기하지 않았다.

'네가 봐줄 때의 내 힘이 진짜 하얀 늑대의 이빨이니까!'

이로피스, 퀼담.

"레이디 패트리샤. 카모르트의 여백작, 라틸다 쟌스테인으로부터 온 서신입니다."

현재 이로피스 왕실 기사단의 캡틴을 맡고 있는 그린리히가 다가와 패트리샤에게 편지를 건넸다.

"라틸다 쟌스테인?"

창가에 선 채로 햇빛을 받고 있던 패트리샤는 그 이름을 듣자마자 눈살을 찌푸렸다.

얼마 전 끝난 카모르트의 내전에 대해서는 익히 알고 있었다. 검은 사자라 불리는 뤼미에르 백작과 붉은 장미라 불리는 쟌스테인 백작의 영토를 둘러싼 전쟁.

그 중심에 쟌스테인 백작의 외동딸 라틸다가 있었다. 쟌스테인 백작이 죽고, 그의 딸이 뒤를 이었다는 게 가장 최근에 들은 소식이었다.

"무슨 내용이죠?"

"쟌스테인 여백작의 말에 따르면, 곧 가넬로크에서 전쟁이 벌어진다고 합니다. 그래서 왕실 기사단의 출병을 요청했습니다."

패트리샤는 고개를 갸웃했다.

"가넬로크? 전쟁?"

"최근 벌어진 검은 갑옷의 기사들 문제와 연관된 것으로 보입니다."

"그렇다 쳐도 그 편지가 왜 내게 오는 거죠? 왕실로 가야죠."

"왕실에 갔다가 레이디께 온 것입니다. 국왕께서는 어떻게 해야 할지 모르겠답니다. 레이디 패트리샤께서 결정을 내리면 적극 수용하겠답니다."

"잘못되었을 경우, 나더러 책임을 지라는 뜻인가 보군요."

패트리샤는 피식 웃으며 편지를 쭉 훑었다. 그리고 이내 심각한 얼굴로 고민하더니 물었다.

"캡틴 그린리히, 가넬로크로 보낼 왕실 기사단을 총동원하는 데 얼마나 걸리죠?"

"최소 한 달입니다."

"일주일 안에 가능할까요?"

"무리입니다……."

그린리히는 어깨를 으쓱하며 말을 이었다.

"……만, 제가 독단으로 움직이면 가능하죠."

"문제가 되면 캡틴 자리에서 쫓겨나시겠군요?"

"그럼 레이디께서 책임지고 제 일자리 좀 알아봐 주시면 됩니다."

"정원사 자리가 비었는데……. 농담이에요."

"제 부하들에게는 그런 농담하지 마십시오. 다들 심장이 약해서."

"죄송해요. 어렸을 때 이상한 농담을 배우는 바람에 저도 모르게 그만……. 어쨌든 부탁드려요. 보급과 지원은 제가 알아서 하겠습니다. 울프 기사단도 로크로 곧장 떠날 거라고 하는데, 우리 왕실 기사단이 그들보다 늦으면 안 돼요."

"전 괜찮습니다만, 레이디께선 괜찮으시겠습니까?"

캡틴 그린리히가 조심스럽게 물었다.

최근 레이디 패트리샤와 칸 백작이 너무 강한 권력을 가졌다며 여기저기서 귀족 가문들이 반발을 하고 있었다. 그가 묻는 건 그 부분이었다.

"일이 잘 끝난다 해도 혼자서 여러 가문을 상대해야 할 겁니다."

그린리히가 경고했다.

패트리샤는 피식 웃으며 대꾸했다.

"그럼 내가 그들을 어떻게 상대할지 봐주세요, 캡틴."

그린리히는 그런 대답을 기다렸다는 듯 웃으며 고개를 숙였다.

"예, 레이디 패트리샤."

"아, 잠깐만요. 캡틴 그린리히."

그린리히는 돌아서려다 멈춰 섰다.

"예, 말씀하시지요."

"로크에서 울프 기사단을 만나면 사람을 한 명 찾아줬으면 해요."

"말씀만 하십시오."

"그의 이름은……."

패트리샤는 고개를 저었다.

"아니요. 아니에요. 캡틴께선 전투에만 집중하세요. 모든 일이 무사히 끝나면 제가 직접 아란티아를 찾아가는 게 좋겠어요."

패트리샤는 목에 걸고 있는 대지의 눈물을 꼬옥 쥐며 희미하게 미소 지었다.

"그래요. 그게 좋겠어요."

「Episode Gerald. The man's heart」 끝

◈ Episode 7 ◈

회색의 방랑자

아이린이 '그'를 처음 만난 건 스무 살의 어느 겨울이었다.

아이린은 살얼음 낀 강을 앞에 두고 고민하고 있었다.

겨울이라 강 표면이 얼긴 했으나, 사람이 건너기에는 얇아 보였다. 잽싸게 건너려고 해도 강폭이 꽤 넓었다. 하지만 다리는 여기서 거의 5분 거리에 떨어져 있었다.

다리를 건넌 다음에 또 강둑을 따라 되돌아오는 길이 5분……, 1분이면 건널 거리를 10분이나 걸려서 돌아가게 된다. 그것도 이 추운 날.

"귀찮네. 이걸 건너, 말아?"

아이린은 조금 더 고민하다가 고개를 저었다.

"괜히 위험한 짓 하지 말자."

아이린은 한참을 돌아서 다리를 건너 좀 전의 고민하던 자리의 강 건너편에 도달했다. 걸어올 때는 조금 후회했지만, 건너편에 도착하고 보니 시간 낭비는 아닌 것 같았다.

"잘 생각한 거야. 이런 데서 빠졌다간 꼼짝없이 죽고 말았을 테니."

아이린은 계속 가던 길을 갔다. 그런데 얼마 가지 않아 강 쪽에서 남자의 비명이 들렸다.

"사람 살려!"

아이린은 서둘러 되돌아갔다. 강 중앙의 얼음이 깨져 거기에 한 남자가 빠져 허우적대고 있었다.

그는 가까스로 깨지지 않은 얼음에 매달렸다. 물 밖에 나온 얼굴이 파랗게 질려 있었다.

"사람 살려요!"

그는 아이린을 발견하고 소리 질렀다.

'우어어, 내가 저 꼴 날 뻔한 거였네?'

그가 두 팔을 대고 있던 얼음이 또 와지직 깨지며 그의 얼굴이 물속으로 퐁 빠져 사라졌다.

"어? 어? 조, 조금만……, 조금만 버텨요!"

아이린은 배낭을 벗어 내던지고, 허리에 매고 있던 밧줄을 풀었다.

'으아, 이미 늦은 거 아냐?'

몇 초 정도 지나 그 남자는 허우적대며 다시 물 밖으로 머리를 내밀었다.

"이거 잡아요!"

아이린은 밧줄을 그에게 던졌다. 힘차게 날아간 밧줄 매듭이 정확히 그가 빠진 자리에 떨어졌다.

그는 바들바들 떠는 손으로 밧줄 끝을 잡았다. 그가 손을 댄 가장자리의 얼음이 깨져 또 그의 얼굴이 물속으로 사라졌다.

다행히 밧줄을 잡고 있는 그의 손은 아직 물 밖으로 나와 있었다. 필사적으로 자신의 생명줄을 놓치지 않은 건지, 밧줄을 쥔 채로 얼어버린 건지 모를 노릇이었다.

"꽉 잡아요."

아이린은 너무 빨리 당기면 그가 줄을 놓칠까 봐, 천천히 일정한 속도로 당기며 뒤로 물러났다.

마침내 그의 몸이 얼음 밖으로 빠져나왔다. 그는 얼음 위에 엎드려 꼼짝 않고 있었다.

'정말 밧줄 잡은 채로 죽은 거 아니야?'

아이린은 신중하게 밧줄을 당기며 소리쳤다.

"그대로 있어요. 얼음이 또 깨질지 모르니까 이 상태로 끌게요."

그때 그가 고개를 들어 아이린 쪽을 바라보았다.

많이 봐줘도 스무 살이 안 돼 보이는 얼굴이었다. 더 어린 애일 수도 있었다. 그러니 사리 분별 못 하고 살얼음판을 걸은 것일지도 몰랐다. 그리고 지금도 바보같이 밧줄에서 한 손을 놓고 손을 흔들려고 했다.

'이 와중에 인사라도 하려는 건가?'

아이린은 즉시 경고했다.

"움직이지 말……!"

하지만 그녀의 경고가 채 끝나기도 전에 그의 몸 아래쪽 얼음이 깨졌다. 그의 몸은 도로 물속에 잠겼다. 아이린은 황급히 밧줄을 끌어당겼다. 이번에는 빈 밧줄만 빠져나왔다.

아이린은 다시 밧줄을 던지려다 생각을 바꿨다. 이제 그 남자는 밧줄을 잡고 버틸 힘이 남아 있을 것 같지 않았다.

대신 끌고 오는 와중에 남자는 뭍으로 꽤 가까워져 있었다.

아이린은 밧줄을 허리에 매고 다른 쪽 끝은 나무 밑동에 단단히 맸다. 그리고 직접 얼음판 위를 엉금엉금 기어갔다.

"버텨. 나 보는 데서 죽지 말라고!"

곧 그가 빠진 장소 근처에 도착해 아이린은 손을 뻗었다. 얼음에 가까스로 걸치고 있는 남자가 손을 내밀었다.

아이린이 그의 손을 잡는 순간, 또 얼음이 깨졌다. 그녀도 같이 물속에 빠졌다.

차가운 물이 살갗을 송곳처럼 찔렀다. 심장이 강낭콩만큼 쪼그라들 것 같았다. 그래도 아이린은 그의 손을 놓지 않았다. 얼굴은 파랗게 질린 주제에 의외로 그의 손은 따뜻했다.

천만다행으로 강바닥에 발이 닿았다.

"침착하고 잘 봐요. 발이 바닥에 닿으니까 걸을 수 있어요."

하지만 그는 듣지 않고 꼴깍꼴깍 물을 삼키고 있었다.

'이미 안 들리나 보군.'

아이린도 어린 시절의 경험을 통해 알고 있었다. 사람이 저 지경이 되면 허리까지 오는 물에도 익사할 수 있었다.

아이린은 그의 목을 휘감아 얼굴을 위로 가게 만들었다.

'이제 어쩐다?'

도저히 이 상황에서 그를 얼음 위로 올릴 방법이 없는 데다 어차피 얼음이 두 사람분의 무게를 버틸 수 있을 리가 없었다.

아이린은 포기하고, 아예 살얼음을 깨뜨리며 전진했다. 강바닥이 물컹거려 빨리 걸을 수도 없었다. 아이린은 침착하게 자신을 독려했다.

'서두르지 마, 아이린. 물속에서 허둥대면 같이 죽는 거야. 더군다나 얼음물이니까. 한 걸음씩 전진하는 거야. 한 걸음, 그다음 한 걸음, 지금은 그것만 생각해.'

아이린은 끈기를 가지고 걸어서 마침내 강가로 올라갈 수 있었다.

그 남자도 바닥에 엎드려 물을 토할 정도의 체력은 남아 있었다.

아이린은 서둘러 땔감부터 모았다. 비명이 절로 나올 정도로 추웠다.

'이러다 나도 같이 얼어 죽겠네.'

아이린이 불을 피울 준비를 하는 동안 그 남자는 아무것도 못하고, 숨을 헐떡이며 온몸을 부들부들 떨기만 하고 있었다.

"얼른 옷부터 벗어요."

아이린이 배낭에서 부싯돌을 꺼내며 말했다. 그제야 그는 느릿느릿 옷을 벗기 시작했다.

아이린은 하도 손이 떨려서 부싯돌을 제대로 칠 수 없을 지경이었다. 평소라면 10초면 불을 붙일 수 있었을 텐데, 지금은 아무래도 되지 않았다. 하필 모아온 땔감도 젖은 것들이었다.

'아직 괜찮아. 괜찮을 거야. 난 할 수 있어. 천하의 아이린이 이런 곳에서 얼어 죽을 수는 없지.'

아이린이 다시 심호흡을 하고 부싯돌을 부딪쳤다. 그 순간 어디서 기름이라도 쏟은 것처럼 갑자기 땔감에 불이 붙었다.

"잉?"

지금까지 백번도 넘게 모닥불을 피워봤지만, 이렇게 불이 붙는 건 처음 봤다.

"뭐, 아무렴 어때."

아이린도 불 앞에서 옷을 벗었다. 그리고 배낭에서 수건을 꺼내 물기를 닦았다.

옷을 다 벗은 남자는 코를 흘리며 아이린을 올려다보고 있었다.

'이제 보니 어린애는 아니군.'

묘한 기분이었다. 아이린과 비슷한 또래의 남자 같은데, 눈빛은 인생의 진리라도 깨달은 노인처럼 현명해 보였다.

그게 또 우스웠다. 용병 훈련소 출신인 아이린은 자신의 몸을 훑어보는 사내들의 눈빛을 잘 알고 있었다. 그런데 이 남자의 눈빛은 그런 쪽과 완전히 달랐다.

'여자한테 관심 없는 부류인가? 잘됐군. 벗고 있기에 덜 창피하겠어.'

그가 콧물을 터트리며 기침을 했다. 온몸에 닭살이 돋아 있는 살갗, 바늘로 찌르면 파란 잉크가 샐 것 같은 입술, 불 앞에 쪼그린 모습 등, 그의 모든 것이 하나하나가 다 불쌍해 보였다.

아이린은 가방에 매달아 놓았던 모포를 내주었다.

"이걸로 감싸요."

남자가 멍청한 얼굴로 헤에 웃으며 말했다.

"안녕하세요."

아이린도 얼결에 인사했다.

"안녕하세요."

"만나서 반가워요."

아이린은 인상을 찌푸리며 수건으로 몸을 감싼 채로 불 앞에 앉았다.

'만날 약속이라도 잡아 놓은 것처럼 인사하고 있네?'

아이린은 뒤늦게 경계심이 들었다.

남자는 그에 아랑곳 않고 친근감 가득한 목소리로 말했다.

"제 이름은 테일드예요. 당신은요?"

"아이린이요."

아이린은 그의 바보 같은 미소를 바라보며 물었다.

"보통 이 경우에는 자기소개보다는 구해줘서 고맙다는 말부터 먼저 해야 하는 거 아니에요?"

"구해줘서 고마워요."

"무슨 급한 일이 있다고 그 살얼음판 위를 걷고 있었던 거예요?"

"급한 일 때문은 아니에요. 그저……."

테일드는 젖은 머리를 긁적이며 미소 지었다.

"……딴생각을 하다가 저도 모르게 얼음 위인 줄도 모르고 걸어가 버렸어요."

테일드는 고개를 숙이고 기침을 하더니, 뭐라고 중얼거렸다. 잘 들리지 않았지만, 아이린은 굳이 캐묻지 않았다.

다시 고개를 든 테일드는 여전히 웃고 있었다. 방금 죽을 뻔한 사람의 표정이 아니었다. 오히려 행복한 얼굴이었다.

'뭐가 좋다고 웃고 있는 거야? 누군 저 구하려고 죽을 뻔했구만!'

아이린은 그를 구한 것이 후회가 될 지경이었다.

"칼 멋지네요."

테일드는 고갯짓으로 아이린이 벗어 놓은 바지 옆에 놓인 칼을 가리켰다. 여전히 코를 훌쩍이면서.

아이린은 수건을 더욱 여미며 경계했다.

"흐음, 왜 제 칼에 먼저 눈이 가죠?"

아이린은 석 달쯤 전에 로핀이라는 남자를 만났다. 그는 다짜고짜 아이린을 검술로 테스트했다.

난생처음 아이린은 상대의 실력에 굴복했고 그에게 인정받고 싶다는 생각을 했다. 그러나 로핀은 아이린에게 통과했는지 못 했는지 말해주지 않았다. 대신 칼을 한 자루 내줬다.

딱 봐도 좋은 칼인데 공짜로 주겠다니 의심부터 갔다. 그러나 그는 자신만만한 말투로 말했다.

'그 칼은, 스스로 주인을 찾아가는 칼이니 내가 아닌 누군가의 손에 오래 있지 못할 거요.'

칼을 가지고 있는 것, 그리고 그걸 아란티아까지 가지고 오는 것 자체가 로핀이 내주는 테스트였다. 아이린은 테스트를 받아들였다.

칼의 이름은 베나 에사르크였다.

여행을 시작하고 얼마 안 있어, 아이린은 로핀의 의도를 알 수 있었다. 그 칼을 가지고 있으면 사건이 끊이지 않았다. 대체로 싸움이었다. 보는 사람마다 칼을 빼앗으려고 들었고, 칼을 들고 가는 곳마다 위험한 일이 벌어졌다.

처음에는 무서웠다. 이 칼을 계속 지니고 있다가는 목숨이 몇 개라도 모자랄 성싶었다. 그래서 지금도 이 별거 아닌 희멀건 남자가 칼에 관심을 보이는 것을 두고, 아이린은 긴장할 수밖에 없었다.

테일드가 웃으며 말했다.

"제가 칼에 굉장히 관심을 많이 쏟는 편이라서요."

"칼잡이 같지는 않은데요? 수집가인가요?"

"마법사랍니다."

아이린은 속으로 픽 웃었다. 그리고 그가 칼을 훔칠 엄두도 내지 못하게 하려고 경고조로 말했다.

"얼마 전에 제가 베어버린 사악한 마법사가 한 명 있었죠. 이 칼은 어떤 마법 공격도 무력화시켜버리더군요."

"그 마법사 이름이 혹시……?"

"톰 어쩌고, 라고 하더군요. 근방 사람들에게 '통곡의 주술사'라고 알려져 있었고요."

'톰 어쩌고' 마법사는 동굴에 숨어 살며 근방을 지나는 여행자나 어린아이를 납치해 통증 마법을 실험하는 못된 놈이었다.

아이린은 소문을 듣자마자 달려가 '톰 어쩌고'를 해치웠다. 그가 아이린에게 쓰려는 통증 마법은 베나 에사르크 앞에 모두 증발해버렸다.

"토머다르."

테일드가 말했다.

"네?"

"톰 어쩌고 마법사 이름은 아마 토머다르일 거예요. 죽었나요?"

"처음에는 설득했어요. 하지만 항복하지 않더군요. 그리고 무엇보다 절 죽이려고 했죠."

아이린은 더욱 경계했다. 그의 죽음을 듣고, 테일드의 눈빛에 슬픈 빛이 감돌았기 때문이었다.

"아는 사람이에요?"

"네. 안 좋은 일을 일으킨다는 소문을 듣고 찾아가던 중이었어요. 맞아요. 설득한다고 들을 녀석도 아니지요. 제가 간다 해도 그건 마찬가지였을 거예요."

테일드는 기침을 한바탕하더니 말을 이었다.

"그 칼, 아마도 울프 기사단의 칼이겠죠?"

"알아요?"

"유명하죠. 마법사들에게."

아이린은 흥미가 생겨 물었다.

"어떤 식으로 유명한데요? 토머다르라는 놈은 전혀 모르는 것 같던데. 이 칼을 보고, '감히 하찮은 인간의 무기로 나를 어찌할 생각이냐? 무지의 만용에 찬사를 보내노라.' 그러던데요."

"엥? 하찮은 인간? 망상이 넘치다 못해 이제 정상적인 사고의 경지를 벗어나버린 모양이군. 토머다르 이 녀석, 자기가 언제부터 인간이 아니었다고?"

테일드는 허탈하게 웃더니 말을 이었다.

"어쨌든 그 친구 수준으로는 모르는 칼이 맞지요. 모든 마법사들이 정보를 공유하고 사는 건 아니라서."

아이린은 생글생글 웃으며 자신을 바라보는 이 남자의 말에서 위화감을 느꼈다.

허세 부리며 말하긴 했지만, 아이린은 토머다르와 싸우면서 죽을 위기에 다섯 번 정도 처했다. 근방 사람들 사이에서도 토머다르는 거의 암흑의 군주라고 불릴 정도였다. 그런데 이 남자는 그런 마법사를 마치 말썽꾸러기 학생을 다루는 선생님처럼 말하고 있었다.

"당신, 사실 등급이 높은 마법사인 건가요?"

아이린이 물었다.

"등급?"

테일드가 되물었다.

"네. 등급. 뭔가 마법사들은 등급 같은 게 있지 않나요? 1단계 마법사, 2단계 마법사……. 또는 1등급 마법사, 2등급 마법사……."

"그건 아마도 마법사가 아닌 사람들이 잘 모르고 분류하는 방식일 겁니다. 대부분의 마법사들은 서로를 등급이나 지위로 나누지 않아요."

"하지만 방금 토머다르를 두고는 수준이 낮다고 했잖아요."

"수준이 낮다고는 안 했어요. 그냥 그 녀석이 공부를 열심히 안 해서 정보 습득에 게으르다는 걸 말하고 싶었을 뿐이죠."

'일리 있는 것 같기도 하고, 얼버무리는 것 같기도 하고…….'

아이린은 더욱 혼란스러웠다. 그녀는 다시 캐물었다.

"아무튼 당신이 마법사라면, 어째서 아까 그 얼음 속에서 마법 한번 못 쓰고 허우적대고 있었죠? 진짜 마법사라면 거기에서 짜잔 하고 튀어나왔어야지."

"그건 말이죠……."

테일드가 진땀 흘리며 설명하려고 할 때 강 건너편에서 사람들이 소리 지르고 있었다. 다들 몽둥이나 곡괭이, 삽 같은 걸 들고 있었다. 쫓아오는 분위기도 살벌했다.

"앗, 저기 있다."

"잡아라."

테일드는 모포랑, 아직 젖어 있는 옷을 끌어안고 발딱 일어났다.

"어이쿠, 쫓아왔네? 얼른 달아나요!"

그는 허둥지둥 뛰었다. 그러다 모닥불 앞을 벗어나지 않는 아이린을 돌아보며 손짓했다.

"뭐해요? 안 달아나고."

아이린은 모포와 옷으로 하반신만 간신히 가린 반나체의 남자를 감상하며 어깨만 으쓱했다.

"내가 왜요?"

"아, 그것도 그러네. 그럼 나중에 봐요. 오늘 구해준 보답은 꼭 할게요."

아이린은 의아해했다.

'다시 만날 걸 확신하는 말투군? 첫 인사말도 그렇고……. 저 남자 뭔가 이상해.'

테일드는 뒤뚱거리는 걸음걸이로 열심히 달렸다. 모포로 앞을 가리기도 바빠 엉덩이는 거의 다 보였다.

아이린은 그를 '물에 빠져 죽을 뻔한 한심한 마법사'보다는 '엉덩이가 예쁜 남자'라고 기억하기로 했다.

강 건너편에 있는 사람들이 소리쳤다.

"저 자식, 달아난다!"

"얼른 쫓아가!"

몽둥이 든 사람들 중 한 명이 성급하게 살얼음판에 발을 댔다가, 얼음이 깨져 빠졌다.

수심이 얕은 곳에서 빠진 거라 그 남자는 허둥지둥 강가로 되돌아갔다. 그들은 차마 다시 시도하지 못하고, 아까 아이린이 건넜던 다리로 향했다.

'저렇게 뛰어오면 10분은 안 걸리겠군.'

아이린은 혹시나 해서 미리 옷을 입어두고 언제든 뽑을 수 있도록 칼을 옆에 뒀다.

다리를 건너온 사람들 중 절반은 테일드를 쫓아갔지만, 예상대로 나머지 반은 아이린에게 다가왔다.

'이번 건 칼이 불러온 싸움일까, 아니면 저 마법사가 불러온 싸움일까?'

아이린은 허둥대는 모습을 보이지 않으려고 계속 모닥불을 쬐기만 했다. 얼음물에 젖은 바지를 입은 상태에서 불 옆을 벗어나고 싶지 않은 점도 있었다.

몽둥이를 든 한 명이 물었다.

"넌 누구냐? 저 사기꾼이랑 아는 사이냐?"

"몰라요."

"그럼 왜 같이 있었어?"

"강에 빠진 걸 구해줬거든요."

"거짓말도 요령 있게 하시지."

그 남자는 주변 남자들에게 소리쳤다.

"같은 편인 게 분명하다. 이 여자를 결박해서 마을로 데려가자!"

차림새나 행색으로 봐서는 평범한 농부들에 불과했다. 뭣 때문에 이러는지 궁금했지만, 그렇다고 순순히 잡혀줄 수는 없었다.

아이린은 앉은 채로 칼을 꺼내 머리 뒤로 한 바퀴 돌렸다. 그러자 별 생각 없이 다가오던 남자 세 명의 바지 끈이 끊어져 흘러내려 갔다.

그들은 깜짝 놀라 뒤로 물러났다. 그중 한 명은 흘러내린 바지에 다리가 걸려 뒤로 꽈당 넘어졌다.

"나 거짓말한 거 아니에요."

아이린은 칼을 들어 보이며 말을 이었다.

"그런데도 거짓말이라고 우기면서 날 잡아가겠다면, 난 당신들을 죽일 수밖에 없어요. 왜냐하면 내 입장에서는 당신들이 날 죽이고 털어가려는 떼강도로 보이거든요."

베나 에사르크는 문외한이 보기에도 보통 칼이 아니라는 모습을 드러내곤 했다. 단순히 햇빛을 반사하기만 해도 붉은 빛이 섞여 나오는데, 아이린이 감정을 드러낼 때면 그 빛이 더 강해졌다. 사악한 악마의 힘이나 마법을 상대할 때면 그 빛이 폭발할 때도 있었다. 아이린은 이걸 제대로 제어할 수 있다면 굉장할 거라는 생각이 들었다.

지금도 칼에서 약간의 붉은빛이 감돌았다. 거기다 방금 보인 칼 솜씨까지 더해지니, 이미 남자들은 모닥불에서 한참 떨어졌다.

"죄송합니다. 한패인 줄 알고 그만 무례를……."

처음 위협했던 남자가 사과했다.

"무례랄 건 없고, 저 마법사가 무슨 사기를 쳤는지 말해줄래요?"

아이린은 괜한 싸움을 하고 싶지 않아 칼을 집어넣었다. 그러자 그들도 들고 있던 몽둥이와 농기구를 내려놓았다.

"그게 말입니다……."

그 남자는 자꾸 내려가는 바지를 움켜쥐고서 얘기했다.

그들은 강 근처 마을의 농부들이었다.

얼마 전 그 마을에 사는 안젤라라는 이름의 한 처녀에게 이상한 능력이 생겼다. 그녀가 밤마다 해괴한 말로 사람들에게 저주를 내렸는데, 무섭게도 그 저주가 하나씩 실현되는 것이었다.

누가 말에 치여 죽는다고 하면 다음 날 진짜로 마을 청년이 몇 년이나 가족같이 잘 지내던 얌전한 말에게 밟혀 죽고, 누가 절벽에 떨어져 죽는다 하면 평생 동안 사고 한 번 당하지 않고 산을 잘 타던 약초꾼이 진짜로 절벽에서 떨어져 죽었다.

급기야 누구누구 집에서 태어날 아기가 악마의 후손이며 인간의 모습을 하고 있지 않을 거라는 예언을 하기까지 했다.

마을 사람들은 저주를 막아보려고 점쟁이의 힘을 빌리기도 하고 유명한 의사를 부르기도 했다. 하지만 그들은 실제로 그 처녀를 만난 다음 날이면 짐 싸 들고 도망가기 바빴다.

그때 자기가 마법사라고 주장하는 남자, 즉 테일드가 나타났다.

테일드는 마귀를 쫓는 의식을 하겠다며 돈을 잔뜩 요구했다. 마을 사람들은 지금까지 전문가라고 주장하는 사람들에게 당한 게 있어서 '일이 끝난 다음'에 주겠다고 했다.

테일드는 알았다며 의식을 준비했다.

"하루만 나와 이 여인을 방에 두고 아무도 들어오지 마시오. 안에서 무슨 소리가 나도 들여다보지도 말고!"

테일드의 요구대로 마을 사람들은 방문 앞에 건장한 청년 두 명만 세워두고 방문을 잠갔다. 그런데 얼마 안 있어 안젤라의 신음 소리가 방 밖으로 샜다.

청년들은 호기심을 참지 못하고, 절대 들여다보지 말라는 약속을 어기고 창문을 살짝 열었다. 청년들은 놀라운 광경을 목격했다! 막 그 마법사가 안젤라의 옷을 벗기고 겁탈을 하려던 찰나였던 것이다.

청년들은 당장 문을 부수고 방으로 쳐들어갔다.

테일드는 잽싸게 뒷문으로 달아나버렸다. 그리고 오늘 하루 종일 다람쥐처럼 도망치던 중 아이린을 만난 모양이었다.

"모든 것은 그 사기꾼 짓이었습니다. 증거도 다 발견됐어요. 그놈이 안젤라를 홀려서 그런 말을 하게 만들고, 안젤라가 말하는 대로 이뤄지도록 뒤에서 살인을 저지른 겁니다."

얘기를 끝낸 남자는 주먹을 불끈 쥐었다. 그 바람에 바지가 조금 흘러내렸다. 그는 도로 바지를 끌어 올리느라 바빴다.

아이린은 턱을 어루만지며 중얼거렸다.

"흐음, 그렇게 보이지 않던데……."

"우리도 그렇게 생각했소. 얼마나 순하게 생겼소? 하지만 여기 있는 우리 모두가 지켜본 사실이오."

그가 동의를 구하듯 옆에 있는 마을 사람들을 돌아보자 다들 고개를 끄덕였다.

"지금 안젤라는 울고불고 난리도 아니오. 직전에 멈췄기에 망정이지, 일이 벌어졌으면 약혼자도 있는 처녀가 어찌 됐겠소? 생각만 해도……. 쯧쯧."

그는 혀를 찼다.

'뭔가 이상한데? 이게 사람을 두 명이나 죽일 정도로 용의주도하게 꾸밀 일인가? 안젤라가 엄청 특별한 여자라서?'

아이린은 상황이 궁금하기도 하고, 날도 어두워지고 해서 마을 사람들에게 부탁했다.

"제 칼이 그런 쪽에 힘이 있는데 좀 도와드릴까요? 대가로 하룻밤만 묵게 해주면 돼요. 밥도 주면 좋고."

"좋소. 오해를 한 일에 대해 사과도 할 겸 저녁쯤은 얼마든지 대접하리다."

그들은 흔쾌히 아이린을 안내했다.

마을로 가보니 안젤라는 사건이 끝난 후 겨우 진정해서 잠들어 있었다.

아이린은 자고 있는 그녀의 침대 옆으로 다가가 베나 에사르크를 가까이 가져갔다. 악령이나 마법은 감지되지 않았다.

"네. 이 여자에겐 아무런 사악한 힘도 없어요. 안전해요."

아이린의 말에, 혹시나 하고 걱정했던 마을 사람들은 금방 수긍했다.

"그렇죠? 그럼 그렇지."

"감쪽같이 속았지 뭐야?"

"난 처음부터 사기인 줄 알고 있었어."

마을 사람들은 저마다 한마디씩 했다.

'내가 안전하다고 말한 의미를 이해 못했군. 사실대로 말해줄까?'

아이린은 망설이다가 사실을 말할 타이밍을 놓쳤다.

하도 작은 마을이다 보니 마을 처녀 한 명의 고통과 그로 인한 두 명의 죽음은 어마어마하게 큰 사건이었다. 동시에 마을 전체의 고통이기도 했다. 그래서 사건이 깨끗하게 끝난 기념으로 잔치까지 벌어질 정도였다.

아이린도 초대되었다. 그들은 아이린을 마치 이 사건을 해결한 영웅처럼 대우해 주었다.

마을 중심에 있는 광장에서 돼지 한 마리가 통째로 바비큐 되고, 저마다 음식과 술을 가져와 나눠 먹었다.

'에이, 말해주지 말자. 해결됐으니 된 거지.'

아이린은 오랜만에 포식하고, 침대에서 편히 잘 수 있었다.

다음 날 새벽, 아이린은 마을 사람들에게 작별 인사도 없이 빠져나왔다.

아이린은 다시 그 강을 마주했다. 새벽이라 그런지 어제보다 얼음은 단단해 보였지만, 안전하게 다리를 이용했다.

막 다리를 건넜더니 다리 밑에 숨어 있던 남자가 아이린을 따라왔다. 테일드였다.

"아직도 저 사람들, 나 죽이겠대요?"

아이린은 돌아서며 허리에 손을 올리며 말했다.

"추격대를 짜네 어쩌네 하지만 진짜로 그러지는 않을 거예요. 가능한 한 빨리 잊어버리고 싶어 하더라고요."

테일드의 옷차림은 꾀죄죄했고, 머리는 며칠 진흙탕이라도 구른 모양새였다. 그래도 어제 아이린이 빌려준 모포는 아직도 소중히 품에 안고 있었다.

아이린이 고개를 갸웃하며 입을 열었다.

"한 가지 궁금한 게 있는데……."

"뭐든 물어보세요. 아, 그리고 어젠 고마웠어요."

테일드는 모포를 돌려주며 말했다.

아이린은 모포를 배낭에 매달며 물었다.

"……저 마을, 전멸할 뻔했던 거 알고 있었어요?"

테일드는 빙그레 웃었다. 하지만 코만 훌쩍일 뿐, 오랫동안 대답이 없었다.

"대답하기 싫으면 말아요."

아이린은 대답을 재촉할 마음도 들지 않아 그냥 몸을 돌려 가던 길을 갔다. 그러자 테일드가 따라왔다.

다음 마을까지 대략 세 시간을 걸어가는 동안에도 그는 말이 없었다. 마을 식당을 찾아 들어가도 따라왔고, 허락도 받지 않고서 같은 테이블에 앉았다.

아이린이 따뜻한 닭고기 수프를 주문했더니 테일드도 같은 걸 주문했다. 그리고 한 스푼 뜨고 난 다음, 아무 개연성 없이 튀어나온 말처럼 세 시간 전의 질문에 대답했다.

"네, 알고 있었어요."

"예?"

아이린은 이 남자가 뭔 소리를 하나 했다. 겨우 아까 하다만 얘기를 다시 시작하고 있다는 걸 깨달았다.

테일드가 물었다.

“그 칼로 안젤라가 안전하다는 거 알아냈죠?”

“아직 흔적은 남아 있더군요. 살아가는데 불편할 정도는 아니고.”

“다행이네요. 마지막에 확인하지 못하고 나온 게 조금 마음에 걸렸거든요.”

“하지만 그 여자는 당신에게 겁탈당할 뻔한 걸로 알고 있으니 평생 마음의 상처를 안고 살아갈 거예요.”

“그 부분은, 으음, 잘 모르겠군요. 다른 더 좋은 방법이 있었을까요?”

그는 곰곰이 생각하다가 고개를 저었다.

“급조한 변명이긴 했네요. 나중에 생각하면 더 좋은 방법이 있었을지도 모르지만 당시로써는 그게 최선이었어요.”

“뭐가 최선이라는 거예요? 여자 몸 조몰락거리고 있었던 거? 어제 잔치에서 들은 얘기로는 온갖 추잡한 짓을 하려고 했다던데?”

“엥? 어째 얘기가 그렇게 됐죠? 그냥 옷만 벗겼는데?”

“그래서 ‘급조한 최선의 변명’이라는 게 뭔가요?”

“악마에게 육체를 빼앗겼던 여자……,”

테일드는 옆을 바라보며 흐에취! 하고 기침을 한 다음 말을 이었다.

“……와 사기꾼에게 불쌍하게 사기 당한 여자, 어느 쪽이 더 인생 살기 편할까요?”

어제 마을 잔치에서도 아이린은 그와 비슷한 생각을 하고 있었다.

안젤라는 사기를 당한 게 아니었다. 진짜로 악마에게 지배를 당했다. 그리고 그 악마는 제거되었다. 아이린은 그 사실을 말해줄지, 말지로 끝까지 고민했지만 결국 하지 않았다.

만약 말하면?

안젤라의 약혼자는 과연 계속 약혼자로 남아 있어 줄 것인가?

마을 사람들의 시선은?

안젤라 스스로의 죄책감은?

그녀는, 비록 자신의 의지가 아니었더라도 두 명이나 저주로 죽여버렸다. 평범한 농부의 딸이 그런 일을 겪고도 평범하게 살아갈 수는 없을 것이다.

아이린이 물었다.

"그럼 당신은 악마에게 육체를 빼앗긴 안젤라를 처음 보자마자, 스스로 오해받기로 결정한 건가요? 영웅처럼 짠! 하고 해결해주는 게 아니라?"

"거기까지 계산한 건 아니에요. 그냥 그 여자가 앞으로 살아갈 날들이 걱정된 것뿐이죠."

"그런데 왜 하필 겁탈하는 모습을 연출한 건가요? 사실은 그저 여자 몸에 손을 대고 싶었던 건 아니고?"

아이린은 혼내는 투로 물으려고 했지만, 말하다 보니 장난스러운 말투가 되고 말았다.

테일드는 힘없이 웃었다.

"전 안젤라의 몸에 손가락 하나 대지 않았어요."

"그럼 마을 청년들이 본 건?"

"그림자요. 전 그 순간 이미 마을 바깥에 있었어요."

"환각 같은 건가요?"

"기술적으로 보자면 전혀 다른 영역이지만……. 뭐, 그 비슷하죠."

아이린은 의심쩍은 눈으로 주변을 두리번거렸다.

"혹시 지금 이 모습도 환각인 거 아니에요?"

아이린은 괜히 그의 볼을 잡아보았다. 그는 저항 없이 잡혔다. 오히려 좋아하는 것 같았다. 그러자 그녀가 더 창피해져서 손을 뗐다.

테일드는 웃으며 말했다.

"신선한데요. 볼 잡혀 본 건 삼십 년 만에 처음인 것 같아요."

"미안해요. 난 남자 대할 때 과격하게 다루는 버릇이 있어서…… 응? 삼십 년?"

아이린이 놀라서 물었다.

"지금 몇 살인데요?"

"그냥 과장법이에요."

"그래서 몇 살인데요?"

"몇 살로 보여요?"

"그런 말장난은 하고 싶지 않아요."

"그럼 저도 안 할게요."

테일드는 웃으며 말을 이었다.

"어쨌든 환각이나 그림자 마법 같은 부분은 걱정 말아요. 당신 같은 사람에게는 통하지 않으니까. 심지어 당신은 모든 마법을 제거하는 칼을 들고 있잖아요."

"그런데 그 정도 마법을 쓰는 사람이 대체 강물에는 왜 빠져요?"

"하늘을 나는 독수리도 종종 나뭇가지에 착지를 못 해 떨어지기도 하고 루티아의 그랜드 마스터쯤 되는 마법사라 해도 방심할 때가 있는 법이죠."

"루티아가 뭐예요?"

"하늘 산맥에 있는 마법 도시에요."

"들은 기억이 나네요. 그럼 당신이 거기 그랜드 마스터라도 돼요?"

"독수리에 비유했다고 제가 독수리인 건 아니잖아요. 그런데 어디로 가는 길이세요?"

"아란티아. 어제 제가 말 안 했나요?"

"했어요?"

"글쎄요. 안 한 것도 같고. 하지만 말 했는지 안 했는지까지도 마법사라면 기억해야 하는 거 아닌가요?"

"아무리 위대한 루티아의 그랜드 마스터의 스승이라 해도 가끔은 세수하러 갔다가 깜빡 잊고 물만 먹고 오기도 하는 법이죠."

"아까부터 이상한 말만 하는데 정말 마법사 맞아요? 하늘 산맥을 가보긴 하셨어요?"

"거기서 왔는걸요."

아이린은 속으로 비웃었다. 하늘 산맥을 인간이 오를 수 없다는 건 론타몬의 어린애도 아는 사실이었다.

하지만 마을에서 있었던 사건은 분명한 사실이었다. 그러니 마냥 비웃을 수만은 없었다. 이제 아이린은 그를 어떤 식으로 대해야 할지 모르게 되었다.

"그럼 그 고귀하신 마법사님께서 왜 하늘 산맥을 내려오셨나요?"

아이린은 일부러 비꼬는 투로 물었다.

"행운 점괘를 쳐봤죠. 동쪽으로 가면 귀인을 만날 거라고 하더군요."

테일드는 순진한 얼굴로 말했다.

아이린은 푸하, 하고 웃었다.

"하늘 산맥에서 이쪽 방향은 북쪽인데요?"

"원래 점괘 따윈 믿을 게 못 되죠."

"당신 정말 재밌는 남자군요."

"당신은 정말 아름다운 여인이군요."

"그런 말 여자에게 해주면 좋아한다고 루티아의 위대한 그랜드 마스터의 스승님의 아버지쯤 되는 사람이 가르쳐줬나 보죠?"

"아니오. 보통 남자 마법사들은 여자 사귀는 법을 모른답니다. 세간에 이런 말이 있죠. 마법사가 되는 바람에 여자를 못 사귄 게 아니라, 여자를 못 사귀어서 마법사가 됐다고."

테일드는 흐흐, 하고 이상하게 웃더니 말을 이었다.

"공부만 하는 학자들이 데이트할 때 자기가 연구 중인 학설을 여자에게 풀어놓듯이, 마법사들도 그런 얘기밖에 할 줄 모르거든요."

"그럼 당신은 여자 사귀는 법을 모르는 지루한 학자에게 여자 꼬시는 방법을 하루 정도 수업받고 실습하러 나온 남자인가 보군요."

테일드는 큰 소리로 웃음을 터트렸다.

"그건 아니에요. 하지만, 그게 언제였더라? 십 년쯤 전이었나? 우연히 만난 한 여행자와 이런 재미있는 얘기를 했죠. 우리 같은 멍청한 남자가 진실한 사랑을 하려면 기적이 일어나야 한다고."

테일드는 자기 머리를 톡톡 두들겼다.

"그 친구와 전 많은 부분에서 의견 충돌이 있었지만, 그 부분에서만큼은 합의를 이루며 서로 멋진 건배를 했죠. 사랑을 하려면 기적이 일어나야 한다. 하지만 아무것도 안 하고 있으면 일어날 기적도 일어나지 않는다!"

아이린은 눈살을 찌푸렸다.

"대체 하고 싶은 말이 뭐예요?"

"점괘대로 행동하진 않았지만 점괘가 없었다면 전 움직이지 않았을 거예요. 오늘도 케인스웍에서 지루한 강의를 준비하고 있었을 테죠. 하지만 움직이는 바람에 오늘 전 여기 있게 됐죠. 이런 게 기적이에요. 동쪽이건, 북쪽이건 상관없어요. 중요한 건 방향이 아니랍니다."

"전 당신이 오늘도 지루한 강의를 준비하고 있었으면 하네요."

테일드는 또 웃음을 터트리며 말했다.

"당신은 정말 멋진 여자예요."

아이린은 기가 막혀 자리에서 일어났다.

실체를 알 수 없어 어서 자리를 떠나고 싶은 불쾌감과 조금만 더 얘기해서 이 남자의 실체를 파악해보고 싶은 호기심이 뒤엉켰다.

일단 일어나버렸으니 도로 앉기도 뭐해서 그냥 선 채로 한마디 했다.

"그렇게 여자 보는 눈이 있으면 왜 저같이 부랑자 같은 여자를 택하셨나요? 인생관 투철하고 여자에 대해 잘 알고 아시는 마법사님?"

"이 얘길 들으면 좀 이해가 갈 겁니다, 아이린."

그가 자신의 이름을 부르는 부분이 하도 자연스러워 꽤 정감 있게 들렸다.

"해 봐요."

아이린이 도발적으로 제안했다.

테일드는 앉은 상태로 고개를 치켜든 채 말했다.

"전 마법을 이용해 자기 얼굴을 뽀얗게 보이게 하는 여자 마법사들도 많이 알고, 아까 말했던 환각으로 실체를 가리는 마법도 많이 알아요. 그래서 저는 광채 뒤에 숨겨진 여자의 진짜 모습을 볼 수 있는 연습이 저절로 되어버렸죠."

테일드는 마치 아이린을 어루만질 것처럼 손을 내밀었다. 하지만 손을 대지는 않았다.

"당신 안의 광채는 실로 매력적이에요. 하지만 어째서인지 겉으로 드러나지 못하고 있네요. 아마도 드러내는 게 두려울 테죠. 적어도 진짜 사랑을 해보기 전까지는 드러나지 않을 거라고 생각해요."

"호오, 정말 잘나셨군요. 혼자서 광채 연구 열심히 하세요, 빌어먹을 마법사님."

아이린은 주머니에서 밥값을 꺼내 테이블 위에 소리 나게 내려놓았다. 그리고 술집 문을 걷어차듯이 열고 나왔다.

'왠지 지고 달아난 것 같잖아?'

아이린은 분해서 씩씩대며 술집을 돌아보았다. 그리고 그녀는 남자를 상대로 단 한 번도 갖지 않았던 마음을 가졌다.

'이럴 땐 좀 따라와야 하는 거 아니야?'

아이린은 참지 못하고 술집 창문 너머로 안을 들여다보았다. 테일드는 안 나온 게 아니라, 못 나온 것이었다.

아이린은 딱 자기 밥값만 내고 나왔는데, 테일드는 밥값의 백 배쯤 되는 값어치의 금화를 낸 것이었다. 그래서 술집 주인에게 잔돈이 없는데 어떻게 할 거냐고 타박을 듣고 있었다.

'어휴, 한심해라!'

테일드는 겨우 잔돈을 받고 허둥지둥 술집 밖으로 나왔다.

아이린은 그가 나오자마자 그의 가슴을 손가락으로 쿡 찌르며 쏘아붙였다.

"충고 한마디 해드리죠, 마법사님. 세상 어떤 남자도 여자에게 사랑에 대한 조언은 하지 못해요."

테일드는 얼어붙어 말을 잇지 못했다. 아이린은 돌아섰지만, 그래도 분이 풀리지 않아 다시 돌아서서 덧붙였다.

"……그리고 미리 말해두자면, 난 완전 근육질 떡대 취향이니까 당신 같은 남자는 꿈도 꾸지 말아요."

"혹시 그 칼의 진짜 힘을 알고 싶어요?"

테일드는 엉뚱한 소리를 했다.

"네?"

아이린은 어안이 벙벙해 테일드의 얼굴만 뚫어지게 바라보았다.

테일드는 손가락으로 남쪽을 가리키며 말했다.

"이쪽 방향으로 하루 거리에 바위산이 하나 있어요. 산꼭대기에 오르면, 산 밑에서는 쉽게 찾기 힘든 동굴이 하나 보여요."

"그런데요?"

"그 안에 들어가 봐요. 그 칼이 어떤 힘을 지녔는지 알 수 있을 거예요. 그리고 그 칼의 주인이 어떤 존재인지 알게 될 겁니다."

"이 칼의 주인은 로핀이라는 사람이에요."

"아니, 그 역시 당신처럼 잠시 맡아둔 사람에 불과해요. 제가 말한 주인이란, 그 칼을 만든 존재예요."

테일드는 천천히 뒤로 물러섰다. 그의 표정에는 아쉬움이 잔뜩 묻어났다.

"전 급한 일이 있어서 가봐야 해요. 하지만 우린 또 만날 거예요. 다시 만날 때면 당신 안의 광채가 눈부시게 빛을 내고 있을 거예요."

아이린은 그를 붙잡고 싶었다. 그러나 자존심이 허락하지 않았다.

"웃기지 말아요. 적어도 당신을 위해 그럴 일은 없어요."

그는 빙그레 웃더니 말했다.

"다른 누구를 위해서가 아니에요. 당신을 위해서죠."

그리고 마을을 벗어나 사라졌다.

아이린은 오기로 테일드가 말했던 방향으로 가지 않고 다른 길을 택해 아란티아로 향했다. 하지만 그날 밤 모닥불을 피워놓고 숲에서 잠을 청하다가 벌떡 일어나 소리 질렀다.

"아악, 신경 쓰여 죽겠네!"

아이린은 그 길로 바위산을 찾아갔다. 밤새 깎아지른 절벽을 타고 산꼭대기에 오르니 동굴이 하나 보였다.

동굴 속 어둠이 음산해 보였다.

'토머다르의 은신처보다 백배는 꺼림칙한 곳이군.'

아이린은 동굴 안으로 기세 좋게 들어갔다.

동굴 안에는 집채만 한 크기의 시커먼 괴물이 한 마리 살고 있었다. 그림책에서만 본 드래곤의 모습이었으나 날개는 없었다.

놈은 아이린을 보자마자 공격했다.

아이린은 칼을 꺼내며 분노를 터트렸다.

"테일드, 이 사기꾼 자식……!"

아이린이 괴물 드래곤의 정체를 알게 된 것은, 아란티아에 가서 울프 기사단이 되고, 다시 테일드를 만나고 난 후였다.

그는 버젓이 나디움의 정원에 들어와 있었다.

아이린은 '너 여긴 어떻게 들어왔어?'와 '그때 나한테 던져준 그 괴물은 뭐야?'라는 질문 두 개를 두고 허둥대다가 뒤의 것을 먼저 물었다. 말이 곱게 나오지도 않았다.

"그때 나한테 던져준 그 괴물은 뭐냐?"

"나도 다시 만나서 반가워요."

테일드는 실망한 얼굴로 인사를 내뱉더니 대답했다.

"죽음에서 되살아난 영혼의 집결체……. 나 다시 봐서 안 반가워요?"

"죽음에서 되살아난 뭐?"

"죽음에서 되살아난 영혼의 집결체."

"그런 게 왜 드래곤의 모습을 하고 있는 거지?"

테일드는 인사 듣기를 포기하고 대답했다.

"'누군가'의 실험이지요. 하지만 조만간 있을 위협에 비하면 아무것도 아니고요. 전 그 소식을 전하려고 왔어요."

아이린은 그의 행색을 한참이나 살피고 있다가 첫 번째 했어야 할 질문을 했다.

"여긴 어떻게 들어왔어?"

하지만 테일드는 그 질문에는 대답하지 않고 헤어지기 직전에 했던 대화를 이어서 했다.

“당신에게 감춰져 있던 광채가 드디어 빛을 내기 시작했군요. 그사이 무슨 일이 있었나요?”

“또 시작이군!”

아이린은 과장되게 웃으며 말을 이었다.

“진실한 사랑 어쩌고 했지? 맞아. 당신과 비교하면 천지 차이인 남자를 좋아해 봤어. 그래서 뭐? 이제 와서 한 번 더 내게 수작을 걸어보시려고?”

“조, 좋아하는 남자가 생겼다고요?”

“그래! 그러니 이제 당신한테는 더 이상 희망 따윈 없어.”

“그, 그게 누군데요?”

테일드가 상처받은 얼굴로 물었다.

아이린은 속으로 뜨끔했다.

‘이거 왠지 하지 말아야 할 말을 해버린 것 같은데.’

로핀은 최근 론타몬의 수상한 행보를 걱정하더니 더 많은 울프 기사들을 데려오겠다며 떠났다. 그때 그는 퀘이언을 하얀 늑대로 만들어 놓으라고 부탁했다.

아이린은 이런저런 수를 궁리해 보다가, 퀘이언과 넘지 말아야 할 선을 넘고 말았다. 놀랍게도 ‘그 일’이 있은 후 퀘이언은 성장했다.

그녀는 그 일을 후회하지 않았다. 오히려 그 일로 퀘이언이 자기보다 강해지는 것이 두려워졌다.

‘맞아. 난 후회 없어.’

아이린은 마음을 다잡고 말했다.

"누군지 알 필요 없어! 하지만 이건 말해줄 수 있지. 당신보다 백배는 더 멋진 남자야. 근육질에, 떡대 사나이!"

아이린은 테일드의 얼굴에 떠오르는 실망감을 즐겼다. 하지만 그는 눈을 가늘게 뜨고 의미심장한 미소를 지어 보였다.

"그랬군요. 그랬어요. 흐음, 그랬단 말이죠?"

테일드는 어딘지 모르게 음산한 목소리로 말을 이었다.

"후후후, 전 어렸을 때부터 자주 지각을 하곤 했죠. 지각을 하기 전에는 늘 이렇게 말해요. 조금쯤 늦어도 상관없어! 하지만 지각을 하고 혼난 다음엔 후회하죠. 조금만 더 서두를걸!"

테일드의 주변이 어두워지는 것 같은 착각이 들었다. 갑자기 공기가 무거워지고 숨을 쉬기가 어려워졌다. 보이지 않는 힘이 어깨를 누르는 것 같기도 했다.

아이린은 침을 꿀꺽 삼키고 말했다.

"솔직히 당신 경우에는 조금 서둘렀다고 해서 상황이 달라지지는 않았을 거야."

"아니, 이번에는 자신 있어요. 그때는 좀 어버버버버버 하느라 말도 잘 못 했지만 연습도 많이 했고……."

"헛물 그만 켜시죠, 잘난 척 마법사 양반. 설마하니 나디움의 하얀 늑대가 전쟁을 앞두고 연애질이나 할 거라고 생각하는 건 아니겠지?"

"으음."

테일드는 뭔가 고민하더니 의아해하며 말을 이었다.

"이상하네요. 이렇게 자신감 있게 말하면 보통 여자들은 넘어온다던데……."

"누가 그래?"

"안 그래요?"

"난 보통 여자가 아니니까."

"음, 그럼 정공법으로 나가 봅시다."

"정공법?"

"난 원래 뭐든 그 자리에서 배우는 편이거든요. 자, 내게 당신이 좋아할 연애 기술을 가르쳐 주세요. 그럼 순식간에 그걸 흡수해서 해드릴게요."

"당신의 그런 면이 싫어하는 부분이라니까!"

"으응? 시, 싫어했어요?"

테일드는 심각한 얼굴로 머리를 긁적이더니 아이린의 뒤에 서 있는 사람에게 말했다.

"이거 봐요. 폐하께서 가르쳐주신 대화법은 하나도 안 먹히잖아요. 그냥 내 식대로 할걸 그랬어……."

아이린이 깜짝 놀라 뒤를 보니 새나디엘이 서 있었다. 우스꽝스럽게도 새나디엘도 테일드와 똑같은 손동작으로 머리를 긁적이고 있었다.

새나디엘이 말했다.

"그러네. 아이린은 내가 본 여자들 중에서 가장 유혹하기 힘든 부류야. 내가 남자로 변해도 유혹하지 못했을 거야."

"그렇죠? 타냐가 가르쳐 준 방법에다가 폐하가 가르쳐준 방법을 섞었는데도 안 되면 대체 누구한테 배워야 아이린이 저에게 일말의 관심이라도 품어 줄까요?"

"흐음, 섞어서 그런 거 아니야? 따로따로 해보지그래?"

아이린이 새나디엘에 대한 배신감으로 몸서리를 칠 때, 여왕은 한 발 더 나아가 무시무시한 말을 내뱉었다.

"대체 퀘이언은 어떤 방법을 쓴 걸까?"

"아악!"

아이린은 하마터면 새나디엘 여왕을 한 대 칠 뻔했다.

새나디엘은 우스꽝스러운 동작으로 아이린의 주먹을 막을 준비를 하며 말했다.

"내, 내가 틀린 말 했냐?"

아이린은 얼굴을 붉히고 말을 더듬었다.

"그, 그거, 폐, 폐하가 어, 어떻게, 알아요?"

옆에서 테일드가 눈을 깜빡거리며 물었다.

"퀘이언이 왜요?"

"응. 퀘이언."

새나디엘은 열 살짜리 말괄량이처럼 눈빛을 반짝이며 대답했다.

테일드도 순진한 얼굴로 물었다.

"왜요, 라는 질문에, 응, 이라는 대답은 뭔가요?"

새나디엘은 심각한 얼굴로 고개를 끄덕였다.

"실은 지금 내가 입을 잘못 놀린 것 같아. 그래서 난 질문에 대한 동문서답으로 끝없이 회피하면서 책임감을 줄이는 노력을 하는 중이야."

"흐음, 동문서답치고는 구체적인 이름이 나왔는데, 퀘이언이 왜요?"

테일드가 집요하게 캐물었다. 아이린은 안절부절못하고 테일드와 새나디엘 두 사람을 번갈아 살펴보기만 했다.

"퀘이언은 대단하다는 소리야. 여러모로."

"아직도 동문서답 중인가요?"

"말했잖아. 제아무리 네 마법이 천지를 뒤흔들 수 있다 해도, 나의 이 무거운 입을 열게 할 수는 없을 거야."

새나디엘은 잘난 척하며 말했다.

아이린은 비명이라도 지르듯 지적했다.

"안 무거워!"

거의 뒷말에 '이년아!'가 붙어 있는 어조였다.

테일드가 어깨를 으쓱하더니 말했다.

"퀘이언은 대단하죠. 솔직히 아직도 하얀 늑대가 아니라는 게 이상할 정도예요. 이쯤 되면 울프 기사단이 그에게 안 맞는 게 아닐까 하는 생각이 듭니다."

새나디엘은 상큼하게 웃으며 대꾸했다.

"개소리 말렴, 테일드. 그보다 '타냐'나 나한테 내놔. 네까짓 게 걜 제자로 삼겠다고? 너 같은 머저리는 그런 섬세한 소녀가 가진 마음의 상처를 치유할 수 없어. 내가 데려다 울프 기사단이나 시켜야겠다."

"폐하야말로 개소리 마시죠. 루티아랑 전쟁이라도 하시렵니까?"

"어머, 네가 죽으려고 환장했구나. 루티아의 '화이트비'를 네 머리에 박아 넣으면 정신 좀 차리겠니?"

둘이 웃는 얼굴로 으르렁대는 모습을 보자, 아이린은 그의 정체와 현재 상황에 대해 혼란스러워 머리가 어지러울 지경이었다.

"둘 다 그만!"

아이린은 두 사람 사이에서 손을 휘저어 대화를 중지시켰다. 새나디엘은 싸늘한 시선으로 테일드를 노려보며 말했다.

"축하해, 아이린. 방금 아란티아와 루티아의 전쟁을 막았어."

아이린은 여왕의 말을 무시하고 테일드에게 물었다.

"당신 대체 누구야?"

"저요?"

"그래, 당신! 여기 당신 말고 또 누가 있겠어?"

"그야……."

테일드는 자기를 가리키더니 대답했다.

"여자 사귀는 법을 자기 제자와 새나디엘 여왕에게 이틀씩 열심히 강의 받고 마침내 현장 실습 나온 지루한 루티아의 그랜드 마스터지요."

아이린은 눈을 크게 뜨고 물었다.

"거짓말. 루티아의 그랜드 마스터는 수염 길게 기른 노인이었어. 본 적도 있다고."

"러스킨이요? 다들 오해하죠. 솔직히 전 아직도 스승님이 그랜드 마스터여야 한다고 생각해요."

테일드의 말에, 새나디엘도 동의했다.

"그건 맞는 말이야. 같이 서 있으면 누가 봐도 러스킨이 그랜드 마스터지."

아이린은 똥 씹은 얼굴로 물었다.

"그분이 그랜드 마스터가 아니었다고요?"

"이전 그랜드 마스터죠. 현 그랜드 마스터는 접니다."

"살얼음판에서 물에 빠졌던 그때도?"

"그래요."

"말도 안 돼! 울프 기사단이 되고 나니 더 말이 안 된다는 걸 알겠어. 루티아의 그랜드 마스터가 고작 강물에 빠졌다고?"

"그때도 말씀드렸던 것처럼 루티아의 그랜드 마스터라 해도 실수할 수 있는 법이에요. 만약 당신이 당근 썰다가 손가락을 살짝 다쳤는데 제가 거기다 대고 '아란티아의 하얀 늑대쯤 되는 사람이 고작 당근 썰다 손이 베일 리 없어!'라고 말하면 어쩌시겠어요?"

테일드가 차분하게 설명했다.

새나디엘이 그의 어깨를 툭툭 치며 말했다.

"넌 그게 문제야. 뭐든 그렇게 분석하려고 하는 거. 내버려두면 사랑에 대한 강좌라도 할 기세구나."

테일드는 한숨을 쉬며 또 머리를 긁적였다. 새나디엘도 같이 긁적였다.

"아이린, 난 그때 당신이 좀 더 성숙하길 바라며 이상한 말을 해버렸어요. 그리고 지금 굉장히 후회하는 중이죠. 이제 더 이상 후회하지 않을래요."

테일드가 다가오며 말을 이었다.

"아이린. 당신에게 어울리는 남자가 될 테니 지금이라도 제게 기회를 주세요."

아이린은 앞에서 고백하는 테일드보다 뒤에서 주먹을 불끈 쥐고 좋아하는 새나디엘이 더 밉살스러웠다.

"싫어!"

아이린은 동그랗게 뜬 눈으로 천천히 뒷걸음질 쳤다.

"어머, 이 정도 고백이면 시작하기에 딱 좋은 거 아니니?"

새나디엘이 난처한 얼굴로 물었다.

"여왕님도 싫어!"

아이린은 달아났다. 처음으로 남자를 앞에 두고 달아났다.

그때 테일드가 순식간에 아이린의 옆으로 다가왔다. 그녀는 깜짝 놀라 달리길 멈췄다.

테일드는 바람을 일으키며 아이린의 앞에 서더니 두 손을 펼쳤다.

"이제 더 이상 놓치지 않겠어요. 지금까지는 억제했지만, 당신을 잡을 수 있다면 전 금지된 마법을 써서라도……, 윽!"

아이린의 주먹이 테일드의 복부를 후려쳤다.

테일드는 말을 끝맺지도 못하고 배를 움켜쥔 채 무릎을 꿇었다.

새나디엘이 그 모습을 보고 깔깔대며 웃었다.

"봤지? 루티아의 그랜드 마스터도 주먹 한 방에 쓰러뜨리는 게 하얀 늑대야. 까불지들 말라고 그래."

아이린은 뒷걸음질 치며 소리쳤다.

"다시는 내 앞에 나타나지 마! 다시 나타나면 그땐 주먹이 아니라 칼을 쓸 거니까."

아이린은 다시 달아났다.

그때까지만 해도 그녀는 자신이 테일드를 사랑하게 될 거라고는 생각도 하지 못했다.

……그리고 그렇게 빨리 테일드를 잃을 거라고도 생각하지 못했다.

로크의 전쟁이 끝나고 한 달 후, 하늘 산맥의 루티아.

아이린은 가넬로크에서 그랜드로크의 마법사들과 함께 루티아를 방문했다.

루티아의 마흔다섯 번째 그랜드 마스터인 루더가 직접 마중 나와 있었다. 그리고 케인스웍의 교장인 골베인과 이번에 새로 마스터의 자리에 오른 플로라도 있었다.

그들은 아이린과 그랜드로크의 마법사들을 맞아 깊이 고개 숙여 인사했다.

아이린은 루더에게 작은 항아리를 내주었다.

"테일드의 유골입니다. 루티아의 방식대로 장례를 치르지 못해 죄송합니다."

"아닙니다. 테일드도 당신 뜻대로 하길 원했을 겁니다."

"유골은 하늘 산맥에 뿌리고 싶은데요."

"테일드도 그걸 원할 겁니다. 뜻대로 하시길."

루더는 받은 유골 단지를 도로 아이린에게 돌려주며 말을 이었다.

"추모식은 내일 저녁으로 일정을 잡아뒀습니다. 아, 그리고 마스터 타냐에 대한 소식은 혹시 없습니까?"

"저도 잘 모릅니다. 하지만 무사할 거라고 생각합니다. 근간에 루티아를 찾을지는 모르겠지만요."

"무사하기만 하다면 됐습니다."

루더는 진심으로 다행스러워 하며 물었다.

"우선 마스터 테일드가 썼던 방으로 들어가시겠습니까?"

아이린은 다른 마법사들에게 양해를 구하고 먼저 탑으로 향했다.

탑의 안내는 플로라가 해주었다. 아이린은 플로라의 느린 걸음에 맞춰 천천히 탑을 오르며 말했다.

"'화이트비'가 깨졌다고 들었습니다."

"네."

플로라는 약간 슬퍼하며 대답하더니, 억지로 활기찬 투로 말을 이었다.

"하지만 화이트비를 대신할 루티아의 상징을 사-크나딜께서 직접 하사하신다고 합니다!"

"사-크나딜께서 직접이요?"

"네. 대신 옮기는 건 우리가 직접 해야 해요. 크나딜께서 갖다 주실 수는 없는 노릇이니까요. 하지만 아직 전투의 뒷수습이 되지 않은 상태에서, 게다가 '프보에' 레미프들과의 앙금이 남아 있는 상태에서 그런 큰일을 맡아서 해 줄 분이 안 계세요."

아이린이 놀라며 물었다.

"프보에 레미프들과의 적대 관계는 이미 끝난 일 아닌가요?"

"정확히는 '즈비' 레미프들과 프보에 레미프들의 적대 관계가 해소되지 않았다고 해요. 하지만 우리가 즈비 레미프와 동맹이니 아무래도 위험할 테죠."

"그게 프보에 레미프의 영역에 있나 보죠?"

"접경 지역이죠. '하푸'로 오라고 하셨거든요."

"그럼 조심할 수밖에 없겠군요."

아이린은 고개를 끄덕였다.

플로라는 조심스레 의향을 물었다.

"그 일을 위해 루티아노에서 마스터 아이린의 이름이 거론되었는데 어떠신가요?"

"영광입니다만, 마스터 플로라. 전 다른 해야 할 일이 있어서요."

"예, 그런 줄은 알지만 아무래도 이런 쪽 일은 마법사들만으로는 조금 힘들어서……."

"아, 하얀 늑대들 중 한 명을 원하는 거라면 걱정 안 해도 되겠군요. 한 달이나 두 달쯤 후 던멜이라는 친구가 여길 찾을 거예요."

"더, 던멜이요?"

"역시 아시는군요. 던멜도 플로라의 이름을 언급했어요."

플로라는 '알아보기 쉽게' 얼굴을 붉혔다.

아이린은 웃으며 설명했다.

"아직 부상 중이고 개인적으로 할 일이 남았다고 해서, 당장 같이 오지는 못했지만 곧 여길 올 거라면서 제게 대신 안부를 전해달라고 하더군요. 던멜이라면 어떨까요?"

"예, 그분이라면 루티아노에서도 적극적으로 찬성할 거예요. 루티아를 구해주신 분이니까요."

플로라는 계단을 오르다 숨이 찬지, 잠시 멈춰 창밖을 내다보았다.

"마스터 테일드의 배신에 대한 루머로 루티아 내에 분열까지 생길 정도였습니다. 어제는 케인스워에서 학생들 간에 싸움이 벌어졌지요. 마법사들 사이에 주먹 다툼이라니……."

"그럴 만도 하지요. 죽지 않는 자들의 군주가 루티아의 그랜드 마스터였다……. 앞으로 루티아가 그 오명에서 벗어나려면 많은 노력이 필요할 거예요."

“저희도 그 부분을 가장 많이 걱정하고 있습니다. 참, 그런데 추모식이 끝난 후에는 어딜 가실 건가요? 그러니까……, 다른 해야 할 일이라는 게……?”

“죄송해요. 개인적인 일이에요.”

“아니에요. 그냥 궁금했어요.”

테일드의 방은 그 뒤 러스킨이 잠시 사용하긴 했지만 아직 그의 흔적이 많이 남아 있었다.

그가 읽던 책과 그가 마시던 술, 옷, 구슬도 그대로였다. 하지만 아이린은 그런 흔적을 보고 싶어 여길 온 게 아니었다.

아이린은 화이트비가 놓였던 탑의 꼭대기까지 올라갔다.

러스킨이 화이트비를 부숴버린 지금은, 화이트비가 놓였던 자리와 부서진 파편만 남아 있었다. 깨진 유리창도 아직 보수되지 않은 상태 그대로라, 상공의 강한 바람이 좁은 공간 안에서 소용돌이치고 있었다. 바람에 그녀의 머리카락이 흐트러졌다.

러스킨이 왜 루티아를 배신하고 악의 편에 돌아섰는지 아직도 의견이 분분했다. 분명한 건 러스킨과 과거 새나디엘의 수호기사인 그란돌의 배신을 유도한 사람이 죽지 않는 자들의 군주가 아니라 테일드 본인이었다는 사실이었다.

‘스승님, 루티아를 배신하세요.’

아이린에게도 테일드의 목소리가 들리는 듯했다.

그 사실을 어떻게 루티아의 마법사들에게 설명할 수 있을까? 자신 없었다.

‘안젤라 때도 그랬지만, 테일드는 누군가를 구할 수만 있다면 이런

오해를 받는 걸 아무렇지도 않게 여겼지. 이번엔 세상을 구하는 일이었으니, 더욱 개의치 않았을 거야.'

테일드와 죽지 않는 자들의 군주는, 보통 사람이 생각하기 힘든 무서운 마법과 예지의 싸움을 지난 8년 동안 이어왔었다.

승리는 테일드에게 돌아갔을지언정 결국 본인도 죽음으로 몰아넣은 무서운 싸움.

테일드의 마지막 목소리가 아직도 귓가에 선했다.

'한 번만 더 안아 줘, 아이린. 너무 오랫동안……, 너무 추운 곳에 있었어.'

아이린은 깨진 창문 끄트머리에 아슬아슬하게 서서 까마득히 높은 루티아와 하늘 산맥의 숲을 내려다보았다.

"얼마나 추운 곳에 있었던 거니?"

아이린은 유골이 담긴 항아리의 봉인을 뜯고 하얀 재를 손에 쥐었다.

"그렇게 추위를 싫어한 네가……, 얼마나 힘들었던 거니?"

아이린은 눈물을 흘리며 머리 위로 재를 날렸다. 상공의 강한 바람이 단숨에 그 재를 하늘 산맥의 숲에 널리 퍼트렸다.

'사랑해, 아이린. 그거 하나로…… 저 암흑 속에서 버텼어.'

테일드의 목소리가 들리는 것 같았다.

한 줌, 한 줌 테일드의 유골을 멀리 보내면서 아이린은 그와의 마지막 이별을 고했다.

"나도 사랑해, 테일드."

그날 밤 루티아의 누군가 슬픈 노래를 불렀고 공기에 실린 마법 같은 소리가 숲 전체를 잠재우는 듯했다.

아이린은 여행 내내 가슴이 무거워 잠들지 못하다가 처음으로 깊이 잠이 들었다. 그리고 꿈에서 테일드를 보았다.

"네 짧은 지혜로 영겁의 세월 동안 준비된 내 힘을 막아보겠다는 건가?"

테일드가 앉아 있는 테이블 건너편에 하얀 날개를 펼치고 있는 레미프가 앉아 있었다. 서로의 앞에는 뒷면만 보이는 카드가 수십 장 깔려 있었다.

그 두 사람이 앉아 있는 테이블을 뺀 나머지 공간은 시커멓게 뚫린 심연의 어둠으로 가득 차 있었다.

레미프는 누가 봐도 선량하고 순한 미소로 말했다.

"인간에게 있어 믿음의 힘이란 얼마나 강인한가? 천 년 전 나는 그 힘에 굴복했지. 그래서 지금은 그 힘을 이용해 보았다."

"진실이 담겨 있지 않은 믿음의 힘이란, 기둥 없는 지붕이지. 세우기는 쉬울지 몰라도 오래 버티지는 못한다."

테일드의 목소리는 어딘지 기운이 빠져 있었다. 그가 말을 한마디 한마디 내뱉을 때마다 하얀 입김이 새 나왔다. 옆에서 보기만 해도 뼈가 시릴 정도였다.

레미프는 손을 뻗어 자기 앞에 놓인 카드를 한 장 뒤집었다.

슈라이튼 백작, 얼음 성의 군주 얼굴이 그려진 카드였다. 시체와도 같은 창백한 피부에 해골처럼 마른 음산한 얼굴이었다.

레미프는 그 카드를 테이블 중앙에 휙 던졌다. 그러자 그 레미프의 얼굴이 슈라이튼 백작의 얼굴로 바뀌었다.

"처음 시작이 가장 어려웠지. 슈라이튼 백작을 이용한 부활, 아니 정확히는 슈라이튼 백작의 딸 앤필리아를 이용했다고 봐야겠군."

"넌 실수한 거다. 차라리 그녀가 낳을 아들의 육체를 빼앗았어야지."

"지금 네가 나한테 더 좋은 방법을 가르쳐 주는 거야?"

슈라이튼 백작은 큭큭 대고 웃었다.

테일드는 무표정한 얼굴로 고개를 저었다.

"네 계획이 엉망이라는 걸 지적하는 거다."

"그래서 네 계획은 얼마나 대단해서?"

"너보다는 낫지, 이 괴물아!"

"나더러 괴물이라고? 이봐, 테일드. 솔직히 고백해 봐. 너 정도 천재 마법사라면 인간들 사이에서 이미 괴물로 불렸을 것 같은데?"

테일드는 대답하지 않았다.

슈라이튼 백작은 콧방귀를 뀌더니 말을 이었다.

"슈라이튼 백작으로 다시 태어나는 게 제일 어려웠고, 익셀런 기사단을 설립하는 건 너무 오래 걸렸지. 하지만 전부 계획대로 됐어. 그러니 앞으로도 내 계획은 모두 들어맞을 거야."

"아니, 막을 거다."

"누가?"

"내가."

백작은 큰 소리로 웃더니 말했다.

"하얀 늑대들 셋을 데리고 얼음 성의 군주였던 날 죽이러 오면서 스스로가 자랑스러웠지? 하지만 봐라. 난 너희들이 날 죽이러 오는 걸 예측하고 있었다. 그래서 저주를 준비했다. 그래서 넌 어떻게 됐지?"

백작이 손가락을 튕겼다. 그러자 테일드의 앞에 놓인 여러 장의 카드 중 하나가 저절로 뒤집어졌다. 카드에는 테일드의 얼굴이 그려져 있었다.

테일드는 한숨을 내쉬며 그 카드를 테이블 중앙에 던졌다.

테이블 중앙에 먼저 놓여 있던 슈라이트튼 백작의 카드와 테일드가 던진 카드가 서로 부딪치자, 두 카드 다 파란 불꽃을 내며 타 없어졌다.

"그래, 마스터 테일드! 넌 나한테 먹혔어! 내 계획대로!"

"그래. 먹혔지. 네가 수많은 사람의 목숨을 인질로 삼는 저주를 남겨두는 바람에."

"수많은 사람의 목숨, 거기다 네 애인의 목숨까지."

"그 저주는 내가 없앴다."

"그러라고 준 저주야."

백작은 고개를 설레설레 저었다.

어느 순간 그의 얼굴은 테일드가 되어 있었다.

"신께서 날 막으라고 내려 보낸 유일한 영웅이 죽어버린 꼴이지."

"죽지 않았다. 여기 있지 않나?"

"그게 더 최악 아니야? 인간들 중 가장 거대한 힘이 어둠의 세력이 되어버렸는데."

"너 역시 마찬가지다. 날 품고 있는 이상 네 힘을 제대로 내지 못할 것이다, 죽지 않는 자들의 군주!"

"말했잖나? 난 이미 예측하고 있었다고. 내 '부재' 이후를 대비해뒀지.”

테일드의 얼굴을 한 죽지 않는 자들의 군주가 말하며 세 번째 카드를 펼쳤다.

거기엔 빅터가 그려져 있었다.

“내가 너랑 이러고 있는 동안 이 녀석이 모든 계획을 진행시킬 거다. 여기에 대항할 카드가 있나? 없을걸?”

테일드는 아무 말도 하지 않았고, 카드를 내놓지도 않았다.

테일드의 얼굴을 한 회색의 마법사는 웃음을 터트렸다.

“그것 보려무나. 인간의 한계지. 자, 그럼 난 빅터의 임무 수행을 좀 더 편하게 하기 위해 이런 계획을 펼쳐볼까 한다. 물론 네 육체를 이용해서 말이야.”

그는 다음 카드를 펼쳤다. 그 카드에는 한 자루 단검을 쥔 암살자가 그려져 있었다.

카드에 그려진 남자는 사람을 죽이는 암살자답지 않은 쓸쓸한 눈빛으로 허공을 응시하고 있었다.

“블랙풋의 마스터 칼스텐.”

회색의 마법사는 암살자 카드를 테이블 중앙에 던졌다. 그리고 손가락을 딱 튕겼다.

테일드의 앞에 놓인 카드 중 한 장이 뒤집혔다.

새나디엘이었다.

여왕의 카드는 저절로 테이블 중앙으로 빨려갔다. 그때 테일드가 손가락으로 카드를 꾹 눌러 고정시켰다.

“새나디엘을 그렇게 쉽게 빼앗기지는 않아.”

"어떻게 막을 건데?"

"화이트 게이트 안이라면 세상 어느 누구도 여왕의 수호기사를 꺾지 못한다."

테일드는 다른 카드를 뒤집었다. 거기에는 퀘이언이 그려져 있었다.

"고작 그 사내로 마스터 칼스텐을 막을 수 있다고 생각하나?"

"퀘이언은 나보다 백배는 멋진 사내지."

테일드는 퀘이언의 카드를 테이블 중앙으로 던졌다.

회색의 마법사가 던진 칼스텐과 퀘이언의 카드가 뒤엉키더니, 칼스텐의 카드만 불타 없어졌다. 퀘이언의 카드는 그대로 빙글빙글 돌다가 테이블 중앙에 떨어졌다.

그 순간 얼음 섞인 바람이 불어 테일드를 후려쳤다. 테일드의 얼굴 한쪽이 얼어붙었고 왼쪽 어깨 밑의 팔이 얼음 덩어리 안에 갇혔다.

테일드는 짧게 한숨을 내쉬었다.

회색의 마법사가 물었다.

"추워 보이는데?"

"추운 건 사실이야."

"포기하면 안 추워질 거야."

"포기 안 해."

"포기하고 싶으면 말해. 언제든지 안 춥게 해줄게. 자존심 상할 것도 없어. 여긴 너와 나뿐이야. 조금 엄살 부린다고 뭐라 할 사람 아무도 없어."

회색의 마법사는 턱을 두들기며 뭔가 고민하더니 중얼거렸다.

"여기 있는 카드만으로는 안 되겠군."

그는 테이블을 손가락으로 두드렸다.

“제2의 슈라이튼 백작을 만드는 건 어떨까? 론타몬은 한번 해봤으니 이번에는 카모르트가 좋겠군.”

회색 마법사의 손가락 앞에 붉은 장미 한 송이가 피어올랐다. 그는 장미를 테이블 위에 휙 던지며 빙그레 웃었다.

장난꾸러기 어린애가 개구리의 항문에 나뭇가지를 꽂고 뛰어다니며 자기가 생명 하나를 세상에서 지워버리고 있다는 걸 모르고 천진하게 웃는 모습 같았다.

“들어봐, 테일드. 이건 아주 좋은 계획 같아. 카모르트의 국왕은 ‘나디엘’과 아는 사이지.”

회색의 마법사는 흥분하며 말을 이었다.

“그가 구원을 요청하면 나디엘은 멍청하게도 울프 기사단이나 하얀 늑대들을 카모르트에 보낼 거야.”

“보내겠지. 지금 우리가 보고 있는 것을 볼 수 있는 분이니.”

“그럼 늑대들이 화이트 게이트를 벗어난 카모르트에서 싸우게 되는데, 괜찮겠어?”

테일드 옆에 놓인 카드 다섯 장이 허공에 떠올라 장미 옆을 맴돌았다.

“하얀 늑대의 힘이 아란티아 내에서만 발휘될 거라고 착각하지 마라.”

테일드는 고개를 저으며 말을 이었다.

“슈라이튼 백작 이상의 힘을 그 붉은 장미가 가진다 하더라도 하얀 늑대는 무너지지 않는다.”

장미가 붉게 타오르며 카드가 되더니 툭 떨어졌다. 다섯 장의 카드 역시 그 위에 후드득 떨어졌다.

"네게 있어 하얀 늑대란 정말 특별한가 보지, 테일드?"

"영웅들이지."

"영웅이라? 영웅의 힘이라면 영웅으로 깨야지."

회색의 마법사가 손을 내밀었다.

검은 카드 한 장이 다섯 장의 카드 위에 얹혀졌다. 회색의 마법사가 거래를 제안하듯 물었다.

"자, 이러면 어때?"

"캡틴 웰치는 결코 여왕을 베지 않는다."

테일드는 손가락으로 누르고 있던 여왕의 카드를 놓았다. 여왕의 카드가 검은 카드 위에 떨어졌다.

검은 카드가 타 없어지고 여왕의 카드만 남았다.

회색의 마법사는 큭큭 웃었다.

"재미있군. 마치 우리가 하는 이 게임이 실제로 벌어지는 일처럼 느껴져. 하지만 게임과 현실은 달라, 테일드."

"네가 먼저 시작한 거다, 죽지 않는 자들의 군주."

"규칙을 정하고 하면 좋았을 거라는 뜻이야. 실제로는 네가 제시하는 대로 되지 않을 테니까."

"어느 부분이?"

"얼음 성의 전투를 떠올려 봐. 네가 없는 하얀 늑대들은 아무것도 아니었어. 로핀, 메이루밀, 아이린, 전부 네 보조자였지. 그런데 내가 제시한 제2의 슈라이트 백작을 '너 없는 하얀 늑대들'로 막을 수 있다고? 어림도 없어."

회색의 마법사는 고개를 저으며 말을 이었다.

"게다가 너도 인정하겠지만, 지금의 하얀 늑대 네 명. 로핀, 메이루밀, 아이린, 퀘이언……. 아란티아 천 년 역사를 통틀어 최강의 울프 기사들이야. 그들을 능가할 하얀 늑대는 나오지 않을 거다."

"그건 너도, 나도 모르는 일이야. 아란티아의 축복이 내가 최고라고 생각한 하얀 늑대들보다 더 훌륭한 하얀 늑대들을 불러오길 바랄 수밖에."

"모른다면서 다섯 명인 건 어떻게 알아?"

"지금이 네 명이니까. 한 명 늘 거야. 아마도."

"그럼 그건 그렇다 치고, 네 공백은 어쩔래?"

회색의 마법사가 물었다.

테일드는 머리를 긁적였다. 그러더니 제일 구석에 있는 카드를 뒤집었다. 아무것도 그려지지 않은 공백 카드였다.

테일드는 카드를 테이블 중앙에 던졌다. 그 카드는 다른 카드와 아무 충돌도 벌어지지 않았다.

회색의 마법사가 비웃는 투로 물었다.

"그건 뭐냐? 만능 카드냐?"

"그냥 어떤 카드다."

"그러니까 그게 뭐냐고?"

"글쎄, 일단 아란티아의 축복 카드라고 해둘까?"

회색의 마법사는 푸핫 하고 웃음을 터트렸다.

"좋아. 반칙 같긴 한데, 한 번은 봐주지. 그럼 이건 어쩔 텐가? 카모르트에서 하얀 늑대들이 잡혀 있는 동안 난 웰치를 다시 일으켜 화이트 게이트를 넘게 할 것이다. 멍청하게도 자신을 따르는 론타몬의 죄인들을 이끌고!"

회색의 마법사는 팔짱을 끼고 눈을 가늘게 떴다.

"화이트 게이트에 죽은 자의 영혼이 들어가는 순간 아란티아의 축복이 깨어지는 건 알고 있지? 그럼 너의 이 멍청한 축복 카드도 무효가 돼."

회색의 마법사는 손가락을 튕겼다. 그러자 테일드가 테이블 중앙에 던져 놓은 공백 카드가 도로 테일드의 앞으로 돌아갔다.

"자, 네 억지는 여기까지. 이제 어쩔 테냐?"

회색의 마법사는 빙그레 웃으며 재촉하듯 물었다.

"무슨 생각을 그리 길게 하느냐, 테일드? 이대로 포기하는 건가?"

긴 시간이 흘렀다. 그사이 테일드의 몸은 점점 더 하얗고 단단하게 얼어붙어 가고 있었다. 그가 내뱉는 목소리에 점점 힘이 없어졌다.

"내가 말한 모순을 안다. 하얀 늑대들은 단독으로 붉은 장미를 꺾지 못할 것이다. 화이트 게이트로 돌진하는 익셀런의 죽은 영혼들 역시 울프 기사단으로 막지 못한다. 그러나 외부의 힘을 끌어들이는 아란티아의 축복이 이 두 가지를 모두 막을 것이다."

"어떻게? 말해보게나, 친구."

테일드는 공백 카드를 손에 들었다. 카드는 두 장으로 나뉘었다. 그는 첫 번째 공백 카드를 테이블에 던졌다.

"카모르트의 붉은 장미는 카모르트에서 스스로 일어선 축복이 막을 것이다."

테일드는 두 번째 카드를 던지며 말을 이었다.

"익셀런의 죽은 영혼은 가넬로크에서 끌려온 축복이 막을 것이다."

"축복 너무 남발하는 거 아니야?"

"네가 저주를 남발하는 것만큼은 아니지."

테일드의 목소리가 점차 커졌다.

"네놈이 빅터를 준비했다고?"

이번엔 테일드가 손가락을 튕겼다. 그러자 회색 마법사의 앞에 펼쳐져 있던 빅터의 카드가 테이블 중앙으로 휙 딸려 나왔다. 거기에 맞춰 테일드는 앞에 놓은 카드 한 장을 내던졌다.

"내겐 로핀이 있다."

빅터의 카드와 로핀의 카드가 서로 맞물렸다. 그 순간 테이블 위를 가득 밝힐 정도로 강한 불길이 번졌다. 하지만 두 카드 다 타 없어지지 않고 계속 불을 일으켰다.

회색의 마법사는 불길을 바라보며 고개를 저었다.

"또 오류야. 로핀 한 명으로는 빅터를 막을 수 없어."

테일드는 한 장의 카드를 더 불길 속에 내던졌다.

"메이루밀도 있다. 이 두 사람이 하늘 산맥 북쪽과 남쪽에서 네가 키우는 악의 힘을 저지할 것이다."

빅터, 로핀, 메이루밀 세 장의 카드는 서로 타 없어졌다.

다시 주변이 어둠에 잠겼다.

"아란티아의 축복을 지나치게 믿는군. 그럼 아란티아에 이끌려갔어야 할 네이슨이 왜 내게로 왔는지 설명해 보겠나?"

회색의 마법사는 네이슨이 그려진 카드를 테이블의 중앙에 던졌다.

테일드는 아무 카드도 내지 않았다.

"왜 아무것도 안 하지? 네이슨을 막을 카드가 있나? 없지? 이젠 공백 카드를 남발하지도 못하……."

그때 네이슨의 카드는 테이블 중앙에 버려진 다른 카드에 맞물려 불타 없어져 버렸다. 갑자기 튀어나온 그 카드가 어떤 카드인지 둘 다 보지 못했다.

회색의 마법사가 불쾌한 어조로 말했다.

"카드 게임에 속임수를 쓰는 건 최악의 매너라고, 테일드."

테일드는 손 대신 고개를 저었다. 그의 손은 이미 얼어붙어 들 수가 없었다.

"네이슨을 막을 순수한 힘이 아란티아로 이끌려 왔다는 뜻이다."

"이번에도 축복이냐?"

"비슷하지."

"엉망이군. 이 바보 같은 게임을 괜히 했어. 그냥 널 얼려 괴롭히는 게 더 재밌었을 텐데."

회색의 마법사가 말을 내뱉을 때마다 테일드의 얼어붙은 몸이 깨져 나갔다.

"어때, 춥지?"

회색의 마법사가 물었다.

"추워. 하지만 버틸 만해."

테일드의 얼굴 반쪽이 떨어져 나가고 하반신이 부서졌다.

왼팔도 떨어졌다. 얼어붙은 팔이 테이블 밑 심연 어딘가로 떨어져 산산이 조각났다. 마치 천 길 낭떠러지 밑에서 유리가 깨지는 소리 같았다.

"하던 건 아까우니 마저 하지."

회색의 마법사는 마지막으로 남은 한 장을 펼쳤다.

카-구아닐이었다.

"난 이미 인간의 가장 거대한 힘 중 하나인 널 가졌다. 그것만으로 네 놈이 남발하는 축복을 막을 수 없으니 나머지 힘들도 마저 가져야겠다."

회색의 마법사는 카-구아닐의 카드 옆에 양손을 얹더니, 뗐다.

거기에 각각 한 장씩의 카드가 생기면서, 그의 앞에는 세 장의 카드가 놓이게 되었다.

구아닐에 이은 두 번째 카드는 러스킨이었다. 그리고 세 번째 카드는 그란돌이었다.

테일드는 나직이 신음하며 말했다.

"속임수를 쓰는군. 그건 둘 다 내 카드다. 새로 만드는 건 상관없지만 빼앗아가는 건 안 돼."

"먼저 속임수를 쓴 건 너야, 테일드."

"쓴 적 없다."

"뭐, 어때? 어차피 규칙도 없었는데."

회색의 마법사는 회심의 미소를 지었다.

"자, 아크랜드의 역사상 가장 거대한 힘을 다 가졌다. 어떻게 대처할 거지? 한꺼번에 대처하려니 너무 어렵나? 그란돌 하나만 가지면 어떨까?"

회색 마법사의 도발에 테일드는 고개를 저었다.

"아니, 그란돌을 막을 힘은 없다."

테일드의 목소리는 점점 줄어들었다.

회색의 마법사는 자기 앞에 놓인 마법사 카드를 손가락으로 툭툭 두들겼다.

"러스킨은 어떠한가? 루티아 마법사 모두를 합한 것보다 더욱 막강한 마법사를 막을 방법이 있나?"

"나의 스승을 막을 수 있는 사람은 오직 나뿐이다. 하지만 내 카드는 이미 타버렸지. 그러니 러스킨을 막을 힘도 없다."

테일드는 힘없이 말했다.

회색의 마법사는 피식 웃었다.

"드디어 포기하는 거냐?"

"포기? 아니, 내가 포기하는 일은 없어."

"그럼 이 두 카드, 진짜 내가 가진다?"

"가져. 난 오히려 네가 이 카드를 빼앗아 가지 않는 걸 다행으로 여기니까. 이것만큼은 빼앗길 수 없지."

"오오, 어떤 대단한 카드길래, 그란돌과 러스킨 두 장을 포기하는 거야?"

테일드는 마지막 카드를 펼쳤다.

회색의 마법사는 그 카드를 보고 자지러지게 웃었다.

"아이린? 고작 아이린 카드 하나를 지키려고, 이 둘을 포기해?"

그는 웃다가 눈물까지 닦으며 물었다.

"아이린에게 뭘 하게 하려고?"

"내 모습을 하고 있는 널……, 널 품은 날 죽이게 할 거다."

"너의 연인이 널 죽인다고? 아니, 아니, 아니. 난 인간을 너무 잘 알아. 특히 너희 같은 부류는 더욱 잘 알지. 그 여자는 절대 널 죽이지 못할 것이다."

"한 번은 그럴지도 모르지. 하지만 내가 세상을 멸망시킬 존재에게 육체를 빼앗겼다는 사실을 알면 절대 물러서지 않을 것이다."

"차갑고 냉정하고 어린 여자라면 혹시 모르겠다만, 한 번 사랑을 알아버린 여자는 절대 그 사랑을 버리지 못해. 네가 패배할 수밖에 없는 원인은 거기에 있다. 여자를 믿다니! 어리석은 녀석."

"네가 무시하는 그 '여자의 힘'에 무너졌던 걸 잊었나? 흥! 천 년 전이면 까먹을 만도 하군."

테일드의 말에, 실실 웃는 회색 마법사의 얼굴이 단박에 무너졌다. 그는 무섭게 치켜뜬 눈으로 테일드를 쏘아보았다.

테일드는 아이린의 카드를 테이블 중앙으로 휙 던졌다. 소리 없이 내려앉은 그 카드를 바라보며 테일드의 얼굴을 가진 회색의 마법사는 이를 부득 갈았다.

테일드가 말했다.

"기다려라, 죽지 않는 자들의 군주! 이번에도 넌 여자의 힘 앞에 무너질 것이다."

"역시나 게임을 할 줄 모르는군. 넌 너무 단순해. 봐라. 내가 끌어모은 힘이 네가 끌어모은 힘을 훨씬 넘는다."

"네놈이 나한테 카드를 빼앗아 가는 바람에 모자라게 된 거야. 그러니 나도 한 장 가져와야겠다."

회색의 마법사는 자기 앞에 놓인 카드를 내려다보며 물었다.

"아까 이 카드 준다고 하지 않았어?"

"아까 버린 카드에서 가져와야겠다."

"그러시든지. 하지만 어떤 카드를? 여기 어디에도 그란돌이나 러스킨 이상의 카드는 없을 텐데."

"나는 아란티아의 축복을 믿는다."

테일드가 손가락을 튕겼다. 아까 내려놓은 두 장의 공백 카드 중 한 장이 그의 손으로 되돌아왔다.

"붉은 장미를 꺾을 카모르트의 축복이 아란티아로 끌려올 것이다. 네가 끌어모은 힘은 이 공백의 카드 한 장이 상쇄시킬 것이다!"

"뭐가 튀어나올지도 모르는 빈 카드와 네 연인이 네 마지막 마법이고 마지막 계획인가? 그렇다면 다행이군. 이 싸움에서 승리하는 건 아주 쉽겠어."

"그렇게 생각하나?"

테일드는 남은 반쪽의 얼굴마저 얼어붙어 깨져가고 있는 와중에 처음으로 미소를 지었다.

"내가 지금 상황을 어떻게 버티고 있는지 아는가? 내가 어떻게 이 고통 속에서 네게 정신을 빼앗기지 않고, 이 게임에 응하는지 궁금하겠지. 이게 그녀의 힘이다. 그녀가 내 마음의 버팀목이 되어주고 있는 지금, 네가 어떤 고통을 가하든 나는 버틸 수 있다."

테일드는 웃음을 터트렸다. 뺨이 부서지고 눈알이 깨지고 있어도 그는 웃음을 멈추지 않았다. 그리고 말을 멈추지도 않았다.

"네놈이 날 얼리는 냉기마저도, 내가 처음 사랑을 느낀 그 순간으로 시간을 역류시켜줄 따름이다. 날 그 얼음물에서 구해준 여자가, 다시 날 이곳에서 구할 것이다."

"고작 여자 하나에 이 세상의 운명을 걸겠다고? 하찮고도, 하찮도다. 이 위대한 전쟁에 사랑 놀음 따위 집어넣지 마라, 마스터 테일드!"

죽지 않는 자들의 군주가 터트리는 분노는 세상을 무너뜨릴 만큼 거대했다. 그러나 테일드는 미소를 잃지 않았다.

"위대한 전쟁과 하찮은 사랑 놀음이라고? 너와 내 기준이 다를 뿐이다. 내게 있어서는 하찮은 전쟁이고 위대한 사랑이다."

"그게 얼마나 유치한 믿음인지 깨닫는 순간이 올 것이다."

"네놈이 만들어낸 가짜 신앙은 뭐 대단한 믿음이냐? 그럼 어디 그 어마어마한 종교의 힘으로 내 유치한 믿음을 한번 깨봐라!"

"그렇게 해주마!"

회색의 마법사가 벌떡 일어났다. 그 순간 테일드의 온몸이 산산이 부서졌다.

"테일드!"

아이린이 몸을 일으키며 소리쳤다. 같은 방 옆 침대에 있던 플로라도 같이 놀라 일어났다.

"미안해요. 내가 깨웠나 보군요. 제가 방금 소리를 질러버렸죠?"

아이린이 어색하게 웃으며 사과했다.

"아니요."

플로라는 상기된 표정으로 손사래를 치며 말을 이었다.

"방금 소리를 지르며 일어난 건 저였어요. 저 방금……, 마스터 테일드의 꿈을 꿨거든요."

"플로라도요?"

"그럼 아이린도 같은 꿈을?"

"예, 기억은 잘 안 나지만……. 무슨 카드 게임 같은……."

아이린은 잘 설명할 수가 없었다.

플로라는 가슴에 손을 얹고 숨을 몰아쉬었다.

"전 그것조차 기억나지 않아요. 그냥 마스터 테일드께서 춥고 힘들어 했다는 것만 기억나요."

아이린은 식은땀이 잔뜩 배어 있는 손바닥을 내려다보며 물었다.

"두 사람이 동시에 같은 꿈을 꿀 수도 있나요?"

"마법사라면 서로 영향을 주는 일도 가능해요. 마스터 테일드의 힘은 너무 강력해서 가끔 그분이 악몽을 꾸면 루티아 내에 있는 마법사의 절반이 같은 악몽을 꿀 정도였어요."

플로라는 비척거리며 일어나 손수건에 찬물을 적셔 아이린에게 내주며 설명했다.

"아까 탑 꼭대기에서 마스터 테일드의 유골을 뿌렸죠? 그게 어떤 영향을 준 게 아닐까요? 이를테면 그분의 마지막 기억이라거나……."

"그럴지도 모르겠네요."

아이린은 다시 잠을 청했지만 도저히 잠을 이룰 수 없었다. 또 같은 악몽을 꾸게 될까 봐 두렵기도 했다.

하는 수 없이 아이린은 침대에서 일어났다. 그리고 다시 잠든 플로라가 깨지 않게 조심조심 밖으로 나갔다.

루티아도, 로크 못지않은 전투의 흔적이 아직 남아 있었다. 곳곳에 보이는 핏자국이 사람의 것이 아니길 바라며, 아이린은 크보츠 강을 따라 걸었다.

파손된 라르비튼의 다리가 보였다. 케인스윅의 손상된 부분을 복구하려면 최소한 2년 이상은 더 걸린다던데, 이 다리는 더 오래 걸릴 것 같았다. 복구한다 해도 천 년이나 이어온 건축물이 부서졌다는 점은 돈이나 시간으로 해결할 수 없는 상처였다.

"당신이었군요, 마스터 아이린. 절 그 끔찍한 악몽으로 몰아넣으신 분이."

검은 피부의 마법사인 골베인이 아이린의 옆으로 다가왔다. 아이린은 헝클어진 머리를 더 헝클며 졸린 눈으로 웃었다.

"마법사들은 불편하겠어요. 다른 사람의 악몽까지 느껴버리다니."

"각별한 악몽이라면 그렇지요. 어떤 꿈이었나요? 지금 제겐 어둡고 추웠다는 기억밖에 남아 있지 않군요."

"테일드의 꿈이었어요. 저도 내용은 잘 기억이 안 나네요."

골베인은 한동안 강둑을 같이 걷다가 갑자기 생각난 듯 주머니에서 목걸이를 하나 꺼냈다. 끝에 손톱만 한 보석이 달려 희미한 달빛 아래에서도 강한 빛을 반사했다.

"이건 마법사들이 처음 마법을 배울 때 자기 마법을 강하게 보이려고 꼼수로 쓰는 보석입니다. 테일드가 썼던 물건이죠. 열 살이 넘어서는 오히려 마법 억제 작용을 해버려서 쓰지 않았지만요. 유품이랄 것까진 없지만, 아이린에게 드릴게요."

"고맙습니다. 하지만……."

아이린은 보석을 만지작거렸다.

“제가 테일드의 연인이었다는 이유만으로 너무 많은 걸 주시는 게 아닌가요? 아까 저녁에는 마스터 루더께서 테일드의 마법 칼을 덜컥 안겨주시고…….”

“부담스러우신가요?”

“예, 아무래도 조금.”

“테일드의 연인, 그 이유 때문만은 절대 아닙니다. 당신의 명성과 업적을 생각하면 지금 대접이 부족하다는 생각뿐입니다.”

골베인은 장난스럽게 밤하늘을 가리키며 큰 소리로 말했다.

“마스터 아이린께서 루티아에 온다! 로크에서 그 소식이 왔을 때 우리 마스터들은 아이린의 접대를 두고 이틀이나 루티아노를 열었습니다.”

아이린은 얼굴이 달아올랐다.

“민망하네요.”

“하지만 툭 까놓고 말하자면……,”

골베인은 어깨를 으쓱하며 말을 이었다.

“맞아요. 사실 테일드의 연인이라는 점 하나만으로 충분합니다.”

골베인은 좀 전과는 다른 미소를 지었다.

아이린은 난처한 표정으로 물었다.

“말씀하시는 뉘앙스로 보아 제가 생각하는 것과 다른 의미군요?”

“테일드는 그랜드 마스터라는 자리에 있고 싶어 하지 않았습니다. 언제나 루티아 밖으로 나돌고 마스터들 사이에서도 겉돌고, 루티아노 참석률이 반도 안 되었죠. 그러다 어느 날 갑자기 변한 겁니다. 그 계기가…….”

"설마 그 계기가 저라는 얘기는 아니시겠죠?"

"그 설마가 맞습니다. 아란티아를 구해야겠다, 하며 적극적으로 나선 것도 그때부터였습니다. 당신을 만난 다음부터지요, 마스터 아이린. 새나디엘 폐하의 예언이 이런 식으로 오게 될 줄 몰랐다는 얘길 하면서……."

"폐하의 예언? 그건 처음 듣는데요."

"저도 자세한 내용은 알지 못합니다. 아무도 묻지 못했어요. 글쎄 그 질문만 하면 수줍어했다니까요? 그 테일드가 말입니다!"

골베인은 약간 과장되게 손을 위로 올렸다 내리며 말을 이었다.

"아무리 세상을 들었다 놓을 수 있는 마법사라 해도 한 사람을 사랑한다는 건 크나큰 기적인 게지요."

"제가 그렇게 대단한 여자라는 생각은 해본 적 없습니다. 전 단지 한 남자를 사랑했을 뿐이고 그 남자가 세상을 구했다는 사실에 감사하기보다 날 이 세상에 던져두고 가버렸다는 사실을 슬퍼하는 못된 여자예요."

"예. 하얀 늑대와 루티아의 마스터. 누구라도 의미를 부여하고 싶겠지만 결국 당사자들에게는 그저 남과 여, 이해합니다."

골베인은 마음씨 좋은 할아버지처럼 고개를 계속 끄덕이며 말했다.

"듣자니 여기 머물지 않고 여행을 떠나신다고요? 테일드의 흔적을 따라가실 예정입니까?"

"그런 것도 꿰뚫어 볼 수 있나요, 골베인쯤 되는 마법사면?"

"아니오. 이건 그냥 때려 맞힌 겁니다만?"

골베인은 허허 웃었고, 아이린도 따라 웃었다.

놀라운 일이었다. 이런 자질구레한 얘기를 하는 동안 악몽을 꾸고 남았던 찝찝한 기분이 사라졌다. 이것이 골베인의 마법일 거라고 아이린은 생각했다.

"정확해요. 제 제자 놈이 던져준 해답이죠. 테일드가 어떤 여행을 했는지 차근차근 돌아보면서 제 나름대로 이 전쟁을 정리해볼 생각이에요. 그리고 정리가 된 다음에 제 인생을 다시 돌아봐야죠."

아이린은 빙그레 웃으며 말을 이었다.

"그때쯤이면 이미 마흔 살쯤 된 아줌마가 되어 있을 테지만요."

"머무를 곳이 필요하다면 루티아는 항상 당신을 기다리고 있겠습니다."

"고마워요."

"어디부터 가실 겁니까?"

"우선 이로피스에 가볼 거예요. 마을 이름도 생각나지 않지만 큰 강이 있고 겨울이면 살얼음판이 깔리는 그곳."

"그럼 하늘 산맥에서 나갈 때까지 안내인이 필요하겠군요. 보아하니 '나디우렌의 증표'를 가지고 계시지 않은 것 같은데?"

"제자에게 물려주고 왔어요. 앞으로의 제 여정에는 필요 없는 물건이니까요."

골베인은 마치 그녀의 즐거운 여행의 한 부분을 훔쳐보기라도 한 양 미소 지었다.

"멋진 여행이 되길 빕니다."

골베인은 흥얼거리며 왔던 길을 되돌아갔다.

"마스터 골베인, 혹시……."

아이린은 골베인의 등에 대고 물었다.

"예?"

"혹시, 테일드가 반년 전에, 그러니까 아직 죽지 않는 자들의 군주가 살아 있고 구아닐이 하늘 산맥을 돌아다니던 그때에 갑자기 당신의 꿈에 나타나서 루티아를 배신하고 화이트비를 부수라고 부탁하면, 어떻게 하시겠어요?"

"아니, 그, 그게 무슨……."

골베인은 당황했다.

아이린도 이 얘기는 꺼내고 싶지 않았다. 정치적으로 위험한 얘기이기도 했다. 하지만 묻지 않고는 견딜 수가 없었다.

"그 악마의 군단 가장 선두에 서서 드래곤을 살해하는 마법사가 되었다가 결정적인 순간에 죽어줘야 하는 역할을 맡으라고 강요한다면 어쩌시겠습니까?"

골베인은 '그런 괴로운 질문을 해선 안 됩니다'라는 표정으로 아이린을 바라보았다. 아이린도 미안하긴 했지만 돌이킬 수 없었다. 그것이 로크에서 풀지 못한 마지막 의문이었다.

'퀘이언, 너에게 테일드가 나타나 아란티아를 배신하고 와서 죽어달라고 요구하면 죽을 수 있겠니? 마지막 순간 죽은 자가 되어 죽지 않는 자들의 군주를 베는 역할을 하라고 하면 할 수 있겠니?'

아이린은 이미 그 질문에 대답할 수 없는 위치에 있었다. 그러나 본능적으로 그녀는 골베인과 퀘이언이 같은 대답을 하리라는 것을 알고 있었다.

그 질문의 답이 앞으로의 인생에 지대한 영향을 미치리라는 것도.

"그 요청을 해온 쪽이 죽지 않는 자들의 군주가 아닌 테일드라면…….”

골베인은 강한 어조로 말했다.

루티아에서 가장 강력한 마법사 중 한 명답게 언어에 실린 힘이 형체를 싣고 와 아이린을 밀었다. 베나 에사르크가 없는 아이린은 그의 힘 앞에서 한낱 초라한 보통 인간에 불과했다.

“……그게 테일드라는 확신이 선다면, 난 기꺼이 악마의 군단 편에 설 것입니다.”

골베인은 실수로 몹쓸 욕을 내뱉기라도 한 것처럼 당황하더니, 휙 돌아서 빠른 걸음으로 걸어가 버렸다. 아이린은 정중히 그의 등에 대고 인사를 올렸다.

“고맙습니다, 마스터 골베인.”

다시금 루티아의 탑을 올려다보는 아이린의 눈에는 눈물이 맺혀 있었다.

꿈 내용도 점차 선명하게 떠오르고 있었다. 하지만 꿈에서 깰 때처럼 무섭지는 않았다.

‘나쁜 녀석. 얼마나 추웠는지 꼭 그렇게 보여줬어야 했니?’

아이린은 탑을 향해 손을 뻗었다. 숲에서 불어오는 바람이 그녀의 손을 매만지며 흘러갔다.

‘테일드, 너 자신도 깨닫지 못했겠지만 네가 가진 진짜 힘은 믿음이었어. 너의 예지도 아니고 마법도 아니며 지혜도 아니었어. 그리고 난 네 믿음을 실천한 진짜 멋진 여자야. 그렇지, 테일드?’

아이린은 자신의 어깨를 감싸고 흐느꼈다.

“이렇게 될 수도 있는 걸까?”

아이린은 루티아의 탑 앞에 무릎 꿇고 기어이 울음을 터트리고 말았다.

"네가 죽은 다음에 더 사랑하게 되다니……."

테일드가 안젤라라는 이름의 여자 몸에 깃든 사악한 힘을 제거한 그 날.

그는 얼음 위를 걷고 있었다. 여차하면 물 위라도 걸을 수 있는 그였다. 그래서 오리 한 마리도 못 버틸 살얼음판인데도 문제없이 걸었다. 그러다 그는 강변을 따라 걷는 여자를 발견했다. 그리고 멍하니 쳐다보았다. 그녀의 아름다움은 오랜 여행으로 지저분해진 옷차림으로도 감출 수 없었다.

테일드는 잠시 정신을 잃을 지경이었다.

"우와."

테일드는 입을 헤에 벌리고 그 모습을 바라보았다. 그리고 아주 잠깐 집중력을 잃었다. 마법의 집중력을 잃은 건 루티아의 마스터라 불리게 된 이후 처음이었다.

얼음장이 와장창 깨지며, 테일드는 물속으로 쏙 들어갔다. 엉뚱하게도 그때 새나디엘 여왕이 했던 예언이 떠올라버렸다.

'네가 앞으로 하게 될 사랑은 살얼음판 위에 선 것과도 같아.'

'그건 불안정한 사랑을 하게 된다는 은유적 표현입니까?'

'아니, 그냥 튀어나온 말이야. 잊어버려.'

맙소사, 그런 걸 어떻게 잊을 수가 있겠어! 테일드는 마법을 써서 얼음 밖으로 나가려고 했지만 그런 엉뚱한 기억을 떠올리느라 정신을 집중하지 못했다.

게다가 그는 추운 거라면 질색이었다. 얼음이 얼 정도로 추운 날씨면 골방에 처박혀 오리털 이불을 끌어안고 사방에 치솟는 마법의 불길로 난로를 대신하는 그였다.

오죽하면 훗날 타냐가 자기 마법을 자꾸 얼음 공격 쪽으로 발전시키자 '너 나 미워서 일부러 그러는 거지?' 하고 물어봤을 지경이었다.

루티아의 그랜드 마스터가 물에 빠져 죽으면 스승님이 뭐라고 하실까?

'테일드가 물에 빠져 죽었다고? 차라리 고소공포증 있는 독수리가 하늘을 날다가 심장 마비로 죽었다는 말을 믿으라고 해.'

새나디엘은 아마 배를 잡고 웃을 거야.

'그 녀석이 내가 앞으로 삼 년 동안 웃을 소재를 안겨주느라 자기 목숨을 희생했나 보군.'

그런 생각에 테일드는 웃음이 터졌다. 그러다 보니 더 허우적대게 되었다.

'어, 이, 이러다 진짜 죽겠는데?'

그는 당황한 나머지 마법사의 자존심으로는 차마 하기 힘든 말을 내지르고 말았다.

"사람 살려!"

잠시 후 밧줄이 하나 날아왔다. 자길 물에 빠뜨린 범인이 구해주러 온 것이었다.

테일드는 얼음물 속에 잠겼다 나왔다 하는 와중에도 그녀를 관찰했다. 정신이 몽롱해서 그런지 그는 자신을 밧줄로 끌어당기고 있는 여자가, 인간들 중에 가장 아름답다고 생각해왔던 새나디엘보다 더 아름다워 보였다.

'와아, 나 사랑에 빠졌나 봐.'

테일드는 너무 기쁜 나머지, 가까스로 얼음 위로 올라온 뒤 그녀에게 인사하려고 손을 들다가 또 얼음이 깨져 물에 빠졌다. 이제 밧줄 잡을 힘도 없게 되었다.

그녀는 안 되겠다고 생각했는지 직접 물에 뛰어 들어와 그를 구해냈다.

뭍에 올라 테일드는 겨우 숨을 돌리며 그녀를 바라보았다. 그 여자는 뭐 이런 멍청한 남자가 다 있나, 한심하다는 얼굴이었다.

테일드는 그녀에게 해줄 말이 하나밖에 떠오르지 않았다.

"안녕하세요."

그녀도 황당해하며 인사했다.

"안녕하세요."

"만나서 반가워요. 제 이름은 테일드예요. 당신은요?"

"아이린이요……. 보통 이런 경우에는 자기소개보다는 구해줘서 고맙다는 말부터 해야 하는 거 아니에요?"

"구해줘서 고마워요."

"무슨 급한 일이 있다고 그 살얼음판 위를 걷고 있었던 거예요?"

"급한 일 때문은 아니에요. 그저……, 딴생각을 하다가 저도 모르게 얼음 위인 줄도 모르고 걸어가 버렸어요."

테일드는 젖은 머리를 긁적이며 미소 지었다. 그리고 그녀에게 들리지 않게 말했다.

"우리, 이제야 만났군요."

테일드가 그때 속으로 했던 그 말은 훗날 그가 로크의 전투에서 죽고, 루티아에 그의 유골이 뿌려진 후, 이 강을 찾은 아이린이 고스란히 받아 말하고 있었다.

"그래, 이제야 만났구나. 너무 늦게 만났어."

아이린은 고요히 흐르는 강물을 바라보며 살얼음판 위에 서 있는 테일드를 상상하면서 말했다.

"나도 만나서 반가워, 테일드."

「Episode Irene. The gray wanderer」 끝

◆ Episode 8 ◆

레이스 헌터

"……돈을 안 갚으시겠다?"

고리대금업자 사르단이 보낸 '직원'은 의자에 앉아, 두 발을 탁자에 올린 자세로 말했다. 그의 키는 2미터에 육박해 일어서면 머리가 천장에 닿을 지경이었고, 어깨는 황소처럼 넓었다. 여차하면 거실, 침실, 주방이 모두 붙어 있는 이 작은 오두막을 혼자 짊어지고 가버릴 수 있을 것 같았다.

그런 덩치가 저런 자세를 취하고 있으니 한편으로는 우스꽝스러우면서도 위압적이었다. 그리고 의도했는지는 모르겠지만, 창문에서 들어오는 햇빛이 그의 가슴만 비추는 바람에 얼굴이 잘 보이지 않아 공포감을 더했다.

에위니는 피곤한 목소리로 대답했다.

"안 갚겠다는 게 아니라 갚을 수가 없다는 뜻이에요."

그는 그런 얘기는 처음 듣는다는 듯 물었다.

“왜?”

“설명 드렸잖아요.”

“언제?”

직원은 눈 한 번 깜빡이지 않고 에위니를 쳐다보았다. 감정 하나 없는 얼굴에, 사람을 물건으로밖에 보지 않는 눈빛……. 에위니는 그동안 빚에 시달리며 이런 눈을 많이 봤지만, 그중 이 남자가 제일 무서웠다.

에위니는 용기를 쥐어 짜내어 말했다.

“사르단 씨한테 편지로 두 번, 사르단 씨의 비서라는 분과 면담으로 한 번. 당신도 거기 있었잖아요. 옆에 있는 거 봤어요. 그리고 어제는 당신 동료들이 찾아와서…….”

“기억 안 나. 또 해.”

직원은 지루한 표정으로 의자를 앞뒤로 까닥거리며 말했다.

생각 같아선 테이블에 걸치고 있는 그의 다리를 떠밀어 버리고 싶었다. 저런 거만한 자세라면 손쉽게 쓰러뜨릴 수 있을 것이고 운 좋으면 바닥에 뒤통수를 부딪치고 기절해 버리겠지…….

에위니는 상상 속에서 그 일을 한 것만으로도 심장이 쿵쾅거렸다.

이런 직종의 사람들이 늘 그렇듯 그는 혼자가 아니었다. 밖에 대기하고 있는 다른 녀석들의 흥얼거리는 노랫소리가 계속 들려왔다.

“우선 그건 제가 진 빚이 아니라 전남편이 진 빚이에요. 우린…….”

에위니는 천천히 입을 열었다.

“어쨌든 네 남편 빚이지.”

설명을 요구해 놓고 정작 그가 말을 끊었다.

에위니는 참을성 있게 말을 계속했다.

"우린 이혼한 지 반년도 넘었어요. 그리고 그 남자는 벌써 한 달 전에 자살했고요."

"그러니까 네가 책임져야지."

"관청에 물어봤어요. 제게 죽은 전남편의 빚을 갚을 의무는 없다고 했어요."

에위니는 쓸데없는 저항이라는 걸 알면서도 말했다. 역시나 그는 귀찮아하는 표정으로 고개를 저었다.

"관청 사정은 관청한테 따져. 우리한테 말하지 말고."

에위니는 긴 한숨을 내쉬었다.

'이 사람들은 애초에 내 설명이 듣고 싶어서 온 게 아니야.'

처음 이 일이 터졌을 때 에위니는 관청이나 촌장, 마을 유지들에게 도움을 청하고 상황을 해결하려고 노력했다. 그러나 소용없었다. 도와주려던 사람들도 사르단이라는 이름이 나오는 순간 고개를 돌려버렸다.

사르단은 그들보다 위에 있었다. 그러니 그의 직원도 태연하게 '신고할 테면 해 봐라' 하는 자세를 취하고 있는 것이었다.

에위니는 이 일의 결말을 이미 짐작하고 있었다. 그러니 설명하기도 지쳐 남은 얘기를 압축해서 짧게 했다.

"그래요. 관청에 따졌죠. 하지만 채무에 대한 문제는 당사자들끼리 알아서 하라더군요. 그래서 다 가져갔잖아요? 사르단 씨가 매번 찾아와서 다 가져갔어요! 여기서 뭘 더 가져가게요?"

에위니는 살림살이 하나 없는 텅 빈 집을 손으로 가리켰다. 지금 살고 있는 이 작은 집조차 한 달 안에 비워줘야 했다.

"이 집에 쓸 만한 게 이제 하나밖에 더 있나?"

직원은 힐끗 에위니를 쳐다보았다. 예상했던 말인데도 막상 그 말이 나오자, 에위니는 가슴이 철렁 내려앉았다.

"그게 뭔데요?"

"몰라서 물어?"

"몰라요. 말해주세요."

"너."

"제가 무슨 돈이 되는데요?"

직원은 테이블에서 발을 내렸다. 그리고 품에서 양피지를 꺼내더니 거기에 적힌 숫자를 읊었다.

"당신 남편이 사르단 씨에게 진 빚의 원금이 1000이야. 거기에 1년치 이자에, 다른 빚쟁이들이 사르단 씨에게 떠넘긴 금액, 세금, 수수료를 합하면 총 5100이 좀 넘어."

"제 몸값이 5000이 안 된다는 건 저도 잘 알아요."

"슬그머니 100 내리지 마."

"……5100이 안 된다는 건 잘 알아요."

직원은 양피지를 품에 도로 넣으며 말했다.

"그건 사르단 씨가 계산할 일이다. 넌 할 건지 말 건지 결정만 해."

"무슨 일인데요?"

"하나는 보네오 광산 일이다. 거기서 300명 정도 되는 광부들에게 밥을 지어주는 일이지. 계약금으로 금화 백을 일시불로 받고 매년 오십을 받을 거다. 그럼 그 돈을 모두 사르단 씨에게 보내면 돼."

"그럼 다 갚는 데 몇 년 걸리는데요?"

"못 갚아."

"네?"

"이자도 못 갚아."

직원은 건조한 말투로 말을 이었다.

"하지만 거기에서 나름대로 정착해 할머니가 될 때까지 살아갈 수는 있겠지. 생활비는 남겨줄 테니까."

"두 번째는요?"

"이십 대 중반이면 아슬아슬하게 여자가 할 수 있는 일."

에위니는 입이 바싹 타들어 갔다.

"매일 수익은 십, 본인 하기에 따라 오십이 될 수도, 백이 될 수도 있다."

직원은 무미건조한 말투를 이어갔다.

"사르단 씨는 자비롭게도 일 년간 이자를 쭉 갚아나가면 그 후의 이자율을 매달 원래의 3분의 1로 깎아주신다고 했다. 원금의 절반을 갚으면 남은 원금에 대한 이자를 다시 반으로 깎아주고, 그 절반의 절반을 갚으면 다시 이자율을 반으로 깎아주겠다. 파격적이지."

"그럼 몇 년이면 갚죠?"

"빠르면 5년."

에위니는 전에 이런 종류의 일에 대해 들은 적이 있었다. 계산상으로는 빚을 갚을 수 있는 구조였다. 오히려 큰돈을 벌 수 있는 것처럼 유혹한다. 하지만 절대 계산대로 되지 않는다.

'일단 한다고 말하자. 하지만 저들이 다시 와서 데려갈 사람은 내가

아니라 내 시체가 되겠지.'

직원은 두 손으로 앞치마를 꽉 쥐고 앉아 있는 에위니를 위아래로 훑어보더니 말했다.

"솔직히 광산에 간다 해도 밥 하지 않는 시간에는 같은 일을 하게 될 거야."

"생각할 시간을 달라면 안 줄 거죠?"

직원은 대답 대신 양피지를 내밀었다. 거기에는 그녀의 몸이 사르단의 개인 소유 재산이 된다는 내용이 적혀 있었다.

직원은 느릿느릿 펜과 잉크를 꺼내 테이블에 내려놓았다.

"서명해."

에위니는 떨리는 손으로 양피지에 자신의 이름을 썼다.

직원은 픽 웃었다.

"주제에 글자도 쓸 줄 아네?"

직원은 양피지를 돌돌 말아 작은 통에 넣더니 말을 이었다.

"그럼 내일 출발할 테니까 준비하고 있어."

"내일 당장이요?"

"왜? 작별 인사할 사람이라도 있어?"

직원은 대답을 바라지 않았다는 듯 자리에서 일어나 걸어 나갔다.

에위니는 의자에 앉은 채 꼼짝도 하지 않았다. 뚜벅뚜벅 걸어가는 발소리에 이어, 문이 열렸다 닫히는 소리, 남자들의 웃음소리가 문 너머로 희미하게 들렸다가 멀어졌다.

그녀는 그들의 목소리가 완전히 사라진 뒤에도 한동안 그 자리에 얼어붙어 있었다.

'괜찮아. 죽으면 돼. 죽기로 했으니까 죽자.'

지금까지 버티고 참아온 게 아까워 아직까지 살아 있었지만 지금은 왜 버텼는지 후회됐다. 이대로 살아야 되나 하고 입버릇처럼 말했지만 지금은 무서워서라도 죽고 싶었다.

남편은 결혼 첫해부터 수습이 되지 않을 정도로 많은 돈을 뿌리고 다녔다. 하던 사업이 잘된다고 비싼 와인과 비싼 가구를 들여다 놓더니 종국엔 비싼 여자마저 샀다. 애초에 남편의 사랑을 기대도 하지 않은 결혼 생활이긴 했지만 대놓고 그렇게 나오니 어이가 없었다.

'제이메르의 어머니도 이런 심정이었던 걸까? 하지만 그분은 제이메르라는 아들이라도 있었잖아. 난 아무것도 없어.'

무리하게 확장한 사업이 실패로 돌아가면서 남편의 재산은 한꺼번에 증발했다.

차라리 에위니는 그걸 계기로 소박한 가정이라도 꾸려보려고 노력했다. 그러나 남편의 소비 생활은 사업하던 때나 망한 후나 별로 차이가 없었다. 어디서 그 돈이 나나 했더니 여기저기서 돈을 끌어다 쓰고 있었다.

에위니는 이혼했다.

남편은 전혀 개의치 않았다. 그는 오히려 자기 인생을 아내 때문에 망친 거라고 생각했다. 그래서 위자료 한 푼 받지 않고 이혼하겠다는 에위니를 기꺼이 떠나보냈다. 이혼을, 더 좋은 여자를 만날 기회로 여겼다.

얼마 안 가 전남편은 유일하게 가지고 있던 재산인 집도 빼앗겼다. 남은 푼돈은 사귀던 여자들에게 뜯기고 결국 에위니에게 매달렸다.

에위니는 받아주지 않았다. 하지만 빚쟁이들은 전남편에게 받아내지 못한 돈을 그녀에게 받아내기 위해 달라붙기 시작했다.

이혼은 그들에게 아무런 변명이 되지 않았다. 전남편은 에위니의 이름으로 꾸준히 빚을 늘려갔다.

평소에 그렇게 친하던 친구들도 가까이 오지 않았다. 아니, 그들이 돕겠다며 다가오면 오히려 쫓아낼 생각이었다. 괜히 자기와 관계를 맺으면 빚쟁이들의 화살이 그쪽으로 돌아갈 수 있었으니까.

부모님께서 병으로 돌아가신 건 차라리 다행이었다. 비록 딸을 부자에게 팔아먹다시피 시집보낸 부모님이긴 하지만…….

고리대금업자 사르단이 끼어들면서 더 나빠질 수 없을 줄 알았던 상황이 더 나빠졌다. 겁 많은 전남편은 그자의 이름이 자기 인생에 끼자마자, 자살을 택했다. 어쩌면 그의 인생에서 유일하게 현명한 선택인지도 몰랐다.

사르단은 철저하게 에위니가 가진 재산을 쓸어 담았다.

당근과 감자를 조금 키우던 텃밭, 작은 오두막, 몇 안 되는 살림살이는 물론이고, 부모님 명의로 간신히 유지되고 있던 방앗간 하나도 진작에 몇 달 치 이자로 사라졌다. 내다 팔 시장만 있다면 죽은 남편과 자신의 영혼을 묶어서 내다 팔 수도 있는 인간이었다.

하소연할 곳도, 도움을 청할 곳도 없었다. 사르단은 이 지역 유지들과 관청들을 매수해 모두 자기편으로 만들어 놓았다. 로크의 의회 의원들까지 돈으로 조종했고, 드래곤 기사단 중 일부도 그가 고용했다는 소문이 돌았다.

에위니는 텅 빈 집에서 마지막 장작으로 불을 지폈다. 그리고 빚쟁이들이 쓸어가지 않은 물건 중 하나인 일기장을 펼쳤다.

글을 읽고 쓸 줄 알게 된 열두 살 때부터 시작된 자신의 인생 이야기가 문법도 엉망인 문장으로 적혀있었다.

'공주 같은 생활을 할 거야'라고 당돌하게 선언하던 열세 살의 꿈, 처음 제이메르를 만났던 이야기, 방앗간에서의 첫 경험, 그를 떠나보내고 가슴 아파하던 그날의 눈물 자국…….

종이가 운 자국 위에 또 한 방울 눈물이 떨어졌다.

"보고 싶어."

에위니는 일기장을 끌어안고 눈물을 몇 방울 더 떨어뜨렸다.

어쩌면 '켈틴'이라는 상인을 통해 제이메르를 만날 수 있을지도 몰랐다.

켈틴은 아직 남편 빚이 없을 때, 심지어 사업도 확장하고 있을 때 제이메르가 보낸 상인이었다. 그는 2, 3년에 한 번씩 찾아와 제이메르의 소식을 알렸다. 그가 사냥꾼이 되었다는 이야기도 해주고, 대신 전해달라며 맡긴 현상금도 내주었다.

에위니는 켈틴의 돈을 거절했다. 오히려 얼굴은 보이지 않고 돈만 보내는 제이가 미웠다. 그래도 소식을 전해주는 걸 거절하진 않았다. 그런데 최근 3년간 켈틴이 찾아오지 않았다.

처음 빚으로 문제가 생겼을 때 에위니는 혹시 하는 마음에 켈틴을 기다렸다. 그때 거절한 돈을 지금이라도 받으면 좋겠다는 비겁한 생각도 들었다. 그러나 상황이 악화된 후에는 오히려 오지 않기를 빌었다.

사르단은 에위니의 주위에 돈이 될 만한 뭔가가 있다면 그것까지 물고 파멸시킬 인간이었다.

켈틴이 당시 에위니에게 전달하려고 한 돈은 금으로 천 정도였다. 아마도 사르단은 에위니에게 그 정도 돈이 있다는 사실을 알면, 몇 달 치 이자랍시고 자기만의 계산법을 써서 꿀꺽 삼키고 말 것이다.

가장 걱정되는 건, 사르단의 마수가 제이메르에게 닿는 것이었다.

'그래도 켈틴이 오면 마지막 편지라도 전할 수 있지 않았을까? 아니야. 편지 따위 쓰면 안 돼. 나 같은 건 조용히 죽는 게 나아.'

에위니가 자살 도구로 택한 건 직원이 오기 전까지 식사 준비를 하던 식칼이었다.

'난 뭘 그렇게 열심히 식사 준비를 했던 걸까? 같이 먹을 사람도 없는데.'

에위니는 칼을 꺼내 손목 위에 댔다. 하지만 어디서 주워들은 얘기는 많아서 이렇게 손목을 그어서는 잘 죽지 않고 고통만 극심하다는 말이 생각났다.

'가장 편하게 죽는 방법이 뭐가 있을까? 고생한 건 지금까지로 충분해. 그러니 죽을 때만큼은 편하게 죽고 싶어.'

에위니는 목에 칼을 댔다.

'눈 딱 감고 한 번만 찌르면 돼. 그럼 다 끝나.'

살갗에 칼날이 닿자 생각보다 두려움이 앞섰다. 손이 떨리고 숨이 가빴다. 다 각오한 일인데도 잘되지 않았다.

에위니는 칼을 떨어뜨리고 얼굴을 감쌌다. 참았던 눈물이 쏟아졌다. 눈을 감자, 다시 제이메르가 떠올랐다.

보고 싶었다. 딱 한 번만 그를 보고 나면, 죽을 용기가 날 것 같았다. 삶의 미련을 다 포기할 수 있을 것 같았다.

“포기해, 에위니. 이런 미련 때문에 더 큰 고통이 찾아올 거야.”

에위니는 다시 칼을 들어 목에 댔다.

한 번 울고 났더니 망설임이 사라졌다. 드디어 찌를 수 있게 되었다.

“행복해, 제이메르. 넌 내 인생에서 유일한 빛이었…….”

갑자기 문에서 노크 소리가 들렸다.

에위니는 놀라서 하마터면 제대로 유언도 말하지 못하고 목을 찌를 뻔했다.

‘누구지? 사르단의 직원이 되돌아오기라도 했나?’

에위니는 다시 칼을 목에 댔다. 노크가 한 번 더 들렸다.

에위니는 이대로 실행에 옮길까 하다가 생각을 바꿨다.

‘누구든 얼른 돌려보내고 조용해지면 다시 하자.’

에위니는 칼을 든 손을 허리 뒤에 감춘 채로 문 앞에 섰다. 만약 아까의 계약을 지금 당장 실행하겠다고 찾아온 거라면 그가 보는 앞에서 자신의 목을 그어버릴 생각이었다. 오히려 실행하긴 쉬울지도!

에위니는 기어들어 가는 목소리로 물었다.

“누구세요?”

“……에위니?”

굵은 남자 목소리였다. 그러나 사르단의 직원 같은 위협적인 목소리는 아니었다.

에위니가 다시 물었다.

“그런데요?”

“나야.”

“나라니 누구신……?”

에위니는 뒤늦게 그의 목소리를 알아들었다.

십 년이 지났어도 잊을 수 없는 목소리였다. 에위니는 벌컥 문을 열었다.

문 앞에 제이메르가 서 있었다. 십 년 전 헤어지기 전에도 그에게 철부지 어린애 같은 모습은 없었다. 그는 어린 시절 너무 험한 일을 겪어서인지 늘 어른스러워 보였다. 그런데 지금은 그때보다 더 성숙해 보였다. 비교할 수 없을 정도로.

에위니는 단지 그가 앞에 나타난 것만으로 어린애가 된 것 같았다. 마치 위대한 장군 앞에 선 하녀처럼, 작아지는 기분이었다.

"안녕."

제이메르가 무뚝뚝하고 감정 없는 목소리로 인사했다.

에위니는 너무 놀랍고, 너무 반갑고, 너무 서러워서 칼을 떨어뜨리고 두 손으로 입을 감쌌다. 그녀는 뒤로 비틀비틀 물러났다.

제이메르는 그녀를 잡아주려는 듯 손을 잠깐 내미는 듯하더니 그냥 접었다. 미묘하게 그녀를 거부하는 손길이었으나, 에위니는 그런 게 전혀 신경 쓰이지 않았다.

"제이? 정말 제이 맞니?"

에위니가 입을 가린 채 물었다.

"응. 맞아."

제이는 에위니와 방 여기저기를 살피더니 물었다.

"별일 없냐?"

에위니는 하고 싶은 말이 너무 많았지만 짧게 대답할 수밖에 없었다.

"없어."

"음, 없군. 다행이네. 그럼 난 간다."

제이메르는 문 앞에서 한 걸음 물러섰다.

에위니가 손을 내밀며 물었다.

"가, 가다니? 어딜?"

"너 잘 있는지 확인하려고 온 거야. 보니까 잘 있네. 그러니까 이제 가야지. 잘 있어라."

제이는 정말 몸을 돌려 떠나려고 했다. 에위니는 다급히 그를 잡으려고 손을 내밀었다. 그 순간 그가 돌아서며 매서운 손길로 그녀의 손을 쳐냈다.

"내 몸에 손대지 마!"

에위니는 놀란 나머지 맞은 자신의 손을 감싸 쥐고 몇 걸음 물러섰다. 제이가 당황하며 말했다.

"미안."

에위니가 아무 말 않자, 제이는 허리에 손을 올린 채로 한숨을 푹 쉬었다.

"내 몸에 손대면 안 돼."

"어, 어째서……?"

제이는 뭐라 말할지 갈등하더니 대꾸했다.

"나, 지금 저주 받은 몸이라서 그래."

에위니는 생각했다.

'서툰 거짓말을 하고 있어!'

에위니가 물었다.

“저주……라니?”

“그게, 얼마 전에 로크에서 전쟁이 있었는데……, 그러니까 얼마 전이라는 건 1년 전쯤 얘기야. 아니, 저주 얘기는 그거랑은 좀 다르긴 한데, 저주는, 그러니까 괴물들을 몇 마리 없앴는데 그게 나를, 그러니까 내 말은 내가 괴물들을 없앴다는 뜻이야……. 괴물이 날 없앤 게 아니라……. 그 괴물들이 나한테 저주를 남겼는데…….”

제이는 진지한 얼굴로 설명하려다 뒤통수를 긁적이더니 먼 하늘을 바라보았다. 그는 작은 목소리로 중얼거렸다.

“이러려고 온 게 아닌데…….”

에위니는 차라리 다행으로 여겼다.

자신의 손을 쳐내는 모습에서 순간 제이메르를 닮은 다른 남자가 아닐까 싶을 정도였지만, 지금 모습은 확실히 예전의 그였다.

제이는 설명을 포기하더니 물었다.

“배고픈데, 밥 있냐?”

에위니는 고개를 끄덕였다.

“있어.”

같이 먹을 사람도 없이 뭘 그리 열심히 요리한 걸까 하고 후회했던 식사가 준비되어 있었다.

에위니는 제이메르가 몸을 담그고 있는 나무 욕조에 뜨거운 물을 더 부으며 물었다.

"뜨거워?"

제이는 고개를 저었다.

"아니. 딱 좋아."

"면도도 할래?"

"어느 쪽이 나아 보여? 깎은 쪽, 안 깎은 쪽."

"안 깎은 쪽."

"그럼 안 깎을래."

제이는 퉁명스럽게 대꾸했다.

에위니는 욕조 옆에 앉았다. 하얀 수증기가 둘 사이를 커튼처럼 잠시 가로막고 있다가, 사라졌다. 에위니는 두 손으로 턱을 괸 채로 제이의 얼굴을 바라보았고, 제이도 무표정하게 그녀를 바라보았다.

에위니는 좀 전에 문 앞에서 자신의 손을 쳐냈던 쌀쌀맞은 손길이 떠올랐다. 그러나 지금 그의 표정에는 자신을 사랑스러워 하는 감정이 담겨 있었다.

아아, 얼마 만에 보는 시선일까?

에위니는 누군가 자신을 소중하게 여긴다는 느낌을 받아본 적이 오랜만이었다. 어쩌면 제이메르와 헤어진 이후 처음인 것 같았다.

제이가 입을 열었다.

"십 년 만인가?"

"거의 그쯤 됐네."

제이는 십여 년 전에도 가지고 있던 매력에, 남자다움이 더해져 빛이 나고 있었다. 에위니는 십 년 동안 혼자만 폭삭 늙어버린 기분이 들었다.

에위니는 찌들어버린 자신의 모습을 보여주고 싶지 않아 욕탕의 촛불도 하나만 켜두었다. 자신이 수줍어서 그런 거라고 그가 착각해 주길 바라며.

"예뻐졌네?"

제이는 물 밖으로 손을 내밀어 에위니의 뺨에 손을 대려나 싶더니 도로 손을 물에 담갔다.

그가 쓰다듬어 주길 기대했던 에위니는 김이 빠졌다.

"저주 때문이라고?"

에위니가 물었다.

제이는 고개를 천천히, 그리고 신중하게 끄덕였다.

"응."

"무슨 저주인데?"

"음, 난 잘 모르긴 하지만, 말 안 하는 게 좋을 것 같아. 저주라는 건 그 내용을 듣기만 해도 안 좋다더라."

"에이, 그런 게 어디 있어?"

"나도 그렇게 생각해. 그래도 만약이라는 게 있어."

"그럼 그런가 보지."

에위니는 못 믿겠다는 표정으로 고개를 끄덕였다.

"이렇게 네 앞에서 목욕하고 있는 것도 조금 불안하다."

제이는 물에 담갔던 손으로 턱을 긁적이더니 갑자기 물었다.

"그런데 네 남편은? 예전 집에 갔더니 다른 사람이 살던데?"

"죽었어. 집은 팔았고."

"그래서 여길 찾아오기 힘들긴 했어."

제이는 뭔가 더 말하려나 싶더니 입을 다물었다. 에위니는 그가 위로하는 법을 모르는 남자라는 게 차라리 다행으로 느껴졌다.

"난 식사 준비할게. 천천히 나와."

에위니는 욕실 밖으로 나와 문을 닫고 그 문에 등을 기대고 섰다.

'방앗간의 신께서 내 바람을 들어주신 거야. 하지만 실수한 건지도 모르겠어. 내가 그를 보고 싶은 거지, 그가 내 모습을 보길 원한 건 아니었는데. 특히나 이런 동네 아줌마 같은 모습은…….'

에위니는 자신의 거친 손을 내려다보며 생각했다.

'어쩌면 제이는 십 년 전 내 모습을 기대하고 온 건지도 몰라. 하지만 아니라는 걸 알고 저렇게 실망하는 거겠지. 거짓말도 못하는 게 저주는 무슨…….'

에위니는 부엌으로 향했다.

'제이에게 마지막 식사를 대접하고 떠나보내자. 즐거운 척, 행복한 척, 웃으면서 얘기하고 나면 제이도 내가 잘 살고 있을 거라고 믿고 다음 십 년 동안 돌아오지 않을 거야.'

식사를 하며 에위니는 제이에게 지난 십 년 동안 무슨 일을 하고 지냈는지 물으려고 했다. 저주란 게 뭔지도 대화를 통해 슬쩍 끌어 내보려고 했다. 하지만 포기했다. 그저 이 순간을 소중히 하며 제이를 바라보기만 했다.

말주변 없는 제이도 식사 중에 억지로 대화하려고 노력하진 않았다.

“잘 먹었어. 근 몇 달간 먹은 것 중에서 제일 맛있었다.”

제이는 만족스러운 얼굴로 말했다.

‘그렇게 맛있게 먹을 거면 가끔 먹으러 좀 오지!’

에위니는 자기도 모르게 그를 원망하는 말을 내뱉을 뻔했다.

‘이제 작별 인사를 할 때야. 좋게 보내야지. 마음의 준비를 하고…….’

에위니는 그릇을 치우면서 흔들리는 마음을 수습했다.

“어디서 어떻게 살았기에 밥도 제대로 못 먹었어?”

제이는 같이 그릇을 치우며 대답했다.

“여기저기. 밥을 못 먹은 건 하도 많이 싸워서. 이건 여기다 두면 돼?”

“거기 둬. 하긴, 넌 어렸을 때부터 많이 싸우긴 했지. 지금도 사냥꾼이야?”

“비슷해. 설거지해줄까?”

“아니야. 거기 쉬면서 사과라도 먹어. 그런데 설거지도 할 줄 알아? 그것도 사냥꾼 일 하면서 배운 거야?”

“설거지는 원래 할 줄 알았어.”

“참, 그랬지.”

“그리고 혼자 돌아다니면 이것저것 다 할 줄 알아야 해.”

“요리는?”

“못 먹을 정도는 아니야.”

“사냥꾼은 뭐 하는 직업이야? 돈만 받으면 아무나 죽이고 막 그러는 거야?”

"그런 짓은 안 해."

"하지만 사람을 죽이는 건 사실이잖아."

"그렇긴 해. 하지만 요샌 사람 거의 안 죽였어."

제이는 하품을 길게 하면서 아무것도 없는 거실에 앉았다. 그리고 사과를 하나 베어 물며 말을 이었다.

"다른 걸 죽였지."

"다른 거?"

"다른 거."

에위니는 그 다른 게 뭘까 궁금했지만 묻지 않기로 했다. 에위니는 그릇을 물에 담가 두기만 하고 젖은 손을 털었다. 제이는 하품을 한 번 더 했다.

"피곤해 보이네?"

"이틀 동안 잠도 안 자고 달려왔거든."

"어디서 그렇게 급하게?"

"무슨 마을이었더라?"

제이는 눈을 가늘게 뜨고 기억을 떠올리려고 애썼다.

"온통 마을이 안개로 싸여 있어서 마을 이름이 기억 안 나네."

"왜 그렇게 급하게 온 거야?"

"너 잘 있는지 보려고."

제이는 아무렇지도 않게 말했다.

에위니는 피식 웃으며 말했다.

"말만 들어도 기분 좋네."

"기분 좋으라고 한 말은 아니야. 하지만 기분 좋으면 다행이다."

제이는 무뚝뚝하게 말하더니 또 하품을 했다.

"자고 갈래?"

에위니가 물었다.

묻고 나서 가슴이 철렁 내려앉았다.

'무슨 생각이야? 작별 인사하고 보내기로 했잖아.'

한편으로는 저렇게 피곤한 사람을, 그것도 자기 잘 있는지 보겠다고 여기까지 한달음에 뛰어온 사람을 나가라고 할 수도 없는 노릇이었다. 아니, 그런 건 다 핑계고 그를 조금이라도 더 보고 싶다는 간절함이 1분 전에 했던 결심을 지워버린 것이었다.

'거절해, 제이. 나 같은 여자랑 같은 방에서 자는 거 싫다고 말해!'

에위니는 속으로 부탁했다.

제이는 머리를 긁적이더니 대답했다.

"그래. 너무 피곤해서 예의로라도 거절 못 하겠다. 자고 갈게."

"이불은 이 정도면 돼?"

에위니가 바닥에 이불을 깔며 물었다.

제이는 이불에 한 번 누워보더니 만족스러워 했다.

"충분해. 바닥 편평하고 지붕이 있다는 것만으로도 좋다."

농담인 줄 알았는데, 진심인 모양이었다. 그는 마치 칠십 먹은 노인이 눕는 것처럼 끙끙대는 신음을 내뱉으며 누운 채로 기지개를 켰다. 그리고 갑자기 경고조로 말했다.

“참, 자는 동안 가까이 오지 마라.”

마치 에위니의 모든 것을 거부하는 것 같은 말투였다. 그에게 접근할 생각이 없었는데도 그녀는 상처받았다.

“안심해. 안 덮칠게.”

농담으로 어떻게든 상처받은 마음을 덮어보려고 했지만 잘되지 않았다.

“오해하지 마.”

제이가 정색하며 고개를 저었다.

에위니는 어깨를 으쓱했다.

“그래, 그래. 알아, 저주 때문이라는 거.”

“일일이 그런 일에 신경 쓰면 안 되지만, 당분간 조심해야 돼. 그러니까 내 말은, 내가 신경 쓰면 안 된다는 뜻이야. 너는 괜찮아. 아니, 안 괜찮지만…….”

제이는 뭔가 더 설명하려고 했으나 에위니가 손을 저었다.

“알았어. 아무튼 가까이 안 가면 되는 거지?”

“오면 안 돼.”

제이는 한 번 더 강조하더니 이불 옆에 칼을 내려놓았다.

가죽으로 만든 낡은 칼집에, 손잡이도 더러운 헝겊으로 돌돌 만 지저분한 칼이었다. 사냥꾼으로 돈 많이 번 것 같더니, 칼 살 돈도 없는 모양이었다.

“알았어.”

에위니는 무덤덤하게 대꾸했고, 제이도 감정 없이 인사했다.

“그럼 잘 자, 에위니.”

"잘 자, 제이."

에위니가 물러나자 제이는 곧장 이불을 덮고 잠들었다.

에위니는 한동안 침대에 앉아 다섯 걸음쯤 떨어진 바닥에서 잠든 제이를 내려다보았다. 어둠 속에서 그가 숨을 쉬는 어깨의 움직임밖에 보이지 않았다.

'제이에게 내 일을 다 얘기할까? 어쩌면 날 데리고 도망쳐 줄지도 몰라.'

에위니는 갈등했다.

'바보, 제이를 내버려 둬. 이건 죽음을 다짐한 내 삶의 마지막 선물이야. 그러니 선물을 받고 그를 보내줘.'

에위니는 이성적으로 판단했다.

'제이에게 얘기하면 분노를 참지 못하고 사르단을 찾아갈지도 몰라. 칼을 쓸 줄 아는 대부분의 사내들이 그렇듯, 제이도 힘으로 해결하려 들 거야. 그러면 사르단은 제이까지 옭아매겠지. 제이는 고작해야 사냥꾼이고, 사르단은 사냥꾼을 천 명도 고용할 수 있는 사람이니까.'

에위니는 망설이다가 결정했다.

'제이를 보내줘. 네 이기심 때문에 그의 앞길을 막으면 안 돼.'

에위니는 홀로 눈물을 참다가 그의 곁에 다가갔다.

"제이. 나, 네가 안고 있는 그 저주 받아도 좋아. 그게 뭔지 모르지만, 그래도 좋아."

제이는 잠에서 깨지 않았다. 깨지 않을 정도로 작게 말하고 있는 것이기도 했다.

"그러니 딱 10분만 널 껴안게 해줘. 아니, 5분이라도 좋아. 1분이라도 좋아. 그럼 난 널 내일 떠나보내고 모든 걸 포기할 수 있을 것 같아.”

에위니는 천천히 그의 등 쪽에 누워 그의 어깨에 손을 가져갔다.

유능한 사냥꾼들은 자고 있을 때도 한쪽 눈을 뜨고 있고, 자면서도 모든 소리를 다 듣는다더니 제이는 이렇게 가까이 왔는데도 깨지 않았다.

“잠시만 안고 있게 해 줘. 제발 날 밀어내지 말아 줘. 저주라는 말도 하지 말고, 부디 아무 말 하지 말고…….”

에위니는 제이의 등을 껴안았다.

그 순간 제이의 등 쪽에서 시커먼 연기가 튀어나와 에위니의 가슴을 떠밀었다. 그녀는 미끄러지듯 날아가 벽에 등을 부딪쳤다. 고통은 비명이 되지 못하고 ‘헉’ 하는 짧은 신음만 일으켰다.

시커먼 연기는 사라졌지만 보이지 않는 힘은 여전히 에위니의 몸을 감쌌다. 뭔가가 입을 틀어막아 소리를 내지 못하게 만들었고, 두 팔과 두 다리도 고정시켰다. 그녀는 벽에 등을 댄 채로 허공에 대롱대롱 매달렸다.

에위니는 너무 놀라 비명도 지르지 못했다. 보이지 않는 뭔가가 입을 막고 있지 않다 해도 아무 소리도 내지 못할 것 같았다.

제이는 여전히 잠에서 깨지 않았다. 누운 제이와 벽에 매달린 에위니 사이에 시커먼 형체가 끼어들었다.

“이 년이군!”

뒤따라 다른 형체들이 더 나타났다. 얼굴은 보이지 않고 오직 검은 연기만 보였다. 사람의 형체 같기도 했는데, 목소리는 각각 달랐다.

두 번째 형체가 말했다.

“그래, 이 여자야. ‘마녀’의 계획대로 됐군.”

"마녀의 계획? 무슨 소리야? 이건 전부 내 계획이었어! 너희들은 저리 꺼져!"

세 번째 형체가 나타나 주장했다.

첫 번째 형체가 말했다.

"어쨌든 방금 저 여자를 잡은 건 나다. 그러니 내가 차지하겠다."

"차지? 웃기지 마. 내가 죽인다."

세 번째 형체가 이를 부득부득 가는 목소리로 말을 이었다.

"적어도 열두 토막을 내서 한 토막, 한 토막, 다른 고통을 안겨주기 전까지는 죽지도 못하게 죽여야겠어."

두 번째 형체가 가로막았다.

"어리석은 소리. 그건 이 여자의 고통이지, 저놈의 고통이 아니다. 네 목적이 고작 한 여자의 고통이라면 다른 곳에 가서 다른 희생양을 찾아봐라. 어차피 그러지도 못하겠지만!"

두 번째 형체가 에위니에게 천천히 다가왔다.

에위니는 너무 무서워서 고개를 옆으로 돌렸다.

두 번째 형체가 말했다. 아니, 이제 그녀는 지금 나타나 말하는 게 몇 번째 나타난 형체인지 알 수가 없었다.

"마녀의 저주에 따르면 오직 이 여자만이 저놈을 고통에 잠기게 할 수 있다고 했다. 그러니 내가 이 여자의 육체를 빼앗겠다. 그리고 가장 아름다운 순간에 그를 배신해주겠어."

"그런 식으로는 저놈에게 고통을 줄 수 없다. 오직 나만이 그에게 고통을……."

서로 다투는 와중에, 갑자기 네 번째 목소리가 끼어들었다.

"그만!"

세 개의 형체가 방 여기저기로 뿔뿔이 흩어졌다. 바람에 연기가 떠밀린 것처럼 보이기도 하고, 무서워서 달아난 것처럼 보이기도 했다.

긴 머리카락을 휘날리는 네 번째 형체가 에위니의 앞으로 다가왔다.

"너희들이 그런 형태로나마 '레이스 헌터' 옆에 붙어 있는 건 모두 내 저주 때문이다. 그러니 내 명령에 따르라."

세 번째 형체가 화를 냈다.

"내가 네 명령을 따를 이유를 단 하나라도 대보시지!"

네 번째 형체가 큰 소리로 웃었다.

"나는 죽지 않는 자들의 군주님을 모시던 가장 상위의 존재이며, 그분의 뒤를 이어 아크랜드를 무너뜨릴 준비를 하던 후계자다."

세 형체는 움찔하며 놀라는 모습을 보였다.

"애초에 너희들을 불러낸 것도, 레이스 헌터가 이 여자에게 오게 한 것도 모두 내 저주의 힘 덕분이다."

네 번째 형체가 으르렁거리는 투로 말을 이었다.

"본래대로라면 사흘이면 말라죽게 했을 저주였지만, 저놈이 가진 이상한 힘 때문에 그렇게 하지 못했다. 지금 저렇게 퍼 자고 있는데도 죽일 수가 없다니!"

첫 번째 형체가 조심스럽게 네 번째 형체에게 다가오며 말했다.

"그렇군. 내 힘도 저 녀석의 몸에 닿지 않아. 어째서지?"

"지금부터 그걸 알아내고자 한다."

네 번째 형체가 에위니를 가리키며 말했다.

"그러기 위해 나는 놈에 대해 알아내야 할 게 몇 개 있다. 첫 번째는

이 여자다."

그것은 에위니를 가리켰던 손가락을 돌려 세 형체들을 차례대로 가리켰다.

"두 번째는 너희들을 통해 알아내야겠다."

"우릴 통해? 알아내다니 뭘?"

첫 번째 형체가 물었다.

"너희들은 어떻게 해서 레이스 헌터에게 죽었느냐?"

세 형체는 서로를 쳐다보았다.

"어떻게나마나……."

첫 번째 형체가 제일 먼저 입을 열었다.

"……사냥 당했소. 터무니없는 방법으로."

"그걸 듣고 싶다! 너희들의 얘기를 들은 다음 내 얘길 들려주겠다."

네 번째 형체는 자연스럽게 셋을 에위니 근처로 모이게 했다.

"우리 얘기를 합치면 결론이 날 것이다. 그럼 우린 레이스 헌터 제이메르를 없애버릴 수 있을 것이다."

내 얘기를 시작하지. 내 이름은 요스타르.

한때 가넬로크 북부의 절반을 차지하는 도적단의 두목이었다.

인간이었을 때도 날 일대일로 상대할 수 있는 인간은 거의 없었다. 내가 맨손일 때조차 갑옷 입은 기사가 셋 이상이 덤벼야 했다. 그래도 진 적이 없었다. 내 인생에서 갑옷 입은 기사 넷 이상을 만나본 적이 없기에 그 이상을 측정할 길도 없었다. 어쩌면 그 이상일 수도 있었겠지.

그러던 중, 죽지 않는 자들의 군주께서 보낸 '성령의 힘'을 받아 나는 한 차원 높은 존재가 되었다. 죽음에서 자유로울 수 있는 권리와 힘을 얻은 것이다.

안 그래도 충분히 강했던 내가 그런 힘까지 얻게 되니 나는 그야말로 무적이 되었다. 평범한 칼잡이들은 더 이상 날 건드릴 수조차 없게 되었고, 어지간히 강하다 알려진 놈들도 손가락 하나로 해치울 수 있게 되었다.

모든 것이 계획대로 되었다면 나는 죽음을 다스리는 위대한 분의 오른편에 선 수호기사가 되었을 것이다.

나는 그러기 위해 태어난 운명이었다. 그분의 성령이 아무 말도 하진 않았지만 나는 알았다.

나는 힘을 얻은 그날, 깨달음을 얻었으며 모든 것을 내다볼 수 있게 되었다. 그러니 그렇게 되리라는 것도 알았다.

나는 다 알았다.

1년 전, 로크 전쟁이 벌어지기 직전의 일이었다. 나는 명령을 기다렸다. 언제든 로크로 진격해 모든 것을 끝장내 버릴 준비를 마쳤다. 그러나 군주께서는 나를 부르지 않으셨다. 아마도 현명하신 죽음의 군주께서 마지막 순간, 판단 착오가 있었던 모양이다.

로크의 전쟁은 내 군주의 패배로 끝났다. 내가 있었다면 패하지 않을 전쟁이었거늘, 어째서 나를 부르지 않았는지 이해할 수가 없었다.

군주께선 나를 전투의 중심에 배치했어야 했다. 하다못해 한구석에라도 두었다면 패배라는 끔찍한 결말은 없었을 터!

군주께서 사라지는 순간, 내 힘 역시 사라지려 했다. 나는 최후를 기다렸다.

억울했다. 싸워보지도 못하고 사라지는 거니까. 그래서 나는 내 힘을 붙들었다. 힘이 사라지지 않도록 내 영혼에 묶었다.

되더군!

난 죽지 않는 자들의 군주께서 사라진 후에도 죽지 않는 힘을 가지게 되었다. 여전히 인간을 능가하는 힘을 소유할 수 있었다.

그때 깨달았다. 내가 바로 죽지 않는 자들의 군주를 이을 후계자며, 내가 곧 그분이라는 사실을!

나 요스타르가 죽지 않는 자들의 군주가 되는 것이다.

…….

로크의 전쟁이 끝나자마자 도시를 공격할 수도 있었다. 백 명의 드래곤 기사단을 죽이고 천 명의 로크 병사들을 죽여 피의 복수를 할 수도 있었다. 그러나 하지 않았다.

대신 난 조용히 힘을 모았다.

군주께서는 이번 전쟁을 위해 천 년을 준비했다고 들었다. 그렇다면 나 역시 준비해야지. 천 년은 준비하지 못할지언정 백 년은 준비할 수 있어야겠지.

우선 내 힘을 나눠서 부하들을 만들었다.

나와 비슷한 어둠의 기사들. 나는 그들에게 내 위대한 검술을 가르치고, 내 지혜의 일부를 전수하고, 나의 충성심을 따라 하게 했다. 그렇게 나는 힘을 키우고 기회를 노렸다.

반년이 지난 후, 문득 이런 생각이 들었다.

로크는 이미 쓰러지기 직전인 게 아닐까.

생각해 보라. 어떤 치졸한 방법을 써서 죽지 않는 자들의 군주를 쓰러뜨렸는지 모르나, 그 힘을 상대로 온전할 리가 없다!

지금이 기회일지도 모른다. 지금 놓치면 백 년 뒤라고 기회가 생길까? 로크는 전쟁의 여파로 치안과 군대 규율이 엉망일 것이다. 외부에 신경 쓰느라 내부에는 신경 쓰지 못할 것이다.

나의 지혜와 통찰력이 내게 지시를 내렸다.

지금 로크로 들어가라고!

계획은 간단했다. 간단하지만 심오한 계획이지.

우선 로크를 자유롭게 출입할 수 있는 놈을 내 부하로 삼는다. 아니, 부하로 삼기보다는 아예 내가 그 몸을 쓰는 것도 좋다. 나는 어둠의 기사를 백 명쯤 만들어 내면서 영혼을 다스리는 법을 익혔다. 그 과정에서 내 육체를 잠시 포기해 인간의 육체를 빼앗는 요령이 생겼다. 영혼을 조각내어 부하 하나를 만들기보다 덜 고통스러웠다.

무엇보다 부하들을 만들어 내면서 내 영혼의 힘이 약해지고 있다는 사실을 깨달았다.

영혼을 쪼개고 합치는 과정을 백 번 반복하니 내 힘이 전에 비해 절반으로 준 것이다. 이 힘을 채우려면 당분간 인간의 피와 공포를 흡수할 필요가 있었다.

어려운 일은 아니다. 시간이 필요할 뿐. 허나 앞서 말했다시피 함락

직전인 로크를 포기하기도 아쉽다. 그래서 누군가의 육체를 빼앗는 게 더 효율적이라는 생각에 이른 것이다.

그럼 어떤 녀석의 육체를 빼앗는 게 좋을까?

나는 즉시 장사꾼을 떠올렸다. 이런 시기에 장사꾼만큼 돌아다니기 쉬운 직업도 없으니까.

나는 지나가는 여행자 몇 놈을 사로잡아 정보를 캤다. 떠오르는 신성이라 불리는 '에번드'라는 이름이 공통적으로 드러나더군.

에번드는 지금 로크에서 가장 돈을 많이 벌고, 가장 빨리 성장하고 있는 상인이며, 무엇보다 로크의 의원들에게 가장 신용 받는 상인이었다.

에번드가 켈틴이라는 대상인의 제자라는 것도 내겐 이점이 되었다. 큰 거래를 할 때 켈틴이 보증을 서준다면 덜 의심받을 테니까.

내가 에번드라는 이름을 알아내고 녀석의 육체를 빼앗겠다고 결정을 내릴 때, 에번드도 커다란 사업적 결정을 내렸다. 로크에, 다른 지역과 다른 나라의 와인을 대량으로 수입해 들여오겠다는 것이다.

우스운 생각이지. 나라면 생필품이나 신선한 과일을 제공했을 것이다.

전후 처리에 힘든 사람들에게 필요한 건 그런 것들이니 비싸게 팔 수도 있고, 이런 좋은 일을 하면 로크 의원들의 환심을 살 수도 있었을 것이다. 그런데 에번드의 생각은 달랐다.

그런 사업적인 결정에는 1년 전 로크 전쟁에서 있었던 사건을 기반에 두고 있었다.

그때 아로크의 마법사들과 '타냐'라고 불리는 간악한 루티아의 마법사 년이 로크 존이라는 허술한 마법의 막을 만들었다고 한다. 그걸 죽지 않는 자들의 군주께서 칠 때마다 로크 전체가 흔들렸다.

에번드의 주장에 따르면 그때의 충격으로 와인 저장 창고가 모두 부서졌다.

사람이 죽느냐 사느냐 중대한 기로에 있던 터라 당시에는 아무도 신경 쓰지 못했고, 지금도 신경 쓰지 않는 부분이었다. 세상의 운명을 결정지을 전쟁에서 살아남았는데 누가 술 따위에 신경을 쓰겠는가. 그리고 조금 깨지고 흔들렸다고 술을 못 먹게 되는 건 아니지 않은가?

그러나 에번드의 판단이 옳았다. 로크는 점차 와인 품귀 현상이 벌어지고 있었다.

특히 고품질 와인들은 의원들 사이에서 비밀리에 거래되고 있을 정도로 모자랐다. 하지만 아무도 와인에 대한 불평을 말하지 않았다. 이런 혼란스러운 시기에 술 따위에 신경 쓰는 모습을 보일 수는 없는 법이니까.

에번드는 지진을 견딘 창고에 있던 와인들조차 상했을 확률이 크다고 보았다. 그렇다면 의원들이 비밀리에 거래하고 있는 와인들도 얼마 안 가 상했다는 사실이 드러날 것이고, 와인 가격은 폭등한 지금보다 훨씬 더 오를 것이라고 생각했다.

단숨에 큰돈을 만질 수 있게 될 기회인 것이다!

나의 패배다. 그의 사업 계획은 훌륭했다.

와인을 독점해서 부자는 물론이고 가난한 사람들의 돈까지 싹 긁어모을 좋은 기회였다. 그런데 에번드는 멍청했다. 돈을 벌 방법이 이렇게 확실한데, 스스로 그 기회를 날려 먹었다.

에번드는 와인 가격을 안정화시킬 방법까지 들고 왔다. 저품질, 저가 와인까지 사들인 것이다.

뭐 하러 굳이? 나는 녀석을 이해할 수 없었다. 지금도 이해하지 못한다. 왜 그런 쓸데없는 생각을 했을까?

지금 추측하기로는, 이러하다.

와인을 독점해 로크 시민들과 의원들에게 자기 이름을 착실하게 인지시켜 두는 것이다. 한순간 큰돈을 버는 것도 좋지만, 약간 덜 벌더라도 신용을 쌓는 게 장기적으로 더 높은 수익을 낸다고 계산한 것이었다.

그렇지 않고서야 왜 싼 와인을 싸게 공급하는 멍청한 짓을 하겠는가?

떠오르는 신성이라더니, 그게 한계인 것이다. 하지만 상관없지. 내가 빼앗을 몸이니까. 놈의 육체를 빼앗아 내가 생각했던 방법을 실현하면 그만이었다.

에번드는 드랜빌에서 고품질의 와인을, 그리고 카모르트 쪽에서 저가의 와인들까지 싹 사들여 로크로 돌아가던 길이었다. 나는 그때를 노려 급습했다.

놈은 유능한 용병들을 경비병으로 썼지만 소용없었다. 나는 에번드가 고용한 용병들을 모두 죽이고 달아나는 에번드를 사로잡아, 방금 계획을 모두 알아냈다.

이제 에번드의 계획과 에번드가 쌓을 신용과 에번드라는 사람 그 자체까지 내가 가지기만 하면 그만이었다. 이후 계획도 간단했다.

우선 에번드를 죽이고 그의 행세를 하며 로크로 간다. 아무도 내가 그의 육체를 빼앗았다는 사실을 알아내지 못할 것이다.

그다음 에번드가 할 일을 그대로 한다. 내 방법을 섞으면 더 좋아지겠지만, 에번드를 흉내 내기 위해 약간의 멍청한 짓도 그대로 할 생각이었다.

훌륭한 상인이 되어 로크의 중심 세력 중 하나가 된다. 그렇게 누구도 의심 못할 자리에 오른 다음 의회 의원들을 하나둘씩 내 부하로 만들거나 제거한다. 제거한 자리에는 내 사람을 넣는다.

이렇게 백 년 동안 반복하면 로크 의회는 내 것이 된다. 백 년까지 갈 필요 있나? 십 년이면 될지도 모른다.

그런데 에번드의 목에 칼을 대는 순간, '이놈'이 나타났다.

레이스 헌터, 제이메르!

내가 몇 개월을 공들여 만든 부하들은 놈에게 단 몇 분 만에 전멸당하고 말았다. 나는 놈이 어디서 나타났는지, 어떻게 싸우는지 제대로 보지도 못했다.

그게 말이 되는가?

나는 악령의 기사이자, 악몽의 지배자이며, 저주의 화신이고, 죽지 않는 자들의 군주를 모시는 암흑 군단의 대장이 될 기사였다. 그런데 나의 충실한 부하들은 놈의 조악한 속임수에 하나둘씩 제거되더니, 끝내 나까지 놈의 칼에 두 동강이 나고 말았다.

단칼에!

비겁하기 짝이 없는 공격이었다.

인간의 무딘 힘과 망치로 두들긴 금속 무기 따위가 날 벨 수도 없거늘!

내 몸은 다시 합쳐지지도, 재생되지도 못했다. 나는 죽어가면서 필사적으로 녀석의 육체에 저주를 걸었다.

내가 죽을 때 너도 함께 죽으리라!

그러나 저주는 통하지 않았다. 놈은 내가 최후의 힘으로 저주를 걸어도 태연하게 에번드를 일으켜 세우고 있었다.

"소문도 못 들었어? 이런 곳을 지나다니고 있으면 어떻게 해?"

에번드는 겁에 질려 말도 제대로 못했다. 당연하지! 날 만났는데!

"무, 무슨 소문이요?"

"유령기사가 나타난다는 말."

"아, 그 소문이라면……, 드랜빌에서 로크로 가는 길목마다 검은 로브로 몸을 가린 기사들이 나돌아 다닌다는 소문을 들었습니다. 이유도, 목적도 없이 여행자나 상인을 무차별 학살한다고……."

"알면서 온 거야?"

"납기가 얼마 남지 않아서요. 날씨가 생각보다 더워서 와인이 상할지도 모르고……."

"고작 술 따위 좀 없으면 어때서 그래?"

"그렇지 않아요. 로크는 지금 아슬아슬합니다. 술 때문에 폭동이 일어날 거라면 상상이 가세요?"

에번드는 멍청한 소리를 하고 있었다.

"로크는 제 마음의 고향입니다. 세상의 운명이 걸린 전쟁에서도 살아남은 위대한 도시가 고작 그런 일로 망하게 둘 수는 없어요."

거짓말도 잘하는군! 와인 수입은 돈 벌려고 한 거잖아! 내가 그 육체를 빼앗았다면 저런 멍청한 생각을 하지 않게 만들었을 텐데.

나는 계속 제이메르에게 저주를 걸면서 그런 생각을 했다.

에번드는 쩔쩔매며 말하다가 갑자기 깨달은 듯 물었다.

"자, 잠깐만요. 방금 당신이 벤 기사는 전부 증발해서 없어졌죠?"

"음, 없어졌다."

"그럼 정말 저것들은 유령인가요?"

"그런가? 그런가 보지."

제이메르는 무관심하게 말했다. 나는 그 부분이 무엇보다 분했다!

놈은 내가 누군지 알아보려고도 하지 않았다. 아예 내가 어떤 존재인지도 관심을 두지 않았다. 어떻게 그럴 수가 있는가!

"그, 그럼 당신은 유령을 죽인 건가요?"

"그런 셈이지."

"당신이 바로 그 유명한 레이스 헌터군요!"

"야! 그렇게 부르지 마. 그 별명 지은 놈, 누군지 만나기만 해 봐라."

놈은 씩씩대더니 수레를 가리켰다.

"그렇게 중요한 와인이면 내가 바래다줄 테니 같이 가자."

"감사합니다. 아, 그리고 감사의 인사가 너무 늦었네요. 목숨을 구해주셔서 감사합니다."

놈들은 가식적인 인사를 나누었다.

나는 제이메르에게 저주를 거는 것을 포기하고 방법을 바꾸었다. 녀석의 몸에 들러붙는 것이다. 놈을 해칠 수는 없지만, 그 정도는 할 수 있었다.

"이대로 로크까지 데려가 주시면 사례하겠습니다, 레이스 헌터 님!"

"한 번만 더 그렇게 부르면 죽는다, 너!"

제이메르는 버럭 화를 내더니 손을 저었다.

"사례도 필요 없고 로크까지 갈 시간도 없어. 테라스까지만 가줄게.

아, 그럼 넌 로크 가냐? 내 말은, 그러니까, 로크 가는 게 당연하군. 음, 맞아. 당연하겠지."

제이메르는 혼자 말하고 혼자 정리했다.

"그럼 거기 가서 이 사건 좀 얘기해. 왜 아무도 조사하러 안 오는 거야? 괜히 이 일에 묶여서 갈 길을 못 가고 있잖아!"

"네, 신고할게요. 하지만 로크의 의원들이 저 같은 상인의 말을 들어줄 리가 없을걸요."

"음, 그럴 수도 있겠군. 그럼 드래곤 기사단에 가. 이름 내세우는 거 별로 내키지 않지만, 아마 내 이름 대면 통할 거야."

"그러고 보니 성함도 못 여쭤봤네요. 전 에번드입니다."

"제이메르다."

"어쨌든 전 당신에게 사례를 해야겠습니다. 제 목숨 빚을 남겨두고 싶지 않아요."

"그래? 그럼 혹시 켈틴이라는 상인 알아?"

"알다마다요. 제 스승입니다."

"그럼 그 사람 줘. 알아서 할 거야."

"알아서라뇨?"

"알아서가 알아서지 뭐냐? 얼른 가자."

둘은 그렇게 말하며 같이 떠났다.

"그런데 방금 죽인 놈, 뭐였지?"

제이메르는 그제야 내게 관심을 두었다.

에번드가 설명했다.

"이름이 요스타르라고 하더군요. 죽지 않는 자들의 군주 오른쪽에

설 악몽의 기사라고 했어요."

"요새 그런 놈, 많네. 다들 자기가 오른쪽이래. 왼손잡이면 어쩌려고?"

그게 내가 들은 그의 마지막 말이었다.

그 후 나는 잠들었다. 복수를 다짐하며 잠들었다.

나의 허무한 죽음을 보상받기 위해!

나의 원통한 죽음을 복수하기 위해, 이 시간을 기다려왔다. 마침내 내 저주를 실현할 기회가 온 것이다.

놈은 나를 죽인 것을 후회할 것이다. 인간이 겪을 수 있는 가장 큰 고통과 슬픔을 경험할 것이며, 제발 죽여 달라고 내게 애원하게 될 것이다.

나를 끌어낸 게 당신인가, 마녀여. 그렇다면 내 지혜를 구하라.

내 통찰력이 그대에게 제이메르를 끝장낼 방법을 일러줄 것이다.

내 이름은 디미트리스.

요스타르, 네가 죽지 않는 자들의 군주를 모실 악몽의 기사가 될 거라고? 그 자리는 나의 것이었다. 만약 군주께서 패하지 않았다면 당연히 나의 것이었고, 돌아오셔서 새로운 싸움이 시작된다 해도 그 자리는 나의 것이 될 것이다.

고작 상인 하나 조종해서 로크를 함락시킬 계획이었다니, 오만하고도 어리석구나.

로크는 드래곤의 축복을 받은 도시, 군주께서 친히 이끈 군대로도 점령하지 못한 도시다. 그런 곳을 네 계략으로 함락할 수 있을 거라고 믿다니, 순진하기 짝이 없구나.

그리고 뭐, 네가 군주님의 후계자라고? 그 자체라고?

영혼의 밑바닥까지 갈기갈기 찢겨나가 마땅할 놈! 그분이 용서하셔도 내가 용서하지 않을 것이다. 지금 이런 상황만 아니라면 넌 네 얘기를 끝까지 하지도 못하고 내게 죽었을 것이다.

나는 너처럼 오만하지 않다, 요스타르.

나는 작은 도시로 시작했다. 작게 시작해 한없이 기다릴 생각이었다. 죽지 않는 자들의 군주께서 이 땅에 돌아오기를.

요스타르 네가 악몽의 힘을 어디까지 사용할 수 있다고 생각하는지 모르겠구나. 허나 네가 얼마나 강한 힘을 썼건 간에, 내가 더 강하다.

무적이었다고? 너는 아직 나를 만나지 못해 그런 말을 할 수 있었던 것이다. 나는 입에서 토해내는 힘만으로 검은 기사를 만들어낼 수 있으며, 살아 있는 육신을 죽은 육신으로 만들어 내 부하로 삼을 수 있었다.

너는 오직 네 힘을 나눠야만 부하를 만들 수 있겠지만, 나는 새롭게 창조할 수 있었다. 비슷하지만 이 차이는 큰 것이다. 너는 부하들을 만들 때마다 힘이 약해졌을 것이다. 네가 스스로 고백했듯, 네겐 한계가 있다. 반면 나는 무한한 악몽의 군대를 육성할 수 있었다.

단지 시간이 필요했다. 나는 이 무적의 힘을 오직 새벽 시간밖에 쓸 수 없었다. 그래서 사람들은 그 시간의 나를 두려워하며 나를 '새벽의 저주'라 불렀다. 이는 내가 '아침의 드래곤' 가넬의 대치점에 있다는 의미다.

죽지 않는 자들의 군주께서 직접 이끈 위대한 드래곤이자, 죽지 않는 자들의 군주 그 자체라 할 수 있는 카-구아닐 외에는 어떤 힘으로도 상대할 수 없었던 드래곤 가넬!

그러하다.

나는 바로 훗날 일어날 새로운 전쟁의 돌격 대장이 될 존재였던 것이다.

카-구아닐의 후계자, 새벽의 저주, 디미트리스!

너 따위, 이름도 계급도 없는 놈과는 급이 다르다, 요스타르.

내 계획에, 한 치 어긋난 점은 없었다. 나는 작은 마을 하나를 장악하고 그곳 사람들이 날 따르게 했다. 그들은 내게 기도하고 날 경외하고 날 위해 목숨을 바칠 준비가 되어 있었지.

방해가 없는 것은 아니었다. 몇몇 위대한 용사라고 지껄이는 기사들이 날 공격했다. 허나 내 힘에 비하면 그들의 힘은 어린애 장난에 불과했다! 내가 휘두르는 철퇴는 인간의 기준으로 신의 격노라 할 만했고, 인간들의 칼이나 창은 내게 이쑤시개에 불과했다. 불을 붙인 화살이나 불의 마법도 내겐 손등에 떨어진 촛농 수준이었다.

나는 불사이자, 불멸이었다.

어둠의 힘에는 생기 있는 용사의 피가 필요한 법, 난 그들이 날 좀 더 찾아오게 했다. 훗날 내가 전장의 선두에 서려면 더 강해질 필요도 있었다. 지금보다 더욱 강한 힘!

요스타르, 이것이 너와 나의 차이다. 나는 충분히 강한 데도 더욱 강해지려 했고, 충분히 세상을 멸망시킬 힘을 가졌음에도 때를 기다릴 줄 알았다.

…….

그때 놈이 나타났다!

레이스 헌터, 제이메르!

놈은 내가, 나의 어둠성 가장 깊숙한 곳에서 곧 있을 승리를 기원하며 축배를 들던 새벽에 나타났다.

멍청한 놈! 모든 용사들이 저지른 실수를 그놈도 똑같이 저질렀던 것이다. 아침 해가 밝기 직전, 동이 터오는 시간이면 다른 악몽의 힘처럼 나 역시 약해진다고 믿었겠지. 그런데 난 놈을 처치하기 전에 한 가지 묻지 않을 수가 없었다.

"네 이놈, 대체 내 성의 어디로 들어왔느냐?"

그걸 알아야 다음 침입자를 막을 수 있을 테니, 나는 대답할 때까지 놈을 살려주기로 했다.

"성의 정문을 통과했을 리는 없겠군. 거기에는 나의 경비병들이 서른 명, 밤낮 가리지 않고 감지 않는 눈으로 지키고 있으니까."

"맞아. 정문으로 안 왔어."

놈은 순순히 대꾸한 다음 물었다.

"게다가 마법 함정 같은 게 도개교에 설치되어 있던데? 그거 무슨 마법이냐?"

"밟는 순간 불에 타는 마법이지."

"흐음, 역시 무리해서 그쪽으로 안 가길 잘했군."

사실 그쪽으로 오지 않았다는 것쯤은 묻지 않아도 알 수 있었다. 정신이 멀쩡한 놈이라면 혼자서 감히 정면으로 들어왔을 리는 없지!

"그럼 성벽을 넘었나?"

녀석은 고개를 저었다.

"아니, 거기 도마뱀들이 너무 많던데. 성벽을 넘을 바에야 차라리 정문으로 들어가는 게 낫겠더라."

맞는 얘기였다. 성루에는 아군조차 구별하지 못하고 불을 뿜어 죽일 정도로 포악한 도마뱀들이 기어 다니고 있었다. 또한 망루에는 백 미터 거리라면 체리 씨앗도 맞출 궁수들이 지키고 있었다. 이 융통성 없는 암흑의 궁수들은 지나가는 새조차 성벽을 통과하면 활로 쏴서 떨어뜨릴 지경이었다.

설사 궁수와 도마뱀의 눈을 피하더라도 성벽에는 누군가 기어오르면 자동으로 창날이 튀어나오는 트랩이 장치되어 있었다. 진동을 감지하는 마법이기 때문에 아무리 은신술이 뛰어난 존재라도 피할 수는 없는 장치였다.

"성벽도 아니라면……, 그래! 지하로 왔겠군!"

"맞아. 들어올 구석은 거기뿐이었어. 그런데 이 성 지하, 뭐가 그렇게 복잡하냐?"

녀석이 또 물었다.

나는 한심해 하며 설명해 주었다.

"이 성은 원래 몇백 년 전 이 지역을 다스리던 영주의 것이었다. 그 전에는 오래전에 멸망한 나라의 왕성이기도 했지. 그런 식으로 성의 주인이 바뀌며 수십 번의 개축이 있었고, 나도 다 파악을 못 할 정도로 지하 통로가 복잡해진 것이다."

"그래서 그렇게 통로마다 트랩을 설치해 둔 거냐?"

녀석은 툴툴대며 물었다.

난 대답하지 않았다. 말하다 보니 분했다.

모르고 지나가면 목이 베이거나, 발목이 잘리고, 거꾸로 매달리는 장치에, 밟으면 천장이나 벽이 무너져 깔리게 하거나 길을 막아버리는 장치 등등. 나는 트랩에 정말 많은 공을 들였다. 심지어 그 트랩을 설치한 나조차도 몇 개를 어디에 설치했는지 모를 정도로 그 개수가 많았고, 나조차도 다시 해체하기가 어려울 정도로 복잡하게 만들었다.

지하 통로로 들어오는 것은 불가능했다.

아니, 불가능하다고 생각했다. 그런데 놈은 지금 거길 통해 들어왔다고 말하고 있었다.

"도저히 이해할 수가 없군."

나는 자존심이 상해 죽을 지경이라 말을 잇기가 힘들었다.

"그래, 좋아. 그런 모든 것을 뚫고 들어왔다 치자. 그래도 네놈이 성안을 돌아다니는 것은 불가능하다. 내 병사들은 십 미터 간격으로 두 명씩 밤낮 없이 성을 돌아다니고 있으니까!"

인간이 아니기에 교대 시간 같은 것도 필요 없었고, 순찰 규칙도 없기에 그들의 시선을 피할 수는 없었다.

"넌 거짓말을 하고 있어! 내 성에서 나를 만날 수 있는 방법은 하나뿐이야!"

녀석은 나의 웅장한 목소리에 기가 죽었는지 침묵했다. 나는 계속 소리쳤다.

"정문을 정면 돌파해서 수많은 내 병사들을 모두 쓰러뜨리는 것! 내가 그렇게 유도했다! 넌 그래야 했다."

"그래야 하긴 뭘 그래야 해?"

놈은 턱을 긁적이며 말을 이었다.

"너만 죽이면 끝날걸, 굳이 많이 싸울 필요가 없잖아."

하긴, 그렇게 요란하게 싸우면 내가 이 조용한 새벽 시간에 와인을 한잔하며 축배하는 동안 모를 수가 없지.

나는 적이지만 칭찬해 주기로 했다.

"좋다. 여기까지 오다니 칭찬해 주지. 허나 영리하진 않구나."

그는 멍청한 눈으로 멍청하게 말했다.

"응? 영리하지 않다니?"

요스타르, 네 얘기의 많은 부분에는 동의할 수 없다만 그가 멍청하다는 부분에서는 동의한다. 그는 내 심오한 대화의 깊이를 따라가지 못했다.

"날 공격한 시점을 새벽으로 택한 점 말이다. 어리석구나. 여기까지 침투할 실력이었다면, 차라리 낮이나 한밤중을 택했어야 했을 것이다."

"왜?"

"왜냐하면 나는 새벽의 저주라 불리며, 새벽에 가장 강대한 힘을 가졌고, 가장 날카로운 정신력을 유지하는 존재이기 때문이다. 하필 새벽을 택한 것은 네 오만이냐, 네 무지의 소치냐?"

그는 잘 알아듣지 못하는 눈치였다.

"오다 보니 이 시간이 된 것뿐이야."

"오다 보니? 내가 누군지 조사도 없이 나타난 말투로군."

"네놈이 못된 놈이라는 조사 정도는 했지."

거짓말이 분명했다. 감히 새벽의 저주라 불리는 나 디미트리스를 상대로 정말로 준비나 조사 없이 나타났을 리가 없었다. 아마도 건성으로 나타난 척해야 멋있는 줄 아는 거겠지. 어린 사내란 그렇게 생각하는 법이니까.

난 이미 녀석의 머리 꼭대기에 있었다. 녀석의 속마음쯤은 훤히 들여다보였다. 녀석은 날 처치하기 위해 수개월을 준비했을 것이다. 앞선 희생자들의 작전을 재검토하고, 자신의 계획을 수백 번 수정했을 것이고, 또한 몇 개월을 연습했을 것이다.

그렇지 않고서야 이렇게 쉽게 내 앞에 나타났을 리가 없었다. 더더욱 놈의 침투 경로를 알아내야 했다.

"다시 묻도록 하지. 이번에는 거짓 없이 사실대로 말해라. 내 부하들을 어떻게 피하고 여기까지 올 수 있었는가?"

내가 물었다.

녀석은 멍청하게 대꾸했다.

"안 들키고."

"트랩은?"

"안 걸리고."

"그걸 다 피하고 왔을 리가 없다."

"많긴 많더라."

"하나도 안 걸렸다고?"

"두 개는 걸렸어. 발 잘릴 뻔했지. 잘 만들었더라."

"관두자. 네 거짓말 들어주기도 이제는 지쳤다."

나는 놈에게서 카-구아닐의 냄새가 나는 걸 알았다.

"로크의 전쟁에 있었던 놈이군?"

"있었지."

"어느 부대 소속이었나?"

"기억 안 나."

"말단 부하였나 보군. 지휘관도 기사도 아닌, 용병이나 졸병 중 하나였겠지?"

"그게 뭐?"

놈은 기분 나빠 하며 말했다.

"뭐긴! 네놈이 얼마나 하찮은 존재였는지 알려주는 것이다."

난 놈의 정신적인 약점을 파고 들어갔다. 싸우기 전에 놈의 집중력을 흐트러뜨리고, 흥분시켜 제 실력을 발휘하지 못하게 만들기 위해!

"너희 같은 졸병들은 거대한 전투의 작은 소모품에 불과했을 것이다. 숫자를 채우기 위한 조각인 게지."

"그딴 식으로 말하지 마! 아무도 그렇게 생각하면서 싸우지 않았어."

그는 팔짱을 끼고 날 노려보았다. 한심하다는 표정이었으나, 나는 그 표정을 되돌려 주었다.

"살아남았으니 구경 정도는 했겠군. 카-구아닐 님은 누가 죽였는가?"

"구아닐이면 그 검은 드래곤 말하는 거냐?"

그는 무덤덤하게 물었다. 실은 이름을 입에 올리는 것조차도 겁이 났을 텐데.

표정과 감정을 감추는 데 능한 녀석이었다.

"대답하라. 그렇다면 그 대가로 고통 없는 안식을 안겨주겠다. 나는 오래전부터 로크의 전쟁에서 구아닐 님을 죽인 놈을 알고 싶었다."

"알아서 뭐 하게?"

"복수할 것이다!"

나는 흥분해서 소리쳤다.

"어떤 비겁한 속임수를 써서 구아닐 님을 죽일 수 있었는가? 그분은 세상을 지배할 드래곤이자, 죽지 않는 자들의 군주를 모시는 최강의 생명체였으며 드래곤들의 왕이자 하늘 산맥의 지배자가 될 분이셨다."

"음, 세긴 셌지."

"수십 마리 드래곤과 혼자 싸우다가 끝내 지쳐 쓰러진 것을 수천 명의 기사들이 매달려 난도질하였는가? 그러면 가능하겠지!"

나는 또 하나의 가능성을 떠올려 말했다.

"아니면 루티아의 마법사 수백 명이 동시에 같은 마법을 써서 구아닐 님의 움직임을 억제하고 그사이 만 명의 창병들과 십만 명의 궁수들이 자기 목숨을 희생하며 심장을 노렸는가?"

나는 놈이 듣기만 해도 몇 날 며칠 악몽을 꾸게 만들 목소리로 윽박질렀다.

"대체 어떤 치졸한 계략을 써서 그분을 쓰러뜨렸는가? 어떤 위대한 사나이가 어떤 위대한 무기와 마법을 가지고 그런 믿을 수 없는 업적을 이뤘는가? 아무리 비겁한 수를 썼다 해도, 결과는 결과! 적이라 해도 내 그 이름을 기억하여 찬양하리라."

"음, 네놈이 찬양한다니까 이름은 말 안 해줄란다. 그리고 사나이 아니야."

"뭐라고?"

"여자야."

"뭐라고?"

"그리고 위대한 무기는 아니었다. 뭐냐 하면, 요만한 길이의 도끼였어."

그는 양팔을 벌려 간격을 잡아보며 말을 이었다.

"나도 써봤는데, 뭐, 좋긴 좋아. 엄청 칼 잘 만드는 양반이 만들었거든. 그 정도면 드래곤 목도 날릴 법하지."

그는 두 손을 접더니 고개를 저었다.

"하지만 네가 상상하는 그런 위대한 무기는 아닐 거다."

"구아닐 님께서 고작 도끼 따위에 죽었을 리가 없다!"

"도끼면 어떻고 창이면 어때? 어차피 찔리면 다 죽어. 구아닐이건 뭐건."

"네 이놈, 이제 알겠다. 네놈은 그 전쟁터 근처에도 가보지 못한 거다. 그러니 헛소리를 지껄일 수 있는 거지. 보지도 않고 어디 소문으로 들은 가짜 정보를 네 맘대로 짜깁기를 한 게야."

나는 그를 비웃으며 얘기했다.

"아무래도 내가 들은 얘기가 더 정확한 것 같구나. 구아닐 님은 사-크나딜의 화신이라 할 수 있는 천상의 존재가 휘두르는 빛의 검에 날개를 베였다. 날개를 잃은 구아닐 님은, 힘의 3분의 1을 잃었음에도 크나딜의 화신을 짓밟아 검은 화염으로 사방을 불 태웠다."

"크나딜의 화신? 그런 게 있었어?"

"닥쳐라! 구아닐 님은 부상당한 몸으로 수십 마리 부하 드래곤을 이끌고 나타난 가넬과 정면으로 싸웠다. 그 영광의 전투에서 구아닐 님은 수십 마리 드래곤을 씹어 삼키고 가넬을 쓰러뜨린 것이다. 그러나 그분조차 체력이 한계에 이르러 쓰러지신 것이다. 왜냐하면 너희 인간의 군대가 바퀴벌레처럼 계속 달려들었기 때문이지."

나는 말하는 것만으로 눈물이 흐를 지경이 되었다.

"구아닐 님은 마지막의 마지막까지 죽지 않는 자들의 군주님을 보호하기 위해 스스로를 희생하셨다. 하늘 산맥의 여신 나디우렌이 하늘을 쪼갤 마법을 써서 빛의 검이 날아들어 찬란한 영광의 순간이……."

"아니라니까 그러네. 그런 거 없었고, 너한테 이름을 말할 수 없는 어떤 여자애가 자기 남자 친구 죽였다고 열 받아서 도끼로 싹둑 목 잘라서 죽은 거야. 구아닐은 그렇게 죽었어."

나는 분노를 참을 수 없었다.

"그럼 그년의 이름을 말하라. 지금이라도 가서 그년을 말려죽이겠다!"

"그런 식으로 나오면 내가 어떻게 말해주겠냐? 뭐, 걘 그런다고 상관 안 하겠지만."

"그렇게 말할 줄 알았다. 그럼 일단 네놈부터 처리해야겠다. 네놈의 심장을 꺼내 소금에 절이고, 두 눈을 빼서 술을 담그고, 혓바닥을 잘라 햇빛에 말린 다음 도로 이어 붙여 주겠다."

나는 놈의 영혼까지 떨리게 할 협박을 가했다.

"넌 그 모든 과정을 경험하면서도 결코 죽지 못하리라! 지금 이 순간을 후회하리라! 어떤 죽음으로도 안식을 얻지 못할 것이다!"

"그래, 그래. 그럼 그렇다 치고……."

놈은 내 앞에 쭈그리고 앉았다. 그리고 내 이마를 칼끝으로 툭툭 건드리며 물었다.

"……너 언제 죽을 거냐?"

그제야 나는 놈과 나의 시선 높이가 다르다는 걸 깨달았다.

그렇다. 난 목이 잘려 머리만 남아 있었다. 놈을 처음 만난 순간, 이미 난 목이 베였던 것이다. 녀석과 나 사이의 대화는 이미 내가 목이 잘린 상태에서…….

더 말하지 않도록 하지.

나는 내 부하들을 부릴 기회도 얻지 못했고, 신의 격노라 할 수 있는 철퇴를 휘두를 기회도 얻지 못했다. 나는 내가 죽어간다는 사실을 깨달았다. 죽지 않는 몸이어야 할 내가 죽어가고 있었다.

"대, 대체 너, 네 몸에 무슨 짓을 한 거냐?"

"보면 모르냐? 아, 맞다. 안 보이겠구나? 너 목 잘렸어. 그러니까 내 말은, 내가 네 목을 잘랐다는 소리지."

나는 이미 내 육체의 하반신을 볼 수가 없었다.

"내 수하들은 어쩐 것이며, 내가 준비한 수백 개의 함정은 어쩐 것이냐?"

"아까 말해 줬잖아. 다 피해서 왔다고."

"싸우지도 않고 왔다고?"

"싸울 필요 있나? 경험상, 우두머리 죽으면 다 죽는데. 맞지? 너 죽으면 네 부하들도 죽지?"

맞는 말이었다. 그러나 나는 인정하지 않았다.

"어리석은 놈, 고작 내 목을 자른 것으로 날 죽일 수 있을 것 같으냐? 허나 나는 너를 용서할 수 있다. 아무리 적이라도 이 정도 실력을 가진 자를 죽이는 건 아까운 노릇, 지금이라도 용서를 빌면 내 수하로 삼아 세상의 권력을 맛보게 해주겠다."

나는 관대한 제안을 했다. 그러나 놈은 어리석게도 들으려 하지 않았다.

"참, 말 많네. 이렇게 해도 안 죽으려나?"

놈은 칼을 다시 꺼내더니 내 이마를 찔렀다. 그리고 난 죽었다. 그 죽음이 터무니없어서 억울했다.

난 내가 어떻게 죽었는지 알아야 했다. 내가 어떻게 목이 잘렸으며 내가 준비한 그 장대한 계획이 왜 그토록 쉽게 부서졌는지 알아야 했다. 난 한낱 저주의 한 조각이 되어 남는 한이 있어도 죽을 수 없었다.

이놈의 최후를 봐야 했다.

레이스 헌터, 제이메르!

이 비겁한 자식에게 죽음을!

내 이름은 베라마르.

나는 오래전, '사냥꾼의 사냥꾼'이라는 별명을 가지고 있는 현상금 사냥꾼이었다.

얘기를 시작하기 전에, 솔직히 털어놓겠다. 나는 너희들처럼 처음부터 대단한 존재는 아니었다. 전문적인 현상금 사냥꾼 백 명이 있다면, 난 그중 오십 번째에도 속하지 못했다. 사냥꾼의 사냥꾼이 된 것도 그저 실력이 부족하니 어떻게든 먹고살기 위한 선택이었다.

혹시나 해서 설명해 두자면, 사냥꾼의 사냥꾼이란 것은 업계에서 가장 악질로 취급받는 존재였다.

어떤 사냥꾼이 현상금을 받으면, 그 현상금을 가로채는 것이다. 쉽게 말해 강도 짓이다. 그것도 등 뒤에서 몰래 찌르는 비겁한 수법을 쓴다.

단지 일반 사람을 그런 식으로 죽이면 관청의 추적을 받지만, 피해자가 사냥꾼이면 어지간해선 관청이 나서지 않는다. 그래서 사냥꾼을 표적으로 삼는 거다. 잡히더라도 처벌이 비교적 가벼우니까.

말이야 멋지지만 사냥꾼의 사냥꾼이란, 그런 존재였다. 그게 아니더라도 나는 치사하고 비겁한 인생을 살아왔다. 나는 늘 상대하기 쉬운 적만 노렸고, 쉬운 일만 골라서 했다.

그러다 나는 '힘'을 얻었다. 힘을 얻는 순간까지만 해도 나는 이 힘이 어디서 온 줄 몰랐다. 죽은 후에야 알았지.

그래, 내 다음 얘기할 마녀, 당신이 내게 이 힘을 주었다는 것을 이제 안다. 그 힘을 왜 주었는지 모르겠다. 당신조차 능가할 이 어마어마한 힘을 어째서 준 것인가? 왜 내게 힘을 주어 스스로 내 밑에 들어오려 했는가?

아직 모르겠군.

내 얘기가 끝나면 부디 들려주길 바란다. 그렇다면 나는 관대함을 발휘하여, 그대를 내 부하로 삼아주겠다, 마녀여.

다른 둘도 마찬가지, 내 수하로 삼아 좋은 자리에 써주겠다. 비록 저주에 묶였으나, 이런 것도 좋은 인연이 아니겠는가?

다시 내가 힘을 얻은 이야기부터 하겠다.

나는 힘을 얻는 순간 깨달았다. 내가 최강임을! 가넬로크를 뛰어넘어, 아크랜드 전체를 통틀어 날 이길 수 있는 사람이 없다는 것을 깨달았다.

드래곤 기사단? 혼자서 백 명을 상대할 수도 있게 되었다.

울프 기사단? 말이 나왔으니 하는 말이지만, 그 헛소문은 내가 정리해 줄 수 있다. 울프 기사단은 로크에 온 적이 없다. 정확히 말해 로크 근방까지만 왔다.

그들은 전쟁터에서 자기들의 가짜 실력이 드러날 것이 두려워, 깃발을 들고 로크 근방을 돌아다니기만 했다. 의도치는 않았겠지만, 그것은 좋은 작전이 되어주었다.

로크의 군대는 절망의 순간 울프 기사단이 어마어마한 병력으로 도우러 왔다고 착각했다. 사기가 오른 것이다. 전쟁에서 사기가 얼마나 중요한지 다들 잘 알 것이다.

울프 기사단이 한 일은 그것뿐이었다. 고작 그것뿐인데도 그렇게 추앙받는 것이다.

혹시 이런 얘기를 들어봤는가? 로크의 전쟁 당시 울프 기사단의 캡틴은 보이지도 않았다는 사실을!

나는 그 겁쟁이가 방구석에 처박혀 울고 있었다는 걸 들어서 알고 있다.

울프 기사단의 명성은 가짜다. 하얀 늑대라는 건 존재하지도 않는 망상의 존재들이다. 당시 내 힘이라면 그딴 기사단 전부를 혼자서 쓸어

버렸을 것이다.

내가 진짜 힘을 써야 할 상대는 가넬로크를 공포로 몰아넣은 익셀런 기사단의 캡틴 웰치 정도겠지.

그 정도로 나는 최고의 힘을 가지고 있었다. 그러나 문제가 있었다. 내게 주어진 시간이 하루뿐이었다. 이 무지막지한 힘이 허락된 시간이 고작 하루라니!

그것은 내게 차라리 고문과도 같았다.

나는 서둘러 이 황홀한 기분을 만끽해야 했다. 생각 같아선 로크로 달려가 드래곤 기사단을 처치하거나 아란티아로 가서 울프 기사단을 뒤집고 싶었지만, 거기까지 갈 시간조차 없었다.

나는 근방에서 가장 큰 로진이라는 도시를 찾아갔다. 그리고 로진의 영주 엘그리드 백작의 저택에 쳐들어갔다.

도시에 들어오면서 열 명, 저택으로 들어가면서 또 열 명을 죽였다. 경비병 따위는 내게 방해가 될 수 없었다.

나는 백작을 인질로 잡았다. 그리고 백작에게 요구 조건을 말했다.

"날 죽일 만한 실력자를 안에 들여보내라. 한 번에 한 명씩. 날 죽이면, 당연하게도 내가 죽었으니 이 싸움은 끝이다. 너는 살 것이다, 엘그리드 백작. 내가 죽을 때까지 싸움은 계속될 것이다. 만약 날 죽이지 못하면 백작, 너는 죽는다."

요구 조건이 일대일 싸움이라는데 거절할 이유가 없었을 것이다. 엘그리드 백작은 자기가 데리고 있는 기사단 내에서 최고의 실력자를 불렀다.

"당장 애러멀드를 불러와라!"

애러멀드, 최고의 실력자라는 소문은 익히 들어서 알고 있었다. 소문에 의하면 드래곤 기사단 측에서 캡틴으로 모시려고 했으나, 엘그리드 백작을 모시기 위해 거절했다고 한다.

기사도의 상징이며, 로진 처녀들에게 동화 속 백마 탄 왕자님이기도 했고 적에게는 공포의 대상이었다. 나 같은 강도들에게도 이런 기사도 투철한 기사들이 무서운 존재이긴 했다.

애러멀드는 한 시간 만에 나타났다.

나는 초조했지만 그 녀석은 느긋했다.

"베라마르라고? 네 계획은 훌륭하구나. 과격하긴 하지만 네 용기, 칭찬해 주겠다."

"무슨 말이냐?"

"엘그리드 백작님을 인질로 잡아, 로진 최고의 기사를 불러내면 당연히 내가 나올 수밖에. 이런 식으로라도 나와 대결을 펼치고 싶었느냐?"

애러멀드는 칼을 뽑으며 말했다.

"받아주마, 베라마르."

그래, 틀린 말은 아니지. 예전의 나라면 분명 애러멀드와 한 판 붙는 게 영광이라고 생각했을 것이다. 그러나 그때는 아니었다. 이 위대한 기사가 눈에 차지 않았다.

나는 두 번의 칼질 만에 애러멀드를 죽였다.

"이 정도 실력자 말고 더 강한 자식을 불러와!"

나는 겁에 질린 엘그리드 백작의 뒷덜미를 잡아 문으로 질질 끌고 갔다.

싸움에 방해를 받지 않으려고 홀을 비우고 저택의 일꾼들을 모두 내보냈는데, 백작에게 충성심을 보이는 몇몇 일꾼들은 계속 문 근처에 대기하고 있었다.

나는 문을 반쯤 열고 백작을 바닥에 처박은 모습을 보여주었다. 그 짧은 순간에도 백작을 구하려는 헛된 시도가 있었다. 바깥에 대기하고 있던 궁수가 내게 활을 쏜 것이었다.

제법 괜찮은 실력이었다. 화살은 정확히 내 심장을 맞췄다. 하지만 나는 죽지 않았다. 나는 그 화살을 뽑아 쏜 놈에게 되돌려 주었다. 날 쏜 궁수는 자기 화살에 목이 뚫려서 죽었다.

"쓸데없는 짓 하지 마라!"

나는 엘그리드 백작의 손가락을 두 개 잘라서 문 너머로 던져주었다. 백작은 비명을 질렀다.

"한 번만 더 이딴 짓 하면 다음번엔 네 목을 자르겠어."

나는 소리 지르는 백작의 목덜미를 잡아 들어 올렸다.

"어서 바깥에 내 요구 조건을 말해! 내겐 시간이 없어."

엘그리드 백작은 피 묻은 손을 움켜쥐고 소리쳤다.

"누구든, 어서 더 강한 녀석을 데리고 와. 애러멀드보다 더."

"사냥꾼들 중에는 있을 거다."

"그래. 사냥꾼들에게도 알려. 돈은 얼마를 주든 상관없으니까 어서."

"얼마를 주든! 이라는 말은 사냥꾼에게 통하지 않아. 구체적인 액수를 말해."

내가 끼어들어 말했다.

"어, 얼마면 되는 건가?"

엘그리드 백작은 그런 액수에 대해 잘 몰라 허둥댔다. 내가 대신 말했다.

"이런 멍청한! 어이, 문 밖에 누구 돈 관리하는 놈 있나?"

"나요."

나이 많은 집사가 문틈으로 얼굴만 살짝 내밀고 말했다.

"지금 현재 로진에서 가장 비싼 현상금을 받는 범죄자의 목에 얼마나 걸려 있어?"

"밀 창고에 불을 지르고 달아난 방화범이, 금 백오십이요."

"흥, 싸구려 놈이군. 난 그럼 이백을 내걸어. 오늘 밤 안으로 날 잡으면 백을 추가로 더 주겠다고 옵션을 걸고. 알겠어?"

엘그리드 백작도 외쳤다.

"더, 더 걸어도 좋다."

"멍청아, 너무 높으면 현실감이 없거나 지레 겁먹고 오지 않는단 말이다. 너희 귀족 놈들은 위급할 때 현상금을 아낌없이 걸었다가 막상 사냥꾼이 그 일을 해내면 슬그머니 액수를 낮추지. 그러니 진짜 알짜배기는 적당한 현상금 수치를 알고 있다. 저 정도가 가장 적당해."

내 예상대로였다. 저녁 무렵에 날 잡겠다는 사냥꾼들이 저택으로 몰렸다. 난 하나씩 상대했다.

애러멀드의 잘난 척은 사실이었다. 사냥꾼들의 실력은 애러멀드와 비교 자체가 되지 않았다. 그 녀석을 상대로는 칼질을 두 번이라도 했지, 나머지는 칼질 한 번도 아까울 지경이었다.

난 초조함이 극에 달했다. 내게 허락된 시간이 바닥나고 있었다.

다행히 최근 이름을 널리 알리고 있는 사냥꾼 제피로트가 나섰다. 그는 범죄자를 정면 대결로 잡는 걸로 유명했다. 심지어 아무리 흉악범이라 해도 싸우기 전에 정중히 인사부터 하는 것으로도 유명했다.

그가 지금까지 벌어들인 현상금 액수만도 오천이 넘었다.

"제가 이 근처에 온 건 하늘의 계시라고 할 수밖에 없군요, 백작님. 제피로트라고 합니다."

제피로트는 백작이 인질로 잡힌 홀에 들어서 정중히 인사부터 했다.

"지금 꽤 위험에 처해 계신 것 같은데 제가 좀 더 현상금을 높게 불러도 되겠습니까? 듣자니, 유능한 사냥꾼 열 명이 벌써 당했고 그 사냥꾼들에게는 애러멀드의 죽음을 알리지 않으신 모양이더군요."

제피로트는 다 이해한다는 듯 고개를 끄덕끄덕했다. 나는 그의 여유가 마음에 들면서도, 시간이 촉박해 마음에 들지 않기도 했다.

"이해합니다. 사냥꾼들의 사기를 생각해서 이 지역 최강자의 죽음을 알리지 않는 것을. 하지만 저는 이미 들어서 알고 있습니다. 애러멀드를 죽일 정도의 실력자라면 금화 삼백으로 해결될 일이 아니지요."

백작은 희망을 품고 소리쳤다.

"얼마를 원하느냐? 불러 보아라!"

"선수금으로 천. 일이 끝나면 또 천. 그리고 선수금은 지금 당장 받았으면 좋겠습니다만?"

제피로트는 천천히 가죽 장갑을 끼며 말을 이었다.

"아, 오해 마십시오. 저는 늘 일을 이렇게 진행합니다. 막상 일이 끝나면 돈을 안 주는 분들이 많아서요. 제가 일을 하는 모습을 보면, 너무 쉬워서 그 정도 가치가 안 되는 것처럼 보이나 봅니다."

"집사! 금화를 가져와라."

밖이 소란스러워졌다. 제피로트는 그사이 나를 바라보며 말했다.

"사실 좀 더 늦게 나설까도 했습니다. 현상금을 올리고 싶어서요. 하지만 이미 도전자가 끝난 모양입니다."

내가 물었다.

"그럼 네가 마지막이란 뜻이군?"

"그렇습니다."

잠시 후 노크가 들렸다.

내가 허락하자 문이 한 뼘 정도 열렸고 돈주머니만 바닥에 툭 떨어졌다. 제피로트는 느릿느릿 주머니를 들어 금화를 확인했다.

"자, 그럼 베라마르. 사냥꾼의 사냥꾼 짓이나 하는 하찮은 놈이 어떻게 애러멀드를 죽일 힘을 얻었는지 모르겠지만, 어디 한 번 실력 좀 볼까?"

난 처음으로 긴장했다.

내가 백 명 중 오십 번째 사냥꾼이라면 제피로트는 단연코 첫 번째에 속할 인물이었다. 나는 제피로트만큼은 공을 들여 상대했다. 조금은 내가 최선을 다해도 될 거야, 그런 생각이었다.

녀석이 선공을 해왔다. 나는 피하고 벴다.

그걸로 끝이었다. 맙소사!

제피로트는 거꾸로 자기가 그렇게 날 죽일 수 있을 거라고 생각한 모양이었다. 그래서 금화 주머니를 내려놓지도 않은 채로 싸웠고, 이제 그걸 열어볼 기회도 갖지 못했다.

솔직히 나는 내 불사의 힘을 이용해 그를 이길 수 있을 줄 알았다.

그가 나를 찌르면 그 순간 이겼다고 방심할 것이고, 그 틈을 이용해 찌른다……. 그게 내 작전이었다.

그러나 그의 칼은 내 옷깃도 스치지 못했다. 백번을 같은 식으로 싸워도 같은 결과를 낼 수 있을 정도로 현격한 차이였다.

나는 제피로트의 피가 묻은 손으로 얼굴을 감싸 쥐었다.

"이럴 수가. 이렇게 될 줄 알았으면 무리해서라도 로크에 갈 것을."

나는 제피로트의 시체를 걷어차며 악을 썼다.

"이 개자식아. 난 네가 좀 더 강한 놈인 줄 알았단 말이다. 이제 네가 죽었으니 어느 미친놈이 내게 덤비겠느냐?"

화가 치밀 대로 치민 나는 엘그리드 백작 쪽으로 걸어갔다.

"이제 당신을 잡을 필요가 없게 됐어. 당신을 죽이고 당신 군대와 싸워서라도 내 부족함을 채워야겠다."

백작은 무릎을 꿇고 두 손을 빌었다. 나는 이렇게 신분이 높은 인간이 이렇게 추하게 구는 걸 본 적이 없었다. 그는 눈물과 콧물을 쏟으며 매달렸다.

"제, 제발 살려주게. 대체 얼마가 필요한가? 얼마든지 주겠네!"

"여태까지 상황을 보고도 모르겠어? 내가 원하는 건 돈이 아니야."

"사, 사흘. 아니 이틀만 더 시간을 주게. 자네가 원하는 최강의 기사를 불러주겠네."

"이틀 뒤는 필요 없어!"

나는 엘그리드 백작을 향해 칼을 치켜들었다. 그러다 뒤를 돌아보았다. 어느 순간 이 방에 허락받지 않은 존재가 있었다.

어디로 들어왔지? 문은 닫혀 있었고 창문은 열린 적이 없었다.

마치 유령 같았다.

우스운 일이었다. 내가 유령이라 불려도 모자랄 판국에, 내가 상대를 유령이라고 부르다니.

그 남자는 제피로트의 시신을 내려다보고 있었다.

"한 번 만나보고 싶은 녀석이긴 했는데 시체로 보게 되었군."

"넌 누구냐?"

내가 물었다.

"제이메르다."

나는 금방 그 이름을 기억해냈다.

"제피로트의 명성과 맞먹는 현상금 사냥꾼! 수많은 사냥꾼의 사냥꾼이 네 돈을 노렸다가 역으로 목숨을 잃었지. 전설의 '매발톱'도, '지옥 도끼'도 네가 죽였다는 소문이 있던데, 맞나?"

"흐음. 그랬지."

제이메르는 굉장히 오래전 일을 생각하는 표정으로 이마를 긁적였다.

"거 이상하군. 지옥 도끼 죽인 건 1년도 안 됐는데, 어째 십 년쯤 전의 일 같아."

그건 내가 알 바 아니었다.

나는 다시 칼을 들었다.

"잘됐다, 제이메르. 부디 제피로트처럼 명성보다 싱거운 실력은 아니길 빌지."

내가 칼을 들자 제이메르는 손을 내밀어 저지했다.

"하나만 묻고 시작하자."

"보기와는 다르군. 싸울 상대와 대화를 즐기는 타입인가, 제이메르?"

"아니. 난 얘기 잘 못 해."

제이메르는 손을 휘젓더니 물었다.

"네 몸을 그렇게 만든 사람, 누구냐?"

나는 천천히 칼을 내리고 물었다.

"내 몸이 특별하다는 건, 어떻게 알았나?"

"하도 많이 접해봐서, 이제 냄새만 맡아도 알아."

"누군지는 모른다."

"네 마지막 기억이 어디냐?"

"산이었다."

"여기서 북쪽 산이지?"

"그렇다."

"통나무집? 거기 지하에 들어갔냐?"

"들어갔다."

"그렇군. 거기군."

제이메르는 미안하다는 듯 고개를 저었다.

"한 번 그런 몸이 되면 구제할 방법이 없더라. 왜냐하면 이미 죽은 몸이니까."

"난 아직 죽은 게 아니다!"

나는 강하게 부정했다.

제이메르는 고개를 저었다.

"죽은 거다. 하루 동안 아주 격하게 움직일 수 있게 되지만, 살아 있는 몸은 아니지."

제이메르가 손가락으로 나를 가리키며 말했다.

"내버려 두면 어차피 오늘 밤 안으로 움직임이 멈추겠지만, 그랬다간 사람들을 많이 죽일 테니까 지금 끝내야겠다."

나는 그의 헛소리를 듣지 않기로 했다.

"결론이야 어쨌든 네가 싸우겠다면 나는 상관없다. 원하던 바!"

나는 칼을 꽉 쥐고 부탁조로 말했다.

"제이메르, 적어도 내 힘의 절반 이상을 쓰게 해봐라. 그럼 설사 네가 패하더라도 팔 하나 빼앗는 정도로 살려줄 수도 있다."

"팔 하나는 이미 몇 달 전부터 쓰지 않고 있어."

제이메르도 칼을 뽑았다. 그리고 내게 다가왔다.

나는 그의 형편없는 자세를 보고 한숨부터 나왔다. 싸우지 않아도 결과가 보였다. 어쩌면 이 녀석이 마지막 상대일 텐데, 허무하게 없애 버리고 싶지 않았다.

나는 계획을 세웠다. 이 녀석만큼은 기회를 여러 번 줘야겠다고.

첫 타격으로 녀석에게 경각심을 일깨우고 그다음 서너 번의 타격으로 녀석의 반사 신경을 좀 더 예민하게 다져준다. 그리고 아직 체력과 정신력이 남아 있는 순간 최선의 일격을 날리게 내버려 두는 것이다.

적어도 그 정도 대결을 하면 억울함이 덜할 것 같았다.

나는 관대한 제안을 했다.

"제이메르, 너도 애러멀드와 제피로트처럼 될 게 뻔하다. 그러니 우선 내 힘의 10분의 1로 상대해주겠다. 그걸 버텨내면 그다음에는 10분의 2 정도로 상대해주지. 어떤가?"

제이메르는 무슨 바보 같은 소리냐는 듯 인상을 찌푸리더니 말했다.

"뭐, 그래라. 어차피 넌 내 두 걸음 안에도 못 들어와."

그게 내가 들은 그의 마지막 말이었다. 난 녀석이 어떤 속임수를 써서 날 죽였는지 기억하지 못한다. 공격을 보지도 못했다. 나는 10분의 1의 힘을 쓰기는커녕 아예 아무 힘도 쓰지 못한 것이다.

대체 무슨 짓을 저지른 걸까?

내 생각은 이러하다. 놈은 처음 그 방에 들어온 순간, 사람을 재우는 독초 같은 것을 뿌려뒀을 것이다.

엘그리드 백작은 내가 쓰러지는 순간 같이 기절했다. 그 부분은 확실하게 기억났다. 그러니 분명 그런 수법을 썼을 것이다. 그래서 내가 환각에 빠져 다른 곳에 칼을 휘두르게 하고, 그사이 몰래 뒤에서 목을 벤 것이다.

단지 궁금한 건 내 몸은 죽여도 죽지 않고 목이 베여도 도로 붙어야 하는데, 어떻게 그렇게 쉽게 끝이 났느냐는 거다.

말해 주시오, 마녀. 당신이 날 이렇게 만들었다면 내 힘이 얼마나 강력한지, 얼마나 없애기 어려운 존재인지도 알 거 아니오? 비교할 대상조차도 찾지 못한 게 내 힘이오.

요스타르, 디미트리스, 그대들이 잘난 척하며 말한 그 힘, 내가 하루 동안 가졌던 힘에 비하면 어린애 장난에 불과했을 것이다. 그런 내가 죽다니?

나를 쓰러뜨리려면 적어도 루티아의 그랜드 마스터 정도 되는 마법사가 반나절 동안 준비한 힘을 실은 마법의 칼이 필요했다.

거기다 천 명의 사제들이 이끄는 축복의 힘을 등에 업어야 했다. 그 두 가지를 천 년에 한 번 나올까 말까 한 성스러운 기사가 사용해야 했다. 그렇게 죽었다면 나는 이해했을 것이다.

그런데 모든 것이 덜커덕 끝나버렸다.

대답해 주시오, 마녀여. 왜 나는 그토록 허무하게 죽은 것이오?

제이메르가 쓴 속임수의 수법이 무엇이오?

그가 마지막 순간 말한 두 걸음이라는 게 대체 무슨 말이오?

내 억울함을 풀어주시오. 그런 다음 내게 복수할 기회를 주시오. 내가 겪은 그 원통함과 고통을 제이메르에게 안겨줘야겠소.

그대들의 얘기는 잘 들었다.

내가 나타나는 순간 미루어 짐작했겠지만, 너희들이 저주라는 이름으로 제이메르에게 나타난 것은 모두 내 덕분이다.

아, 오해할까 싶어 설명을 보태마. 붙어 있는 건 너희들의 힘이 맞다. 그러나 그걸 형상화시켜 이 자리에 드러나게 한 것은 내 마법이다. 내가 아니었다면 너희들은 평생 제이메르에게 붙어 있다 해도 아무런 해를 끼치지 못했을 것이다.

가끔 걸리는 감기 정도의 영향은 미쳤겠지. 아니면 기껏해야 어깨에 근육통이 자주 있구나, 하는 정도밖에 느끼지 못했을 것이다.

지금 그대들에게는 아무런 힘도 남아 있지 않다. 저주의 힘을 남겼다고 착각하고 있겠지만, 그렇지 않다.

못 믿겠나?

실험 삼아 지금 그대들이 붙잡고 있는 에위니라는 이름의 여인을 한 번 죽여보라.

못 할 것이다. 상처 하나 내지 못할 것이다.

그대들에게 지금 남아 있는 것은 오직 기억뿐이다. 분하고 원통하다는 강렬한 감정밖에 남아 있지 않은 것이다. 나는 그걸 이용해 너희를 끌어냈다.

너무 실망할 것 없다. 아직 늦은 건 아니니까.

나는 그대들의 기억을 이용해 제이메르의 약점을 알아낼 생각이었다. 약점이 무엇인지 알아내어 제거할 생각이다.

이제 그대들의 얘기는 충분히 들었다. 그대들의 용기에 찬사를 내리도록 하지.

단, 내게 충성을 맹세하라. 다시 일으키는 악몽의 제국에서 여왕이 될 나, 폭풍의 마녀 '마라' 앞에 무릎 꿇으라.

그대들의 자부심, 충분히 이해해 줄 수 있다. 그러나 욕심을 버리고 본능에 따르라. 그대들은 나를 따를 수밖에 없는 입장이다.

…….

벌써부터 호들갑 떨지 마라. 설명해 주겠노라.

나는 로크에서 먼저 나의 지위를 가졌던 로크의 집정관, '나르베니'의 수하였다. 그러나 전쟁이 시작되기도 전에 그녀는 적 기사들 중 하나였던 아이린에게 패해 목숨을 잃었다.

이후 나르베니의 힘은 내게 이어졌다. 그 힘이 전달되는 과정이 너무 느려서 로크의 전쟁에 참가하지는 못했다. 내가 힘을 깨닫고 지금의 모습을 얻기까지는 몇 달이 걸렸다.

깨어난 후, 나는 이미 내가 나르베니의 힘을 능가했음을 깨달았다. 나르베니가 로크의 의회를 장악하고 죽지 않는 자들의 군주 옆에 섰던 그 힘보다 더 강하다는 것을 알았다. 그러나 나르베니의 실패 역시 알고 있었다.

나는 나르베니의 실수를 되풀이하지 않기 위해 잠시 잠적해 있기로 했다.

디미트리스, 그대의 계획은 옳다. 그러나 그 계획을 실행하기에 그대의 힘이 미약했다. 또 너무 겉으로 드러냈다. 누구나 찾아갈 수 있는 자리에 진지를 구축하다니, 제정신인가?

제이메르가 아니었더라도 언제고 그대의 계획은 파멸됐을 것이다. 한 명이 실패하면 열 명이 찾아오고, 열 명이 안 되면 만 명이 찾아오고, 만 명이 안 되면 십만 명이 찾아와 그대의 성을 부쉈겠지.

요스타르, 그대의 계획도 옳다. 그러나 로크의 의원들은 집정관의 배신을 경험한 자들이다. 아무리 네가 신용 있는 상인의 몸을 빼앗았다 해도 오래지 않아 네 정체를 들켰을 것이다.

나는 나르베니가 저지른 실수를 통해 그런 것들을 간접적으로 경험했다. 그렇기에 실패할 위험성을 어떻게 줄여야 할지 알고 있었다.

그대들이 모르는 것들을 나는 모두 알고 있다. 그대들이 나를 따라야 하는 수많은 이유 중 가장 중요한 부분이 그것이다. 힘은 말할 것도 없고!

나는 우선 가넬로크와 아란티아의 국경 근방 마을을 점거하여 그 지하에 나만의 성지를 구축했다. 평범해 보이는 교회에, 평범한 납골당,

마을 사람들은 죽지 않는 자들의 군주를 모시는 종교가 아닌, 평범한 신을 믿도록 가장했다.

그다음 그 납골당 지하를 깊이 파서 그 아래에 침입자를 막을 함정과 경비병들을 배치했다.

첫 번째 지하 2층에는 해골 병사들을 수십 명 두었다. 이는 그 옛날 죽지 않는 자들의 군주가 만든 얼음 성을 따라 한 것이었다. 시체를 일으켜 걸어 다니게 하는 것만으로 평범한 인간들은 근처에 올 수조차 없게 되지.

디미트리스, 네가 성을 구축한 병력에 대해 설명할 때 나는 웃음을 참을 수가 없었다. 고작 그 정도로 어둠성의 군주라도 된 기분을 맛보았는가?

네가 최종 병력이라 생각한 경비병은 내가 세운 성지의 지하 2층에 둔 죽은 뱀들의 화신에도 미치지 못한다. 그 뱀은 둘레가 백 년 묵은 고목과도 같으며 길이는 삼십여 미터에 이르러, 평범한 사람이라면 보는 것만으로도 기절할 크기였다. 그 뱀은 천 마리 뱀의 독무를 뿜을 수 있으며, 여차하면 불을 뿜을 수도 있다. 그 자체로 드래곤이라 할 수 있는 괴물이었다.

그 아랫방에는 내가 의도치 않은 괴물이 만들어졌다. 이 녀석이 내 계획의 중심이 될 거라고는 나도 예측하지 못했다. 원래 시체를 일으켜 평범한 경비병으로나 쓰려던 인간인데, 녀석은 깨어나자마자 내게 이런 말을 하더군.

"시체를 꿰매는 일을 하시는군요, 주인님. 그 일, 제가 대신해도 되겠습니까?"

알고 보니 녀석은 죽기 전, 근처 대학교수였던 사내였다. 해부학을 연구하다가 죽은 자여서 그런지, 죽어서도 같은 일을 하고 싶은 모양이었다.

"뜻대로 하여라. 지금부터 널 '교수'라 부르고, 시체 다루는 연구를 하게 해주겠다."

"고맙습니다, 주인님."

교수는 몇 주 정도 시체를 만지작대더니 나보다 더 창의적인 작업물을 만들어내기 시작했다. 급기야 여러 시체들을 하나로 합쳐 드래곤만큼이나 거대한 괴물들까지 만들어냈다.

새로운 시체 군단의 탄생이었다.

"어떻습니까, 주인님? 이 정도면 지금 로크의 군대 정도는 상대할 수 있을 것 같은데요?"

교수가 물었다.

나는 경악했다.

"네가 나한테 온 게 내겐 행운이 되었구나, 교수."

"칭찬으로 듣겠습니다."

본래 행운이란 나 같은 존재를 괴롭히는 힘이어야 했다. 그런데 그 힘이 나를 돕기 시작했다.

"지금까지 시체들을 만지다 보니 요령이 조금 생겼습니다. 지금 만든 병사들보다 열 배는 더 강한 정예병을 만들어 보고 싶은데, 허락해 주십시오."

교수가 인간이 아니라서 오히려 유리한 점이 하나 있었다. 그는 결코 쉬는 법이 없었다.

"좋은 생각이다. 결코 나를 배신할 일이 없으며, 나를 위해 모든 것을 희생할 최강의 병사를 만들어라!"

"네. 제가 구상한 정예병을 만들려면 다른 재료가 필요합니다."

"지금 가진 시체로는 안 되는가?"

"살아 있는 사람이 필요합니다."

"얼마든지 갖다 주지!"

그 실험을 위해 몇몇 사냥꾼들을 써먹었다. 그중 하나가 너였다. 베라마르.

오만함을 버려라. 내 성지에는 너 정도 되는 병력이 백오십 명이 있었다. 하지만 그 백오십 명이 탄생하는 데에는 네 희생이 도움 된 것도 사실. 그러니 이 일이 끝나면 네게 그 정예 군단의 일부가 될 영광의 기회를 주도록 하지.

거부하면 죽음뿐이다. 아니, 내가 죽일 필요도 없다. 그저 살려내지 않으면 그만이니까. 대신 나를 따르면 네게는 새로운 지위가 주어질 것이다.

혼돈의 기사들, 황혼의 지배자, 어둠의 포식자! 그 어떤 이름을 붙여도 모자랄 나의 군단의 일부가 될 것이다.

나는 이토록 조심하고, 비밀리에 모든 것을 준비했다. 그런데도 나는 한 가지 걱정되는 점이 있었다.

과연 이 성소는 완벽한가? 내 경비병들은 완벽한가?

실험이 필요했다.

나르베니와 나의 결정적인 차이가 여기에 있었다. 나는 실패를 두려워하지 않는다. 실패에서 성공의 열쇠를 발견할 줄 알았다.

나르베니 집정관은 평생 실패 없이 정점에서 살아왔기에 그런 걸 모르지만, 나는 실패한 인생을 살아왔으므로 실패에서 성공으로 기어오르는 요령을 잘 알았다.

실패를 통해 나 자신을 되짚어보려면 실패를 해봐야 한다. 그러나 단 한 번의 실패로 파멸한 나르베니를 통해 알 수 있듯, 이런 일에서의 실패란 돌이킬 수 없는 결과를 낳는다. 실패해도 빠져나갈 구멍이 있는 실험이 필요했다.

나는 이미 이곳을 만드는 동안 가넬로크의 유명한 기사들의 이름을 모두 조사해 두고 있었다. 나는 그런 놈들을 내 성소로 끌어들였다.

어떤 방법을 썼냐고? 아홉 살 소녀의 모습으로 눈물을 흘리며 이렇게 도움을 청하면 간단했다.

"우리 마을이 위험해요. 엄마가 괴물들한테 잡혔어요. 용사님들이 구해주세요!"

이렇게 울면서 기절하면, 열에 아홉은 도우러 온다. 위대한 기사라 불리는 놈들은 대부분 그렇게 끌려왔다.

공명심에 눈이 먼 전사들에겐 노인의 모습으로 나타나서 설득했다.

"우리에겐 당신 같은 영웅이 필요하오!"

돈 밝히는 용병은 아주 쉬웠지!

"지금 금화 천을 드리고, 일이 끝나면 이천을 더 드리겠소!"

몇몇 설득하기 까다로운 녀석들도 있었다.

"네가 그 마을에서 보낸 첩자가 아니라는 법이 있나?"

"꼬마의 모습을 하고 있지만 속은 악마일 수도 있지!"

"그런 큰일이라면 로크로 가서 드래곤 기사단에게 부탁할 일이다.

내가 가서 의회에 보고하겠다."

그런 식으로 날 의심을 하거나, 상황을 확대시키려 하면 그 자리에서 죽였다. 드래곤 기사단이 두려워서 막은 것은 아니었다. 언젠가는 그것들을 상대로도 실험을 해봐야겠지. 그러나 지금은 아니었다.

그들은 마지막 실험체다. 나르베니는 드래곤 기사단, 특히 당시의 캡틴인 데라둘을 너무 얕잡아 봤다.

나는 그럴 일이 없을 것이다. 지금의 캡틴이 누구든, 데라둘보다 수준이 낮다 해도, 나는 최선을 다할 것이다. 그러기 위한 실험인데 벌써부터 드래곤 기사단이 끌려오길 원치는 않았다.

지금은 아니었다.

나는 이번에 끌려온 녀석들을 통해 내 성소의 약점을 알아낼 것이다. 내 경비병들의 약점을 알아낼 것이다.

교수도 나의 실험에 적극적이었다.

"이 실험이 끝나면 다음 번 성소는 더욱 견고한 성이 될 것이고, 다음에 만들 경비병은 더욱 강력한 병력이 될 것입니다! 부디 제 작업물들이 제일 선두에 서게 해주십시오!"

너무 적극적이라 내가 억제를 해야 할 지경이었다.

"기다려라. 일에는 순서가 있는 법. 아직 네 차례는 아니다."

"하지만 안개로 가득 찬 이 마을의 음산한 분위기를 보고 달아나면 어쩝니까?"

"괜찮다. 오히려 저 녀석들은 자기가 이 악의 소굴을 정화시킬 영웅이 될 거라고 믿어 의심치 않을 것이다."

교수의 걱정도 어느 정도 맞아떨어졌다. 첫 번째 살아 있는 시체를 만나고 놈들 중 3분의 1 정도가 무서워서 달아나고 만 것이다. 이 겁쟁이 놈들.

나는 실험체들을 달아나게 두지 않았다. 이미 안개에 들어온 순간, 내가 허락하지 않으면 벗어날 수도 없게 되어 있었다.

마을 입구를 통과해 달려 나가면 어느 순간 마을 안으로 진입하게 되고, 마을 바깥을 맴돌면 영원히 맴돌게 유도했다. 놈들은 아무도 마을을 빠져나가지 못했다.

불러내긴 따로따로 불렀지만, 용사들은 안개 속에서 헤매다 마침내 서로의 존재를 알아내고 모였다.

물론 자기들끼리 오해한 나머지 싸우다 죽는 일도 없지는 않았지만 결국에 살아 있는 자들은 살아 있는 자의 기운을 알아보는 법.

그들은 힘을 합쳤다.

서른일곱 명, 내 실험체들의 숫자가 결정되는 순간이었다. 하지만 좀 더 제대로 된 실험체들만 남기기 위해 떨거지들을 제거할 필요가 있었다.

나는 천천히 실험을 시작했다. 놈들에게 나무에 목 매달린 시체가 노래하는 소리를 들려주고, 상반신만 남은 시체들이 그들을 향해 기어가는 광경을 보여주었다.

그렇게 공포심을 극대화시킨 다음, 무덤에서 일어난 시체들에게 공격을 지시했다.

첫 번째 공격으로 절반 가까이 죽고 살아남은 건, 스물한 명. 사냥꾼 여섯 명, 기사 다섯, 그리고 산전수전 다 겪은 용병 열 명이었다.

살아남은 놈들은 의기투합하더니 마을을 벗어나길 포기하고 마침내 마을 안쪽으로 들어왔다. 교수는 안절부절못했다.

"아아, 주인님. 이러다 교회 지하까지 오지도 못하고 다 죽게 생겼어요!"

그의 걱정도 일리 있다 여기고, 나는 마을의 마법 안개를 없애주었다. 놈들은 아무도 없는 마을을 조금 헤매다가 교회 안으로 피신했다. 놈들은 거기에서 전력을 재정비할 모양이었다.

여기서 한 가지 놀라운 사실이 있었다. 내가 초대한 적이 없는 놈이 이미 교회 안에 들어와 있었다.

짐작했겠지?

레이스 헌터, 제이메르.

놈이 어떻게 마을 안에 들어왔는지 나도 몰랐다. 놈이 어떻게 혼자서 교회를 찾아냈는지도 모를 일이었다.

용사들은 거의 이틀 동안 헤매다 내가 유도한 끝에 찾아냈는데, 놈은 마치 처음부터 위치를 알고 있었다는 듯 거기에 있었다. 이런 음습한 곳에 이틀이나 머물면서, 다른 용사들은 이미 반쯤 시체가 되어 있었는데, 놈은 생기가 넘쳤다.

"니들, 여기 왜 왔냐?"

제이메르가 묻자, 용사들은 하나씩 나서서 각자 여기까지 오게 된 사연을 말했다.

노인의 부탁, 소녀의 애원, 촌장의 금화 제안……. 제이메르는 얘길 다 듣더니 멍청한 목소리로 말했다.

"그거 다 한 놈 소행인 것 같은데……."

"한 명 소행이라니?"

기사 한 명이 물었다.

"너희들한테 구해달라고 말한 소녀, 돈 주겠다고 말한 촌장, 다 같은 놈 같다고."

다들 경악했다.

"뭐, 아무렴 어때?"

제이메르는 귀찮은 듯 손을 내저었다.

용병 중 하나가 제이메르를 의심하며 물었다.

"그러는 너는 누군데 여기 있는 거냐?"

"사냥꾼이다. 여기 내가 찾던 마녀가 있는 것 같아서."

제이메르는 어리석게도 혼자서 납골당으로 들어갔다.

"그럼 다들 여기 있어. 갔다 올 테니까."

"갔다 오다니? 어딜 가려는 거요?"

"마녀 잡으러. 여기 지하에 있는 것 같아."

"나도 가겠소!"

한 명이 나서자 다른 용사들도 따라나섰다.

난 이쯤 되면 제이메르가 그들을 규합해 힘을 합쳐 싸울 줄 알았다. 그러나 그는 혼자 전진하면서 오히려 따라오는 용사들을 향해 손을 저었다.

"너희들은 여기서 기다리는 게 어때?"

꼭 거추장스럽다는 말투 같았다.

"같이 싸우겠소!"

한 명이 용기 있게 말했다.

"하긴, 여기 남아 있어도 죽긴 매한가지겠다."

제이메르는 재수 없게 말하며 내 성소 깊숙이 들어왔다.

"그럼 누가 횃불 좀 들어 줘. 나, 한 팔 잘 못 써서 횃불까지 들고 싸우기 힘들거든."

제이메르는 제일 용기 있는 한 명에게 부탁했는데, 그 용기 있는 기사는 그 작은 부탁도 들어주지 못했다. 지하 2층에 이르자 시체들이 들이닥쳤는데, 그 남자는 횃불을 내던지고 달아난 것이다.

제이메르는 어둠 속에서 시체들에게 휩쓸려 사라졌다.

용사들은 단숨에 리더를 잃은 꼴이 되었고, 혼돈에 빠졌다. 더 이상 올라갈 길도, 내려갈 길도 찾지 못했다.

문제는 나도 제이메르의 위치를 잃어버렸다는 것이다. 나는 그저 놈이 살아 있는 시체들에게 뒤엉켜 죽었길 바랐다. 그사이 남은 건 열다섯 명, 실험은 계속되어야 했다.

나는 왔던 길에 벽을 세워 놈들이 계속 성소 안을 헤매게 만들었다. 그리고 의식하지 못하고 지하로 전진하도록 괴물들을 사용해 밀어붙였다. 그리고 마침내 기회가 되자, 나의 역작인 뱀을 풀었다.

나는 놈들이 뱀을 상대로 영웅적인 싸움이라도 할 줄 알았다. 하지만 그들은 뱀을 상대로 아무것도 못하고 절반이 죽고 말았다.

또 교수가 소리를 질렀다.

"이러다 다 죽겠어요!"

그의 말이 옳았다.

나는 서둘러 뱀을 후퇴시켜야 했다. 실험을 계속 이어가려면 아직 녀석들이 모두 죽어선 안 됐다.

뱀의 강도 실험은 다음으로 미루기로 했다. 어쩌면 이 뱀은 이미 완성된 상태인지도 모르겠다. 드래곤 기사단 전부가 몰려와도 싸울 수 있을 정도는 될 것 같았다.

약점을 찾으려고 한 실험인데, 약점이 있는지도 모르겠고…….

뱀으로부터 살아남은 용사들은 계속 성소 안으로 들어왔다. 그들이 강해서 살아남은 거라고 할 수는 없겠으나, 생존 능력이 있는 건 확실했다.

그들은 슬슬 시체와 싸우는 요령을 익혔다. 시체들에게 물려도 딱히 위험성이 없다는 사실과 목이 잘리면 움직이지 못한다는 점, 갑옷과 방패로 침착하게 막으면 시체들의 이빨이 큰 위협이 되지 않다는 사실을 깨닫고 이용하기 시작했다.

싸우는 요령이 생기자 그들은 희망을 품었다. 우리도 이제 싸울 수 있다, 여기서 살아나갈 수 있다 하는 희망…….

여기서 내 실험은 한 단계 높은 차원에 진입했다. 인간에게서 희망을 제거하면 어떻게 될 것인가?

"자, 교수. 네 작업물을 써먹어 봐라."

"감사합니다!"

교수는 기뻐하며 자신의 연구실로 달려가 작업물을 풀어놓았다.

대성공이었다.

나는 뱀에 이어 또 한 번 다 이긴 싸움을 접고 작업물들을 되돌리라고 지시해야 했다.

교수는 불만이었다.

"벌써 끝인가요? 아직 반의반도 써먹어 보지 못했는데요."

"네 말마따나 실험이 끝나기도 전에 다 죽을 판국이었다."

"그렇지만……."

"다음 실험에는 더욱 강한 상대를 얻어주겠다. 그리고 그땐 네 작업물만으로 상대하게 해주겠다."

"약속하신 겁니다!"

"약속했다."

교수는 겨우 의욕을 가지고 연구실로 돌아갔다.

이제 실험은 끝났고, 용사들은 네 명도 남지 않았다. 최종 층까지 좀 더 남겨 도달하게 하고 싶었지만, 그게 내 마음대로 되지 않았다. 전멸시키지 않은 게 어딘가.

난 드디어 내 실험의 끝을 알리기 위해 그들 앞에 모습을 드러냈다. 진짜 모습은 아니었으나 연출이 필요했기에, 나는 그들에게 가장 아름다운 여성의 외모로 나타나서 검은 날개와 검은 연기를 흩뿌렸다.

전원 남자였던 그 용사들은 내 모습에 매혹되면서도 두려워했다. 용사들은 최후의 작전을 세웠다. 세 명이 희생하고 한 명이 내 심장을 찌르는 것이었다.

불쌍하게도……, 그들은 이것을 영웅적인 희생이라 말하겠지.

사실 그들은 한 명 한 명이 나름대로 각자의 세계에서 최고라고 자부할 만한 검사들이었다. 그러나 내게 그런 것은 모두 무의미했다.

나는 방패로 나선 셋의 목을 베고, 다른 한 명이 내 심장을 찌르게 내버려 두었다. 그의 얼굴에서 희망이 사라지는 모습을 지켜보고 싶었기 때문이었다.

"수고했다."

나는 그의 뺨에 키스해 주고 내 심장을 찌른 팔을 잘랐다.

"그대의 용기에 대한 선물로 종말의 계획을 알려주겠노라."

나는 그의 얼굴에서 사라지는 희망의 빛을 구경하며 말했다.

"종말은 로크에서 시작될 것이다. 너희들이 1년 전 세상의 모든 영웅과 마법, 드래곤으로 종말을 막아낸 바로 그 도시에서! 수많은 영웅들이 날 잡으려고 너와 같은 짓을 반복할 것이고, 궁극적으로 영웅이란 영웅들은 모두 같은 꼴을 당할 테지만, 어느 누구도 내 옷자락조차 보지 못할 것이다."

나는 일부러 검은 날개가 성소 전체를 감싸는 것처럼 보이게 연출해, 마지막 살아남은 용사를 압박했다.

"폭풍의 마라가 종말을 대신하는 단어가 될 것이다."

"나, 나는 못 했으나, 우리는 못 했으나……."

그는 희망이 사라지는 순간을 거부하며 말했다.

"……누군가는 그대의 계획을 막을 것이다. 세상을 구할 빛의 용사가 탄생할 것이다."

나는 그의 자른 팔을 으깨어 그 피와 살점을 삼키며 말했다.

"사실대로 말해줄까? 너희들은 내 병력의 10분의 1도 구경하지 못했으며, 내가 원치 않았다면 아예 이 교회 입구도 발견하지 못했을 것이다. 설사 행운이 지속되어 교회까지는 발견한다 해도, 납골당조차 통과하지 못했을 것이다."

용사는 점차 절망했다.

"그, 그럴 리 없다! 우, 우리는 싸웠다. 네가 통과시켜줘서 통과한 게 아니라, 서로의 희생을 바탕으로, 도, 동료의 시체를 딛고 여기까지 온 것이다!"

나는 웃으며 고개를 저었다.

"너희가 죽을힘을 다해 싸워 퇴치했다고 여기는 뱀도 내 지시로 후퇴한 것이며, 너희가 죽을힘을 다해 싸운 거인도 실은 교수가 만든 실험체 백 개 중 한 개에 불과했다. 심지어 너희는 아직 내 정예병들을 구경하지도 못했다."

그는 공포로 울음을 터트렸다. 칼이라도 들었다면 스스로 목숨을 끊었을 정도로 이성이 나가버린 모습이었다.

내 실험은 끝났다. 나는 그에게 안식을 안겨주기 위해 팔을 들었다.

그때 나는 죽었다.

제이메르! 그가 나타난 것이었다.

녀석은 내 목을 벴고 내 머리는 피를 뿌리며 잘려나가 바닥을 굴렀다.

난 상황을 이해하지 못했다.

내가 죽다니! 죽지 않는 자들의 군주께서 내리신 힘으로 영원히 죽지 않을 힘을 가지고 있는 내가 죽다니.

그것도 이렇게 허무하게?

나는 필사적으로 죽지 않으려고 노력하며 날 벤 제이메르를 돌아보았다.

빌어먹을 놈! 나는 그놈이 목 잘린 내 몸을 걷어차 쓰러뜨리고 주변을 두리번거리며 했던 말을 아직도 잊을 수가 없다.

"마녀 어디 있어?"

죽어가던 용사가 놀란 목소리로 목 잘린 나를 가리켰다.

"그, 그, 그 마녀가……, 그 마녀요."

제이메르는 머리를 긁적이며 잘린 내 목을 내려다보았다.

"어, 그래?"

제이메르는 내 얼굴을 칼로 톡톡 건드리며 중얼거렸다.

"그럼 끝난 거네?"

용사가 못 믿겠다는 듯 말을 더듬거렸다.

"자, 잘 모르겠소. 화, 확실하게 죽은 거 맞소?"

"죽었겠지. 목 잘리고 안 죽은 놈 못 봤어. 넌 봤어?"

"모, 못 봤소."

"그럼 죽은 거 맞을 거다. 그런데 왜 너 혼자야? 다른 애들은?"

용사는 고개를 저었다.

제이메르는 혀를 찼다.

"이런, 내가 너무 늦었군."

"어, 어떻게 된 거요?"

"어떻게 되긴? 횃불 비춰 달랬더니, 네가 횃불 버리고 도망쳐버렸잖아!"

"미안하게 됐소. 너무 무서워서……."

"그 바람에 절벽까지 떠밀렸지. 하마터면 죽을 뻔했어……."

제이메르는 굴욕적이게도 내 머리를 발로 살살 굴리면서 말을 이었다.

"다행히 안 떨어지고 겨우 다 죽였지. 그러니까 내 말은 그 시체들 말이야. 그런 다음 너희들을 따라가려고 했더니 없더라. 그래서 혼자 밑으로 갔지. 뱀 있더라. 그거 죽이느라 또 오래 걸렸어."

나는 믿을 수가 없었다. 뱀의 힘이 사라졌다는 건 알았지만, 나는 뱀이 싸우고 난 다음에 힘이 빠져 스스로 잠에 빠진 거라고 생각했다.

용사도 눈을 크게 뜨며 놀랐다.

"그, 그 뱀을 죽였단 말이오?"

"그래."

"내가 아는 그 뱀이 맞소? 그 거대한 걸?"

"그래! 정말 컸어! 세 토막이나 내야 했다니까! 이렇게, 이렇게, 이렇게!"

제이메르는 칼로 허공을 써는 시늉을 하며 말을 이었다.

"근데도 꿈틀대서 머리 위에 바위를 올려놓고 와야 했지. 어쩌면 지금도 살아 있을지 몰라. 가는 길에 한번 확인해야겠다."

제이메르는 고개를 설레설레 젓더니 생각하기도 싫다는 듯 말했다.

"사실 그 밑에 있는 놈이 더 위험했어. 이상한 놈이 있더라고. 그 이상한 놈이 이상한 말을 하면서 계속 이상한 괴물들을 내보내는 거야. 그, 뭐랬더라……. 실험체, 실험체를 더! 이런 말. 음, 젠장, 이젠 내가 무슨 말을 하는지도 모르겠네. 어쨌든 그놈도 힘들게 죽여야 했어."

나는 기겁했다. 제이메르는 교수까지 죽이고 온 모양이었다.

"아무래도 길을 잘못 들었던 것 같아. 그런 거 안 만나고 왔으면 너희들도 구해줄 수 있었을 텐데."

제이메르는 날 굴리던 머리에 칼을 겨냥했다. 나는 내 마지막 힘을 쥐어짜서 저주를 써야 했다.

한심하더군. 세상을 지배할 내가 고작해야 놈을 협박하는 저주밖에 쓰지 못한다는 것이!

"제이메르, 너는 지금부터 나의 저주를 받아 영원히 고통 속에 살 것이다. 제일 먼저 네가 가장 사랑하고 가장 아끼는 존재가 가장 큰 고통 속에 죽는 것을 바라봐야 할 것이다. 네 몸에 손을 대는 모든 인간이 같은 저주를 받으리라. 그다음……."

놈은 내가 그다음 말을 하게 두지 않고 내 머리를 박살 내버렸다.

그렇게 나는 저주의 힘에 연명하여 놈의 몸에 붙어 있었다.

내가 너희들을 놀리듯 했던 그 말은 사실 내게도 적용된다. 나는 제이메르에게 감기 정도밖에 안 되는 저주가 된 것이다.

대신 나는 알고 있었다. 그런 저주를 걸면 제이메르가 스스로 가장 사랑하고 가장 아끼는 사람에게 갈 것이라는 사실을.

자, 이제 드디어 우리 앞에 나타났다.

제이메르가 가장 사랑하고 아끼는 여자, 에위니!

복수의 시간이 왔다!

에위니의 주위에는 세 개의 검은 그림자와 한 개의 실체를 가진 존재가 서 있었다.

에위니는 벽에 매달린 채 그들의 얘기를 들으며 하나씩 이름을 외워두었다.

악몽의 기사 요스타르, 새벽의 저주 디미트리스, 사냥꾼의 사냥꾼 베라마르, 그리고 폭풍의 마녀 마라.

세 남자 악령의 얼굴은 잘 보이지 않았지만, 제이메르를 노려보는 눈빛에 담긴 증오는 잘 느껴졌다. 반면, 마녀 마라의 얼굴은 잘 보였다. 반투명해서 건너편 공간이 다 통과되어 보이긴 했지만.

"이제 나는 그대들의 얘기를 통해 제이메르의 약점과 강점을 알았다."

마라가 말했다.

베라마르가 성급하게 물었다.

"제이메르의 약점은 에위니겠지? 이제 알겠소. 이대로 에위니를 고통받게 해서 우리의 복수를 하면 되겠군."

마라는 고개를 저었다.

"그것도 좋은 복수지. 그러나 궁극적으로 제이메르를 제거하지 않으면 의미가 없다. 무엇보다 고작 여자 하나 고통받게 하는 것으로는 내 원한이 풀리지 않는다."

요스타르가 나섰다.

"나는 내가 죽은 이유부터 알아야겠소. 쓸데없는 호기심이라 치부할지 모르겠으나, 나는 너무 터무니없이 죽었소. 그걸 알지 못하면 설사 내가 제이메르를 고통 속에 죽게 한다 해도 원한이 풀리지 않을 것 같소."

"나 역시 그 이유부터 알고 싶다. 폭풍의 마녀 마라, 우리의 얘기를 통해 많은 것을 알아낸 것 같은데, 허면 그것도 알아냈는가?"

디미트리스도 동의하며 물었다.

"이자가 터무니없는 힘을 가지고 있는 것은 사실이나, 이해할 수 없는 일은 아닐 것이다. 나는 계속 그대들의 얘기 속에서 이자의 힘을 알아내려고 노력했다. 그 결과 공통된 부분이 하나 있다."

마녀의 말에, 요스타르가 흥분하고 나섰다.

"그게 무엇인가?"

"단칼에 죽었다는 것."

"고작 그만 게 무슨 설명이냐?"

요스타르가 분노를 드러내자 방 안에 뜨거운 바람이 몰아쳤다.

에위니는 고개를 옆으로 돌렸다.

"건방지구나, 요스타르. 아직도 서열 정리가 안 되느냐?"

마라가 차갑게 쏘아붙이며 손을 내밀었다. 그러자 보이지 않는 힘이 요스타르를 벽까지 떠밀었다. 요스타르는 벽에 붙은 채로, 죽어가는 벌레처럼 몸을 꿈틀대며 괴로워했다.

"그걸 모르니, 너는 제이메르에게 허무한 죽음을 맞이한 것이다. 죽지 않아야 할 몸이 고작 칼에 죽었다. 어떻게 그런 일이 벌어졌겠는가?"

마라가 손을 내리자, 요스타르의 몸이 바닥에 떨어졌다. 무게가 없는 유령인지라 소리는 나지 않았다.

마라가 얘기를 마무리 지었다.

"그것은 칼이다."

"칼? 그래, 칼!"

베라마르가 자고 있는 제이메르에게 조심스레 다가갔다. 제이메르의 옆에는 그가 자기 전에 둔 칼이 그대로 있었다.

디미트리스도 깨달았다는 듯 말했다.

"칼에 비밀이 있었군! 불사의 존재여야 할 우리를 죽게 만든 힘, 그게 이 칼에 담겨 있었어! 그래서 우리의 저주도 통하지 않은 거였어."

"칼 때문이었다니! 역시! 난 내 실력이 모자란 줄 알았지……."

베라마르가 원통해하더니 마녀에게 물었다.

"칼에 비밀이 있다는 건 알았고……, 그럼 이다음은 어떻게 하면 되는 거요?"

마라의 시선이 에위니를 향했다.

"지금도 저 칼의 힘 때문에 나는 그에게 접근하지 못하고 있다. 그러니 접근할 수 있는 힘을 이용해야지."

마라가 손을 내밀었다.

에위니의 손이 마녀의 힘에 의해 저절로 움직였다.

"자, 가서 저 칼을 집어와라. 저 칼만 없다면 제이메르는 아무것도 아닌 존재다."

계속 벽에 붙어 있던 에위니의 몸이 저절로 떨어졌다. 그녀의 발은 그녀의 의도와 달리 제이메르를 향해 한 걸음씩 내디뎌졌다. 저항하려 했지만 되지 않았다.

"싫어. 차라리 날 죽여. 날 이용해 제이를 건드리지 마."

에위니는 가까스로 입을 떼서 말했다.

"대단하군. 아직 말을 할 수 있나? 내 힘이 약해진 건가? 아니면 네 의지가 내 생각보다 강한 거냐?"

마라가 차갑게 말을 이었다.

"그러나 그뿐이다. 너는 내 조종을 받아 제이메르의 칼을 빼앗아야 할 것이다. 그는 가장 사랑하는 여자의 손에 의해 힘을 빼앗기고 우리에게 농락당하고 상상도 못 할 고통을 이어가겠지. 그리고 그 사랑하는 여자의 손에 최후를 맞이할 것이다."

에위니는 천천히 제이메르의 옆에 놓인 칼을 집었다.

"싫어."

에위니는 울면서 고개를 저었다. 그러나 몸이 말을 듣지 않았다.

베라마르가 환희에 찬 목소리로 말했다.

"됐어! 칼의 마법에서 놈이 벗어났다. 이제 내 힘이 녀석에게 닿을 거야."

요스타르도 흥분했다.

"내가 먼저 하겠어. 딱 죽지 않을 만큼만 괴롭히다가 너희들에게 넘겨주겠다."

"멈춰라. 나 디미트리스의 분노가 가장 먼저 놈에게……."

"닥쳐라!"

마라가 손을 내밀며 소리쳤다.

"서열에 대해 다시 한 번 논의할 테냐?"

셋은 겁을 먹고 물러섰다.

마라는 천천히 누워 있는 제이메르 앞으로 다가갔다.

"내가 가장 먼저 한다. 너희들에게는 나중에 따로 기회를 주겠다."

마라는 제이메르 앞에 다가갔다.

그때 에위니가 소리를 질렀다.

"안 돼!"

그녀는 어느 순간 칼을 뽑았고 목에 칼날을 댔다.

"제이 건들지 마."

마라가 말했다.

"네 힘으로는 내 속박을 벗어날 수 없다. 너는 내게 순종해야 하며 내 영혼의 갈고리에 묶여 결코 움직이지 못……."

"시끄러!"

에위니는 비명에 가깝게 소리 질렀다.

"어차피 난 제이를 한 번만 볼 수 있다면 죽어도 된다고 생각했어.

그러니 지금 죽을래. 너희들에게 절대 이용당하지 않겠어!"

"저년을 막아라!"

세 악령이 달려들어 에위니의 손을 붙들었다. 에위니는 이를 악물고 손에 힘을 주어 목을 칼로 찌르려고 애썼다.

세 악령은 계속해서 에위니의 귓가에 공포와 저주의 말을 퍼부었다. 에위니는 무서웠지만 이를 악물고 손에 힘을 주었다.

"난 죽을 거야. 너희들 따위에게 이용당하지 않을 거야."

"죽으면 안 돼, 에위니."

마녀의 등 뒤로 제이메르가 이불을 들추고 일어났다. 우스운 얘기였지만, 마녀의 등 뒤에 선 그의 형체는 마치 악령 같았다.

"드디어 나타났구나, 이 저주 덩어리!"

제이가 마녀의 얼굴을 움켜쥐더니 그대로 바닥에 메다꽂았다. 나무 바닥이 박살 나며 마녀의 형체가 바닥을 뚫고 들어갔다.

제이는 순식간에 에위니 앞으로 다가오더니 그녀가 쥐고 있는 칼을 넘겨받았다. 세 악령이 옆으로 물러나는 순간 그가 칼을 세 번 휘둘렀다.

세 악령의 목이 잘려 나갔다. 그들은 비명을 지르며 소리쳤다.

"잠깐만, 왜 또 이렇게 되는 거야?"

"나는 아직 비밀을 알지 못했어!"

"또 이렇게 죽을 수는 없다!"

셋의 말이 동시에 뒤엉키는 바람에 에위니는 누가 무슨 말을 했는지 구별할 수 없었다.

제이는 손에서 칼을 빙글 돌리더니 보지도 않고 칼을 뒤로 던졌다.

바닥에 처박혀 있던 마녀가 일어나려는 순간 칼이 뒷덜미에 박혔다. 마녀의 비명은 겨울날 부는 폭풍이 창문 틈으로 새들어오는 것처럼 날카롭게 울려 퍼졌다.

잠시 찬바람이 방 안을 휘몰아쳤다.

에위니는 갑자기 몸이 가벼워지는 것을 느꼈다. 움직이지 않던 몸이 자유로워졌다.

제이는 자신의 어깨를 두들기더니 말했다.

"드디어 없어졌다. 계속 근육통 같은 게 날 누르고 있었는데……."

그리 기쁜 얼굴도 아니었다. 오히려 약간 미안한 얼굴이었다.

"괜찮냐, 에위니? 목에 칼 닿은 건 아니고?"

에위니는 대답하지 못했다.

"이렇게 될까 봐 안 오려고 했는데……."

제이는 뒤통수를 긁적였다.

에위니는 크게 심호흡을 한 번 한 다음 물었다.

"이게 대체 무슨 일이야?"

"설명하자면 길어."

"길어도 해!"

에위니는 거의 멱살이라도 잡듯 제이의 옷깃을 잡았다. 하지만 다리에 힘이 풀려 비틀거렸다. 제이는 그녀의 몸을 안고 천천히 앉혔다.

"저것들, 그러니까 네가 본 저 악령들은 죽지 않는 자들의 군주가 남긴 찌꺼기들이야."

그 짧은 설명 안에서도 에위니는 묻고 싶은 게 한두 가지가 아니었다. 하지만 우선 다 듣고 난 다음에 물으려고 고개만 끄덕였다.

"난 최근에 저것들을 없애러 다녔지. 한 번에 하나씩. 하지만 벨 수는 있어도, 그러니까 악령들을 벤다는 소리야. 근데 베도 안 없어져. 방금처럼 또 나타나."

십 년 만에 만난 제이는 여전히 말을 잘하지 못했다. 오히려 더 못하게 된 것 같았다. 하지만 꿋꿋하게 끝까지 다 했다.

"그런데 어느 순간부터 저것들이 저주가 되어 내 몸에 붙기 시작했어. 난 저 저주를 없앨 방법을 몰랐어. 그런데 마지막에 죽인 마녀가 그런 저주를 붙인 거야. 그러니까 무슨 저주냐면……."

"가장 사랑하는 사람을 죽이겠다는 저주?"

"응."

제이는 천천히 고개를 끄덕였다.

"제이 넌 그때 제일 먼저 날 떠올렸구나?"

"나한테 사랑이라는 단어를 붙일 사람이 너밖에 더 있냐?"

제이는 수줍어하는 기색도 없이 말했다.

"십 년 동안 다른 여자는 만나보지도 못했니?"

"만났지. 대부분 죽였지만."

"죽여?"

"살인자들 얘기야. 악마거나."

"아아……. 응? 무슨 소리야, 그건 또?"

"그러니까 막 나 유혹한 여자들이 있긴 했는데, 그게 대부분 악마거나 악당이거나 그랬다고."

에위니는 머리를 짚었다. 벌써 혼란스러웠다.

"그래서 그렇게 네 몸에 손대지 말라고 했던 거구나?"

“저주의 형태가 어떤 식으로 나타날지 몰랐어. 그런데 세 놈이 나타나는 순간 알았지. 그리고 마녀가 나타날 줄도 알았고.”

“그걸 기다린 거야?”

“놈들은 날 죽일 수 없어. 너도 죽이지 못하고. 설마 네가 자기 목에 칼을 댈 줄은 몰랐는데, 그때 마녀가 진짜 모습을 드러냈어. 방심했지. 그걸 방금 제거한 거야.”

에위니는 제이가 맨손으로 마녀를 제압하는 모습을 떠올렸다.

“방금은 칼 없이도 마녀를 쓰러뜨리지 않았어?”

“그랬지. 하지만 칼이 있으면 쉬운 건 사실이야.”

에위니는 아직도 마녀와 악령의 속삭이는 목소리가 들리는 것 같아 어깨를 떨었다.

“마법 칼이야?”

“마법 칼인 건 맞지만, 난 마법 못 써. 스승님은 이 칼이 날 인정하면 마법을 쓸 수 있게 될 거래.”

“거짓말……, 이 아닐지도 모르겠구나. 난 지금 네가 천사를 만나고 왔다고 해도 믿을 거야.”

“천사는 안 만났어.”

제이는 무덤덤하게 말을 이었다.

“그 비슷한 건 만났지만.”

“천사 비슷한 거? 그게 뭔데?”

“레미프라고, 하늘을 나는 요정이야. 하지만 덩치는 나보다 커. 나보다 싸움도 잘하고…….”

제이는 머리 위로 손을 올려 키를 묘사했다.

에위니는 또 한 번 의심의 눈길로 그를 보았다.

제이는 강조하듯 말했다.

"진짜야."

"다른 거짓말 같은 얘기는 또 없어?"

"많아."

"얘기해 줘."

"잠 안 자?"

"지금 어떻게 잘 수 있겠니?"

"나 얘기 잘 못하는데……."

"괜찮아."

제이는 턱을 긁적이더니 말했다.

"그럼 해줄게. 어, 로크에 전쟁이 벌어졌는데, 그러니까 어, 세상의 운명을 결정지을 커다란 전투였어. 드래곤이 나타나고……."

"내 생각에는 좀 더 앞부분부터 얘기해야 할 것 같아."

"……하늘 산맥에 갔는데, 왜 갔냐면 루티아라는 마법 도시가 위험에 빠졌대. 왜 위험에 빠졌냐 하면……."

"더 앞."

"음, 그럼……."

제이는 잠시 머리를 감싸 쥐더니 말을 이었다.

"울프 기사단의 캡틴을 만난 얘기부터 해야겠다."

"캡틴 울프? 그 전설의 기사단?"

"그래, 그 전설의 울프 기사단."

"거기 캡틴이라니, 그 사람도 싸움 잘하겠네?"

"아니, 전혀. 하지만 얘기를 잘해."

"응? 얘기?"

"응. 얘기."

제이는 빙그레 웃었다.

에워니가 웃으며 말했다.

"너, 나 만난 뒤로 처음으로 웃는구나."

"그랬나?"

"그랬어."

"그럼 그랬나 보지."

제이는 밤새도록 긴 얘기를 했다. 에워니는 그의 얘기를 동이 터올 때까지 들었다. 온통 믿을 수 없는 얘기들뿐이었다. 그러나 믿지 않을 수 없었다. 좀 전에 나타난 악령들이 그 증거였고, 지금도 가끔 붉은빛으로 반짝이는 칼이 또 하나의 증거였다.

얘기 중에 에워니는 그 칼의 이름을 알게 되었다.

베나 에사르크, 하늘 산맥의 여신 나디우렌의 칼.

"맙소사, 제이."

에워니는 얘기가 끝나자마자 고개를 저으며 말했다.

"너, 옛날 얘기 속 영웅이 되었구나."

"뭔 소리야? 내가 한 거라고는 온통 사냥한 거밖에 없어."

제이는 어이가 없다는 듯 말했다.

"그건 네가 네 얘기를 너무 축소해서 말했기 때문이야. 아까 그 유령들 얘기에서도 넌 그냥 '벴다', '죽였다'밖에 말하지 않았잖아. 보통이라면 그 중 단 한 마리만 죽였어도 이미 어느 성의 영웅이 되어 모든 사람들이 우러러보고 있을 거야."

에위니는 확신하며 말을 이었다.

"제이, 넌 영웅이야."

에위니는 그를 껴안지 않고서는 견딜 수 없는 마음이 되었다.

"저주 없어졌으면 이제 안아 봐도 돼?"

"저주……, 없어졌지."

제이는 자신의 손을 내려다보며 새삼 놀랐다.

"그래, 저주 없어졌어. 앞으로 또 생길지 모르겠지만, 지금은 아니야."

제이는 에위니를 자기 쪽으로 끌어당기더니 품에 안았다. 너무 갑자기, 너무 세게 안는 바람에 에위니는 짧게 기침을 토했다.

"보고 싶었어, 에위니."

에위니는 그것만으로도 이미 충분히 행복했다. 그러나 제이는 그대로 끝내지 않고 에위니의 입술에 키스했다.

에위니는 잠깐 그의 입술을 떼고 말했다.

"나도 보고 싶었어, 제이."

에위니는 다시 제이에게 매달려 키스했다.

그때 문을 두들기는 소리가 들렸다.

"에위니, 떠날 시간이다!"

고리대금업자 사르단의 부하였다.

어느 새 아침이 된 모양이었다. 문 너머로 재촉하는 소리가 계속 들렸다.

"사르단 님께서 직접 오셨다. 어서 나와!"

밤새 제이메르의 얘기를 듣느라, 그리고 그와 함께 있는 순간에 너무 집중하느라 에위니는 시간의 흐름을 잊고 있었다. 이제 떠날 시간이었다. 어제 팔린 몸이었고, 어제 죽었어야 할 몸이었다.

제이는 키스하는 시간을 방해받은 게 불쾌한 얼굴로 물었다.

"누구야?"

에위니는 서둘렀다.

"어, 어서 여기서 나가. 뒷문으로 나가면 들키지 않고 나갈 수 있을 거야."

"내가 왜 나가?"

"시키는 대로 해. 날 사랑한다고 말해줘서 고마워. 아마 그 한마디로 난 평생 버티며 살아갈 수 있을 거야."

"무슨 소리야, 너?"

"제발 부탁이야. 이대로 뒷문으로 떠나. 그리고 날 잊어. 예전에 널 좋아하던 어떤 소녀가 있었다고만 기억해 줘. 넌 영웅이야. 나처럼 삶에 찌든 동네 아낙이 아니라 어느 나라 공주님이랑 살아야 하는 남자야. 날 잊고 살아."

"적어도 무슨 일인지 설명을 해야 할 거 아냐?"

또 문을 두들기는 소리가 들렸다.

에위니는 말을 빨리했다.

"난 네 인생을 망치고 싶지 않아. 넌 앞으로 뻗어나가는 인재가 될 것이고 하늘을 빛내는 샛별이 될 거야. 그런 남자에게 이런 여자가 있다는 게 알려지면 안 돼. 사람들이 널 경멸하게 될 거야."

"어떤 놈이 그런 말을 해? 그리고 그게 뭔 상관이야?"

"제이, 넌 너무 착해!"

에위니는 안 되겠다 싶어 그의 가슴을 떠밀어 뒷문에 숨겼다.

"곧 조용해질 거야. 그다음에 나오면 돼."

에위니는 허둥지둥 달려가 정문을 열었다.

문 앞에는 어제 그 '직원'이 기다리고 있었다. 그 직원의 뒤에는 열 명쯤 되는 병사들이 서 있고 그 끝에 마차가 서 있었다. 마차에서 뚱뚱하고 키 큰 남자가 내리고 있었다.

사르단이었다.

"오랜만에 상급품이라고 하기에 직접 왔더니……."

사르단은 에위니를 위아래로 훑어보더니 고개를 끄덕였다.

"……올 만하군."

에위니는 밧줄에 묶일 것을 예상하며 두 손을 내밀었다.

"자, 도망도 안 치고 순순히 기다리고 있었으니 어서 데려가요."

"고분고분하기까지! 아주 좋군."

사르단은 지팡이를 짚고 에위니를 지나쳐 집 안으로 들어왔다.

"이봐요. 어딜 들어와요?"

"내 집 내가 들어가겠다는데, 왜? 이 집도 내 집으로 바뀐 지 오래야. 기억 안 나?"

사르단이 차갑게 말했다.

에위니는 대꾸할 말도 없었다.

그는 느긋하게 집 안을 살피더니 말했다.

"뭘 멀뚱히 서 있어? 차라도 내와야지."

"그런 거 없어요."

에위니가 대답하자 옆에 있는 직원이 우악스럽게 손목을 잡았다.

"시키는 대로 하지 못하겠나!"

에위니가 짧게 비명을 지르자, 사르단이 손을 내저어 말렸다.

"고급 상품인데 건들지 마라. 네 몸값보다 비쌀 수 있어."

"죄송합니다."

직원은 그녀의 손을 놓으며 옆으로 한 걸음 물러났다.

"왜 안 데려가는 거예요?"

에위니가 손목을 주무르며 물었다.

사르단이 당연하다는 듯 대꾸했다.

"특별 심사다."

"그게 뭔데요?"

"여기서 네 몸의 상태를 봐서 가격을 올려 받아야겠다는 소리다."

"여기서 뭘 한다고요?"

"벗어."

"싫어요!"

"네 몸은 내 거다. 어제 서명한 거 기억 안 나?"

"당신 앞에서 벗는다는 뜻은 아니었어요."

에위니는 뒷문 너머에 제이가 듣게 될 것이 걱정되어 목소리를 낮췄다.

사르단은 연초 파이프를 꺼내 입에 물더니 말했다.

"너한테는 도리어 좋은 거야. 상급품으로 인정받으면 오히려 몸 쓰는 일을 덜 하게 된다."

"차라리 몸 쓰는 일 더 할래요."

에위니는 단호히 말했다.

사르단은 부드러운 눈길로 직원에게 말했다.

"좀 더 강제로 해도 되겠어. 상처는 안 나게."

직원이 나서서 에위니의 손목을 잡는 순간 뒷문이 열렸다. 그렇게 될 것 같아 비명도 지르지 않았는데, 소리가 다 들린 모양이었다. 뒷문에서 제이가 들어왔다.

"아아, 제이 안 돼."

제이는 에위니의 간절한 시선을 무시하고 사르단이 앉아 있는 테이블 앞으로 다가왔다.

사르단이 고개를 갸웃하며 물었다.

"넌 누구냐?"

제이는 무시하고 직원을 노려보며 말했다.

"에위니, 손 놔."

직원이 비꼬듯 말했다.

"놓게 해보시지."

그러자 제이가 직원에게 다가와 손목을 꺾었다. 관절을 꺾은 정도가 아니라 아예 뼈가 으스러지는 소리가 났다. 그가 비명을 지르자, 방 안으로 사르단의 부하 여덟 명이 동시에 들어왔다.

사르단은 그들에게 손을 흔들어 보였다. 부하들은 칼을 꺼냈다가 그의 손짓을 보고 멈췄다. 하지만 언제든지 달려들어 제이를 난도질할 준비가 되어 있었다.

사르단이 연초 파이프를 입에 물고 질문했다.

"다시 묻지. 넌 누구냐?"

"제이메르다."

제이는 테이블 앞에 놓인 의자에 앉았다. 이왕 이렇게 된 거 에위니는 제이의 뒤에 섰다. 손목이 꺾인 직원이 계속 비명을 지르자 사르단이 손짓했다.

"내보내. 시끄러우니까."

사르단의 부하 두 명이 손목 부러진 직원을 부축해 데리고 나가는 동안 사르단과 제이는 서로를 노려보았다. 여전히 다른 부하들은 칼을 들고 테이블 근처를 지키고 서 있었다.

사르단이 물었다.

"그래서 용건은?"

"에위니가 진 빚이 얼마냐?"

제이가 물었다.

"네가 누군데? 갚아주기라도 하려고?"

"얼마냐고?"

"금화 일이 천으로 해결될 일이 아니다, 꼬마야."

"일이 만이면?"

"그 돈 있나?"

"있을걸."

"이런 건 현금을 놓고 얘기해야 하는 법이다."

"켈틴 알아?"

"가넬로크에서 제일가는 부자 상인의 이름을 모르면 고리대금업자

명함 내놔야지."

"그 사람이 나한테 진 빚이 있어."

"거짓말 마라. 켈틴은 절대 빚지지 않는 상인이야."

"나한테는 있어."

"얼마?"

제이는 에위니를 힐끗 쳐다보았다.

"원래 얘한테 전해주라고 켈틴한테 금화 천을 맡긴 적이 있었다. 그런데 에위니가 거절했지. 그래서 도로 나한테 돌아왔다. 그래서 난 켈틴한테 마음대로 하라고 했는데……. 그러니까 내 말은, 금화 천을 마음대로 하라고 했다고. 그랬더니 켈틴이 투자하는 걸로 하자고 하더라."

"그래서?"

"한 달 전에 물어보니까 그 금화 천 개가 백배가 됐다더라. 그리고 여전히 그 투자금의 명의는 에위니래."

계속 심드렁하니 듣고 있던 사르단이 자세를 고쳐 앉았다.

"그거 재미있군."

"그게 계속 재투자되고 있어서 지금은 십만 골드 정도 된다더라. 정확히는 구만 얼마였는데……. 뭐, 어쨌든 그 정도면 됐냐?"

에위니는 놀라서 숨만 헐떡였다. 생전 처음 듣는 금액이었다. 아마 사르단이라 해도 그 정도 액수의 돈에는 놀랐을 것이다.

처음에는 놀란 표정이 맞았다. 그러나 이내 그가 바쁘게 머리를 굴리는 모습이 보였다. 에위니는 불안해졌다.

사르단이 물었다.

"그게 모두 에위니의 명의라고 했지?"

"그렇다."

"에위니는 어제 자신의 몸을 포함한 모든 것을 내게 넘기는 서명을 했다."

"그래서?"

"그럼 그 돈 역시 내 것이다."

"뭔 개소리야?"

"켈틴을 불러와라. 그 투자금을 모두 회수해야겠다."

"가져. 그럼 에위니의 빚은 없는 거다?"

"빚은 없는 걸로 해주겠다. 하지만 에위니의 몸은 내 것이기 때문에 돌려받으려면 그 돈은 따로 지불해야겠어."

제이가 눈살을 찌푸렸다.

"얼마?"

"더 있나?"

"있어. 얼마 전에 에번드라는 상인을 구해준 적이 있는데, 그 친구가 목숨값이라고 내게 지불한 금액도 갖고 있다. 그러니까 그 돈도 켈틴이 갖고 있다. 에번드는 켈틴 제자라서……."

제이는 설명이 길어지자 헷갈리는 모습을 보였다.

"어쨌든 돈 있어. 얼마 주면 돼?"

"십만 골드 더! 그럼 에위니를 풀어주겠다."

제이는 잠깐 생각해 보더니 고개를 끄덕였다.

"주지."

사르단은 부하들에게 손짓했다.

"에위니를 묶어서 데려가라."

"주겠다고 했는데 왜 데려가?"

"상품을 가져가려면 현금을 가져와라. 거래의 기본이지. 그때까지는 내가 데리고 있겠다."

직원들이 다가오자 제이가 경고했다.

"에위니 건드리면 죽인다."

사르단은 피식 웃으며 말했다.

"꼬마야, 어디서 싸움 좀 배웠나 본데, 그런 솜씨는 동네 건달들한테나 써라. 나 같은 권력자에게는 쓰는 게 아니다."

"너 같은 것도 권력자냐?"

"난 여차하면 드래곤 기사단도 살 수 있는 돈을 가졌고 로크의 의원들을 내 뜻대로 움직일 수 있다. 이 정도면 권력자지."

"로크 의회는 모르겠지만, 드래곤 기사단은 못 사."

"어리군, 제이메르. 드래곤 기사단에 어떤 낭만이라도 품고 있나? 세상 어떤 조직이든, 돈으로 매수 못 할 곳은 없다."

"매수고 뭐고 안 판다니까!"

"……꼭 드래곤 기사단이 네 것이라도 되는 것처럼 말하는군."

"내 건 아니다. 하지만 안 팔게 할 수는 있어. 아마도."

"네가 뭔데? 드래곤 기사단의 캡틴이라도 되나?"

"으으음, 그건 아니고……. 말하기 복잡한데……."

제이는 머리를 긁적이더니 말했다.

"여하튼 꺼져. 이렇게 된 이상 에위니 빚도 안 갚을 거다."

"네가 아직 세상의 무서운 맛을 보지 못했나 보구나. 지옥이란 건 멀리 있는 게 아니다. 드래곤 기사단에 사소한 연줄이라도 있나 본데, 어림도 없는 소리. 나는 너는 물론이고, 네 주변 모든 사람들을 한꺼번에 파멸시킬 수 있다. 생각 잘해야 할 거다, 꼬마야."

에위니는 사르단의 불타는 듯한 눈빛을 보고 겁에 질렸다. 지금이라도 그를 따라가겠다고 말해 이 사태를 무마하고 싶었다.

"제, 제이. 나, 나는 괜찮으니까……, 난 괜찮으니까 여길 떠나. 날 위해 네가 희생할 필요는 없어……."

팔짱을 끼고 사르단을 쳐다보던 제이는, 앉은 채로 에위니를 올려다보았다.

"말해봐, 에위니. 여기서 나랑 같이 가자고 말하면, 나는 너를 데려갈 거야. 대신 어제 봤던 그런 일을 또 당하게 될지도 몰라. 그게 싫으면 여기 남아도 좋아. 적어도 이 녀석과 얽히지 않게는 해줄 수 있어. 어느 쪽이든 네가 선택해. 네가 말해야 돼. 네 일을 내가 정할 수는 없잖아."

제이는 어제 오늘 통틀어 가장 명확하게 말했다. 그런데도 자기가 제대로 말했나 걱정하는 투로 뒤이어 물었다.

"그러니까 내 말은……, 갈래? 나랑 같이."

에위니는 입술을 떨며 대답하려다 멈췄다. 어제부터, 또 밤새 악령들과 대치하며 떠올렸던 온갖 생각들이 머릿속을 휘몰아쳤다.

제이는 고개를 저으며 말했다.

"지난 10년 동안 네 삶이 널 어떻게 바꿨는지 모르겠지만……, 넌 나한테 죽은 놈은 필요 없다고 말해준 애야. 지금은 바뀐 거야?"

"나 안 바뀌었어."

에위니는 간신히 입을 열어 말했다.

제이가 재촉하듯 물었다.

"그럼?"

"같이 갈래!"

에위니는 반복해서 말했다.

"너랑 같이 가고 싶어. 네 얘기 속에 있던 그 풍경들, 같이 보고 싶어. 하늘 산맥의 눈 덮인 산들, 하얀 날개 달린 레미프들, 나디움의 폭포 정원, 전부 다 보고 싶어! 너랑 같이 보고 싶어."

제이는 빙그레 웃었다.

"나도."

사르단이 웃음을 터트렸다.

"작별 인사 끝났으면 에위니 데려가도 되나?"

그는 연초 파이프를 휘저으며 말을 이었다.

"십만 더하기 십만, 총 이십만 골드 준비해 두는 것 잊지 마라, 제이메르. 열흘 이자가 일 할이니까 서두르는 게 좋을 거다. 계산 잘 못 하겠으면 켈틴에게 말하고. 그 사람이라면 이런 계산법에 능할 테니까."

사르단이 자리에서 일어났다. 부하들이 에위니의 양팔을 붙들었다. 제이는 차가운 눈으로 그들을 보고만 있었다.

에위니가 말했다.

"제이!"

에위니는 눈을 질끈 감고 말했다.

"이 사람들이 날 못 데려가게 해줘."

사르단이 비웃으며 말했다.

"이젠 억지를 부리는군. 에위니, 나는 네가 좀 더 현명한 아이인 줄 알았다. 그런데 하룻밤 남자와 지냈다고 정신이 나가버린 모양이군. 이래서 여자들이란 감정적이고 쓸모없다는 소리를 듣는 거지."

사르단은 제이를 노려보며 말을 이었다.

"그리고 어린 사내들은 그런 여자들의 말에 휘둘려 미래를 잃지. 네 놈도 그런 쪽이냐?"

에위니는 눈을 뜨고 사르단을 노려보았다.

아마 사르단을 만난 이후 처음으로 그와 눈을 마주친 것 같았다. 사람을 얼어붙게 만드는 잔인한 눈빛은 여전했으나, 에위니는 피하지 않았다.

어제 그 악령들과 폭풍의 마녀 마라에 비하면 살아 있는 사람의 눈빛 따위 아무것도 아니었다.

에위니는 소리쳤다.

"저 자식이 다시는 날 위협하지 못하게 해."

제이가 의자에서 일어나며 말했다.

"그럼 잠깐만, 눈 감고 있을래?"

"싫어! 이제 아무것도 피하지 않을 거야."

제이는 씨익 웃었다.

"그래, 이래야 에위니답지."

에위니는 모든 광경을 보겠다고 말은 했지만 볼 수가 없었다.

퍽, 퍽 하는 둔탁한 타격음이 연속 두 번 들렸다. 그녀의 양팔을 잡고 있던 두 남자의 손길이 사라졌다. 그다음 사르단의 찢어지는 듯한 비명이 들렸다. 그가 왜 비명을 질렀는지는 한참 후에야 알았다.

어제 악령들은 제이가 도대체 어떻게 자신들을 죽였는지 알지 못했다. 심지어 그들은 원한으로 되살아나서도 그것부터 궁금하게 여겼다. 여기 그 답이 있었다. 제이가 너무 빨라서 안 보였다.

베나 에사르크라는 마법 칼의 힘을 빌리지도 않았다. 제이의 말대로라면, 그 칼은 그저 '악령을 벨 수 있는' 능력만 안겨줄 따름이었다. 악마도, 마법사도 아닌 이런 '보통 사람'을 상대로 제이는 베나 에사르크는커녕, 보통 칼도 들지 않았다.

아홉 명이 거실에 널브러진 건 채 1분도 안 되어 벌어진 일이었다.

싸움이 끝난 후, 오직 사르단의 비명만 들리고 있었다. 가만 보니 탁자 앞에 앉은 사르단의 손등에 단검 한 자루가 박혀 있었다. 에위니는 그 칼을 제이가 언제 박았는지 보지도 못했다.

사르단은 박힌 칼을 잡고 있었지만 차마 뽑지 못하고 신음하고 있었다.

"네 이놈! 네가 이러고도 살아남을 것 같으냐?"

사르단은 테이블에 내려놓은 주먹을 꽉 쥐었다.

"세상에는 건드려선 안 될 사람이 있는 법이다! 오냐, 네놈이 지금은 날 벗어날 수 있겠지."

사르단은 피 묻은 손가락으로 제이를 가리켰다.

"하지만 넌 앞으로 평생 공포에 쫓기며 살아가야 할 것이다. 내가 고용한 암살자들이 네 침실을 노릴 것이고, 각지에 흩어져 있는 빚쟁이들이 법과 권력을 동원해 네 생활을 다 틀어막을 것이다. 너는 앞으로 장터에서 사과 하나도 못 사게……, 으아아악!"

제이는 사르단의 손에 박힌 칼을 뽑았다. 그가 비명을 지르며 의자 뒤로 넘어졌다.

"내 친구 데려와 내 대신 한 소리 하게 해주고 싶다. 너 같은 놈, 확 기죽게 만들어줄 텐데."

제이는 에위니를 데리고 거실을 걸었다.

에위니는 신음하며 쓰러져 있는 남자들을 피해 걸으며 제이에게 속삭였다.

"이, 이렇게 가도 돼?"

"안 될 게 뭐 있어?"

"사르단이 경고한 건……."

"어떻게든 될 거야."

"어떻게 돼?"

"뭐 대충……."

두 사람이 문밖을 나서니, 스무 명 정도 되는 병사들이 이미 집을 포위하고 서 있었다.

제이는 멈춰 섰고, 에위니는 입을 가리고 숨을 크게 들이마셨다. 사르단의 사병들이었다. 칼은 물론이고 활로 무장한 병사까지 있었다.

피가 흐르는 손을 움켜쥐고 뒤따라 나온 사르단이 웃음을 터트렸다.

"봤나? 이런 게 바로 권력이다. 내가 가는 곳에는 늘 내 경비 병력이 이렇게 따라다니지."

사르단은 문을 나서서 병사들을 돌아보며 말했다.

"불쌍하게 됐군, 제이메르. 멀리 갈 것도 없이 너는 이 자리에서……. 어?"

사르단은 말을 하다 당황해 멈췄다.

에위니도 처음에는 사르단의 말대로 되는 줄 알았다. 그런데 자세히 보니 그 병사들은 다들 무장해제 당해 등 뒤로 팔이 묶여 있는 상태였다. 또는 이제 막 묶이기 시작했거나.

에위니가 무장했다고 생각한 건 그들이 막 칼이나 활을 내려놓기 직전의 상태를 봤기 때문이었다. 사르단의 사병들을 제압하고 있는 건 황금빛 갑옷을 입은 기사들이었다. 스무 명 병사들 뒤에 서른 명 정도 되는 기사들.

에위니는 영문을 몰라 제이의 옆에 바짝 붙어 서 있기만 했다. 그들이 입은 갑옷 문양을 알아본 사르단은 당혹스러워 했다.

"드래곤 기사단이 왜 여기에……?"

기사들 중 한 명이 천천히 집 쪽으로 다가왔다. 그가 걸음을 내디딜 때마다 육중한 갑옷이 부딪치는 소리가 났다.

철컹철컹.

그 기사 외에는 어느 누구도 움직이는 사람이 없었다. 사르단의 부하들은 얼어붙은 듯 꼼짝도 하지 못했고, 사르단은 눈으로 그를 좇기만 했다.

이제 보니 곳곳에 기사들이 타고 온 듯한 말들이 서 있었다. 말조차 황금빛 갑주를 두르고 있었고, 곳곳에 드래곤이 그려진 깃발들이 휘날리고 있었다.

집으로 다가오는 기사의 앞으로 바람이 불어와 흙먼지가 날렸다. 황금빛 갑옷에, 펄럭이는 망토를 배경으로 부는 흙먼지는 마치 반짝이는 금가루가 날리는 것 같은 착각을 일으켰다.

그 기사는 사르단의 앞으로 다가갔다. 사르단은 그가 자기 쪽으로 다가와 한 대 치기라도 할 것처럼 어깨를 움찔하며 눈을 질끈 감았다. 아마도 사르단의 인생에서 이렇게 기가 죽은 건 이번이 처음일 것이다.

그 기사는 사르단이 아예 눈에 보이지도 않는다는 듯 옆을 지나쳐 계속 집 쪽으로 다가왔다. 펄럭이는 망토만 사르단의 얼굴을 한 번 스칠 따름이었다. 그 기사는 마침내 제이의 앞에 섰다. 에위니는 겁을 먹고 제이의 등 뒤에 숨었다. 하지만 제이는 허리에 손을 올린 채 꼼짝도 않고 기사를 바라보기만 했다.

그 기사는 제이의 앞에 한 쪽 무릎을 꿇더니 고개를 숙였다.

"캡틴 제이메르."

그는 숙였던 고개를 들면서 말했다.

"명령을 기다리고 있습니다."

"나 캡틴 아닌데?"

제이가 기분 나쁘다는 얼굴로 말했다.

무릎을 꿇었던 기사가 느릿느릿 자리에서 일어나더니 투구를 벗었다. 제이와 비슷한 나이에, 강렬한 눈빛을 보이는 잘생긴 남자였다. 그는 딱딱한 표정의 제이를 노려보며 말했다.

"멋있게 등장했는데 좀 맞춰 줘라, 제이메르."

"맞추긴 뭘 맞춰?"

제이는 주변의 기사들을 둘러보며 말을 이었다.

"그나저나 네가 직접 올 줄은 몰랐다, 브란더."

"캡틴이 부르시는 데 와야지!"

제이가 다시 한 번 강조해 말했다.

"나 캡틴 아니라고!"

다른 드래곤 기사가 이미 사르단을 결박하고 있었다.

"무슨 짓이오? 의회에 정식으로 항의하겠소! 이건 부당한 체포요!"

사르단이 피 묻은 손을 휘두르며 계속 소리 질렀다.

"아무리 드래곤 기사단의 캡틴이라 해도 에위니에 대한 법률적 권한은 내게 있소. 내겐 증거 자료가 있고, 법정에서 증명할 권리 또한 있소! 두고 보시오!"

제이가 끌려가는 사르단을 엄지로 가리키며 드래곤 기사 브란더에게 물었다.

"저거 내가 죽여도 돼?"

브란더는 고개를 저었다.

"미안하지만, 아무리 흉악범이라도 함부로 죽일 수 없는 게 내 입장이라서."

"그럼 나중에 저놈이 법률 어쩌고 얘기하게 놔둘 거야?"

"법률적 싸움을 하려고 데려가는 거야. 그래야 저놈 재산을 다 몰수하지. 여기까지 왔는데, 빈손으로 돌아갈 수야 없지 않나?"

"어쨌든 와줘서 고맙다."

제이가 브란더의 어깨를 두들기며 말했다.

"너한테 고맙다는 말을 들을 때가 다 있군. 그런데 이분은?"

브란더는 옆에 서 있는 에위니를 발견하고 물었다.

"내가 전에 말한 적 있지? 에위니."

"아, 이분이 너의 그……."

브란더는 얘길 하다 말았다. 에위니는 약간 겁먹은 목소리로 물었다.

"대체 이게 무슨 일인가요?"

브란더는 에위니를 강철 장갑으로 가리키며 말했다.

"실은 레이디를 모시러 왔소."

"레, 레이디? 저, 저요?"

에위니는 그런 호칭이 익숙하지 않아 더욱 당황했다. 하지만 브란더는 아무렇지도 않게 얘기를 이어갔다.

"정식으로 소개드리겠소. 내 이름은 브란더라고 하고, 캡틴 제이메르와는……."

"나, 캡틴 아니라고!"

"얘기 방해하지 마!"

브란더는 사납게 말하더니 설명을 이어갔다.

"캡틴 제이메르는 이틀 전 우리에게 편지를 한 장 보냈소. 자기가 저주를 받는 바람에 이 마을 사는 에위니가 위험하게 되었다고. 그래서 당장 가서 에위니라는 여인을 보호하라는 명령을 내렸소."

브란더는 주먹으로 자기 주먹을 탕탕 치면서 말을 이었다.

"그 편지 한 장 때문에 드래곤 기사단 서른 명이 말을 달려 하루 만에 온 거요."

"하루 만에 온 것치고는 늦었군."

제이가 불만스럽게 말했다.

브란더는 멱살이라도 잡을 듯 제이의 목 근처에서 주먹을 꽉 쥐었다.

"편지가 우리한테 도달한 시점을 생각해 봐! 드래곤 기사단 역사상 세 번째로 빠른 출동이었을 거다!"

왠지 자기 때문에 싸우는 분위기이기도 하고, 좀 더 자세한 얘기를 듣고 싶기도 해서 에위니는 두 남자 사이에 끼어들었다.

"저, 잠시만요."

두 남자는 에위니를 사이에 두고 살짝 물러났다. 덩치 큰 남자들 사이에 끼어 있으니 숨이 막힐 지경이었다.

에위니는 잠시 심호흡을 하고 제이에게 말했다.

"저, 제이. 나, 오늘 새벽에 네가 얘기할 때……, 얘기 참 잘한다고 생각했어. 재미있었고……, 앞뒤도 잘 맞고……."

"재미있었어?"

제이가 환하게 웃으며 물었다.

"응. 재미있었어. 하지만 많은 부분이 빠진 것 같아. 어제 네 얘기에서는 드래곤 기사단 캡틴 얘기는 없었잖아."

"딱히 할 필요 없는 부분이니까."

제이의 말에, 브란더가 기분 나쁘다는 듯 끼어들었다.

"할 필요 없다니! 이번 로크 전쟁에서 가장 중요한 부분을 빼고 설명한 건 아니겠지?"

"안 뺐어!"

제이가 말했다.

에위니가 고자질하듯 말했다.

“뺐어요! 브란더라는 이름은 안 나왔거든요.”

브란더는 눈을 가늘게 뜨고 제이를 노려보았다. 그리고 손가락을 에위니에게 까닥였다.

“내가 다시 얘기를 해드리리다, 레이디 에위니. 분명 이 말주변 없는 친구는 드래곤 두 마리의 비상과 카-구아닐의 황혼 저주, 붉은 장미의 여백작이 일으킨 빛의 기둥과 마스터 타냐의 로크존 같은 얘기는 하나도 하지 못했을 거요.”

“전혀 못 들었어요!”

“듣고 싶소?”

“듣고 싶어요!”

에위니가 눈을 빛내며 말했다.

제이는 팔짱을 끼고 불만스럽게 중얼거렸다.

“좀 전에 내 얘기 재미있었다고 해놓구선…….”

떠날 준비가 끝나고 브란더가 다가왔다.

“또 도망치는가?”

“도망치는 거 아니야.”

제이는 말에 올린 짐을 단단히 밧줄로 고정시키며 대꾸했다.

“사르단 재판 안 볼 거야? 내 경험상 꽤나 비참한 꼴을 구경할 수 있을 텐데.”

"취미 없어."

"그래도 로크는 와야 한다. 드래곤 기사단의 새 보검이 완성됐다. 드래곤 가넬께서 직접 네게 전달하라고 하셨다."

"난 이거 있어."

제이는 허리에 차고 있는 베나 에사르크를 두들겨 보였다.

브란더는 오히려 불쾌한 목소리로 말했다.

"드래곤 기사단의 캡틴이 다른 칼을 들고 있는 건 말이 안 된다."

"나 캡틴 아니라니까."

"가넬께서 인정하셨다. 그러니 너도 이제 슬슬 인정하시지. 이번 즈토크 가넬도 널 위한 칼이라 하셨을 정도야. 베나 에사르크와 동급이라 하셨지."

제이는 밧줄 매는 손을 움찔하며 놀랐다.

"음, 그 말을 들으니 조금은 탐이 나네."

"엉뚱한 곳으로 새지 말고, 로크로 와라."

"칼 구경하러 갈게. 하지만 나중에."

"얼마나 나중?"

제이는 에위니를 돌아보았다. 에위니는 다른 드래곤 기사들에게 감사 인사 겸 작별 인사를 하느라 바빴다.

"방금 정한 여정 끝난 뒤."

"저번에도 그렇게 얘기하지 않았나? 드래곤 기사단으로의 여정은 예정 없나?"

"기사단 캡틴은 내 자리가 아니야. 너 해라."

"드래곤의 캡틴은 그런 식으로 정해지는 게 아니야."

브란더는 신경질적으로 말했다.
제이는 대꾸하지 않았다. 브란더도 더 밀어붙이진 않았다.
"그래서 레이스 헌터 제이메르 님께서 방금 정한 여정은 어디냐?"
"너까지 그렇게 부르기냐?"
"캡틴이라고 못 부르게 하면 그 호칭밖에 안 남는데 별수 있나?"
"망할 자식, 말은 잘 한다니까. 비밀이다!"
"에위니랑 같이 갈 거냐?"
"그러려고."
브란더는 에위니를 바라보며 말했다.
"그동안의 슬픔을 저렇게 쉽게 털어내는 여자도 드물 거야."
브란더는 말을 이었다.
"저 여자를 데리고 가기로 결정한 건 잘한 일이다. 내 생각인데, 앞으로 네가 겪게 될 암흑의 힘을 생각하면 저 여자는 너에게 꼭 필요한 존재가 될 거야."
"별로 그런 생각으로 에위니를 데리고 가는 거 아니야. 그냥……."
"그냥?"
"됐어."
"……그래서 어디로 갈 건데?"
"나중에는 하늘 산맥도 가고 싶어."
"나중이라니 이번 여정의 목적지는 아닌 모양이군."
"비밀이라니까 그러네."
에위니가 말을 타고 제이의 옆으로 다가왔다.
"난 준비됐어."

제이는 마지막으로 경고했다.

"분명히 말해두지만 내 옆에 있는 건 아주 위험해. 그 일을 겪고 나면 사르단 정도는 귀여워 보일걸."

"그 얘기 벌써 여섯 번째야."

에위니는 힘 있게 말고삐를 잡았다.

"괜찮아. 난 이제 다 버틸 수 있어."

둘은 마지막으로 브란더에게 인사하고 북쪽으로 말을 달렸다. 드래곤 기사단은 얼마 정도 따라오며 캡틴에 대한 인사를 올린 다음 남쪽으로 되돌아갔다.

"그런데 우리 어디 가?"

에위니가 물었다.

"아란티아의 나디움이 마지막 목적지가 될 거야. 그전에는 로크로 가서 드래곤 가넬이 새로 만든 드래곤 기사단의 보검을 구경할 거고."

제이는 차근차근 설명했다.

"중간에 루티아에 가볼 거야. 아직도 날 환영해 줄지는 모르겠군."

"그런데 왜 지금은 북쪽으로 가? 로크도, 하늘 산맥도 모두 남쪽에 있는데."

"제일 먼저 갈 곳은 카모르트야."

"누구 만날 사람 있어?"

"내 친구. 1년 전부터 가려고 했는데 이제야 갈 수 있게 됐군."

에위니는 제이의 얘기 속 인물들을 떠올려 보다가 물었다.

"카모르트에서 만난 사람은 없었던 것 같은데?"

"카모르트에서 만난 건 아니야. 하지만 녀석이 지금 거기에 있어. 아마 지금쯤 농사라도 짓고 있지 않을까?"

제이는 빙그레 웃으며 북쪽 하늘을 바라보았다.

'잘 살고 있냐? 오랜만에 모닥불 피워놓고 술 한잔하면서, 그때 못 한 얘기나 마저 하자. 이번엔 나도 재미있는 얘기 많아.'

「Episode Jamer. Wraith Hunter」 끝

◈ Epilogue ◈

에밀의 여행

아들이 돌아왔다. 그것도 웬 여자애를 하나 데리고서.

에밀은 당황했다. 하지만 겉으로 의연한 척 애를 썼다.

에밀은 지난 몇 달 동안 아들이 무사히 돌아오길 간절히 기도했다. 그리고 만약 돌아온다면 녀석이 어떤 곳을 여행하고, 어떤 사람을 만나고, 어떤 일을 겪었는지 차분히 얘기를 들으려고 했다. 그러나 그 여자를 보자마자, 그런 생각이 모조리 날아가 버렸다.

'누구냐, 얜?'

문득 에밀은 젊은 시절 긴 여행 끝에 달리아를 데리고 돌아왔던 순간이 떠올랐다.

그때 그의 아버지는 달리아를 보고 '들어오너라.', '힘들었지?', '밥은 먹었고?' 같은 얘기로 시작해 이름 정도만 묻고 다른 건 전혀 묻지 않았다.

아버지의 무심함은, 난생처음 집을 나와 다른 사람의 집에 살게 된 달리아가 적응하는 데 큰 도움이 되었다.

아버지는 달리아의 성격을 알고 그러셨던 걸까, 진짜로 무심했던 걸까? 모를 일이었다. 그저 감사했을 뿐.

'그런데 달리아 넌 어디 출신이냐? 발음이 특이한 걸 보니 카모르트 사람은 아니지?'

한 달쯤 지난 다음에야 물은 게 고작 그 정도였다. 에밀은 도저히 자신의 아버지처럼 느긋할 수가 없었다.

"밥이라도 먹으면서 자세한 얘기를 듣고 싶구나."

에밀이 보일 수 있는 인내심은 그 정도까지였다.

식사가 시작되고 아들의 얘기가 시작된 후에야 에밀은 자신의 실수를 깨달았다. 아들 녀석은 에밀이 이미 알고 있는, '패잔병들의 마을에서 하얀 늑대들을 만난 부분'부터 얘기했다.

그것도 아주 꼼꼼하고 느릿느릿하게! 심지어 여자애의 이름조차 밝히지 않고서.

'이 녀석 지금 시간 순서대로 얘기하고 있네? 저 여자애 나오는 부분부터 해도 되잖아!'

에밀은 화가 날 지경이었다.

'얘기는 그렇게 하더라도 이름 정도는 밝혀야지. 그냥 옆 동네에 사는 여자 친구 소개시켜주려고 데려온 게 아니라면 난 적어도 이 애의 이름을 소개받을 권리가 있어! 난 네놈의 애비고, 걘 내 며느리가 될 거니까.'

에밀은 재촉하지도 못하고 느긋한 척하며 아들의 얘기를 듣기만 했다. 가끔 '그랬구나.', '저런, 큰일 날 뻔했군.' 같은 추임새만 넣으면서.

옆에 앉은 여자애는 조용히 녀석의 얘기를 들으며 가끔 고개만 끄덕이는 모습을 보였다.

에밀은 그녀의 목소리조차 많이 듣지 못했다. 그러자 이제 분노는 그녀를 향했다.

'아니, 네 남자가 저 모양이면 너라도 먼저 자기소개를 해야지.'

에밀은 참았다. 처음 아들 녀석이 집을 떠날 때 쫓아내듯 내보냈으며, 아무렇지도 않은 척했던 순간이 떠올랐기 때문이었다. 이제 와서 초조한 모습을 보일 수가 없었다.

에밀은 '적당히 재미있는 어느 뱃사람의 허풍'이라도 듣는 것처럼 여유를 부렸다.

빈 그릇을 치우고 테이블에 술잔만 둔 상태에서, 아들은 드디어 아란티아에 간 얘기를 시작했다. 역시나 이야기 진행은 느렸다.

게이트 통과 절차나, 하이로드라는 계급에 대한 설명 등…….

에밀은 아들의 입을 막고 소리 지르고 싶었다.

'나도 그런 건 다 알아. 다 집어치우고 이 여자애가 누군지나 말하라고!'

늦은 밤이 되어서야 비로소 그녀의 이름이 나왔다.

루티아의 마스터 타냐.

에밀은 마시던 술을, 위가 아니라 폐로 흘려보낼 정도로 놀랐지만 가까스로 안 놀란 척 '허어, 그랬구나.' 하는 정도의 반응만 보였다. 마스터 타냐는 그제야 자기소개를 했다.

에밀은 또 한 번 화가 났다.

'둘이 날 놀리려고 짜고 왔나 보군.'

타냐는 에밀이 생각하던 마법사 같지는 않았다. 그래 봐야 그 역시 만난 마법사라고는 한 명뿐이지만…….

생각해 보니 '그때' 만난 그 마법사도 에밀이 생각했던 마법사다운 모습은 보이지 않았다.

타냐도 마찬가지였다. 조용했고 겸손했다. 루티아의 마스터라면 카모르트의 국왕이라 해도 함부로 대하지 못할 존재지만, 그녀는 한낱 촌부를 상대로도 깍듯이 예의를 지켰다. 그건 단순히 사랑하는 남자의 아버지라서 그런 것만은 아닌 것 같았다.

'아버지도 내가 달리아를 데려오며 가넬로크 집정관의 딸이라고 말했을 때, 이렇게 놀라셨던가? 아니, 그냥 소꿉친구 데려온 것처럼 반응하셨지. 나는 정말이지 흉내도 못 내겠어.'

에밀은 대수롭지 않은 척 말했다.

"시간도 많이 늦었으니 아란티아 이후의 얘기는 내일 듣도록 하자, 카셀. 피곤하겠구나."

카셀은 고개를 끄덕였다.

"네, 아버지."

사람이란 먼 여행을 하고 돌아오면 성장하는 법이지만, 카셀은 특히나 성장한 것 같았다. 이제 더 이상 아들을 어린애 취급할 수 없을 것 같았다.

'조금 아쉽군. 녀석이 내가 모르는 곳에서 커버렸어.'

'자넨 얘기를 너무 극적으로 하려고 들어.'

에밀은 술친구들을 만나 얘기를 하다가 이런 지적을 당한 적이 있었다.

'그래서 우리가 궁금해 하는 부분은 늘 술자리의 마지막 순간을 위해 남겨두어 우리가 자리를 뜨지 못하게 만들지. 얘기의 재미를 위해 그건 좋아. 그런데 속이 타는 것도 한두 번이지, 매번 그러면 질린다고!'

에밀은 알았다고 했으나, 버릇이다 보니 결국 또 그렇게 얘길 하게 되었다. 카셀도 에밀이 그렇게 얘기하는 모습을 보고 자라서인지 그런 버릇을 배우고 말았다.

다음 날도 카셀은 여전히 길고 자세하게 이야기했다. 분한 건 얘기가 재미있는 나머지 도저히 중간에 끊고 넘어가자는 말을 못하겠다는 것이었다.

'내 친구들도 이런 심정이었나 보다. 다음부터 나도 얘기를 압축해서 말하는 버릇을 들여야겠어.'

타냐와 카셀의 모험 이야기는 하늘 산맥으로 넘어가면서 눈덩이처럼 커졌고, 에밀의 모든 관심을 집중시킬 이름이 튀어나왔다.

로핀!

그 이름이 나온 순간부터 에밀은 타냐나 카셀에 대한 이야기보다 로핀의 이야기에 더 집중했다.

물론 하루 종일 카셀의 얘기만 듣고 지내는 건 아니었다. 일상은 여전히 이어졌고, 타냐는 집안일을 배우기 시작했다.

그녀는 어렸을 때부터 천재 소리 들어가며 마법만 배우다 보니 아직 한 번도 제대로 된 가사를 해본 적이 없다고 고백했다. 마법을 잃어버린 지금은 농가에서 한 사람의 몫을 하고 싶다며 궂은일을 마다하지 않았다.

그런 타냐의 행동을 보고 있자니, 달리아가 떠올라 마음이 아팠다.

'달리아도 그랬지. 몸이 안 좋으니 하지 말래도 듣지 않았어…….'

그렇게 집안일을 이어가며 얘기를 띄엄띄엄 듣다 보니 얘기 진행은 더욱 더뎠다.

하늘 산맥의 얘기가 끝날 무렵, 둘째 날이 저물었다.

얘기는 셋째 날까지 이어져, 밤이 되어서야 끝났다.

에밀은 슬픈 일과 놀랄 만한 일이 너무 많아 일일이 모든 것에 반응할 수 없을 지경이 됐다. 달리아의 아버지 롬노르의 죽음에 슬퍼할 겨를도 없었다.

모든 이야기를 듣고 나서 에밀은 아들이 영웅이 되어 돌아왔다는 것에 아비로서의 자부심을 갖지 못했다. 세상이 멸망할 뻔했다는 것에 뒤늦은 두려움을 느끼지도 않았고, 악마와의 싸움에서 승리했다는 것에 안도를 느끼지도 않았다.

"로핀이……."

에밀이 무덤덤하게 물었다.

"……죽었다고?"

카셀은 타냐에게 시선을 돌렸다.

타냐는 슬픈 얼굴로 고개를 끄덕였다.

"로크존이 깨지는 순간, 너무 급박하여 전장의 모든 곳을 다 보지는 못했습니다. 하지만 로핀은 전장의 중심에 있었기에 정확하게 볼 수 있었습니다. 그는 제이메르의 품에서 죽었습니다."

"로퓌이 마지막으로 무슨 얘기를 했는지, 혹시 들은 거라도……?"

에밀은 목소리가 떨리는 것을 감추지 못해, 말을 줄였다.

"듣지 못했습니다."

에밀은 짧은 숨을 토했다.

"그래, 그렇구나."

에밀은 애써 웃으며 둘에게 말했다.

"카셀, 사흘 동안 얘기하느라 고생 많았다. 내일부터는 할 일이 많으니 오늘은 일찍 자거라. 너 없는 동안 혼자 농사짓느라 나도 고생이 많았어."

눈치 빠른 카셀이 심각한 얼굴을 하고서 물었다.

"혹시 로퓌을 개인적으로 아세요?"

"네가 하도 얘기를 잘해서 마치 소설 속 주인공처럼 느껴진 것뿐이란다. 소설 읽다 주인공이 죽으면 슬픈 것처럼 말이야."

에밀은 허허 웃으며 칭찬했다.

"네가 말재주가 많이 늘었구나? 이 애비를 얘기로 울리다니."

에밀은 그릇을 치우고 집을 나왔다.

우물에서 물을 퍼와야겠다는 핑계로.

에밀은 우물물을 퍼서 통에 옮겨 담은 다음 얼굴에 물을 끼얹었다. 손이 떨리고 숨을 쉬기가 힘들었다.

'로퓌, 네가 죽었구나. 이번 일만 끝나면 만나러 가야지, 이번 일까지만……, 그런 식으로 하루하루 뒤로 미루다 늦고 만 거야.'

잠깐 이렇게 있으면 진정될 줄 알았지만, 오히려 후회가 계속 밀려와 서 있을 힘도 없었다. 에밀은 무릎을 꿇고 어둠 속에 대고 말했다.

'미안하다, 로핀.'

에밀은 잠들었다. 하지만 깊이 잠들지 못해 몇 번이나 깨다 다시 잠들길 반복했다.

깨면 긴 한숨과 함께 연초 태울 파이프를 찾다가 포기하고, 물 마시려다 포기하고, 이불을 뒤집어쓰고 끙끙 앓다가, 도로 잠들었다가, 또 깼다.

새벽인지, 아직 자정도 오지 않은 밤인지 모를 시간에 에밀은 잠들기를 포기하고 몸을 일으켰다.

'이렇게 불면증으로 잠들지 못하는 시간을 당연하게 여긴 건 언제부터였을까?'

침대에 앉은 채 바닥에 댄 두 발을 내려다보며, 에밀은 잠시 생각에 잠겼다.

'아마 달리아가 죽은 다음부터였겠지.'

어디선가 노크하는 소리가 들렸다.

옆방에서 아들이 노크하는 소리인가, 하고 문 쪽을 쳐다봤더니 또 한 번 똑똑 두들기는 소리가 옆에서 들렸다.

창문 쪽이었다.

'또 옆집 사람이 집 나간 말 같이 찾으러 가자고 온 건가? 그럼 이번에는 도와주지 말아야지. 마구간 고칠 돈이 없으면 말을 키우지 말라고! 아, 그리고 그런 일 있으면 정중히 앞문으로 와야지, 왜 창문을 두

들겨?'

에밀은 무거운 몸을 예상하고 끙 소리를 내며 침대에 손을 짚고 무릎을 폈다. 그런데 의외로 몸이 쉽게 움직였다. 무릎에서 삐걱거리는 소리도 들리지 않았고, 힘이 많이 들어가지도 않았다.

자다 깬 것치고는 몸이 무척이나 가벼웠다. 꼭 젊어진 기분이었다.

'젊어졌다기보다 아예 어려진 기분이군. 아들 녀석 얘기 듣고 난 후라 몸이 흥분하기라도 한 걸까?'

다시 노크가 들렸다.

에밀은 나무 창문을 열었다. 그리고 어둠 속에 서 있는 소년을 발견하고 순간 눈을 의심했다.

"왜 이렇게 몸이 가벼워졌나 했더니 내가 아직 잠에서 깨어난 게 아닌 모양이군."

달빛과 별빛이 비추는 그 자리에 서 있는 사람은 로핀이었다. 그것도 아들에게 전해들은 마흔 다 된 수염 난 외팔이 아저씨의 모습이 아니라, 열다섯 살도 안 된 어린 시절의 모습이었다. 그래서 즉시 알아본 것이기도 했다. 이십 년이 훨씬 넘었는데도, 에밀은 아직 어린 로핀의 모습을 정확히 기억하고 있었다.

"그것도 아니라면 내가 죽었거나. 그렇지, 로핀?"

에밀이 물었다.

로핀은 헤헤 하고 웃더니 말했다.

"둘 다 아니야. 음, 정확히 말하자면 둘 다 아닌 것 같다고 말해야겠군. 실은 나도 잘 모르겠어."

"둘 다 아니라면 뭐냐? 너 혹시 유령이 돼서 나타난 거야?"

에밀은 자기가 물어놓고 스스로 수긍하며 말을 이었다.

“그래, 그렇겠구나. 네가 죽은 다음 아들의 몸에 붙어서 나한테 온 거야. 그렇지?”

“응? 아들? 아들이 누군데?”

“누구긴 누구야? 울프 기사단의 캡틴이지. 너 몰라? 음, 혹시 아들 녀석이 나한테 거짓말이라도 했나?”

“울프 기사단의 캡틴? 카셀?”

“카셀.”

“그게 네 아들이었어? 오오, 전혀 예상 못 했는걸! 물론 예상하긴 했지만. 나쯤 되면 그 정도는 금방 예상할 수 있지.”

로핀은 팔짱을 끼고 고개를 끄덕이더니 화들짝 놀랐다.

“어? 나 팔 두 개네?”

로핀은 두 팔을 붕붕 흔들어 보며 스스로 납득했다.

“하도 오랫동안 팔이 없어서 그런지, 이쪽이 더 어색하군.”

“너 상태가 좀 이상하다?”

에밀이 물었다.

로핀은 당연하다는 듯 말했다.

“애초에 죽은 놈이 산 놈 앞에 나타난 게 이상한 거지. 게다가 너도 지금 상태가 정상은 아니야.”

“왜?”

“너도 지금 나 만났을 때의 모습이 되어 있잖아.”

에밀은 두 손을 내려다보았다. 농사일로 굳은살이 박이고 주름진 손이 아니라, 스무 살 때의 말끔한 손이었다. 얼굴을 만져 봐도 그랬다.

"맙소사, 어려진 기분이 드는 게 아니라, 어려졌네."

에밀은 불안감이 스쳐 물었다.

"나 아직 살아 있는 거냐?"

"너 죽었어?"

"모르지. 자다 깨고, 자다 깨고, 하다가 네가 노크해서 나와 본 것뿐이니까."

"그럼 죽은 걸지도 모르겠다."

"내가 침대 머리맡에 유서를 놔두고 자야 할 나이라고는 전혀 생각 못 했는데!"

"사람 일은 모르는 거야. 나도 설마하니 내가 그 전쟁에서 죽을 거라고는 생각도 못 했으니까. 내가 어떻게 죽었는지는 카셀한테 얘기 들었지?"

"아니, 카셀은 그때 그 자리에 없었다더라. 타냐도 그렇고."

"맞아. 그렇군. 응? 타냐? 타냐가 여기 있어?"

"카셀이 데려왔어."

"다행이다. 둘 다 살아 있다니."

로핀은 진심으로 다행이라는 듯 가슴을 쓸어내리더니 말을 이었다.

"하지만 놀랍네. 카셀이 타냐를 데려오다니. 뭐, 난 예상했지만. 이 늙은이를 두고 노골적으로 애정 행각을 벌이더라니. 내가 아무리 그쪽으로 둔해도 그 정도면 알게 되지."

"그런 모습으로 늙은이라고 하니까 웃긴다. 게다가 네가 늙은이면 난 뭐가 되냐?"

"죽었는데, 아무렴 어때?"

"어떻게 죽은 거야? 얘기해 줘."

"내가 죽은 얘기 따윈 하고 싶지 않아."

로핀은 뒤통수를 긁적였다.

"사실 기억도 잘 안 나. 신기할 정도로. 오히려 내가 어떻게 죽었는지 묻고 싶다니까. 하지만 둘 다 못 봤다니 알 수 없겠군."

로핀은 창문 너머로 집 안을 넘어다보면서 중얼거렸다.

"나 죽을 때 옆에 있었던 건 제이메르야. 그 애가 있었으면 좋으련만. 살아 있으려나?"

"모르지."

"음, 모르겠군. 나 죽은 지 며칠이나 지난 거야? 혹시 몇 년이나 지나버린 건 아니야?"

"그건 아니야. 아마도 두어 달 전인 것 같아."

"그럼 우리가 처음 만난 건 이십 년 전인 거야, 삼십 년 전인 거야?"

"그 중간쯤이야."

"그런데도 며칠 전 일보다 널 만난 순간이 더 기억이 잘 나는군. 죽으면 이렇게 되는 건가? 노인들이 보통 그러잖아. 어제 일보다 수십 년 전 일이 더 잘 기억난다고."

로핀은 다시 팔짱을 끼고 노인처럼 고개를 끄덕였다.

에밀은 한참 그 모습을 바라보다가 말했다.

"로핀, 솔직히 난 지금 혼란스러워. 내가 지금 꿈을 꾸고 있는 건가?"

"꿈이든 아니든 상관없어. 난 널 데리러 왔어."

로핀이 말했다.

에밀은 숨을 크게 들이켰다.

"이제 알았다! 날 데리러 올 죽음의 신이 로핀의 모습을 하고 나타난 거야! 그렇지? 솔직히 말해. 넌 대체 누구야?"

"개소리 그만하고, 어서 가자. 시간이 별로 없어."

"어딜?"

"그건 나도 몰라. 아마 네가 정하는 걸 거야."

"무슨 소리인지 하나도 모르겠어."

"지금 네가 가야 할 곳이 어디라고 생각해? 아마 거길 가야 할 거야."

"너야말로 개소리하지 마. 내가 가야 할 곳은 없어. 있어야 할 곳만 있지. 그리고 그곳은 바로 여기야."

"웃기지 마. 넌 이미 가야 할 곳을 떠올리고 있을 거야!"

로핀이 우겼다.

에밀은 아니라고 말하려다 말았다. 그는 로핀의 이런 모습을 보자 저절로 가야 할 곳이 떠오르고 말았다. 아니, 정확히 말하자면 만나야 할 사람.

"불가능해."

에밀이 고개를 저으며 말했다.

로핀이 물었다.

"떠올린 건 맞구나?"

"맞아."

"그게 어디야?"

"아란티아의……."

에밀은 떨리는 목소리로 말을 이었다.

"……여왕님."

로핀이 장난스럽게 물었다.

"쉐라, 아니면 새나디엘?"

에밀은 쉐라와 새나디엘의 이름이 나오는 순간 머리가 어지러워 정신을 잃을 지경이었다.

에밀은 창밖의 로핀에게 말했다.

"이쯤 되면 내가 제정신인지부터 의심해야겠군. 이게 꿈이 아니라면, 뭔가 잘못된 거야."

"뭐가 잘못됐는데?"

로핀이 물었다.

에밀은 스스로도 멍청하게 들리는 말투로 대꾸했다.

"그건 나도 모르지."

"참나, 복잡하게 굴지 마."

"복잡하게 생각할 수밖에 없잖아! 지금 상황을 보라고! 넌 이미 죽은 사람이고……."

"알았으니까 닥쳐. 넌 지금 머리가 둔해졌거나, 딱딱하게 굳은 거야. 이런 촌구석에서 흙이나 파고 있으니 그럴 만도 하겠네."

"농사일 무시하지 마. 흙만 파는 것도 아니고, 그것 때문에 머리가 둔해진 것도 아니야."

"그럼 나이 탓이냐?"

어린 모습의 로핀이 물으니 에밀은 부정하기가 힘들었다.

“그건…….”

“요점만 말해. 가기가 싫은 거야?”

“확실하게 구별 짓자면, 못 가는 거라고 해야지. 여기서 아란티아까지 얼마나 먼데!”

“핑계도 많다.”

로핀은 불만스럽게 팔짱을 꼈다가 자기가 두 팔이 있다는 사실에 또 한 번 깜짝 놀라는 모습을 보였다.

“핑계라는 말이 나왔으니 하는 말인데, 날 보러 안 온 핑계는 뭐냐?”

에밀은 대꾸하지 못했다. 로핀은 몰아붙이듯 말을 이었다.

“날 울프 기사단에 넣은 건 너야. 그럼 내가 기사단에 잘 들어갔는지, 들어갔다면 잘 적응했는지 보러 왔어야지. 난 네가 어디 있는지 몰라서 찾아갈 수가 없었어. 하지만 넌 알잖아.”

“그건 미안해. 하지만 내게도 사정이 있었어.”

“그러니까 그 사정이란 걸 말해 보란 소리야.”

로핀은 약간 토라진 얼굴로 덧붙였다.

“대신 우리에게는 시간이 많지 않아. ‘그때’처럼 길게 하면 안 돼.”

“걱정 마. 나도 길게 얘기하는 건 질린 참이니까.”

에밀은 로핀과 헤어진 후 가넬로크에 가서 달리아를 만나 그녀와 함께 살아간 이야기를 했다. 중요한 부분을 뒤로 감추고, 점점 얘기를 고조시키는 짓은 하지 않았다. 달리아의 죽음에 대해서는 길게도, 자세히도 얘기하지 않았다.

로핀이 자기 죽은 얘기를 하고 싶지 않다는 것도, 그 얘길 하다 보니 이해가 갔다.

'난 대체 지금 뭘 하고 있는 걸까? 죽은 녀석을 상대로 죽은 아내의 이야기를 하고 있다니.'

에밀은 아내의 죽음 후 거의 1년을 제대로 잠들지 못했다. 낮에는 피곤하고 밤에는 자지 못 하는 삶이었다.

아들 녀석도 자다 말고 엄마를 찾아다니곤 했다. 그럴 때면 에밀은 미칠 지경이 되었다. 아내가 남긴 핏줄이 도리어 아내를 포기하고 떠나보내지 못하게 하는 방해꾼이 되었다.

카셀의 행동에서, 말투에서, 생김새에서 아내의 모습을 발견할 때마다 에밀은 아들이 미워졌다.

"난 지금처럼 잠을 못 이룰 때면 이렇게 멍청히 앉아서 과거를 회상하다가 해 뜨면 곧장 농사일을 하러 가곤 했지. 괜히 억지로 자려고 노력하기보다는 그게 더 편했거든."

에밀은 로빈을 가리키며 말을 이었다.

"그런 일이 반복되면 지독히 피곤해지고, 끝내 환청이 들릴 지경이 돼. 넌 내 불면증이 만든 망상인 거야. 특히나 카셀의 모험 얘기를 들은 날 밤이니 가능하지."

로빈은 비웃었다.

"나한테 오지 못한 핑계나 대라고 했더니, 뭔 개소리야? 네 아내의 죽음은 같이 슬퍼해 줄게. 하지만 그건 핑계가 되지 못해. 그런 일이 있었다면 더욱 떠났어야지."

"그때 카셀은 어렸어."

"업고 오든가!"

"내 잘못인 것처럼 몰아붙이지 마. 나도 떠나고 싶었어!"

에밀이 소리쳤다. 어둠 속에서 그의 목소리가 쩌렁쩌렁 울려 퍼졌다.

그는 카셀이 방문을 열고 '아버지 미쳤어요? 왜 밤중에 혼자 소리 지르고 계세요?'라며 나타나길 기다렸다. 하지만 아무 일도 벌어지지 않았다.

로핀이 비아냥거리며 말했다.

"에밀 네가 그랬지? 실행해야 기적이 일어난다고. 넌 네가 겪고 싶은 기적을 그때 다 겪었다고 생각한 거야. 그러니까 더 이상 겪고 싶은 기적이 없어서 못 떠난 거지. 차라리 그런 핑계를 대. 그럼 넘어가 줄 테니까."

"그렇지 않아. 난 아직 떠나고 싶어. 아직 겪고 싶은 일, 보고 싶은 것, 만나고 싶은 사람이 많아. 카셀의 얘기를 듣고 나니 더욱 그렇게 되어버렸고."

"아버지가 아들한테 자극을 줘야 하는 거 아니야? 거꾸로 되어버렸네. 창피한 노릇이군."

로핀은 하늘에 뜬 달을 올려다보았다.

"네 신세 한탄 듣느라 안 그래도 모자란 시간이 더 모자라게 되었어. 어서 서둘러."

"뭘 서둘러?"

"말했잖아. 난 널 데려가야 돼."

"아란티아로? 말도 안 돼. 가고 싶다고 그냥 갈 수 있는 곳이 아니잖아."

"안 될 이유라도 있어?"

에밀은 또 대꾸하지 못했다. 로핀은 허리에 손을 올리고 에밀을 노려보며 말했다.

"난 어딘가로 가야 한다는 느낌을 받으면 그 즉시 떠났어. 그리고 네가 말했던 그 기적을 늘 경험했지."

"내가 어렸을 때 했던 얘기에 너무 많은 의미를 부여하지 마. 넌 그저 방랑벽이 있었을 뿐인 거야."

"그럴지도 모르지."

"그리고 좋은 일만 기억하면서 과거를 미화하고 있을지도 모르고."

"물론 좋은 일만 있었던 건 아니야. 안 좋은 사고도 많이 당했고 한 팔도 여행 중에 잃었어. 하지만 떠난 걸 후회한 적은 없어. 너도 날 만난 그 여행을 후회한 적 있어? 만약 그때 네가 내 칼에 죽었다면 넌 후회하면서 죽었을까? 왜 여행을 떠났을까 하고?"

"그렇지 않아."

"그런데 왜 지금은 못 떠나고 있어?"

"그야……."

에밀은 대답을 찾다가 되물었다.

"그러는 넌 왜 날 데려가려고 하는 거야?"

"알게 뭐람? 네가 말한 방랑 기질이 죽어서도 나타난 건가 보지, 뭐. 난 지금 어딘가를 가야 해. 그런데 그게 어디인지 모르겠어. 왜냐면 죽었으니까. 그런데 나타난 자리가 여기야. 그리고 널 만난 거야."

로핀은 창문 너머의 에밀을 가리키며 말을 이었다.

"그건 아마도 내가 가고 싶은 곳을 네가 알기 때문일 거라고 생각해. 내가 이런 모습으로 너한테 나타난 건 분명 어떤 의미가 있을 거야."

"상식적으로 생각해 봐. 죽은 사람이 산 사람 앞에 나타난 건 너무

나도 이상한 일이야. 그런데 막무가내로 이렇게 가자고 그러면 보통은……, 죽은 자가 산 자를 죽은 자들의 세상으로 데려가려는 거라고."

"닥쳐. 어차피 난 죽은 몸이고 상식적인 판단 같은 건 하고 싶지 않아. 뭐, 살아 있을 때도 딱히 그러고 산 건 아니지만."

로핀은 몇 걸음 물러서면서 재촉했다.

"정말 안 갈 거야?"

"난 갈 수 없어."

"왜?"

로핀이 답답해하며 물었다.

"그야……, 내일 해야 할 일이 많아."

"뭐?"

"농사일이란 게 단 하루라도 쉬면 회복하는 데 1년이 걸릴 수도 있는 일이야."

"그쯤은 카셀한테 맡겨."

"그 녀석을 어떻게 믿어?"

"세상을 구한 녀석인데도 못 믿는 거야?"

"농사와 전쟁은 엄연히 다른 영역이니까."

"난 이렇게 온갖 핑계를 대면서 자기 집 못 떠난다는 녀석을 울프 기사단으로 끌어들일 때 이렇게 말하지……."

로핀이 말을 멈췄다.

에밀이 고개를 갸웃하고 물었다.

"뭐라고 말하는데?"

"까먹었어."

로핀은 잠시 에밀을 멍한 시선으로 쳐다보다가 이내 짜증을 냈다.

"젠장, 알게 뭐야? 그래서 정말 안 떠날 거야? 그럼 나도 여기서 사라지게 될 거야."

"사라진다고?"

에밀이 놀라 소리쳤다.

로핀은 당연하다는 듯 설명했다.

"죽은 사람이 산 사람 앞에 나타나면 어느 쪽이 주인공이겠냐? 산 쪽이야!"

로핀은 에밀과 자신을 번갈아 가리키며 말을 이었다.

"네가 안 떠나면 나는 존재할 의미가 없어지고 말겠지. 그럼 사라질 거야."

"그럼 안 돼! 난 너와 하고 싶은 얘기가 많아."

"그럼 튀어나오라고."

에밀은 당황하며 말했다.

"그, 그럼 적어도 짐 챙길 시간은 줘야지. 아란티아까지는 적어도 몇 달이 걸릴 거야."

로핀은 그제야 웃으며 말했다.

"가기로 마음먹었다면 '어떻게'라는 건 잊어버려! '누구'와 '어디'인지만 중요하니까."

에밀은 긴장된 목소리로 중얼거렸다.

"새나디엘, 아란티아."

"맞아. 정했으면 움직여. 그다음은, 그다음에 결정하는 거야."

"그거 좋은 말이군."

에밀은 창턱에 올라가 로핀이 있는 곳으로 살짝 뛰어내렸다. 방을 빠져나오자 망설임은 한결 줄었다.

에밀은 잠시 창 너머 자신의 방을 돌아보았다. 이렇게 대화를 길게 하고 중간중간 소리도 질렀는데, 카셀이나 타냐가 눈치채는 일은 없었다.

"이제 어떻게 해?"

에밀이 물었다.

로핀이 손을 내밀었다.

"모르겠는데? 손을 잡으면 되는 걸까?"

에밀이 잡으려고 했지만 손이 통과되어 버렸다. 둘은 동시에 자신의 손을 들어 살폈다.

"이건 당연한 현상이야. 죽은 사람이 산 사람을 만질 수야 없지."

로핀은 심드렁하니 말하더니 걷기 시작했다.

"어디 가?"

에밀이 뒤따라 걸었다.

"어디긴? 여왕님 만나러 가자며?"

"아란티아까지 걸어서?"

"달리 방법이 있어?"

"아까는 무슨 마법이라도 써서 갈 것처럼 말하더니?"

"난 마법 몰라. 넌 알아?"

"나도 몰라."

"그럼 네 며느리 깨워서 알려달라고 하지그래?"

"말이 되는 소리를 해라."

에밀은 로핀을 따라 걷다가 뒤늦게 놀라 말했다.

"잠깐! 나 맨발이야. 신발이라도 신고 올게."

"됐어. 그냥 와."

"못에 찔리기라도 하면 어쩌려고?"

"찔려서 죽으면 나랑 다니기 한결 낫겠네."

로핀은 뒤도 안 돌아보고 어둠 속으로 걸어갔다. 에밀은 하는 수 없이 맨발로 그의 뒤를 따라갔다.

정신을 차리고 보니, 에밀은 넓은 방의 구석에 서 있었다.

창문이란 창문은 모조리 열려 있어 커튼이 바람에 펄럭이고, 벽을 따라 물이 흐르는 소리가 끝없이 들리는 이상한 방이었다. 에밀은 눈을 몇 번 깜빡거리다가 옆에 선 로핀에게 말했다.

"음? 이게 어떻게 된 거야? 방금 전까지 우리……."

에밀은 말을 멈췄다.

방 중앙에 커다란 침대가 있었고, 거기에 누군가 자고 있었다. 여자였다.

에밀은 반사적으로 그녀가 새나디엘 여왕이라는 것을 알았다.

"너, 너, 어, 어떻게 한 거야?"

에밀이 물었다.

로핀도 약간 얼떨떨한 표정이었다가 이내 어깨를 으쓱했다.

"내가 말했잖아. 어떻게 따위는 잊어버리라고."

에밀은 자신의 몸을 더듬었다. 잠옷 차림이어야 할 옷도 그때 그 상태로 뒤바뀌어 있었다. 어느새 신발도 신고 있었다.

"큰일 났군. 계속 이상한 일만 벌어지고 있어."

로핀이 에밀의 팔뚝을 툭 건드……, 리려고 했으나 손이 통과되었다. 하지만 에밀의 시선을 끌기에는 충분했다.

"뭐해? 새나디엘 만나고 싶다며? 어서 가."

에밀은 당황했다.

"자, 자고 있잖아."

"그럼 내일 아침에 깰 때까지 기다릴래? 가서 깨워."

로핀이 재촉했다.

에밀이 로핀의 어깨를 치……, 려고 했으나 통과되고 말았다. 에밀은 어깨를 쳤다 치고 말했다.

"로핀 네가 말해."

"네가 오고 싶어 해서 왔잖아. 네가 말해야지."

"하지만 난 너무 오래전에 잠깐 만나고 처음이야. 심지어 그땐 쉐라였다고."

"나라고 별수 있는 줄 알아? 죽어서 만나는 거 되게 창피하단 말이야."

"아니, 죽었는데 뭐가 창피해?"

"창피하게 죽었잖아. 난 사실 이번 전쟁이 끝나면 새나디엘한테 와서 '훗, 별거 아니었어!'라고 말해주려고 했단 말이야."

"너 근데 아까부터 왜 여왕님이나 폐하라고 안 하고 새나디엘이라고 하는 거야?"

"죽었으니까, 예의 같은 건 안 지켜도 돼."

그때 침대에 누워 있던 새나디엘이 몸을 일으켰다.

둘은 흠칫 놀라 입을 다물었다.

“거기 누구냐?”

그리 큰 목소리가 아니었는데도 그녀에게서 풍겨오는 위압감에 에밀과 로핀은 쭈뼛거리며 앞으로 나섰다.

“접니다, 폐하.”

로핀이 말했다.

“예의 안 지킨다며?”

에밀이 속삭여 물었다.

“나도 모르게 그만…….”

로핀이 우물거렸다.

졸린 눈의 여왕은 이불을 젖히고 침대에서 내려와 둘에게 다가왔다. 그녀의 몸을 걸친 하얀 천은 너무 얇아서 속이 다 비쳤다. 에밀은 더욱 고개를 들 수 없게 되었다.

새나디엘이 에밀을 유심히 쳐다보더니 말했다.

“너구나.”

“네. 그때는 정말 실례가 많았습니다.”

에밀이 고개를 숙인 채로 대답했다.

“고개를 들어라.”

“못 듭니다. 옷이 너무…….”

“얼굴을 보란 소리야!”

에밀은 겨우 고개를 들어 새나디엘을 바라보았다. 그녀는 빙그레 웃으며 말했다.

“정말 오랜만이구나.”

"네, 폐하."

에밀도 웃었다. 그러자 새나디엘이 그의 뺨을 후려쳤다. 장난이라고 할 수 없을 정도로 세게 맞아서 에밀은 뒤로 두 걸음을 휘청거리며 물러날 정도였다.

새나디엘이 차갑게 노려보며 말했다.

"이건 드래곤만 보내고 날 보러 오지 않은 벌이야. 뺨 한 대면 가벼운 벌이지?"

에밀은 뺨을 어루만지며 대답했다.

"네. 가볍네요."

그다음 새나디엘은 로핀의 앞에 섰다.

"넌 왜 어린 모습으로 나타났니?"

"어째 이렇게 되네요. 영문을 모르겠어요."

로핀이 씨익 웃더니 허리에 손을 올리고 물었다.

"저도 치시려고요?"

"그래. 칠 거야."

"뭐에 대한 벌로요?"

"소식도 없이 어디 처박혀서 안 나타나더니, 내 허락도 없이 죽은 죄."

"그건 좀 잘못했네요. 하지만 전 죽었는데 칠 수 있으세요?"

로핀이 때리라면 때리라는 듯 고개를 치켜들었다.

새나디엘이 로핀의 뺨을 후려쳤다.

짝!

로핀은 아예 나가떨어져 바닥을 굴렀다.

"흐음, 로핀 네가 하도 오랫동안 날 못 보더니 내가 누군지도 잊었나 보구나. 죽은 녀석 뺨 한 대 치는 것도 못 할까 봐?"

로핀은 비틀거리며 일어나 말했다.

"죄송합니다."

로핀이 에밀의 옆구리를 팔꿈치로 쿡 찌르……, 려다 실패하고 말했다.

"에밀 너 때문에 화나셨잖아."

"이게 왜 내 탓이야?"

새나디엘은 다시 두 사람 앞에 다가왔다. 둘은 또 한 대 맞을 각오하고 빳빳하게 서 있었다. 그러나 뺨을 치는 대신 그녀는 둘을 같이 끌어안았다.

"둘 다 다시 와줘서 고마워."

새나디엘은 손바닥 자국으로 달아오른 두 사람의 뺨에 키스를 한 번씩 하고 떨어졌다.

"자, 무슨 일이 있었는지 말해보렴. 특히 너!"

새나디엘이 에밀을 가리켰다.

"네, 넵! 다시 소개드립니다. 에밀 노이라고 합니다."

"이제 와서 자기소개 하란 소리는 아니었는데?"

"죄, 죄송해요. 이름은 말 안 하고 '너'라고 하시기에 그만."

"뭐, 어쨌든!"

새나디엘은 그 옛날 쉐라였을 때처럼 허리에 당당하게 손을 올리고 말했다.

"네가 왔으면 할 때는 네 아들이 오고, 네 아들이 왔어야 하는 지금은 네가 온 이유에 대해서 좀 듣자꾸나."

에밀은 달리아를 만나고 난 후의 지난 세월을 짧게 얘기한 다음 카셀이 돌아온 것, 그리고 로핀과 같이 길을 걷다 정신 차리고 보니 여기와 있게 된 경위를 설명했다.

새나디엘은 입술을 만지작거리며 고개를 갸웃거렸다.

"그것 참 이상하구나. 그럼 난 지금 두 명의 유령을 보고 있는 건가?"

"글쎄요, 제 육체는 지금 침대 위에 있고, 내일 카셀과 타냐는 제 시체를 치우는 일을 하게 되는 걸까요?"

에밀이 물었다.

새나디엘은 고개를 갸웃거렸다.

"놀랍구나. 화이트 게이트 안에서 내가 이해하지 못하는 일이 벌어지다니."

새나디엘과 에밀이 똑같이 고민에 빠지자, 로핀이 손을 휘저었다.

"그런 건 아무래도 상관없어요, 새나디엘."

"이제 예의는 아예 집어던지기로 작정했구나, 로핀."

"난 원래 싸가지가 없었어요. 그리고 새나디엘은 그런 날 좋아했고요."

"음, 딱히 좋아한 건 아니야. 재미있어 한 거지."

"그, 그랬어요?"

로핀은 시무룩한 표정으로 말을 이었다.

"젠장, 넘어가죠. 우린 지금 시간이 없어요. 난 궁금한 걸 알아야 하고, 에밀을 어딘가로 데려가야 해요."

에밀이 의아해하며 물었다.

"너 그게 무슨 소리야? 내가 가고 싶은 곳으로 가야 한다며? 그럼 난 제대로 온 거야. 여기서 또 어딜 간다는 거야?"

"나도 새나디엘을 만나고 싶었어. 하지만 여기가 종착지는 아니야. 우린 더 가야 해."

"더? 어디?"

"난 서둘러야 한다는 것밖에 몰라."

새나디엘이 가만히 쳐다보다가 물었다.

"로핀, 초조해 보이는구나. 뭐가 그렇게 궁금한 거니?"

"뭔가 궁금한 것 같은데, 그게 기억이 안 나요."

로핀은 답답한지 가슴을 두들겼다.

"네가 궁금해 할 만한 일이라면……."

새나디엘은 고개를 좌우로 반복해서 갸웃거리다가 말을 이었다.

"아즈윈이려나?"

"맞다! 아즈윈!"

로핀이 주먹으로 자기 손바닥을 내리쳤다.

"내가 어떻게 그 애 이름을 잊어버릴 수가 있지? 아즈윈은 어떻게 됐어요?"

"어떻게 됐는지 모르니?"

"구아닐을 베는 모습까지는 봤어요. 하지만 구아닐은 그 자체가 죽음의 저주로 똘똘 뭉친 괴물이지요. 그걸 벤 사람이 무사할 수는 없어요."

로핀이 호들갑을 떨며 말했다.

새나디엘은 로핀의 어깨를 두들겨 주었다. 그녀의 손길은 통과되지 않았다.

"적어도 아즈윈이 화이트 게이트 안에 있는 이상 그 애를 괴롭힐 수 있는 저주 같은 건 없단다."

"화이트 게이트를 벗어나면요?"

"그건 나도 모르지."

"그걸 알아야겠어요!"

"네가 걱정할 필요가 뭐가 있겠니? 아즈윈은 내 수호기사가 될 거야. 당분간 화이트 게이트를 벗어날 일 없어."

로핀이 놀라며 물었다.

"아즈윈이 수호기사? 퀘이언은? 벌써 은퇴예요?"

"퀘이언은 이번에 날 지키려다 많이 다쳤어. 지금도 거동이 불편하지. 서둘러 인수인계를 해줘야 해."

"아즈윈은 아직 어린데요."

"퀘이언의 뒤를 잇기에는 충분해."

"그야 물론이죠. 내 제자인데, 그 정도쯤은 알고 있었어요. 그러니 더더욱 아즈윈은 무사해야 해요."

새나디엘은 약간 고민해 보더니 말했다.

"르고에게 묻는 게 어떨까?"

"르고?"

로핀이 이해를 못 하며 새나디엘을 올려다보다가 뒤늦게 놀라 고개를 끄덕였다.

"아! 르고!"

계속 듣기만 하던 에밀이 물었다.

"르고라면 대장장이를 말하는 거야? 카셀에게 들었어. 즈토크 워그라는 울프 기사단 보검을 만들었다며?"

"맞아."

"카-구아닐을 죽인 저주에 대해 여왕님도 모르는 일을 어떻게 그 사람이 알 수 있지?"

"구아닐을 벤 마지막 무기는 내가 준 베나 에실크가 아니라, 게랄드의 도끼였어. 구아닐을 벤 후에도 그 도끼는 부서지지 않았지. 그 도끼를 만든 사람도 르고야."

로핀은 약간 흥분하며 말을 이었다.

"아즈윈이라면 절대 그 도끼를 버리지 않고 다시 가져왔을 거야. 어서 르고에게 가서 물어보자."

로핀이 에밀의 팔을 잡아끌려다 실패하며 앞으로 고꾸라졌다.

로핀이 바닥에 부딪친 코를 움켜잡고 화를 냈다.

"뭘 멍청하게 서 있어? 어서 가자!"

에밀은 고개를 저었다.

"기다려. 난 지금 폐하와 인사밖에 나누지 못했어! 아직 하고 싶은 얘기가 많아."

"웃기시네. 그럼 이 상태로 술 한잔하면서 이십 년 묵은 얘기라도 할 셈이야?"

로핀이 따지듯 물었다.

"안 될 게 뭐 있어?"

에밀은 로핀에게 물었다가 뒤따라 새나디엘에게 물었다.

"안 되는 건가요?"

새나디엘은 희미하게 웃기만 했고 로핀이 계속 말했다.

"이십 년 묵은 얘기를 하려거든 네 발로 찾아와서 해. 내내 안 와 놓고선 이제 와서 욕심 부리는 거야, 뭐야?"

"그래, 그건 내가 잘못했어. 그러니까 그만 좀 해!"

에밀도 화가 주체되지 않아 마주 소리 질렀다.

"하지만 어쨌든 난 여기 왔어. 어떤 경로로 왔든, 온 건 온 거잖아! 그러니 난 여왕님과 더 얘기해야겠어. 정 궁금하면 너 혼자 가. 난 여기서……."

"에밀."

새나디엘이 에밀의 흥분을 가라앉히듯 낮은 어조로 말을 이었다.

"로핀의 말이 옳아. 나도 너와 얘기하고 싶어. 하지만 내가 보고 싶은 건 이런 모습이 아니야."

"이런 모습……, 이라니요?"

"네 지금 그 모습은, 현재의 모습이 아니지 않니?"

에밀은 자신의 몸을 한 번 내려다본 다음 새나디엘을 올려다보았다. 그녀의 모습이 그때 그대로라 잠시 착각하고 있었다. 그녀를 만난 후 너무도 긴 세월이 흘렀다.

"내가 보고 싶은 건, 그리고 내가 대화하고 싶은 건 현재의 너란다. 이 자리에 있는 넌 진짜 네가 아니라, 과거에 쉐라를 만난 이름 없는 여행자야."

그녀는 에밀의 뺨을 살짝 어루만지며 말을 이었다.

"언제고 카셀과 타냐를 데리고 같이 오렴. 두 사람이 로크의 전쟁이 끝나고 여기가 아니라 너부터 찾은 건 이해할 수 있는 일이다. 네가 지난 세월 동안 여길 오지 못한 것도 이해할 수 있어. 그러니 다시 시간을 들여, 그때처럼 네 발로 직접 걸어서 와야 한다."

에밀은 죄책감과 그리움에 대꾸도 못 했다.

새나디엘은 빙그레 웃으며 얘기를 마무리했다.

"그럼 그때 우린 좀 더 제대로 된 얘기를 나눌 수 있을 거야. 하룻밤 정도가 아니라, 몇 날 며칠을 들여도 좋지. 그리고 그땐 술을 아껴 마실 필요도 없을 거야."

"하지만 폐하. 전 이대로 가기에는 너무……."

에밀이 어물거리며 말할 때 문이 덜컥 열렸다.

문밖에 여왕 수호기사 퀘이언이 서 있었다. 에밀과 로핀은 도둑질하다 걸린 사람처럼 얼어붙었다. 퀘이언은 인상을 찌푸리며 새나디엘에게 물었다.

"폐하, 괜찮으십니까?"

"응, 괜찮아."

새나디엘이 웃으며 대답했다.

퀘이언은 뒤이어 두 남자를 돌아보며 물었다.

"이 둘은 누구죠?"

로핀이 놀라 물었다.

"넌 씨……, 이제 유령도 보냐?"

"유령?"

퀘이언이 의심쩍은 시선으로 노려보았다.

로핀은 에밀의 옆구리를 쿡 찌르……, 려다 실패하고 말했다.

“이젠 내가 되살아나서 제 실력을 발휘한다 해도 저 녀석은 못 이길 거야. 완전 내 조수나 다름없는 녀석이었는데!”

퀘이언은 눈을 가늘게 뜨고 어린 소년의 모습을 하고 있는 로핀에게 물었다.

“어째 낯이 익군. 넌 누구냐?”

로핀은 툴툴대며 대꾸했다.

“누군지 맞혀 봐, 자식아!”

퀘이언은 로핀을 노려보았고 로핀도 피하지 않고 퀘이언을 노려보았다.

퀘이언이 새나디엘에게 물었다.

“폐하, 이 녀석들…….”

퀘이언의 손은 이미 허리에 차고 있는 여왕 수호자의 검 베나 실크에 올라가 있었다.

“……없앨까요?”

에밀, 로핀, 그리고 새나디엘, 셋이 동시에 외쳤다.

“안 돼!”

로핀은 르고의 작업실 문을 두들겼다. 오랫동안 대꾸가 없자, 그는 다시 한 번 노크를 했다. 에밀은 로핀의 손을 유심히 관찰하다가 말했다.

"이상하긴 하군. 유령이면 다른 사람 눈에 안 보여야 하는데 보이질 않나, 문을 두들기질 않나……."

에밀은 로핀의 뺨을 손가락으로 찔러 보았다. 그러자 손가락이 뺨을 쑤욱 통과해 들어갔다. 아무 감촉도 느낄 수 없었다.

"……그런데 정작 만질 수는 없고? 왜 이런 거지?"

"아, 이쯤 되면 그냥 그러려니 해라. 따지는 것도 많네."

로핀은 계속 문을 두들겼다.

에밀이 지적했다.

"가만있어 보자! 유령이면 그냥 통과해서 들어가면 되잖아."

"너 촌구석에만 살아서 다 잊어버린 거냐? 예의를 지켜야지."

"하지만 우린 아까 아예 여왕님 주무시는 침실로 들어갔잖아."

"그건 애초에 이동 자체가 침실로 되어버린 거야. 예의를 지킬 여력이 없었지."

"그건 그러네."

눈을 감았다 떴더니 침실이었던 터라 무례하게 쳐들어간 꼴이었다. 만약 침실 안이 아니라 침실의 문 앞에 도착했다면 다짜고짜 퀘이언의 베나 실크에 죽었을지도 모를 노릇이었다.

아무튼 퀘이언을 벗어나 로핀에게 등 떠밀리다시피 여왕의 방을 나서니, 곧장 르고의 대장간 앞이었다.

에밀은 못내 아쉬워 뒤를 자꾸 돌아보게 되었다.

"난 여왕님과 제대로 작별 인사도 못 하고 나왔어. 문을 나선 다음에 적어도 돌아서서 '그럼 나중에 봐요.' 정도는 말할 수 있을 줄 알았는데 말이야."

"넌 나중에 만나면 되잖아. 새나디엘의 말대로 네 발로 걸어서! 뭐가 걱정이야?"

"아쉽다는 소리야. 넌 안 아쉬워?"

"에이, 그럼 르고를 만난 다음 다시 돌아가면 되지."

"네 생각에는 돌아갈 수 있을 것 같아? 다시 여왕님의 방으로?"

로핀이 무슨 엉뚱한 소리냐는 듯 돌아볼 때 안에서 성난 목소리가 흘러나왔다.

"어떤 놈이냐? 이렇게 불러 놓고 급한 일이 아니면 가만 안 두겠다."

어린아이의 모습을 하고 있는 왕실 대장장이 르고가 문을 열었다. 이미 카셀을 통해 얘기는 들었는데 막상 대면하자, 에밀은 그의 외모가 무척 놀라웠다.

르고는 겨울도 아닌데, 두 겹이나 되는 외투를 껴입고 있었고 졸린 눈으로 로핀을 노려보았다. 그는 로핀과 에밀을 번갈아 보며 뭔가 더 말하려고 했는데, 로핀이 잽싸게 먼저 말했다.

"르고, 저예요, 로핀."

르고는 깜짝 놀라며 말했다.

"넌 왜 그 모습이냐? 나 같은 마법을 당한 게냐?"

르고는 이내 고개를 세차게 좌우로 저었다.

"아니, 아니, 아니! 애초에 너 죽었다고 들었는데, 어떻게 살아 있는 거야?"

"그런 게 뭐가 중요해요! 물어볼 게 있어서 왔어요!"

"이놈아! 죽은 사람이 돌아온 게 왜 안 중요해?"

로핀은 막무가내로 물었다.

"아즈윈이 맡긴 도끼, 손 보셨어요?"

르고는 한쪽 눈은 크게 뜨고 한쪽 눈은 거의 감듯이 작게 떴다.

"그거 알고 싶어서 살아 돌아온 거냐?"

"그건 아닌 것 같지만, 지금은 그게 중요해요."

"긴 얘기가 필요하겠군. 차 마실래?"

"못 마셔요. 죽어서."

"나는 마셔야겠군. 그쪽은?"

"아, 전 에밀이라고 합니다."

"에밀이 누구였더라?"

르고가 묻자, 로핀이 대신 대답했다.

"캡틴 카셀의 아버지예요."

르고가 놀라며 말했다.

"이건 또 무슨 소리야? 그쪽 얘기가 더 궁금한데?"

"르고! 도끼 얘기부터!"

로핀이 으르렁거렸다. 르고는 손사래를 쳤다.

"그런 얼굴로 화내봐야 하나도 무섭지 않아. 그리고 난 이 밤중에 차 한잔 마시지 않고는 한마디도 해줄 수 없어."

르고는 도로 작업실 안으로 들어갔다. 로핀은 투덜대며 따라 들어갔다.

"하여간 이놈의 노인네는 챙기는 것도 많아!"

에밀은 차를 마실 수 있었다. 하지만 로핀은 마시지 않았다.

르고가 로핀의 몫도 내주기는 했지만 찻잔을 쥐지 못하는 것인지, 아니면 제자인 아즈윈의 소식이 너무 너무 궁금한 나머지 차를 마실 생각도 못 하는 건지는 알 수 없었다.

"맞아. 아즈윈이 돌려준 도끼에는 카-구아닐의 피가 묻어 있었어. 그건 물이나 기름으로 지운다고 지워지는 게 아니니까."

르고가 말했다.

로핀이 긴장하며 물었다.

"그 피를 제거하면서 무슨 이상한 기운 같은 건 없었습니까?"

"드래곤의 피 자체가 보통 피가 아니긴 하지."

르고는 뜨거운 차를 호호 불어가며 천천히 대답했다. 그럴수록 로핀은 초조해 했지만 르고는 개의치 않았다.

"하지만 피는 피고, 마법은 마법이야. 아즈윈이 가져온 도끼날에는 아무런 저주의 흔적도 남아 있지 않았어."

"저주의 힘이 아즈윈에게 옮겨가는 바람에 아무 흔적도 남지 않았을 수도 있죠."

"의심도 많구나, 로핀. 하지만 조심해서 나쁠 건 없지. 무엇보다 상대는 죽지 않는 자들의 군주 그 자체라고 할 수 있는 구아닐이었으니까."

르고는 찻잔을 내려놓더니 한쪽으로 걸어가 벽에 기댄 도끼 자루를 덮은 하얀 천을 걷었다. 에밀이 두 손으로 들어도 옮기기 힘들 정도로 무거워 보이는 커다란 전투 도끼였다.

"그게 게랄드의 도끼인가요?"

에밀이 감탄하며 물었다.

“게랄드를 위해 만든 도끼지만 정작 게랄드는 한 번도 써본 적이 없어서 그 녀석 거라고 말해야 할지 모르겠군. 그 녀석이 이걸 썼다면 대단했을 텐데, 안타까운 일이야.”

르고는 슬픈 얼굴로 도끼 자루에 손을 얹은 채 잠시 침묵했다. 에밀은 지금 그가 어떤 심정일까 상상해 보았다. 르고는 이내 찌푸린 미간을 펴며 말했다.

“정작 이걸 쓴 건 제이메르였다고 들었다.”

“아마 그랬을 겁니다.”

로핀이 대답했다.

“아마? 네가 가장 가까이 있지 않았나? 난 지금 너한테 자세히 듣고 싶어서 물은 건데?”

“죽기 전 상황이 잘 기억이 나지 않아서요.”

“흐음, 죽으면 그렇게 되는 건가?”

“저도 처음 죽어본 거라 그런 건지 아닌 건지 모르죠. 어쨌든 얘기하시죠.”

르고는 자루를 톡톡 두들기더니 말했다.

“난 하얀 늑대들이 조만간 인간이 아닌 존재와 싸우게 될 거라고 봤지. 그래서 그들에게 그런 무기가 필요하게 될 거라고 생각했어.”

“이른바 예지인 건가요?”

에밀이 물었다.

르고는 인상을 찌푸렸다.

“난 그런 단어를 싫어하니, 경험이라고 해두지. 애초에 지금 하얀 늑대들의 이전 하얀 늑대들은 그런 존재와 싸웠지. 그때의 무기도 내가 만들었지만 별 소용없었어. 오직 아이린이 지닌 베나 에사르크만 힘을 발휘했으니까."

"소용없긴요! 우리는 그때 르고가 만들어준 무기 덕을 톡톡히 봤는걸요."

로핀이 주장했다.

"그때 일은 기억나나 보군?"

르고가 물었다.

"의외로 그러네요."

"아무튼 난 그 사실이 너무 분했어. 그래서 이번 하얀 늑대들에게는 꼭 그런 일에 쓸 수 있는 무기를 만들어주고 싶었던 거야. 때마침 난 아란티아 보검을 만들어 본 경험이 있어서 백지 상태는 아니었지."

"그 도끼에는 즈토크 워그의 기술이 들어간 셈이군요?"

에밀이 물었다.

"내가 해주고 싶은 얘기가 그거야. 즈토크 워그는 베나 에사르크처럼 사악한 악령의 힘을 억제하고 벨 수 있는 힘을 스스로 갖추고 있었지. 나는 그것과 같은 원리를 집어넣었어. 이 무기로 베었다고 저주 같은 게 옮겨 붙는다면 둘 중 하나가 벌어지게 되지."

르고는 자루를 세게 몇 번 두들기며 말을 이었다.

"저주의 힘에 이게 부서지거나, 아니면 저주가 이 무기의 힘에 제거되거나."

"몸에 들러붙는 방법도 있어요."

로핀이 기억을 떠올리며 말을 이었다.

"어렸을 때 몇 번 경험했지요. 사악한 존재를 베면 제 손에 베나 에사르크를 쥐고 있어도 저주가 몸에 붙어 있게 돼요. 꼭 가벼운 감기에 걸린 기분이 들죠. 어깨가 무겁다거나 기침을 하게 되죠."

르고는 손가락을 치켜들고 혀를 쯧쯧 찼다.

"하나만 알고 둘은 모르는군. 아즈윈은 이미 화이트 게이트를 통과해서 며칠째 나디움에 있으면서 새나디엘을 수없이 만났다!"

"흐음, 저주를 가진 존재가 화이트 게이트를 통과할 수 없고 설사 통과했어도 새나디엘이 알아냈을 거라는 거죠?"

"그뿐인가? 베나 실크를 손에 쥐고 퀘이언에게 여왕 수호기사 훈련을 받기 시작했지. 설사 죽지 않는 자들의 군주 본체가 심은 저주라 해도 그 모든 걸 뚫고 아직까지 아즈윈에게 들러붙을 수는 없어."

르고는 다시 한 번 도끼 자루를 탁탁 쳤다.

"덧붙여 이건 내 추측인데, 구아닐은 갑작스럽게 죽는 바람에 저주를 남길 겨를도 없었을 거야. 설마 자기가 도끼 든 여자에게 목이 잘릴 거라고 생각이나 했겠나?"

"그런 말을 들으면 들을수록 저에 대한 자부심이 무럭무럭 피어오르는군요. 아즈윈을 키운 건 저예요. 아이린을 포함해 수많은 울프들을 여기로 데려온 것도 저고요. 전 정말 대단한 것 같아요."

로핀은 아무렇지도 않게 잘난 척을 늘어놓더니 옆에 있는 에밀을 돌아보았다.

"그리고 그런 절 여기로 보낸 건 에밀이죠."

르고는 웃음을 터트렸다.

"자세히 듣고 싶은 얘기군. 로핀 네가 울프 기사단에 찾아온 일화는 잘 알고 있다만, 그게 이 청년과 연관되어 있었나?"

르고는 도끼를 갖다 두고 돌아와 다시 찻잔을 쥐었다.

"애초에 카셀은 어떻게 아란티아로 오게 됐지?"

"카셀이 얘기 안 했습니까?"

에밀이 물었다.

르고는 찻잔을 입술에 댄 채로 고개를 저었다.

"궁금하면 누구 다른 하얀 늑대들에게 묻지 그러셨어요?"

로핀이 물었다.

"당사자한테 직접 들어야 재미있겠다 싶어 일부러 듣지 않았다."

르고의 말에, 에밀이 재빨리 대꾸했다.

"좀만 더 기다리세요. 녀석이 직접 와서 더럽게 길고 자세하게 얘기해 줄 겁니다."

"기대하지."

르고는 어딘지 모르게 흐뭇한 얼굴로 계속 차를 마셨다.

"얘기 끝난 거지? 그럼 이동하자."

로핀은 벌써 자리에서 일어나 재촉하고 있었다.

"응? 또?"

"몇 번이나 같은 말 하게 하지 마. 우린 얼른 가야 해. 왜인지도 묻지 마. 나도 모르니까."

로핀은 벌써 문 쪽으로 걸어가고 있었다. 그는 르고에게 작별 인사도 하지 않았다.

에밀은 급히 로핀의 뒤를 따르려다 멈칫하고 돌아섰다.

르고는 떠나는 에밀을 조용히 바라보고만 있었다. 이대로 문을 나서면 또 작별 인사를 하지 못하게 될 것 같아, 에밀은 그 자리에 선 채로 말했다.

"저도 카셀과 같이 올 수도 있습니다만, 그땐 아마 이런 모습이 아닐지도 모릅니다. 놀라지 마세요."

"내 모습을 보면 알겠지만, 난 어지간한 일에는 눈 하나 깜짝 안 하는 기적을 체험한 몸일세."

"그렇겠군요."

에밀은 고개를 숙여 인사하려다 멈칫했다.

"아, 참. 아마 이 얘기는 카셀의 몫이겠지만, 만난 김에 먼저 해드려야 할 것 같아요."

"하게."

"아란티아의 보검, 스토크 워그를 만드셨죠?"

르고는 고개를 끄덕였다.

"그 칼이 죽지 않는 자들의 군주를 베었다는 얘기도 들었겠군요?"

"그런 다음 부서졌다는 얘기도 들었네. 그건 내가 의도한 게 아닌데, 제대로 만든 건지 모를 일이야."

르고는 감흥 없이 대꾸했다.

"카셀은 그 일이 있기 훨씬 전에 그 칼을 하늘 산맥의 드래곤, 사-나딜에게 보였다고 합니다."

"으음, 그 얘기는 처음이군. 사-나딜이라면 여신 나디우렌을 말하는 건가?"

"아십니까?"

"한 달 전 화이트 게이트에 잠깐 모습을 드러내고, 나디움을 구한 다음 또 떠나셨지. 멀리서만 봐도 그 위엄은 말도 못 할 정도였다네."

"네. 그분이 직접 스토크 워그를 보고 감탄하며 칼을 만든 장인의 이름을 묻고자 했다고 합니다. 카셀은 르고의 이름을 말했고, 사-나딜께서 찬사를 전해달라고 부탁하셨다고 합니다."

"그런 말씀을 하셨다고?"

르고의 얼굴이 심각하게 굳었다. 의외였다. 자신의 칼이 세상을 파괴할 악마를 죽였다는 말에는 별 감흥 없더니, 드래곤의 칭찬에는 저런 표정이라니?

"전해줘서 고맙네."

"나중에 카셀이 오면 더 자세히 들려줄 거예요."

"알겠네. 알겠어. 으음, 그렇군."

르고는 찻잔을 들고 돌아서서 부엌 쪽으로 가버렸다. 에밀은 작별 인사도 못 하고 대장간을 나와야 했다.

밖에서 로핀이 발을 동동 굴리며 기다리고 있었다.

"뭐 하느라 이제야 나오는 거야?"

"인사 좀 드리느라."

"인사 참 길기도 하다. 어서 가자."

"어디로?"

"가다 보면 또 어딘가로 저절로 가겠지."

로핀은 내리막길로 걷기 시작했다. 에밀도 뒤따라 걸으려는데 대장간 쪽에서 희미하게 르고의 울음소리가 들려왔다.

에밀은 깜짝 놀라 문 쪽으로 되돌아가 귀를 기울였다.

"루티아, 내가 해냈어."

잘못 들은 게 아니었다. 르고는 울음 섞인 목소리로 말하고 있었다.

"우리가 해낸 거야……."

에밀은 문에서 멀어졌다.

"에밀!"

로핀이 내리막길 쪽에서 화를 냈다.

"간다, 가!"

에밀은 서둘러 로핀을 뒤따라갔다.

화이트 게이트를 통과해 한참을 걷던 에밀이 멈춰 섰다. 돌아보니 어둠 속에 잠긴 나디움의 모습이 보였다.

"로핀."

에밀이 부르자, 앞만 보고 걷던 로핀이 돌아섰다.

"왜?"

"우리, 어디 가는 거야?"

"말했잖아. 우린……."

"……어딘지 몰라도 계속 가야 한다는 건 아는데, 이번엔 너무 걸었잖아. 지금까지는 조금만 걸어도 순식간에 다음 장소로 이동해버렸는데, 지금은 아니야."

"어? 듣고 보니 그러네. 왜지?"

로핀도 새삼 주변을 살피기 시작했다.

에밀은 화이트 게이트와 나디움을 바라본 다음, 골드 게이트로 쭉 뻗은 일직선의 길을 살폈다.

“로핀, 뭔가 더 궁금한 거라도 있어? 제자의 생사 말고 다른 거. 나만큼은 아니지만 너도 나다움은 오랜만이잖아.”

“궁금한 건 있어. 그런데 그게 뭔지 떠오르지 않아.”

“생각해 봐. 안 그러면 우린 밤새 이렇게 걸어야 할 거야.”

에밀은 순간 겁이 덜컥 났다.

“잠깐, 밤새 걷는 게 아니라 평생 이렇게 걷게 되는 거 아니야? 저주에 걸려 영원히 떠돌다 어느 순간 죽음에 이르는…….”

“진정해. 그렇진 않을 거야. 모르긴 몰라도, 이 밤이 끝나면 이런 기적은 다 끝나지 않을까?”

로핀이 차분하게 말했다.

에밀이 물었다.

“이 밤이 끝이라면 더더욱 목적지를 정해야지. 하염없이 걷다가 대체 어디까지 가려고?”

“계속 이렇게 왔는데도 아까 같은 이동이 없다면…….”

로핀이 턱에 손을 올리고 제자리에서 맴돌았다.

“……여기가 우리 다음 목적지라는 소리네.”

에밀이 주변을 살피며 물었다.

“이런 허허벌판에 누가 있다고?”

옆을 보니 누가 있었다.

에밀은 깜짝 놀라 뒤로 풀쩍 뛰었다. 로핀이 그 모습을 보고 웃었다.

“하하, 너 웃긴다.”

“그런 건 됐고!”

에밀은 방금 발견한 사람을 향해 소리쳤다.

"거기 누구요!"

스무 걸음쯤 떨어진 자리에 시커먼 그림자가 천천히 일어나고 있었다. 로핀이 겁 없이 그쪽으로 걸어갔다.

"뭘 묻고 그래? 가보면 되지."

"위험한 거면 어떡해?"

"죽었는데, 위험할 게 뭐가 있어?"

"난 안 죽었잖아."

"그럼 위험해도 죽기밖에 더 해? 너도 죽어봐. 생각보다 그렇게 비참하진 않아."

에밀이 로핀의 뒤를 조심조심 따라가는데 어둠 속의 남자가 말했다.

"거기 있는 두 사람은 누군가?"

로핀이 계속 걸어가며 물었다.

"너야말로 누구냐?"

"나는……."

그 그림자는 잠시 망설이더니 말을 이었다.

"웰치다."

"웰치? 익셀런의 캡틴?"

로핀이 물었다.

에밀과 로핀이 다가가니 달빛에 그의 얼굴이 드러났다. 로핀이 알아보고 말했다.

"진짜 웰치네?"

웰치는 당황하며 주변을 두리번거렸다.

"나는 또 살아난 건가? 이러면 안 된다. 또 무슨 무서운 일이 일어나려고……."

무섭다고 로핀 뒤에만 서 있던 에밀이 웰치에게 다가갔다.

"그레이그?"

"누구인가……? 내 본명을 아는 사람은 드물 텐데."

웰치가 고개를 갸웃하며 물었다.

에밀은 자신의 가슴을 두들기며 말했다.

"날세. 에밀."

"에밀……? 루우룬 마을의 그 농부?"

웰치도 당황하며 물었다.

"왜 그런 모습인가, 에밀?"

"얘기하자면 길어."

에밀도 당황해서 로핀에게 말했다.

"이거 큰일이군, 로핀. 죽은 사람이 살아난 게 너 하나만이 아닌 것 같아."

웰치는 또 한 번 놀랐다.

"로핀? 로핀 울프가 왜 그런 어린애의 모습인가?"

로핀이 어깨를 으쓱하며 말했다.

"얘기하자면 길어."

에밀은 손을 내밀어 웰치의 어깨를 만져보려 했다. 하지만 역시나 로핀처럼 몸이 통과되어 버렸다.

"그레이그 자네 역시 내가 알던 모습이 아니야. 이게 어떻게 된 건가? 카셀한테 얘기를 들었더니, 자네는 죽지 않는 자들의 군주가 살려내어 움직이다가 다시 죽음으로 돌아갔다면서?"

"카셀?"

웰치는 또다시 놀랐다.

"내 아들이야."

에밀은 대답했다가 이내 눈을 부라리며 웰치를 노려보았다.

"그러고 보니 너 이놈! 내 아들을 죽일 뻔했다면서?"

"그건……, 그럴 만한 사정이 있었네."

"그 사정이 뭔데?"

에밀의 질문에, 웰치는 앞서 두 사람이 했던 말을 고스란히 반복했다.

"얘기하자면 길다."

에밀과 로핀, 웰치 셋은 서로의 얘기를 교환했다. 막상 다 얘기하고 나니 오해할 만한 일도 못 됐다. 에밀은 속이 후련했다.

에밀은 로핀을 바라보며 말했다.

"우리가 뭔가에 이끌리고 있다면 여길 오는 게 맞았군."

로핀은 '내가 뭐랬어?' 하는 얼굴로 어깨를 으쓱하더니 말했다.

"그러니까 정리해 보자. 너희 두 사람은 루우룬 마을에서 만난 적이 있었고, 서로 몇 시간이나 술을 마시며 얘기를 했으면서 정작 서로가 누군지 몰랐던 거지?"

에밀은 고개를 끄덕이며 웰치에게 말했다.

"난 그저 익셀런 기사단 내에 여러 부대가 있고 각 부대마다 여러 캡틴이 있고, 그레이그 자네는 그중 하나인 줄 알았지. 캡틴 웰치라고는 생각도 못 했다."

웰치는 죄책감이 드러나는 표정으로 말했다.

"웰치라는 이름을 자네한테 말하고 싶지 않았네."

"아무렴 어떤가? 정말 반갑네."

에밀이 다가가서 끌어안으려다 몸이 통과되는 바람에 비틀거리며 쓰러졌다.

우스꽝스럽게 넘어지는 그를 보고 로핀은 웃었다.

"그렇게 경험하고도 모르겠냐? 잰 죽은 애야."

웰치는 새삼 깨닫고 당황했다.

"그래. 나는 죽었다. 그러니 여기 있어선 안 된다. 또 뭔가 안 좋은 일이 벌어지고 말 거다."

에밀은 손을 털고 일어나며 말했다.

"네 얘긴 카셀을 통해서 들었다. 하지만 지금 상황은 그때랑은 다른 것 같아."

웰치는 머리를 짚더니 고개를 끄덕였다.

"확실히 다르긴 하군. 그때는 아무것도 기억하지 못했지만 지금은 다 기억난다. 네 아들을 죽일 뻔한 일도, 마지막 순간 하얀 늑대들 중 하나와 싸웠던 일도."

웰치는 두 사람을 돌아보며 희미하게 웃어 보였다.

"그런데 너희들은 날 만나러 여길 온 건가?"

"아니, 그건 아니야."

로핀은 딱 잘라 말했다.

에밀이 지적했다.

"아니야. 난 만나고 싶었어. 그래서 무의식중에 여길 온 거야."

"하지만 넌 웰치 만나고 싶다고 말 안 했잖아?"

"당연히 못 만난다고 생각해서 말을 안 한 거야. 너 말고 다른 죽은 사람을 만날 줄 알았겠냐?"

에밀이 힘을 주어 강조했다.

로핀은 웰치의 가슴을 손등으로 툭 쳤다. 같은 유령이라 칠 수 있는 모양이었다.

"난 딱히 널 만나고 싶다는 생각은 안 했다, 웰치. 그냥 내 제자의 일을 확인하던 차에 들른 것뿐이야."

에밀은 '으이그' 하고 꿀밤이라도 한 대 먹여주고 싶었지만 그렇게 할 수 없었다.

새나디엘의 마법이 필요하다고 생각할 때, 웰치가 말했다.

"제자……, 제자……."

그는 중요한 것을 떠올리려는 필사적인 표정으로 머리를 감싸 쥐더니 이름을 하나 토해냈다.

"빌리!"

웰치는 에밀을 보고 물었다.

"카셀을 통해 들은 게 없나? 빌리는 어찌 되었나? 혹시 내가 죽은 다음, 죽은 건 아니겠지?"

에밀이 대답하기도 전에 로핀이 말했다.

"빌리라면 로크의 전투에서 마지막 순간 울프 기사단과 같이 왔더라. 적어도 내가 봤을 때까지는 안 죽었어."

"자세히 얘기해다오!"

"에이, 시간 없는데……."

"어서!"

웰치가 로핀의 멱살을 잡아 들어 올렸다.

로핀은 들린 상태로 에밀을 돌아보며 말했다.

"이것 봐. 이건 다 네 잘못이야."

"뭐가 내 잘못이라는 거야?"

에밀이 물었다.

"에밀 네가 스무 살의 날 만나러 와주었다면 지금 내 모습은 스무 살이었을 거야. 그랬다면 지금 이 자식이 날 집어 올려서 이런 엄한 짓 하는 걸 얼마든지 막을 수 있었을 테지. 물론 내가 마음만 먹으면 지금의 이런 꼬맹이 상태로도 충분히 이 녀석을 해치울 수 있긴 하지만."

로핀이 잘난 척하자, 웰치는 멱살 잡은 그를 흔들면서 화냈다.

"닥치고 어서 말하라니까!"

로핀은 그 상태에서 팔짱을 꼈다.

"아주 죽일 기세네? 죽여보시지."

웰치는 이글거리는 눈빛으로 노려보다가, 곧 로핀을 내려놓았다.

로핀은 구겨진 옷깃을 정돈하면서 말했다.

"빌리는 로크의 전투 마지막 날, 울프 기사단과 함께 나타났지. 그리고 드래곤 기사단과 이로피스 왕실 기사단을 지휘했고……."

로핀은 자기가 죽은 순간은 잘 기억 안 난다더니 빌리가 쓴 전략에 대해서는 자세히 얘기했다.

모든 얘기를 들은 뒤에야 웰치는 안도했다.

"다행이다. 정말 다행이야. 그 애야말로 익셀런 기사단의 캡틴에 어울릴 만한 기사인데, 나 같은 놈 때문에 죽어선 안 될 일이지."

에밀은 조금 불만스럽게 말했다.

"아무 말 안 하려고 했지만, 그레이그! 빌리 역시 카셀을 죽일 뻔한 녀석이라 네가 그토록 찬양하는 걸 내버려 둘 수가 없군."

"얘기를 다 들었다면 알겠지. 어쩔 수 없는 상황이었다. 빌리는 그 상황에서의 최선을, 카셀은 자신의 자리에서 최선을 다했을 뿐이다."

"결과적으로 무사히 끝났지만, 자칫하면 넌 죽지 않는 자들의 군주가 이끄는 악마의 군단을 나디움으로 이끌 뻔했어."

에밀이 지적했다.

웰치는 웃었다.

"그거 아나, 에밀? 자넨 아까부터 과거에 대해 '그럴 뻔했다.'라는 말만 하고 있다. 그럴 수도 있었지. 하지만 아니지 않나? 사람은 누구나 어떤 일에 대해 그럴 수도 있고 아닐 수도 있어."

"그거야……."

에밀은 뭔가 말하려다 입을 다물었다. 오늘 밤 그는 자주 말문이 막혔다. 그 틈에 웰치가 계속 말했다.

"내가 이런 모습이 아닐 수도 있었다. 검은 바위에서 죽었어야 할 몸이지만 죽지 않는 자들의 군주에게 이끌려 익셀런의 캡틴이 되었고, 자네 말처럼 카셀을 죽일 뻔했지. 인생의 어느 부분을 어떻게 선택해야 그 부분을 피해갈 수 있었겠나?"

웰치는 시험하듯 질문을 이었다.

"카셀은 내가 죽일 뻔한 일에 대해 나를 원망하던가?"

"아니. 전혀. 오히려 자네에게 고마워하더군. 자네가 없었다면 자긴 아마 마지막 순간 안일한 선택을 하게 됐을 거라며."

에밀은 내키지 않는 목소리로 말했다.

웰치는 빙그레 웃더니 자신의 가슴을 두들겼다.

"난 내 인생에 후회가 많네. 저주로 되살아났을 때조차 잘못을 되돌리려고 길을 걸었던 녀석이고. 맞아! 난 카셀을 죽일 수도 있었네. 하지만 죽이지 않았지. 루우룬 마을에서, 카모르트의 침략자답게 자넬 죽일 수도 있었네. 하지만 죽이지 않았지."

웰치는 눈을 감았다.

"새나디엘 여왕님의 등을 베지도 말았어야 했네. 하지만 베고 말았지. 내가 어쩌겠나? 잘못한 일에 대해서는 사과하고, 같은 잘못을 저지르지 않으려고 노력할 따름일세. 난 잘못한 일이 너무 많아. 그러니 잘못할 뻔한 일까지 후회할 여유는 없다네."

"그레이그, 자네가 내 잘못된 후회를 후벼 파고 있군."

에밀은 가슴을 움켜쥐고 괴로워했다.

웰치가 물었다.

"잘못된 후회라니?"

"난 내 아내를 잃고 너무 슬픈 나머지 차라리 그녀를 만나지 말았으면 하고 후회한 적이 있어. 자네 말대로야. 후회할 일이 아닌 일에 후회하느라 너무 많은 시간을 허비하고 말았지."

에밀이 로핀을 돌아보며 사과했다.

"미안하다, 로핀. 그 괴로운 순간에 난 나만 생각하느라 오히려 너를, 새나디엘 폐하를 만나러 올 생각을 전혀 하지 못했어."

로핀은 심드렁하게 말했다.

"드디어 진심 어린 사과를 하는군. 하지만 그 얘긴 창가에서 만났을 때 이미 끝났어. 웰치 너도 그만해. 안 그래도 죽어서 우울한데 계속 그렇게 우울한 얘기할 거야?"

"아무래도 내 우울함이 너희들에게 전염된 것 같군."

웰치는 자신의 손을 들어 보였다. 손가락 끝이 점점 투명해지더니 손부터 사라지고 있었다.

"나는 떠날 시간이 된 모양이다. 너희들은 너희 갈 길을 가라."

"네가 가지 말래도 갈 거야."

로핀이 말했다.

"로핀, 조심해라."

웰치가 경고조로 말했다.

"응? 뭘?"

"분명 느낌은 다르지만, 지금 내가 여기 서 있을 수 있는 마법은 죽지 않는 자들의 군주와 비슷한 힘이다."

"다르면 다른 거지 다르면서 비슷한 건 뭐냐?"

로핀이 물었다.

"불길한 느낌도 없고 죽음의 냄새도 없다. 확실히 내가 살아나던 그 순간과는 달라. 그래도 조심해라. 진짜로 살아나면 안 된다, 로핀."

"난 할 일 다 했고 궁금한 것도 없어. 너처럼 미련을 두고 살아날 일 없단다, 자식아."

"그럼 다행이다."

웰치는 에밀을 돌아보며 말을 이었다.

"아쉽군, 에밀. 너와 그때 루우룬 마을에서 좀 더 긴 얘기를 나눴다면 나는 어쩌면 가넬로크로 진격하지 않았을 텐데."

에밀은 고개를 저었다.

"난 이미 그때 말리려고 설득했어. 하지만 네겐 그럴 수밖에 없는 사정이 있었잖아. 난 내 아들이 전쟁터에 나가지 못하게 설득하지도 못한 아버지인걸."

"그렇기에 카셀은 날 만난 거겠지."

"그런 식으로 연결 짓기 시작하면 한도 끝도 없는 것 같아."

"그래도 이렇게 연결되어 마지막 순간에 다시 보니 좋구나, 에밀."

웰치의 몸은 이제 거의 다 사라져 얼굴만 조금 남아 있었다.

"나도……."

에밀이 미처 다 말하기도 전에 웰치는 사라졌다.

"……다시 봐서 기쁘다."

에밀은 웰치가 사라진 자리에 대고 말했다. 대꾸는 돌아오지 않았다.

에밀은 멍청히 서서 로핀에게 말했다.

"나는 새나디엘 여왕님을 뵙기 위해 여길 오고 싶었다고 생각했지만 아니었어. 그레이그를 만나러 온 거야. 왜냐하면 폐하는 이런 기적이 없더라도 만날 수 있어. 오직 이 상황에서만 만날 수 있는 사람은 그레이그였던 거야."

로핀은 고개를 저었다.

"아직 단정하지 마. 우린 더 가야 해."

에밀은 인상을 찌푸렸다.

"또 그놈의 '더 가야 한다.'라는 느낌이 드냐?"

"가야 한다는 느낌인 건 맞아. 하지만 어째 가고 싶지는 않아."

"그게 무슨 소리야?"

"만나보면 알겠지."

로핀이 또 걷기 시작했다.

"어디 가?"

"이제 슬슬 적응하시지? 목적지를 정하고 걷는 게 아니야. 걷다 보면 목적지는 따라오게 돼 있어."

에밀은 로핀의 말이 옳다 여기고 뒤따라 걸었다. 하지만 여전히 적응이 되진 않았다.

에밀과 로핀 두 사람이 다음 도착한 곳은 골드 게이트 밖이었다. 예상대로 다음 만날 사람이 미리 기다리고 있었다.

로핀은 상대를 발견한 다음, 눈살을 있는 대로 잔뜩 찌푸리고 말했다.

"어쩐지 싫은 느낌이 들더라니! 너까지 깨 있으면 어떻게 하냐?"

에밀이 모르는 사람이었다.

그 남자는 로핀을 바라보더니 '이것 봐라?' 하는 표정으로 씨익 웃었다. 미소에 자신감이 넘치고 유령 주제에 위압감이 보통이 아니었다.

에밀은 척 봐도 이 사람을 가까이하고 싶지 않다는 생각부터 들었다.

"난 분명히 죽었는데 이렇게 살아 움직이는 게 이상해서 여러모로 머리를 굴려봤지."

그는 로핀을 내려다보며 말을 이었다.

"더구나 내가 죽은 자리는 로크인데, 깨어난 자리가 아란티아의 골드 게이트 앞이라니 앞뒤가 맞지 않아. 그래서 난 깨달았지. 이건 누군가에 의해 끌려온 거구나! 그게 너였나, 로핀?"

로핀과 그 남자는 한참 동안이나 눈싸움을 벌였다.

에밀이 조심스럽게 물었다.

"누구야, 이 사람?"

로핀은 그에게서 시선을 떼지 않고 대꾸했다.

"빅터."

빅터가 에밀을 힐끗 쳐다보았다.

로핀이 새삼 놀라워하며 물었다.

"잠깐! 이런 모습인데, 내가 로핀인 거 네가 어떻게 알아?"

"글쎄, 그냥 알게 되는걸."

"젠장, 왜 나만 이런 어린애 모습이야?"

로핀은 에밀을 탓하는 눈동자로 돌아보았다. 에밀은 두 손을 들어 보이기만 했다.

로핀은 빅터를 가리키며 물었다.

"그러고 보니 너 왜 외팔이야?"

빅터는 팔이 없는 쪽 손을 들었다. 소매가 헐렁한 부분이 드러나 있었다. 빅터도 뒤늦게 놀라고 있었다.

"그렇군. 외팔이 너무 익숙해서, 오히려 죽기 직전에 두 팔이었던 걸 잊고 있었어. 너나 나나 우리는 죽는 시점의 모습이 아닌 모양인데?"

빅터는 헐렁한 소매를 내리고 다시 도발적인 미소로 로핀을 돌아보았다.

로핀이 경계하는 눈빛으로 말했다.

"이거 내가 되게 불리한데. 이 상태로 싸우면 질지도 모르겠어. 물론 내가 질 리는 없지만."

"관둬라. 죽은 녀석 상대로 죽은 채로 싸우고 싶지 않으니까."

빅터는 옆에 있는 바위 위에 털썩 앉았다. 그리고 주변을 살피더니 다시 에밀에게 시선을 돌렸다.

"넌 누구냐?"

에밀이 그의 앞으로 다가가 말했다.

"카셀 애비다."

"호오, 그래?"

빅터는 놀라워하며 고개를 끄덕였다.

로핀이 깜짝 놀라서 에밀을 막아섰다.

"저놈한테 그런 걸 말해 주면 어떻게 해? 나중에 저주 같은 거 걸어서 카셀이나 너한테 복수하면 어쩌려고!"

"저주도 쓸 줄 아나, 빅터? 카셀의 얘기 속에서는 그런 힘은 없는 것 같던데?"

에밀이 빅터에게 물었다.

빅터는 푸핫 하고 웃었고, 로핀이 의심쩍은 목소리로 말했다.

"죽었으니 쓸 수 있을지도 모르지."

"로핀 넌?"

에밀이 물었다.

"나 뭐?"

"저주 쓸 수 있어?"

"못 써."

"그럼 쟤도 못 쓰겠지."

"저놈은 죽지 않는 자들의 군주를 따르던 놈이니까 당연히……. 에잇, 보라고! 저 녀석 지금 골드 게이트를 통과 못 하잖아. 그건 다시 말해 저놈이 사악한 힘을 가졌다는 의미야."

빅터는 재미있다는 듯 두 사람을 번갈아 바라보더니 물었다.

"너희들 대체 무슨 얘기를 하고 있는 거야?"

"넌 알 거 없어, 자식아."

로핀은 빅터를 노려본 상태로 에밀에게 말을 이었다.

"야, 됐어. 이 새끼는 여기 두고 가버리자!"

로핀은 빅터를 두고 혼자 걸어가기 시작했다 하지만 에밀은 오히려 빅터에게 다가갔다.

"아니, 난 좀 더 얘기할래."

"카셀의 이야기 속에서 빅터는, 모든 것의 중심인 죽지 않는 자들의 군주보다 더 암흑의 군주 같은 모습을 하고 있었어. 그건 카셀의 느낌이 그래서였을 거야. 그래서 지금 난 저자가 무섭기도 하고, 싫기도 해. 하지만 동시에 자기가 패한 상대의 아버지에게 복수를 하는 치졸한 사람이라고는 생각되지 않아."

에밀이 말했다.

"그건 모르는 일이야."

로핀은 다시 돌아와 에밀의 옆에 섰다.

빅터도 인정했다.

"맞아. 모르는 일이야. 내가 저주를 쓸 줄 안다면 지금쯤 사방팔방 닥치는 대로 사람 다 죽일 수도 있지."

"하지만 안 하잖아."

에밀이 지적했다.

빅터는 가볍게 인정했다.

"저주를 쓸 줄 모르니까."

"결과적으로는 안 하는 건 같네. 내가 알기로, 네가 로핀에게 팔을 잃었을 당시 넌 부하들을 시켜 로핀을 죽일 수 있었어. 하지만 안 했지."

빅터는 자신의 헐렁한 소매를 흔들어 보이며 말했다.

"꽤 괜찮은 승부였지. 하지만 내가 로핀을 살려준 이유는 기사도 따위가 아니었어."

"그럼 뭔데?"

"자존심. 한심한 노릇이지."

"후회하는 거야?"

"난 과거의 일에 후회 따윈 하지 않아."

빅터는 정색하고 말했다.

에밀은 어깨를 으쓱한 다음 얘기를 넘겼다.

"어쨌든 넌 저주를 쓰지도, 날 죽이지도, 무차별 학살을 하지도 않을 거야."

빅터는 이미 그 주제에 흥미를 잃었는지, 에밀을 유심히 관찰했다.

"에밀이라고 했던가? 넌 죽은 몸이 아니군?"

에밀은 자신의 몸을 내려다본 후 물었다.

"알아보겠어?"

"색깔이 좀 달라."

"맞아. 난 자다가 로핀에게 끌려온 거야."

"그럼 나도 잠시 유령처럼 살아났다는 건데, 이상한 일이군. 누가 이렇게 한 거지?"

"죽지 않는 자들의 군주랑 비슷한 마법이라던데. 웰치가 하는 말이……."

"웰치를 만나고 왔나?"

"너 만나기 전에, 화이트 게이트 앞에서. 그레이그와 난 방금 네가 얘기했던 후회라는 부분에 대해서……."

"웰치 얘기는 하지 마라."

빅터는 살벌하게 눈을 치켜떴다. 에밀은 말을 멈췄다.

'내 아들 놈이 정신이 나갔군. 해를 끼치지 못한다는 걸 알아도 이렇게 무서운 놈을, 적으로 만난 상태에서 도발했다는 건가?'

빅터는 골드 게이트를 올려다보며 말했다.

"죽지 않는 자들의 군주가 날 살려낸 거라면, 나더러 죽은 채로 화이트 게이트 함락이라도 하라는 건가?"

로핀이 어처구니없다는 듯 말했다.

"들었어? 저런 짓을 하고도 남을 놈이라니까. 얼른 두고 가자니까. 아니면 퀘이언 불러다 베어버리라고 하자."

"저자는 이 전쟁을 하나의 거대한 체스를 두는 것처럼 했어. 게임에서 진 녀석이 판을 다시 시작할 수는 없는 거야."

에밀의 말에, 빅터는 기분 나쁜 미소를 보였다.

"네 녀석 얘기를 계속 듣다 보니 슬슬 카셀이란 놈이 떠오르기 시작했어."

빅터는 머리를 긁적였다. 그리고 입맛을 다시며 물었다.

"혹시 연초 같은 거 없나? 한 대 피우면서 얘기하고 싶은데."

"있어도 안 줘."

로핀이 어린애처럼 말했다. 겉보기는 어쨌든 어린애지만.

빅터가 손을 내밀었다.

"좀 줘 봐. 나 죽던 순간이 잘 안 떠올라서 그래. 연기 한 모금 하면 기억이 잘 날 것 같은데."

"못 펴. 너 죽었잖아."

"어떻게 죽었지? 내가 널 죽인 건 확실하겠지만, 전쟁에 패했다는 것도 기억이 안 나……. 패하긴 한 거야?"

빅터가 물었다.

로핀이 과장되게 하! 하! 하! 하고 웃었다.

"기억 안 난다는 핑계로 과거를 조작하지 마라. 넌 나한테도 졌고 전투에서도 졌어."

빅터는 피식 웃었다.

"내가 네 배를 찔렀던 것 같은데?"

"그런 다음 나한테 목을 베였지."

"그럴 리가 있나! 너야말로 기억을 왜곡하고 있는 거 아닌가?"

"와아, 정말이지 내가 죽은 놈 한 번 더 죽이는 기술을 모르고 죽은 게 한이다."

로핀이 씩씩거리자, 빅터는 키득거리며 웃었다.

에밀은 둘을 번갈아 보다가 물었다.

"옛날 기사들의 서사시를 보면 위대한 장수끼리는 서로 적으로 만나도 친구처럼 느낀다던데, 너희들은 딱히 그렇게 되지는 않는구나?"

"저런 미친놈이랑 친구해서 뭐 하게?"

로핀이 눈을 부라리며 말했다.

"당신도 같은 생각이야, 빅터?"

에밀이 물었다.

"이런 놈과는 친구가 되기보다 적이 되는 게 더 재미있지."

빅터는 당연하다는 듯 말했다.

"정말 넌 과거의 일에 후회 같은 거 없어?"

에밀이 물었다.

"무슨 후회?"

"악의 편에 서서 인간을 멸망시키려고 하다가 죽었잖아."

"결과적으로 죽은 거야. 이길지 질지 모르고 시작한 전쟁이고, 시작하기 전에는 내가 이길 줄 알았지. 진 건 후회되지만, 악의 편에 선 걸 후회하지는 않아."

에밀은 슬슬 걱정됐다.

'로핀의 말대로 가버릴 것을 무슨 말을 듣자고 이렇게 캐묻고 있는 걸까, 난?'

에밀은 씁쓸히 중얼거렸다.

"무시무시하군."

"뭐가?"

빅터는 아직도 연초 파이프를 찾아 몸을 더듬거리고 있었다.

"넌 네가 악의 편인 걸 알고 있어."

"그게 어때서?"

"인간이 왜 전쟁을 하는지 알아? 자신이 생각하는 정의와 자신의 이익을 위해 싸우는 거야. 이 경우 자기가 악의 편에 섰다고는 생각하지 않는 법이지."

"어디서 대하 서사시만 읽다 오셨나? 스스로 악의 편에 섰다고 생각하는 놈은 많았다. 나만큼 이룬 놈이 없었을 뿐이지."

빅터는 한 수 가르쳐주겠다는 눈빛으로 설명했다.

"고대부터 지금까지 세상을 정복하려던 사람은 많았어. 스스로를 정복왕이라고 칭했던 왕이 한둘인 줄 아나? 하지만 그 누구도 진짜로 세상을 정복한 적은 없다. 왜냐하면 우린 아직 하늘 산맥 남쪽을 모르고 론타몬 북쪽의 얼음 대지, 그 너머의 세상을 몰라. 우린 오직 아크랜드밖에 몰라. 그렇다고 아크랜드 정복자가 세상의 정복자는 아니지."

"요점만 말해. 네 사악함을 정당화하려는 긴 얘기는 들어주고 싶지 않으니까."

에밀이 차갑게 쏘아붙였다.

빅터는 어깨를 으쓱하더니 말했다.

"하물며 난 인간을 멸망시키려고 했어. 로크의 전쟁이 성공했다면 나머지는 순식간이었을 거야. 정복이 아니라 멸망! 그 누구도 이루지 못한 일을 해내는 거야."

"고작 그런 목적으로 네 사악함을 포장할 셈이야?"

"포장할 생각 없어. 난 악당이 맞다. 단지 내 선택에 후회는 없다고 말하는 거다."

"당신 때문에 죽은 사람들은 어쩌고?"

에밀이 또 따져 물었다.

"정복 전쟁에서 대의를 주장하며 생명을 학살한 지도자는 정당한가? 똑같이 죽이는 건데?"

"안 똑같아!"

"웰치가 정복 전쟁의 선두에서 죽인 사람은? 그 일에 대해서 웰치는 뭐라던가?"

"당신은 그레이그의 이름을 언급할 자격도 없어."

"웰치가 이런 말을 한 적이 있지. 기사도를 지키는 것에 이유 따윈 없다! 나는 똑같이 말해줄 수 있다. 내 선택에 이유 따위는 없다. 그쪽이 더 재미있어서 그랬어."

에밀은 이를 부득 갈면서 로핀에게 말했다.

"저 녀석 죽일 때 아프게 죽였어?"

"아니, 미처 그럴 여유가 없어서 단칼에 죽였던 것 같아."

로핀이 기억을 더듬으며 말했다.

에밀은 발을 굴렀다.

"자기 선택이 후회될 정도로 고통스럽게 죽여 버리지 그랬어?"

빅터가 크게 웃으며 말했다.

"넌 죽음이 고통스럽다고 자신의 선택을 후회하나? 자신의 선택이 후회될 때 죽음이 고통스러운 거지."

에밀은 빅터를 쏘아보았지만, 그는 꿈쩍도 않고 눈빛을 받았다.

로핀은 잠시 팔짱을 끼고 생각해 보더니 말했다.

"그래도 난 저쪽의 총사령관이 빅터였던 게 다행이라고 생각해."

"지금 와서 저놈 편드는 거야?"

에밀이 화냈다.

로핀은 불쾌한 얼굴로 말했다.

"당연히 아니지. 하지만 생각해 봐. 저 녀석은 전쟁을 체스 게임처럼 했어. 만약 빅터가 정말 사악한 괴물이었다면 로크의 전쟁은 그렇게 깨끗하게 끝나지 않았을 거야."

"깨끗했다고? 얼마나 많은 사람이 죽었는데 그런 말을 할 수가 있어?"

"빅터는 죽지 않는 자들의 군주가 주는 저주의 힘으로 보호받던 녀석이었어. 놈은 젊음을 오랫동안 유지하면서, 어쩌면 죽음을 벗어날 힘을 얻은 상태로 전쟁을 아주 길게 끌고 갈 수도 있었지."

로핀은 생각만 해도 싫다는 표정으로 고개를 저으며 설명을 이어갔다.

"난 절대 입 밖에 내지 않았지만 한 가지 걱정하던 게 있었는데, 그게 뭐냐면……. 빅터가 모즈들에게 '인간이 전쟁하는 방식'을 가르치면 어쩌나 하는 거였어."

"인간이 전쟁하는 방식이 어떤 건데?"

"마을을 약탈하고 여자들을 겁탈하고 전장 밖의 지역 사람들을 학살하는 것……."

에밀은 모즈를 한 번도 본 적이 없었다. 하지만 카셀은 모즈를 묘사하기조차 싫어할 정도로 두려워했다.

"그런데 빅터는 모즈들에게 정확히 전투만 가르쳤지. 왜냐하면 놈은 전투를 게임처럼 즐겼기 때문이야. 모즈도 그저 체스판의 말로 봤으니까 가능한 발상이었지."

빅터는 피식 웃으며 말했다.

"날 변호할 생각은 아니지만, 저건 로핀의 말이 맞아. 내 부하들 중에 방금 로핀이 말한 방식대로 모즈를 가르치자는 의견이 없는 건 아니었지만, 난 묵살했지. 긴 전쟁은 내 취향이 아니거든. 재미도 없고."

"만약 빅터가 아닌 다른 놈이 지휘했다면 싸움은 쉬워졌을 테지만, 피해는 훨씬 컸을 거야."

로핀이 차분하게 설명했으나, 에밀은 고개를 저었다.

"그 역시 '그랬을지도 모른다'의 한 부분일 뿐이야. 결과적으로 저놈은 못된 마음으로 못된 짓 한 거 맞아."

"날 변호할 생각 없다니까 그러네."

빅터는 손을 내저으며 말하다가 자신의 손을 유심히 쳐다보았다. 웰치가 그랬던 것처럼 그의 손도 점차 투명해지기 시작했다.

"내 시간이 끝나가나 보군. 딱히 화이트 게이트를 무너뜨리라는 건 아닌 모양인데?"

빅터는 주먹을 꽉 쥐어보더니 로핀을 돌아보았다.

"그랬을지도 모른다, 라는 가정법이라면 난 너와 내 입장을 바꿔보고 싶다는 생각이 든다, 로핀."

로핀이 인상을 구겼다.

"넌 울프가 되고 나는 익셀런이 되고? 아니면 내가 악의 군대를 이끌고 네가 그걸 막는 편에 서고? 둘 다 말도 안 돼."

"그 부분 말고."

"그럼 어느 부분?"

"너도 어렸을 때, 그러니까 딱 그 나이 때에 개자식이었지?"

"아니……."

로핀은 아니라고 운을 뗐다가 멈췄다. 빅터는 피식 웃더니 말을 이었다.

"아마 너도 안하무인에, 자기가 최고인 줄 알고 그걸 입증할 방법을 찾아 헤맸거나 아니면 아무 곳에나 재능을 낭비하고 다녔을 거다. 그때의 난 슈라이튼 백작을 찾아갔다. 왜인지는 중요하지 않아. 운명이니 뭐니 하고 싶지도 않고. 그냥 그렇게 되어버린 거다."

에밀은 빅터의 얼굴에서 처음으로 후회의 빛을 발견했다. 그 모습이 더 보고 싶어 에밀은 듣기만 했다.

"내가 바꿔보고 싶은 부분은 거기야. 네가 슈라이튼 백작을 만나고 난 네가 처한 상황으로 가면 우리 인생은 달라졌을까?"

빅터가 로핀을 바라보며 천천히 물었다. 에밀은 그의 눈빛에서 친구를 바라보는 시선을 느꼈다.

그 말을 하면 둘 다 부정하겠지만.

"말해 봐라, 로핀. 너는 누구를 만났느냐?"

빅터가 물었다.

"나는……."

로핀이 대답하려 하자, 에밀이 끼어들었다.

"누구를 만나든 상관없어. 로핀은, 설사 네가 만난 사람을 만났더라도 분명 돌아섰을 거야."

빅터의 몸은 점차 투명해졌다.

"정말 그럴까?"

빅터가 로핀에게 의미심장하게 묻자, 에밀이 다시 한 번 잽싸게 대답했다.

"그럴 거다!"

"왜 네가 대답하는 거냐?"

"내가 아니까."

"어떻게?"

"난 지금 널 봐도 술 한잔하고 싶다는 생각이 전혀 들지 않거든."

"고작 그런 이유로?"

"내게 있어 그건 아주 중요한 부분이야. 너와 내가 그때 만났다면 아주 긴 얘기를 했겠지. 나쁜 짓 하지 말라고 설득했을 수도 있겠지. 하지만 너랑은 절대 술을 마시지 않았을 거야."

"너한테는 다행이군. 그 시절의 나라면 날 설득하려는 놈 따위 살려두지 않았을 테니까."

이제 빅터는 거의 얼굴밖에 남지 않게 된 모습으로 말했다.

에밀은 그의 얼굴에 검지를 찔러 넣으며 호통쳤다.

"맞아. 너한테 죽었겠지. 그럼 넌 다시 슈라이튼 백작을 찾아갔을 거야. 무슨 소리인지 알겠어? 바꿔도 똑같아!"

"아쉽군."

"날 못 죽인 게?"

"너랑 술을 못 마신다는 게."

빅터는 그 말을 끝으로 사라졌다.

에밀은 사라진 자리에 대고 삿대질했다.

"방금 뭐라고 하고 사라진 거야? 뭐 저딴 놈이 다 있어?"

로핀은 팔짱을 끼고 긴 한숨을 내쉬었다. 뭔가 걱정하는 표정이라 내버려 뒀더니 잠시 후 잘못을 인정하는 것처럼 말했다.

"녀석의 말에 옳은 부분도 있어. 내가 이런 모습이었던 시절에 널 만나지 않고 슈라이튼 백작을 만났다면 아마 빅터처럼 됐을지도 몰라. 왜냐면 그때의 난 정말 망나니였으니까."

"그렇지 않아, 로핀! 넌 망나니인 척하는 거였어. 뭘 몰라서 그냥 생존을 위한 선택을 했던 거야."

"하지만 널 죽일 뻔한 건 사실이지."

"결과적으로는 죽이지 않았잖아. 죽일 뻔했지만, 죽이지는 않은 거야. 그게 중요해."

"또 그 얘기로군."

"웰치에 이어 빅터……, 여기까지 온 이상 난 빅터가 말한 그 사람을 만나고 싶어졌어."

"어떻게?"

지금까지 에밀이 했던 질문을, 이번엔 로핀이 했다.

"나도 몰라. 하지만 이런 순서라면 다음에 만날 사람은 아마 그 사람일 거야. 그런데 그게 누구지? 카셀이 빠뜨리고 얘기한 건가? 난 빅터가 말한 슈라이튼 백작이 누군지 모르겠어."

"아니, 카셀도 잘 모르는 사람일 거야. 그러니 네게 얘기해주지도 못했겠지."

로핀이 이마를 긁적이며 말을 이었다.

"우리는 그를 얼음 성의 군주라고 불렀어. 아마 저 시절의 빅터는 그를 슈라이튼 백작이라고 불렀을 거고."

"가자. 그 사람한테."

처음으로 에밀이 먼저 걸었다.

로핀이 따라가며 말했다.

"좋은 생각이 아니야. 그는 어쨌건 간에 한 번은 죽지 않는 자들의 군주였어."

"이 모든 게 그자가 날 자기한테 끌어들이기 위한 함정이기라도 할까 봐서?"

"바로 그거야."

"그렇다면 더더욱 가야 해. 왜 날 상대로 그런 엄청난 사람이 이런 엄청난 계략을 쓰겠어? 복수하려거든 카셀한테 해야지."

"카셀한테 넌 좋은 인질이지."

"말이 되는 소리를 해라."

"왜 말이 안 돼?"

"됐어. 가기나 해."

"갈 수 있을까? 론타몬인데."

"어떻게든 되겠지. 지금까지 그래왔던 것처럼."

에밀은 빠른 걸음으로 어둠 속을 걸어갔다.

시간이 지날수록 에밀은 점점 몸이 가벼워지는 것을 느꼈다. 반면에 로핀의 몸은 점차 흐려지고 있었다.

로핀이 처음 말했던 대로였다. 시간이 얼마 없었다.

"아이린, 메이루밀, 테일드, 그리고 나."

로핀은 흉물스럽게 기울어져 있는 저택을 바라보았다.

"여기서 우린 얼음 성의 군주와 싸웠지."

어린 소년의 모습을 한 그가 몇십 년 전 과거를 회상하는 노인 같은 소리를 하니, 에밀은 상황을 알면서도 어딘지 모르게 어색했다.

"자세히 얘기해 줘, 로핀."

"많은 부분이 기억나진 않아. 머릿속에 떠오르는 기억들의 앞뒤가 구별되지도 않고."

"죽기 전 상황 빼고는 다 기억난다고 하지 않았어?"

"살아 있을 때도 여기 일은 잘 기억나지 않았어. 우리는 정말 처절하게 싸웠고, 싸우는 내내 엉망진창이 되어 있었지. 육체적으로도, 정신적으로도. 영웅들의 영웅적인 전투 같은 건 없었어."

로핀은 생각도 하기 싫다는 듯 고개를 설레설레 저었다.

"로크의 전투가 훨씬 규모가 컸지만 내게 있어 가장 힘든 싸움은 오히려 이곳이었어."

"넌 두 번이나 세상을 구했구나?"

에밀이 말했다.

로핀은 오히려 슬퍼하며 대꾸했다.

"그런 말 하지 마. 나는 세상을 구한 게 아니야."

"그럼?"

"빅터가 말했잖아. 녀석은 자기가 하고 싶은 일을 한 거야. 우습게도 나 역시 내가 하고 싶은 일을 한 거야. 빅터의 말대로 내가 너나 새나디엘, 테일드나 르고가 아닌, 슈라이튼 백작을 만났다면……."

"그런 얘기는 이제 그만하자."

"알았어. 그만하자."

로핀은 계속 말했다.

"설사 그 일이 세상을 구하는 일이었다 해도 나와 메이루밀은 그저 보조에 불과했다는 것만큼은 분명해. 주인공은 아이린과 테일드였지."

"이런 일에 주인공이 어디 있겠어? 그건 모두 주관적인 거야. 내 아들은 이번 전쟁에 대해 얘기할 때 자신은 늘 보조였고, 구경꾼에 불과했던 것처럼 말하더군. 마치 방해꾼이 되지 않으려고 필사적으로 노력하는 사람처럼 말이야."

"멍청한 소리군."

"옆에서 타냐가 그렇지 않다고 말해주지 않았다면 나는 그 말을 믿었을 거야. 나 같은 녀석은 아무래도 이런 커다란 얘기를 들으면 '내 자식이 그런 대단한 일을 할 리가 없어.'라고 생각하기 마련이거든."

저택 앞에 누군가 서 있었다. 한밤중에 이런 어둠 속에서, 이런 음침한 곳에 혼자 서 있는 사람…….

에밀은 그를 향해 걸어갔다.

"카셀의 얘기를 들을 때는 그러려니 했던 부분이었는데, 빅터를 만나고 나니 확실해졌어. 빅터는 아마 자기가 이 전쟁에서 가장 중요한 역할을 했다고 생각할 거야. 하지만 패했지."

"빅터는 혼자였으니까."

로핀은 이미 에밀이 무슨 말을 할지 알겠다는 듯 말했다.

에밀은 고개를 끄덕이며 말했다.

"카셀을 비롯해 카셀 쪽에 서 있던 사람들은 아무도 자기가 중요한 역할을 했다고 생각하지 않았어. 다들 친구들을 돕기 위해 최선을 다했어. 그게 빅터와 다른 점이야. 슈라이트 백작은 어땠어?"

"그도 혼자였어. 수많은 부하들을 거느렸지만 모두 죽은 자를 일으켜 만든 괴물들이었지. 그 당시에 빅터를 거느리고 있긴 했지만 옆에 두진 않았어. 만약 그때 빅터가 백작의 옆에 있었다면, 아무리 테일드가 이끌었어도 우린 백작의 근처에도 도달하지 못했을 거야."

어둠 속의 남자는 두 사람이 다가가며 계속 대화를 나누는데도 돌아보지 않았다.

에밀은 목소리를 낮춰 물었다.

"슈라이트 백작은 어떻게 죽지 않는 자들의 군주가 된 거지? 카셀은 천 년 전의 얘기는 했지만, 정작 백작이 어떻게 죽지 않는 자들의 군주가 됐는지는 모르던데."

"천 년 전 얘기는 나디우렌께서 해주셨겠지. 하지만 이 부분을 얘기해 줄 사람은 아무도 없었어. 왜냐하면 아무도 모르기 때문이야. 나도, 새나디엘도, 테일드도."

로핀이 점차 걸음을 늦췄고 거기에 맞춰 에밀도 걸음을 늦췄다.

"어쩌면 우린 그걸 알기 위해 여기 온 것인지도 모르겠군."

마침내 저택 앞에 선 중년의 남자가 두 사람을 향해 고개를 돌렸다.

"너희도 이곳을 떠도는 영혼이구나. 그럼 도움이 안 되겠군."

"무슨 말인가요?"

에밀이 정중하게 물었다.

"난 이 저택의 지하로 내려가야 하는데……."

그 남자는 문을 가리키며 안타깝게 말했다.

"……내려가지 못하겠어. 문을 열 수가 없어서."

"그냥 통과해 들어갈 수는 없나요? 당신은 유령이잖아요."

"나도 그 생각은 해봤지만 그렇게 되지 않더군."

"제가 해드릴게요."

에밀이 문으로 다가갔다.

"에, 에밀!"

로핀이 머뭇거리며 손을 내밀었다.

에밀은 눈으로만 괜찮다고 말한 다음 문을 열었다. 시커먼 어둠이 먼저 그를 반겼다.

"가실 수 있겠어요?"

에밀이 돌아보며 물었다.

그 남자는 조금 놀란 표정으로 말했다.

"자네는 죽은 사람이 아닌가 보군?"

"그런 것 같아요."

그 남자는 문을 통과해 계단에 발을 들여 놓았다. 마치 어둠을 두려워하는 것처럼 망설이는 모습이었다.

"당신은 슈라이튼 백작이죠?"

에밀이 물었다.

"그렇다."

그가 대답했다.

"어느 쪽 슈라이튼 백작인데요?"

"어느 쪽?"

"죽지 않는 자들의 군주가 되기 이전과 이후 얘깁니다."

에밀이 날카롭게 물었다.

슈라이튼 백작은 눈을 질끈 감았다.

"이후라는 말을 하는 걸 보니 내가 실패한 모양이군. 그래, 이제야 기억나."

"구체적으로 뭘 실패하셨나요?"

"따라오게."

백작은 계단을 내려갔다. 에밀은 그를 따라가다가 뒤를 돌아보았다. 로핀이 따라오지 못하고 있었다.

"왜 그래?"

"빅터의 말이 생각나서. 내가 저 사람을 만났다면 내가 빅터의 역할을 했을지도 모른다는……."

"그런 헛소리는 잊어버려. 그리고 여기 내가 있잖아."

로핀은 잠시 심호흡을 하더니 따라왔다.

"이미 정해진 과거를 무서워하다니 나도 참 꼴사납군."

슈라이튼 백작은 천천히 걷고 있어서 둘은 금방 따라잡았다. 백작은 두 사람이 따라오는 것을 확인하더니 자신의 이야기를 해주었다.

죽음의 저주를 품은 레미프, 임신한 딸 앤필리아, 패러데인의 속임수, 제물로 바치려던 손자…….

지하 가장 깊숙한 곳에 들어섰을 때 얘기가 끝났다.

주변에 조명이 되는 촛불이나 횃불 같은 건 전혀 없었지만, 에밀은 모든 것을 볼 수 있었다.

"그래서 난 어찌 되었나? 기억이 나지 않는군. 내 딸은?"

슈라이튼이 물었다.

로핀이 대답하길 주저하다가 에밀이 고갯짓으로 한 번 재촉하자 입을 열었다.

"이건 소문으로 들었습니다만, 당신 딸은 당신이 죽인 것으로 되어 있습니다."

슈라이튼은 절망적인 얼굴로 머리를 감싸 쥐었다.

"아니야. 난 죽이지 않았어. 내 손자도 죽이지 않았고……."

슈라이튼은 뒤늦게 기억났다는 듯 물었다.

"그래. 내 손자는 어떻게 됐지?"

로핀은 다시 한 번 슬픈 얼굴로 고개를 저었다.

"슈라이튼 백작의 가족에 대한 건 모두 비밀로 감춰졌습니다. 당신의 아내도, 사위도, 모두 사라졌다고만 알려져 있지요."

"설마 내 아내도 내 손으로 죽인 건 아니겠지?"

로핀은 고개만 저을 뿐, 대답하지 못했다.

에밀이 대신 말했다.

"설사 그랬다 해도 그건 백작님이 저지른 짓이 아니라, 그 육체를 빼앗은 악마가 저지른 짓일 거예요."

"그 악마를 내 손으로 풀어준 거나 다름없는데, 어찌 내가 한 짓이 아니라고 하겠나?"

"그럼 백작님은 앤필리아가 악마를 풀어주었다고 말씀하시겠어요? 백작님 얘기대로라면, 결국 마법의 주문을 외운 사람은 앤필리아인데요."

"말도 안 되는 소리! 앤필리아는 그저 속은 거야. 자신의 아들을 지키기 위해 날 막은 것에 불과해. 내가 손자를 죽이려 한 건 분명한 사실이니까! 그 애는 아무 잘못도 없어."

"그럼 저 역시 백작님 잘못은 아니라고 말씀드리고 싶군요. 그저 악마를 제거하려고 최선의 선택을 한 거라고 생각합니다."

슈라이튼은 잠시 에밀을 쳐다보며 긴 침묵을 지켰다. 가까스로 뗀 입술은 떨리고 있었다.

"그래서 결국 악마는 어찌 되었나?"

"제거됐습니다."

에밀은 결과만 말했다.

"어떻게 됐는지 자세히 듣고 싶은데, 해줄 수 있겠나?"

"그러지요."

에밀은 부서진 기둥의 돌에 앉아 얘기했다. 카셀처럼 사흘에 걸친 얘기가 아니라 십 분도 안 되는 시간만 들여서.

모든 얘기를 들은 슈라이튼은 겨우 안도하며 말했다.

"내가 딸에게 저지른 죄를 자네 아들이 막아주었군. 고맙네."

"제게 고마울 일은 아니죠."

"우리 두 사람이 만나다니, 운명의 끈이 느껴지는군. 이런 걸 레미프의 언어로는 기더라고 하지."

에밀은 고개를 저었다.

"우린 그저 열심히 살아가는 겁니다. 누구나 그렇겠죠. 무슨 일이 어떤 식으로 될지, 운명이 어떤 식으로 이끌지는 모두 끝나 봐야 아는 겁니다. 어떤 일이 벌어진 다음에 운명대로 그렇게 되었다고 말하기는 쉽지요."

에밀은 말하고 나서 스스로의 말에 놀라 혼잣말로 중얼거렸다.

"오늘 밤 난 이런 결론을 내리려고 이렇게 죽은 사람들을 만나고 있는 걸까?"

로핀이 피식 웃으며 말했다.

"아니, 넌 이미 날 만났을 때부터 그런 사고방식을 가지고 있었어. 하지만 오늘 만난 넌 잊고 있었지."

"세월이 그런 생각을 지워버렸나 봐."

에밀은 힘없이 웃었다.

슈라이튼이 둘의 대화를 듣고 말했다.

"자네는 오늘 밤 죽은 사람들을 만나고 다니나 보군."

"그렇습니다."

"그럼 나도 만날 수는 없을까? 내 딸을……, 살아 있다면 내 손자를 만나고 싶다네."

"전 당신의 손자가 누군지 모릅니다. 하지만 저와 같이 움직이면 만날 수 있을지도 모르겠……."

에밀이 대답했다가 흠칫 놀랐다.

슈라이튼이 그 모습을 보고 의아해하며 물었다.

"왜 그러나?"

"아니, 백작님은 따님을 만날 수 없어요."

에밀의 말에, 로핀도 의아해했다.

"왜? 한번 나가 보자. 나도 백작의 얘기를 듣고 보니 앤필리아라는 사람을 만나고 싶어졌어. 어째서인지 모르겠지만, 앤필리아의 아들을 내가 알고 있을지도 모른다는 생각이 들어. 어쩌면 내가 끌어들인 울프의 기사들 중 한 명일 수도 있고, 태어날 때 울지 않았다는 걸 보니 지금의 하얀 늑대들 중 한 명인…… 어?”

이번엔 로핀이 놀랐다.

에밀이 물었다.

“넌 또 왜 놀라?”

“이제 기억났어. 너한테 하려다 까먹어서 못한 얘기.”

“응? 그런 얘기가 있었던가?”

“내가 울프의 자질을 가진 녀석을 아란티아로 데려올 때 했던 말이 있다고 했잖아.”

“아, 그거. 그게 뭔데?”

에밀이 물을 때 백작이 답답해하며 둘의 대화를 방해했다.

“내가 왜 내 딸을 만날 수 없다는 건가? 뭔가 시도할 방법이 있다면, 부디 간청컨대 해주게나.”

백작이 에밀에게 손을 내밀다가 흠칫 놀랐다. 그의 손은 벌써 투명해져 있었다.

“내 시간이 끝나가고 있군. 짐작은 하고 있었지만…….”

백작이 사라지는 속도는 웰치나 빅터보다 빨라, 이미 상체밖에 남아 있지 않았다. 그는 슬픈 얼굴로 말했다.

“설사 만날 방법이 있다 해도 이제 시간이 없게 됐군. 딸을 만나면 사과하고 싶었는데……. 혹시라도 만나게 되면 대신 전해주겠나?”

“네.”

에밀은 거짓말이 될 줄 알면서도 그렇게 대답할 수밖에 없었다.

슈라이튼은 금방 사라져버렸다. 그의 얼굴에는 후회나 죄책감보다는 슬픔과 그리움만 남아 있었다.

"난 처음에 오늘 밤의 기적이 내가 만난 사람들을 토대로 일어나고 있다고 생각했어."

에밀은 슈라이튼이 사라진 자리를 내려다보며 로핀에게 말했다.

"하지만 아니었어. 웰치까지는 모르겠지만 빅터는 내가 만난 적이 없는데, 만났지. 그래서 그다음에는 이 일이 네 기억에 의해 일어나고 있다고 생각했어. 그런데 아니야!"

"왜? 난 모두 알고 있는데?"

로핀이 물었다.

"네가 기억하고 있는 빅터라면 두 팔을 가지고 있어야 한다며? 그가 죽기 직전에는 그랬다고 했으니까."

"내겐 외팔이 빅터가 더 선명해서인지도 모르지."

"무엇보다 넌 슈라이튼 백작이 얼음 성의 군주가 된 상태만 알고 있어. 방금 본 인자하고 딸을 걱정하는 아버지의 모습이 아니라."

에밀은 강한 어조로 말을 이었다.

"잘 봐. 이 모든 사람을 전부 만났고 아는 사람은 한 명뿐이야. 하지만 그 역시 앤필리아를 본 적은 없을 거야. 그래서 슈라이튼과 앤필리아를 만나게 해줄 수 없는 거고."

"맞아. 무엇보다 그 녀석이라면 이런 기적을 일으킬 힘도 있지."

로핀도 이제야 알겠다는 듯 눈을 크게 떴다.

"지금 우리는 전부 그 녀석이 의도한 대로 가고 있는 거야. 로핀 너나 내가 만나고 싶은 사람한테 가고 있는 게 아니었어!"

에밀은 계단 쪽으로 뛰어가며 계속 소리쳤다.

"어서 가자. 이번에도 아무 곳으로나 걷다보면 그 사람이 있는 곳에

도착할 거야."

에밀은 계단에 발을 댔다가 멈췄다. 쫓아오는 소리가 들리지 않았다.

뒤를 돌아보니 로핀은 그 자리에 굳은 채로 움직이지 않고 있었다.

"뭐 하는 거야? 시간이 없어."

로핀은 씁쓸하게 웃으며 고개를 저었다.

"내 시간은 끝났어."

로핀은 두 손을 들어 보였다. 양손이 투명해서 보이지 않았다.

에밀은 눈을 동그랗게 뜨고 다시 로핀을 향해 달려갔다.

"말도 안 돼! 우린 아직 할 얘기가 많아."

"나도 그래. 하지만 이제 들을 기회가 없을 것 같아."

로핀의 얼굴에 미소가 떠올랐다. 눈에는 눈물이 맺혔다.

"나도 네게 해주고 싶은 얘기가 많아. 네가 하라는 대로 했어. 많이 만나고, 많이 돌아다녔어. 가는 곳마다 기적과 모험이 가득했어."

로핀의 하체가 사라지고 상체도 사라지기 시작했다.

"너한테 해주려고 준비한 얘기 많았는데……. 그 얘기 다 끝나면 꼭 해주고 싶은 말이 있었어."

로핀의 목이 사라지고 이제 얼굴도 투명해지기 시작했다.

"모험 얘기는 못 했지만 이 말은 해주고 갈래."

"로핀……."

"고마워, 에밀. 난 늘 아란티아에 오길 망설이는 녀석을 울프 기사단으로 초대할 때 이렇게 말하곤 했어. 내일 다른 곳에 있을 너는 오늘 여기 있는 너와 다를 거고, 내일의 너는 어제의 너에게 고맙다고 말하게 될 거라고."

이제 로핀의 얼굴은 사라지고 그의 목소리만 남았다.

"이제 내가 나한테 그 말을 해주고 싶어. 나는 널 만난 순간의 내가 너무 고마워. 그렇게 되게 해줘서 고마워, 에밀. 네 덕분에 난 아무 후회 없는 인생을 살았……."

이내 목소리도 사라졌다.

에밀은 아무도 없는 공간을 하염없이 바라보고 있었다. 빈 지하실에는 물방울 떨어지는 소리만 똑 똑 크게 울리고 있었다.

"이제 그만 됐어!"

에밀은 계단을 향해 걸어가며 대상도 없이 아무 곳에나 대고 소리쳤다.

"그만 됐다고! 난 지금 당장 '널' 만나야겠어! 날 네가 있는 곳으로 안내해. 로핀은 이렇게 헤어질 사람이 아니야! 너도 마찬가지고. 그럼 난 남은 시간 전부를 너한테 써야겠어."

에밀은 슈라이튼을 위해 열어주었던 문을 걷어차듯 열면서 소리쳤다.

"날 당장 네가 있는 곳으로 데려가!"

테일드는 강가에 서 있었다. 에밀이 알고 있는 바로 그 젊은 시절의 모습이었다.

그가 마법사라서 젊은 시절의 모습을 오래 유지하는 건 아닌 게 분명했다. 그는 에밀을 보지도 않고 말했다.

"여기서 아이린을 만났어. 내게도 하루밖에 시간이 없어서 이 장소를 택했지.”

에밀은 숨을 헐떡이느라 잠시 말을 못했다.

테일드는 웃으며 말했다.

“굳이 뛰어오지 않아도 여기까지 오는 시간은 같았을 텐데 뭘 그리……?”

“시끄러!”

에밀은 숨 한 번 내쉬고, 말하고, 다시 내쉬길 반복하면서 말했다.

“어서 로핀을……, 도로 불러내……. 그리고……, 하루밖에 시간이 없다면…… 너도 여기서 이러지 말고……, 네가 사랑했던 사람이나……, 만나러 가.”

테일드는 차분하게 에밀의 얘기를 다 들어주고, 다시 강을 돌아보았다.

“그땐 여기가 얼어 있었지. 하지만 살얼음이었어. 난 여길 건너다가 아이린을 만났어. 그런 다음 우리는…….”

“그런 얘기 나한테 하지 말고 아이린한테 가라니까 그러네.”

“안 돼.”

“뭐가 안 돼?”

“죽은 사람이 산 사람을 만나면 안 돼.”

에밀은 어이가 없어 입만 뻥긋거렸다. 테일드는 계속 흐르는 강물만 바라보며 말했다.

“아이린은 지금 나에 대한 생각을 정리하고 있을 거야. 그 상태에서 내가 나타나면 오히려 방해만 될 거야.”

“그걸 아는 놈이 나한테 로핀을 보내?”

"넌 상관없어. 내가 아는 넌 상처받을 줄 모르는 청년이었으니까."

"네가 나에 대해 뭘 안다고? 난 누구보다 상처를 잘 받고 고통을 인내할 줄 모르는 심약한 놈이야!"

"내가 만났을 당시에는 아니었는데?"

"그때도 그랬고, 나이 든 지금은 더 그래!"

"그렇게 된 걸 내가 알 수야 없지. 그 뒤로 본 적이 없는 걸. 내가 아는 넌 어쨌든 이십 년도 더 전에서 고정되어 있으니까."

"꼭 날 비난하는 말투 같군."

"비난하는 거 맞아. 넌 내가 루티아의 마법사라는 걸 알았지만, 두 번 다시 보러 오지 않았잖아."

"사정이 있었……, 잠깐! 잠깐! 그만 멈춰. 난 로핀하고도 계속 이런 얘기로 시간 낭비하다가 정작 중요한 얘기는 못했단 말이다!"

에밀은 재촉하듯 말을 이었다.

"너도 나 같은 녀석 말고 어서 시간이 다 가기 전에 아이린이나 보러 가. 어째서 그 옛날 잠깐 만나 술 한잔 나눴을 뿐인 나를 상대로 단 하룻밤의 시간을 버리는 거야?"

"말했잖아. 아이린은 날 잊어야 해."

"이기적인 녀석! 어쩌면 그 애는 널 그렇게 해서라도 보고 싶어 할지도 몰라. 하고 싶은 얘기가 얼마나 많겠어?"

에밀은 울컥 치밀어 올라 목소리를 높였다. 그럴수록 테일드는 냉정하게 대꾸했다.

"죽음이란 그런 거야. 나도 아이린에게 하고 싶은 얘기가 많아. 하지만 난 죽었지. 그게 맞아."

"그럼 내겐 왜?"

에밀은 가슴을 치면서 계속 말했다.

"나에게 왜 죽은 사람을 만나게 하는 거야?"

"넌 버틸 수 있을 것 같았거든. 그리고 너한테 고맙다는 말을 하고 싶기도 했고……."

"난 아이린을 잘 모르지만, 카셀의 얘기 속에서 그녀는 아주 강했어. 버틸 수 있을 거야!"

"오해가 생기게 말해버렸군. 아이린이 버틸 수 없다는 소리가 아니야."

테일드는 고개를 저으며 말을 이었다.

"내가 버틸 수 없다는 소리야."

"무슨 소리인지 모르겠어."

테일드가 잠시 손을 휘젓자, 주변이 순식간에 바뀌어 있었다.

그곳은 아란티아에서 에밀이 테일드를 처음 만난 블루 게이트였다.

"우리 여기서 처음 사랑에 대한 얘기를 나눴지?"

테일드가 물었다.

에밀이 즉시 대답했다.

"우리 같은 놈들이 진짜 사랑을 만나려면 기적이 필요하다는 얘기?"

테일드는 이를 드러내며 웃었다.

"기억해 주니 고마워. 그 짧은 대화가 내게 얼마나 큰 영향을 끼쳤는지 넌 모를 거야, 에밀."

"당연히 모르지. 우린 서로에게 이름도 말해주지 않았으니까."

"마치 네 이름을 알면 아슬아슬하게 깨달은 걸 잃어버릴 것 같았어."

테일드는 그때 앉았던 흙바닥에 주저앉아 말을 이었다.

"난 그때 중대한 기로에 있었어. 역대 최연소로 루티아의 그랜드 마스터가 되어 업적을 남기느냐, 다 던져버리고 몰래 달아나느냐. 난 그런 지위가 어울리는 녀석이 아니었거든. 난 사랑이 하고 싶었어. 그런데 네가 그러더라. 기적이 필요하고, 기적은 만들어진다고."

"스무 살 남자애가 하는 말에 참 의미도 많이 부여하는구나. 그런 말은 아무나 할 수 있어."

"하지만 정작 내게 그런 말을 한 사람은 아무도 없었어. 그래서 난 너와 그런 얘기를 나눈 후 고민 따윈 다 던져버리고, 대신 행동했지. 끝없이 움직이고, 만나고, 경험하고, 생각하고, 행동했어. 아무 일도 벌어지지 않을 때가 많았지만 포기하지 않았지. 언젠가 뭔가가 찾아올 거라고 믿었거든. 그리고 찾아왔어. 우리가 말했던 기적이 일어난 거지."

에밀이 옆에 앉자, 테일드는 그의 어깨에 손을 얹었다. 따뜻한 체온마저 느껴지는 부드러운 손길이었다.

"네 기적은 언제였어, 에밀?"

"널 만났을 때부터. 그때부터 내게 벌어진 일은 모조리 기적뿐이었지."

에밀은 두 손으로 얼굴을 비볐다. 복잡한 감정과 기억 때문에 머리가 잘 정리되질 않았다. 테일드는 에밀이 다시 말하길 기다렸다.

에밀은 얼굴을 감싸 쥔 채로 물었다.

"그래서 날 찾아온 거야? 그 인연 때문에?"

지평선을 따라 점차 새벽빛이 밝아왔다. 에밀은 시간이 얼마 없다는 걸 깨닫고 말을 빨리했다.

"어째서 나야?"

"우선 사과부터 할게."

테일드는 살짝 고개를 숙였다.

"난 지금 널 이용해 죽음에서 잠시 빠져나왔어."

"내가 무슨 힘이 있다고 날 이용해?"

"정확히는 네 기억을 이용했어."

"마법에 대해서 얘기할 거라면 난 알아듣지도 못할 테니 하지 마. 하지만 네 기억을 가진 사람이 나 하나밖에 없지는 않을 것 아냐?"

에밀은 아직도 로핀 생각에 마음이 찢어질 것 같았다.

"내가 뭔가 좋은 말해서? 너한테 나보다 좋은 말을 해준 사람은 수도 없이 많았을걸!"

"그렇게 많지는 않아. 루티아의 그랜드 마스터라는 자리에 있으면 의외로 그렇게 되지. 대현자라고들 하잖아. 감히 나한테 인생의 조언을 하는 사람은 없어. 답을 구하려고만 하지."

테일드는 에밀을 진정시키듯 천천히 말을 이어갔다.

"물론 너 말고도 내 기억을 가진 사람은 많아. 하지만 내 죽음에 대해 좀 더 무덤덤하게 말할 수 있는 사람은 너밖에 없었던 것 같아. 아이린이나 새나디엘에게는 너무 커."

"아이린은 그렇다 쳐도 여왕님이라면 괜찮지 않아?"

"새나디엘의 문제가 아니야. 아까도 말했지만 내 문제지. 내가 버틸 수 있느냐의 문제지."

테일드는 긴 한숨을 내뱉으며 말을 이었다.

"아이린을 직접 만나버리면 나는 욕심을 내고 말 거야."

"욕심?"

"다시 살아나고 싶어질 거야."

에밀은 웰치의 말이 떠올랐다. 무시무시한 일이 벌어질 거라던.

테일드의 얼굴이 한순간 슈라이튼 백작이 되었다. 하지만 목소리는 슈라이튼 백작이 일부러 사악하게 들리게 하려고 애쓴 것처럼 굵고 갈라졌다.

"내가 원치는 않았지만, 난 8년 동안이나 죽지 않는 자들의 군주였다, 에밀."

곧 테일드는 다른 얼굴이 되었다. 그것은 에밀이 한 번도 만난 적 없는 다른 종족, 즉 레미프의 모습이었다.

"난 지금의 내 자제력을 믿을 수 없어."

에밀은 긴장해서 아무 말도 못했다.

곧 테일드의 얼굴과 목소리는 모두 원래대로 돌아왔다.

"타냐도 안 돼. 그 애가 다시 날 보면 너무 슬퍼할 거야. 다른 루티아의 마법사들은 죄책감을 갖게 돼. 나도 그렇고."

"그럼 나는? 나는 버틸 수 있을 것 같다 이거냐?"

에밀은 눈물을 꾹 참고 말했다.

"맞아. 그래서 사과한 거야. 넌 내게 아주 큰 영향을 미쳤지만, 그렇다고 내가 만나서 흔들릴 상대는 아니야. 내가 이용할 기억도 아주 많이 가지고 있고."

테일드는 메마른 미소로 계속 말했다.

"내가 너에게 주는 선물이기도 해. 널 만나러 오지 못한 사과이기도 하고."

"넌 내 이름도 몰랐잖아. 어떻게 찾으러 와?"

"이래 봬도 난 마법사야! 이름 같은 거 없어도 금방 찾을 수 있어. 하지만 찾지 않았지. 그 부분은 정말 미안해."

"그런 건 사과하지 않아도 돼. 난 그 문제로 로핀에게 이미 혼났어. 내가 그 문제로 널 혼낼 수는 없지. 그리고 이게 어떻게 선물이 될 수 있는 거지?"

"넌 기적을 너무 빨리 겪고 말았어. 그래서 남은 기적을 모두 뒤로 미뤄버렸지. 그 시간을 조금 되돌려 준 거야."

테일드는 천천히 자리에서 일어났다.

에밀이 뒤따라 일어나자 두 사람은 순식간에 산 정상에 올라가 있었다. 세찬 바람이 불어와 두 사람의 옷과 머리카락을 흩트렸지만, 추위는 느껴지지 않았다.

"동시에 나 역시 네 기억을 통해 과거를 되짚고 싶기도 했어. 사건을 되돌아보고 싶기도 했고."

"역시 방금 만나고 온 사람들은 내가 만나고 싶은 사람이 아니라……?"

"……내가 만나고 싶었던 사람들이야."

테일드는 다시 산 아래를 내려다보며 이름을 나열했다.

"새나디엘, 퀘이언, 르고, 웰치, 빅터, 슈라이튼 백작……. 널 통해 모두 만나봤어. 보고 싶은 사람이 더 있었지만, 시간이 모자라네."

에밀은 난생처음 보는 풍경을 훑다가 흠칫 놀라 테일드를 돌아보았다. 지금은 이런 경치를 감상할 시간이 아니었다.

"넌 그럼 지금 죽은 사람을 만날 수 있구나?"

"응."

테일드는 대답하더니 산 아래를 손으로 가리켰다.

“내가 주는 마지막 선물이야. 하늘 산맥 와본 적 없지? 아마 아크랜드 인간 중 어느 누구도 여기까지는 올라오지 못했을 거야. 여기는 하늘 산맥의 중심이라 할 수 있는…….”

“죽은 사람을 만날 수 있다면……, 한 명만 더 만나게 해줘.”

테일드는 에밀을 만난 후 처음으로 당황하는 표정을 지었다.

“응? 무슨 소리야?”

“만나고 싶은 사람이 있어.”

에밀은 떨리는 목소리로 부탁했다.

테일드는 굳은 표정을, 곧 침착하게 미소로 바꾸었다.

“미안하지만, 에밀. 난 영혼을 다루는 법 같은 건 몰라. 난 기억을 다루는 것뿐이야. 지금 내 모습도 기억을 토대로 끌어내어 영혼처럼 나타난 것에 불과해.”

“그런 어려운 말은 몰라. 난 흙만 파는 농부라고.”

“이럴 때만 네 영리함을 숨겨두지 마, 에밀. 처음부터 말했잖아. 내가 이 세상에 다시 모습을 드러내려면 누군가의 기억이 필요했다고. 그래서 내가 이런 모습인 거야. 왜냐하면 네가 기억하는 내 모습이 이러니까.”

“웰치와 빅터는?”

“그건 이 시기의 내가 기억하는 두 사람의 모습이야.”

“슈라이튼 백작은?”

“그는 이미 나와 육체와 영혼을 잠시 공유했던 사이야. 어느 시기의 어떤 모습으로든 꺼낼 수 있지. 네게 맞게 가장 인자했던 때를 보여준 거야.”

테일드는 차분하게 설명했다.

“에밀, 난 진짜 죽음을 되살린 게 아니야. 그러니 네 부탁을 들어줄 수 없어.”

“그럼 로핀은 뭐야?”

“로핀처럼 행동하는 기억의 파편이야.”

“말도 안 돼! 로핀은 아즈윈의 생사를 걱정하고 무사하다는 걸 알고 기뻐했어.”

“진짜 로핀이 기뻐한 게 아니야. 그가 살아 있다면 아마 그렇게 행동했을 거라고 비친 것뿐이야.”

“로핀이 가짜였다고?”

에밀은 좀 전에 그에게 고맙다고 말하는 소년의 모습이 아른거렸다.

“널 여기까지 데려다 줄 안내자가 필요했거든. 내가 직접 가기에는 너무 위험했어. 자칫하면 타냐를 만날지도 모르니까. 그래서 대신 네 기억 속의 로핀을……”

“이 개자식아!”

에밀이 버럭 소리 지르는 바람에 테일드는 눈을 크게 뜨고 입을 다물었다.

“내 마음을 이렇게 흔들어 놓고 그런 식으로 헤어지게 하다니 제정신이야? 차라리 끝까지 거짓말로 날 속이고 로핀의 유령과 제대로 작별 인사하게 뒀어야지.”

에밀은 테일드의 멱살을 잡았다. 로핀이나 웰치가 통과됐던 것과는 달리 에밀은 그의 옷을 잡아당길 수 있었다.

테일드는 저항하지 않은 채 말했다.

“미안해. 기억으로 만든 파편은 오래가지 않아. 거기까지 버틴 것도 네가 그만큼 로핀을 소중히 여겨서야.”

“그럼 로핀의 그 작별 인사는 가짜였던 거야? 웰치의 말도, 빅터의 말도 다 네가 만들어 낸 거야?”

“내가 만든 게 아니라, 그들의 기억이 만든 말들이야. 진짜 그들의 영혼이 나타났다 해도 같은 말을 했을 거야. 진짜 로핀이라 해도 같은 작별 인사를 했을 거야.”

“하지만 결국 진짜 영혼은 아닌 거잖아!”

“영혼의 범위가 어디까지라고 생각해? 죽지 않는 자들의 군주는 진짜 웰치를 살려냈지만, 기억을 잃은 그는 조종당해 움직이는 괴물에 불과했어. 하지만 그의 기억이 돌아오자 그는 진짜 웰치가 되어 움직였지.”

테일드는 자신의 멱살을 쥔 에밀의 손을 가만히 감싸 쥐고 계속 설명했다.

“네가 본 건 진짜 로핀의 영혼은 아니지만 그의 기억으로 만들어졌다면, 그의 말들도 어느 정도는 진짜라고 해야지.”

“맞아. 너무 진짜 같았어. 그래서 오히려 이렇게 슬픈 거야. 새나디엘 여왕님이 왜 이런 내가 아닌 진짜 나와 얘기하겠다고 했는지 알 것 같아. 이런 건 안 돼. 이렇게 만나는 거라면 만나지 않는 게 나았어.”

“이렇게 가슴 아플 거였다면, 왜 진작 로핀을 만나러 가지 않았니?”

“어쩔 수 없었어. 난…….”

“그럴 수 없었던 사정이 있었겠지?”

에밀은 그의 멱살을 놓았다. 하지만 노려보는 걸 멈추지는 않았다.

"넌 악마의 몸에 너무 오래 머무르는 바람에 사악해졌어. 그렇지 않고서야 이렇게 사람 마음을 가지고 놀 수는 없는 거야."

"그럴지도 모르지."

에밀은 잠시 돌아섰다가 동쪽 하늘에 비치는 빛을 보고 말했다.

"아니, 넌 방금 거짓말을 했어, 테일드! 내게 보여준 건 기억의 파편이겠지. 하지만 내가 죽은 사람 만날 수 있냐고 물었더니 순간적으로 너는 그렇다고 말했어."

"그건 그냥 말실수야."

"아니야. 넌 마법사야. 그런 실수는 하지 않아."

"나는 살얼음판 위에서 방심하고 빠져서 익사할 뻔한 적도 있는 놈이야. 그 정도 말실수는 얼마든지 할 수 있지!"

테일드가 우기면 우길수록 에밀은 그의 거짓말을 확신했다.

"만나게 해 줘."

"안 돼."

테일드는 차갑게 대꾸했다.

"기억의 파편이라도 좋으니까 만나게 해 줘."

"안 돼."

"부탁해. 딱 한 번만……,"

에밀은 울먹이며 테일드를 향해 말했다.

"……달리아를 만나게 해줘."

에밀이 부탁하는 순간, 주변의 풍경이 갑자기 흔들리기 시작했다. 에밀은 단순히 자신의 눈동자가 흔들리는 것인지, 아니면 진짜로 하늘 산맥에 지진이 일어난 것인지 구별할 수가 없었다.

테일드는 조심스럽게 말했다.

"그런 부탁을 해선 안 돼. 그런 모습을 보지 않으려고 널 택한 거야. 난 로핀처럼 기억의 파편이 아니라 영혼의 조각이야. 살아 있을 때의 난 누군가의 그런 모습을 보면 거절하지 못하는 성격이었어. 그토록 간절하게 부탁하면 자제력이 없는 지금의 나는 거절할 수가 없게 돼."

"잘됐네. 그럼 이렇게 간절하게 부탁할게."

에밀이 말했다.

테일드는 뒷걸음질 쳤다. 순간 그의 모습은 좀 전에 봤던 레미프의 모습으로 변했다.

"안 돼, 에밀. 안 돼. 내가 죽은 사람을 살려내게 하지 마."

"제발, 테일드. 내게 달리아를 보여줘."

하얀 눈으로 가득 찬 하늘 산맥의 만년설이 무너져 산사태가 일어났다. 하얀 수증기 같은 눈발이 에밀을 덮쳤다.

테일드가 사라지고, 에밀은 꼼짝없이 눈에 갇혔다. 숨을 쉴 수가 없었다. 테일드와 같이 있을 때는 따뜻했던 주변이 급격히 차가워져 얼굴과 입술이 얼어붙었다. 어디선가 테일드의 목소리가 들렸다.

"포기해, 에밀. 부탁을 취소해."

"설마 이런 식으로 협박할 셈이야? 난 이럴수록 더 오기가 생기는 놈인 거 잊었어?"

에밀은 눈이 입으로 밀려들어 오는데도 소리쳤다.

“난 죽지 않는 자들의 군주가 가진 저주의 힘을 활용할 마법이 있단 말이야. 웰치의 얘기 못 들었어? 무서운 일이 벌어질지도 몰라.”

“딱 한 번이면 돼. 잠깐이면 된다니까!”

에밀은 눈을 질끈 감고 소리쳤다. 그리고 눈을 떠 보니, 희뿌옇게 가려졌던 눈은 사라지고 아름다운 꽃이 펼쳐진 정원으로 변했다. 에밀은 거기가 어딘지 바로 알았다.

로크, 집정관 롬노르의 집이었다.

카셀이 말한 대로라면 이미 롬노르는 죽고 저택은 불타 있을 텐데, 이곳은 그의 기억 속 모습 그대로 아름다운 정경을 유지하고 있었다.

“달리아!”

에밀은 주변을 살피며 소리쳤다. 바로 옆에 테일드가 난처한 얼굴로 서 있었지만 개의치 않았다.

“달리아, 어디 있어?”

테일드는 긴장된 목소리로 말했다.

“에밀, 진정해. 난 이미 선을 넘고 말았어. 그러니 더 이상 넘어선 안 돼.”

그 순간 등 뒤가 어두워졌다. 하늘엔 따스한 태양이 떠 있고 주변은 온통 화사한 꽃이 가득한데도 자신을 기준으로 발 뒤쪽이 검게 물들고 있었다.

테일드가 에밀의 손을 꽉 잡았다. 그의 표정은 거의 절망에 가까웠다.

“돌아보면 안 돼!”

에밀은 일단 시키는 대로 돌아보진 않았다. 그리고 긴장된 얼굴로 말했다.

"내 뒤에 달리아가 있는 거지?"

"돌아보지 마."

테일드는 고개를 저었다.

에밀은 테일드를 노려보며 말했다.

"안 돼. 난 달리아를 봐야겠어."

"침착하고 내 말을 들어."

테일드는 죄책감을 품은 얼굴로 가만히 눈을 감았다.

"에밀 너의 욕망이 내겐 재앙이 될 거야. 만약 네가 죽은 네 아내를 만나는 모습을 보면 난 견디지 못하고 아이린을 찾아가고 말 거야. 그 다음에는 무슨 일이 벌어질지 나도 상상할 수 없어."

"그럼 애초에 날 찾아오지 말았어야지! 날 내버려 뒀어야지. 왜 내 마음을 흔드는 거야?"

"미안해. 너라면 견딜 수 있을 줄 알았어. 내 선물이 네게 기쁨이 될 줄 알았어."

"그럼 선물을 마저 줘!"

"미안해."

"미안하다는 말 하지 마! 날 막으려면 날 죽여. 죽일 수 있지? 영혼의 파편에 불과하다고 말했지만 나 하나 죽이는 건 문제도 아니겠지? 넌 루티아의 그랜드 마스터니까! 그럼 날 죽여. 그렇지 않으면 날 막을 수 없을 거야."

"난 널 막지 않아."

테일드는 에밀의 손을 놓았다.

"널 돌아보지 못하게 하려는 어떤 마법도 쓰지 않을 거야. 네 자제력을 믿을 거야."

테일드는 한 걸음 물러났다.

"이게 내 마지막 부탁이야. 절대 돌아보지 마."

그리고 또 한 걸음, 또 한 걸음.

그렇게 테일드의 모습이 사라졌다.

어느 순간 정원도 어둠에 잠겼다. 태양도, 꽃도, 저택도 보이지 않았다. 시각이 사라지고, 오직 청각만 남은 기분이었다.

에밀은 숨을 헐떡이며 뒤를 보고 싶은 욕구를 버티고 있었다.

그때 달리아의 목소리가 들렸다.

"에밀."

하마터면 에밀은 뒤를 돌아볼 뻔했다. 하지만 그녀의 목소리가 막았다.

"돌아보면 안 돼."

에밀은 떨리는 목소리로 입을 열었다.

"달리아?"

"응."

"다, 당신마저 그런 말을 하는 거야?"

"돌아보면 돌이킬 수 없게 돼. 난 죽은 사람이고 당신은 산 사람이니까."

"하나만 말해줘. 지금 넌 달리아야, 아니면 내 기억으로 만든 가짜야?"

"그렇게 물으니 모르겠어. 하지만 지금의 난 달리아라고 생각해."

"내가 당신을 보면 내가 죽게 되는 걸까?"

"그럴지도 모르고, 아닐지도 몰라."

"그럼 난 죽어도 돼. 단 10초만 당신을 볼 수 있다면 내 남은 인생 전부를 버려도 돼."

"나도 보고 싶어, 에밀. 하지만 그래선 안 돼. 그럼 난 10초간 당신을 보는 대가로 당신의 삶을 빼앗은 여자가 되는 거야. 날 악마로 만들지 마."

"그럼 이게 다라고? 당신을 보지도 못하고, 이렇게 목소리만 듣게 하는 게? 테일드 이 사악한 녀석! 이런 게 악마가 주는 선물이었어."

에밀은 울음이 터지는 걸 가까스로 참았다. 이런 만남에서 시간이 없다는 건 오늘 하룻밤의 경험으로 뼈저리게 깨달았다. 그러니 우는 것에 시간을 낭비하고 싶지 않았다. 그런데도 저절로 눈물이 나는 것은 막을 수가 없었다.

에밀은 울면서 말했다.

"왜 당신을 더 사랑하지 못했을까? 왜 당신 얼굴을 더 바라보지 못했을까? 이렇게 10초가 아쉬운 순간이 올 줄 알았다면 더 사랑하고, 더 봤을 텐데."

"당신은 날 충분히 사랑했고 나도 후회 없이 사랑했어, 에밀. 그 순간을 부정해선 안 돼."

"알아. 그 순간을 후회하면 난 당신을 만난 것 자체를 후회하는 꼴이 돼. 그 순간의 행복을 부정하는 거야. 이제 알겠어. 불면증에 시달리며 고통받던 그 순간까지도 내가 당신을 사랑한다는 증거였어."

에밀은 토해내듯 말을 이었다.

"난 후회하지 않아. 오늘 밤 만난 그 누구보다 과거를 후회하지 않는 사람이 되어야 해."

"나도 그 말이 하고 싶었어, 에밀. 내가 죽는 순간 내가 사랑하는 사람과 내가 낳은 아이가 옆을 지켜주고 있었다니, 세상 누구도 누리지 못할 행운을 얻었던 거야."

달리아도 울먹이는 목소리였다. 그리고 약간은 걱정스러운 말투로 물었다.

"카셀은 잘 있지? 내 아들, 잘 있는 거지?"

"잘 있어. 당신한테 보여주고 싶을 정도로 잘 컸어."

"정말 잘 있는 거지? 나한테 위로하려고 거짓말하는 거 아니지?"

"우리가 같이 했던 모든 순간을 걸고 맹세해도 좋아. 카셀은 우리가 기대했던 것보다 더 잘 컸고 잘 해냈고, 우리보다 행복하게 살아갈 거야."

"다행이야. 고마워, 에밀. 당신을 사랑한 건 내 인생 최고의 행운이었어."

"나도, 달리아……."

달리아의 목소리가 사라졌다. 에밀은 끝까지 돌아보지 않았다. 그저 무릎 꿇고 앉아서 울기만 했다.

곧 테일드가 그의 앞에 나타났다. 다시 주변이 밝아졌다. 정원의 창문을 통해 들어온 아침 햇살이 그의 몸을 통과하고 있었다.

"참아줬구나."

에밀은 눈물로 엉망이 된 얼굴을 들어 테일드를 올려다보았다. 그는 에밀의 손을 잡았다.

"이제 내 감사의 인사도 좀 받아줘. 지금의 날 있게 해줘서 고마워, 에밀. 그때 네가 따라 준 술 한 잔, 정말 맛있었어."

에밀도 그의 손을 꽉 쥐었다.

"나도. 오늘 밤 날 찾아와 줘서 고마워, 테일드."

"선물 된 거지?"

"응."

테일드는 빙그레 웃는 모습으로 사라졌다.

에밀은 방금 전까지 테일드의 손을 잡고 있느라 내민 손을 천천히 접었다. 동시에 정원의 모습이 사라지고, 그 자리에 에밀의 집이 나타났다. 떠날 때의 모습 그대로였다.

에밀은 잠시 손등으로 눈을 비볐다. 손등에 눈물이 묻어났다.

바지는 그대로 잠옷이었고, 맨발이었다. 손등과 발등만 봐도 더 이상 스무 살의 피부도 아니었다. 그는 다시 원래의 몸으로 돌아와 있었다.

"그래, 난 또 여행을 떠날 수 있어."

에밀은 집으로 돌아가며 말했다. 무릎이 아팠다. 허리가 아프고, 눈은 침침하고, 오랫동안 농사일 하면서 다친 자리가 모조리 욱신거렸다.

"오늘 밤 갔던 곳들로 다시 가자. 젊은 시절의 가벼운 몸이 아니어도 돼. 눈 깜짝할 사이에 이동할 수 있는 마법도 필요 없어. 무거운 몸을 이끌고 천천히 가는 거야."

에밀은 방으로 돌아가 침대에 누워 다시 잠을 청했다. 그리고 몇 년 동안 자지 못한 사람처럼 깊은 잠에 빠졌다.

에밀은 그날 밤의 기적을 카셀에게 얘기하지 않았다. 그저 다음 날도, 그다음 날도 일상을 이어갈 따름이었다.

시간이 흐르고 흘러 다시 그날 밤의 마법이 떠오를 무렵, 카셀과 타냐가 먼저 아란티아로 같이 떠나겠냐고 물어왔다.

에밀은 동의했다. 두 사람은 에밀이 거절하면 어떻게 설득할지 많이 고민했었는지, 흔쾌히 허락하는 모습에 도리어 놀랐다.

역시나 나이 든 몸으로 여행을 떠나려니 준비가 많이 필요했다. 집을 맡길 사람이라거나 그사이 밭에 문제가 없도록 이웃집에 부탁해 둔다거나.

'그런 일을 겪었는데도, 그냥 훌쩍 떠날 수는 없었구나.'

그 생각을 하니, 웃음이 새 나왔다.

여행을 이틀 앞둔 날, 카셀과 타냐는 필요한 물건을 구입하려고 가까운 도시로 잠시 길을 떠났다.

에밀이 한가로이 집에 머물러 있는데 노크하는 소리가 들렸다.

"이런 식으로 찾을 수 있을 리가 없어."

짜증 내는 여자의 목소리가 문 뒤에서 넘어왔다.

자신만만한 남자의 목소리가 뒤따랐다.

"걱정 마. 이번에는 느낌이 와."

"스무 번째 전 마을에서도 그 말을 했지."

"이번엔 확실해. 난 하늘 산맥에서조차 길은 잘 찾았어."

"카모르트에서는 못 찾나 보네."

에밀이 문을 열자, 두 사람이 서 있었다.

한 명은 붉은빛이 감도는 갈색 머리를 한 이십 대 중반의 남자였고, 옆에는 비슷한 또래의 여자가 같이 있었다.

둘 다 오랜 여행으로 지저분한 모습이었다.

"여기 카셀 살아요?"

남자가 대뜸 물었다.

여자는 한심스러워 하며 남자를 밀어내고 대신 말했다.

"안녕하세요. 사람 좀 찾고 있는데요, 이름은 카셀이고 성은 노이라고 해요. 혹시 이 집에 그런 분 살고 계신가요? 그게 아니라면 혹시 이 마을에 비슷한 이름의 남자는 없나요?"

에밀은 재미있어 하며 팔짱을 꼈다.

"두 사람, 이름이 뭔가?"

"전 에위니라고 하고요……."

여자가 소개하려는데, 남자가 확신하는 눈빛으로 얼굴을 들이댔다.

"전 제이메르라고 하는데, 카셀 아버지요?"

에밀은 하마터면 웃음을 터트릴 뻔했다.

"자네 이름이 제이메르라고?"

"카셀 아버지 맞죠?"

"맞다."

제이메르는 에위니에게 환호하는 목소리로 말했다.

"거봐! 내가 찾을 수 있다고 했잖아!"

에밀은 그를 가만히 쳐다보다가 물었다.

"이쯤 되면 오히려 내 쪽에서 자네가 제이메르가 맞는지 묻지 않을 수 없군."

"왜요?"

미소 짓던 제이메르가 표정을 바꾸어 확 쏘아보았다. 과거 현상금 사냥꾼이었다고 들었는데, 과연 눈빛이 보통 살벌한 게 아니었다. 하지만 에밀은 개의치 않고 물었다.

“로핀의 마지막 순간에 자네가 같이 있었다고 들었는데, 맞나?”

제이메르는 어깨를 움찔했다.

“그걸 어떻게 아세요? 카셀이나 타냐는 그거 모를 텐데?”

“어찌 알게 됐네. 로핀이 죽기 전에 뭐라고 하던가?”

“그게, 정확히 설명할 자신은 없습니다만…….”

에밀은 속으로는 긴장하면서도 겉으로는 지루한 척 뒷말을 기다렸다. 제이메르는 머뭇거리며 말을 이었다.

“……잘난 척하면서 돌아가셨다는 건 확실해요.”

에밀은 결국 참지 못하고 웃음을 터트렸다.

“손님을 너무 오래 세워뒀군. 자, 들어오게. 그리고…….”

에밀은 두 사람이 들어올 수 있도록 옆으로 물러서며 말했다.

“내게 자네가 아는 로핀의 얘기를 전부 해줘야겠어. 하나도 남김없이!”

「Epilogue. Another journey」 끝

N
W
E
S
이로피스
아란티아
루티아